本书出版得到华南师范大学 211 项目
"文化生态与中国语言文学的古今演变"的资助

中唐文人日常生活与创作关系研究

彭梅芳 著

人民出版社

责任编辑:陈寒节

责任校对:湖　催

图书在版编目(CIP)数据

中唐文人日常生活与创作关系研究/彭梅芳　著.
—北京:人民出版社,2011.7
ISBN　978 - 7 - 01 - 009793 - 0

Ⅰ.①中…　Ⅱ.①彭…　Ⅲ.①社会生活 - 关系 - 文学创作
- 研究 - 中国 - 唐代　Ⅳ.①I206.2

中国版本图书馆 CIP 数据核字(2011)第 054685 号

中唐文人日常生活与创作关系研究

ZHONGTANG WENREN RICHANG SHENGHUO YU CHUANGZUO GUANXI YANJIU

彭梅芳　著

人民出版社 出版发行

(100706　北京朝阳门内大街 166 号)

北京瑞古冠中印刷厂印刷　新华书店经销

2011 年 7 月第 1 版　2011 年 7 月北京第 1 次印刷
开本:710 毫米×1000 毫米　1/16　印张:17.25
字数:229 千字　印数:0,001 - 2,500 册

ISBN 978 - 7 - 01 - 009793 - 0　定价:38.00 元

邮购地址:100706　北京朝阳门内大街 166 号
人民东方图书销售中心　电话:(010)65250042　65289539

内容提要

　　中唐以来,在特定的社会政治环境下,文人身受社会世俗化浪潮和佛教禅宗思想等方面的影响,心态渐趋务实并日益走向世俗和日常生活世界。与此相对应,日常生活题材在中唐文学中增多,文学呈现出崇实、尚俗的趋向。在此前提下,本书尝试从中唐文人日常生活的角度,考察处于现实生活中的文人的生活心态、审美情趣以及在这些心态和情趣影响下的文学创作特点。

　　大体来说,中唐文人日常生活与文学创作互为影响,二者之间的关系是:一方面,中唐文人的日常生活世界是文人作为生命个体生存的寓所,它为文人提供了生存所必须的熟悉感、稳定感和安全感;纷繁复杂的日常生活世界可以给走向世俗的中唐文人提供大量的文学表现题材资源;日常生活中所积淀的日常观念、日常思维与常识则在潜移默化中影响着文人的创作观念、文学思维和文学风格的形成;日常生活中传统的、非理性的文化因素,容易滋长走向日常世界的中唐文人的保守和惰性,由此对文人的开拓性和创造性带来负面的影响,从而使得文学创作具有了走向平庸的潜在危险。另一方面,中唐文人的文学创作日益以日常生活内容为表现对象,原本看似平淡无奇的日常生活,经过文学作品的提炼与升华,能焕发出一种美感;中唐文人在文学创作中表现日常生活内容,也逐渐带动了文人对日常生活的改造。

　　围绕本书两方面的研究对象以及它们之间的关系,本书分五章进行论述。第一章综论中唐文人日常生活和创作之间的关系。第二章从总体着眼,根据社会历史、文学演变的进程,分中唐前期、中唐中后期两个阶段对中唐的主要文人的诗歌创作进行分析,由此考察日常生活因素在中唐诗歌中的生长、演进情况,认为随着时间的推移,中唐诗歌的日常化和世俗化的特征渐趋明显。

第三章以中唐文人的日常饮食、服饰、居住环境等日常物质生活层面为切入点,通过考察中唐文人在衣、食、住方面的习惯以及相关审美趣味的转变,进而探讨这种转变给中唐文人的文学创作风格和文学思维带来的影响。中唐文人在日常物质生活方面日益表现出清简、疏淡、素雅的审美趣味,这种审美趣味对中唐文学风格的形成不无影响。

第四章围绕中唐文人的日常文化生活层面,从雅琴、棋弈、书法等三方面观察中唐文人的文化喜好和由文化偏好透露出来的文艺审美趋向。认为,古琴在中唐文人群体中的复兴以及文人对琴的"淡"、"古"、"悲"、"缓"等美学品质的注重、讲求沉思默想的围棋在中唐的盛行和中唐书学中对笔法的强调,皆体现了中唐文人的精神和气质特点,也预示着中唐文学的审美走向。

第五章以中唐文人的日常公共生活为中心,从亲友日常交往的角度分析中唐"父子兄弟同以文名"现象以及中唐文人的结群现象;中唐文士在仕宦生活中,从早期的关心时务渐渐变得不乐曹务,他们日益疏离公共领域生活并走入私人小天地,精神偏于收敛、低调,而文学视域也变得狭窄,这对中唐文学的风貌不无影响。

余论补充探讨中唐文人日常生活的打破与重建给文学创作带来的影响。

关键词:中唐文人 日常生活 审美观念 诗歌创作

ABSTRACT

Effected by the wave of secularization of society and the Zen idea of Buddhism and other aspects, literati in the mid – Tang became more pragmatic and walked up to secular and daily life world gradually. Correspondingly, daily life increasingly became the subject of mid – Tang literature, and the literature style presented a pragmatic and secular tendency. On this premise, this article attempts to study the life mentality of literati in the real world, aesthetic taste, as well as literature style under the influence of mentality and taste from the perspective of daily life of mid – Tang literati.

Generally speaking, the daily life world of mid – Tang literati was the survival foundation of literati, and it provided them with the feeling of familiarity, stability and security. Complicated world of everyday life can give many resources for the performance of literature works to secularized mid – Tang literati. Accumulation of daily life in the day – to – day concepts, day – to – day thinking and common sense has an imperceptible influence on the creative concept of the literati, the literary mind and the formation of literary style. Traditional and non – rational cultural factors in daily life can make literati fall into the habit of conservatism and inertness, therefore, the literature writing moved towards mediocrity because of the gradual loss of pioneering and creative abilities. The contents of literature works were increasingly flooded with daily life. The daily life, seeming prosaic, but through the distillation and sublimation of literature, can radiate a sense of beauty. The presents of daily life in literature works also lead literati to transform the everyday life.

Focusing on both aspects of the study, this paper carried out on five sub – chapters. The first chapter focuses on the main relation between daily life and literature creation of literati in mid – Tang. Chapter two mainly studies the evolution of the daily life presented in literature works by analyzing the poetry writing of main literati in mid – Tang, dividing into three time – periods. Generally, the number of mid – Tang's poetry which took daily life as the writing subject, became larger, and the style of those shows more and more secular trend over time.

Chapter three focused on the daily foods, dressings, living environment etc. From the related customs and the taste conversion, the effect of these changes on the literature style and thinking of the mid – Tang literati were studied. They favored a simple but elegant taste in material world. This taste affected the formation of literature style.

Chapter four focused on the routine culture life. From gustoes of violin, chess, and calligraphy, the favorites of the mid – Tang literati in culture and literature taste, which can be seen from favorites in culture, were studied. Revival of traditional Chinese violin, literati' interest in the violin's aesthetic characters of "simplicity", "antiquity", "sorrow" and "leisureliness", popularity of I – go which is characterized by pondering, and the emphasis of techniques in using brush pen all represented the mid – Tang literati' spirit and temperament and predicted the literature taste trend.

Chapter five focused on the public life. From the intercourse of relatives and friends, the phenomena of "one family, several literati" and literati' clique were analyzed. They converted their interest from public affairs to individual lives. Their spirit tended to be humble and literature confine shrank, which definitely affected the literature style.

The rest of this paper focus on the effect of break – up and rebuilding of literati' routine lives on the literature works.

KEY WORDS: mid – Tang literati daily life aesthetic ideas poetry writing

目　录

绪 论

一、问题的提出与相关研究现状

(一) 问题的提出

唐代社会文化各个领域的交叉综合作用促成了唐代文学的发展和繁荣,这是唐代文学研究者们的共识。因而在大的文化视野下,通过深入探讨各方面的社会因素,如政治、艺术、宗教、风俗等与唐代文学的内在联系来阐明唐代文学演变的轨迹以及规律的跨学科综合研究方法,越来越受到学界的重视。① 而事实证明,将文学与社会文化各方面结合起来研究往往能使研究的背景扩大;从不同侧面解读文学,可使研究更深入、更立体化。

文人创作与时代、社会生活关系密切,《文心雕龙·时序》即云:"文变染乎世情,兴废系乎时序。"②文人生活在一定的社会环境中,他们的创作必然受到"世情"和"时序"的影响,从而烙上时代生活的印记。"世情"和"时序"的改变给人们带来的最直接的影响在于逐渐改变着人们所熟悉的日常生活模式。然而,在文学研究中,日常生活对文人创作

---

① 关于古代文学与其他学科的交叉研究的相关问题,可参见戴伟华师《交叉学科中的古代文学研究》,《社会科学战线》2001 年第 6 期。

② 刘勰著,周振甫注:《文心雕龙注释》,人民文学出版社 1981 年版,第 479 页。

的影响却常常容易被忽视。一直以来,它常被视为文人创作的预设背景,也正因为如此,文学研究者对它并没有投注多少目光。相比之下,政治、经济、制度、宗教、艺术等因素对文学带来的影响则是近年来文学研究的重点。其实,以上诸种因素对文人创作产生影响在相当大的程度上是依靠引发文人日常生活的改变来实现的。可以说,日常生活对文人创作起着一种最直接的作用。众所周知,文学源于生活,文人在日常生活中的所见所闻、所思所感皆可成为文学创作的表现题材。与此同时,日常生活中所蕴含的日常观念、日常思维在潜移默化中影响着文人以及文学接受者的观念和思维,这种影响必然会反映到文学创作与文学接受上。在中国,日常生活与文学的关联尤为明显。中国人善于过生活,这一点早已为中西方学者所公认,例如,唐君毅先生在《中国文化之精神价值》中就曾提及:"罗素著《中国问题》,极称中国人之善过生活,谓此由于中国生命中无'预定之成型'(Prepared pattern),故能观照领略一切生活而不厌。林语堂以西文著《吾国与吾民》及《生活之艺术》,特重发挥中国人最平凡之日常生活中艺术性之趣味。"[①]而唐君毅本人也认为:"中国人虽较缺超越日常生活,以求精神文化生活之精神;然亦特善于使日常生活之美化艺术化,使之含文化意味。"[②]就文人阶层而言,他们对日常生活领域的大规模关注,以及将日常生活诗意化的尝试在中唐开始明显化。因此,在中国重视日常生活的背景下,联系中唐文人走向日常生活的现象来考察他们的文学创作当具有一定意义。其实,结合文人日常生活来考察文人创作的文学研究模式早已有之,比较典型的例子便是鲁迅先生的《魏晋风度及文章与药及酒之关系》,此文所开拓的文学研究模式值得借鉴。

唐王朝创造了光辉灿烂的物质文明和精神文明,唐人的生活对比前朝更加丰富多彩,这在众多的历史文献和出土文物中得到了反映,而在

---

① 唐君毅:《中国文化之精神价值》,江苏教育出版社2006年版,第176—177页。
② 唐君毅:《中国文化之精神价值》,江苏教育出版社2006年版,第166—167页。

唐代社会生活中十分活跃、善于捕捉生活细致之处的文人阶层更以他们的生花妙笔对此时段的生活做了别样的记载。有唐一代,文人都热衷于以诗文来反映生活,但以安史之乱为界,文人对生活的关注各有偏重。典型的盛唐诗人大多关注超越日常生活的、理想化的事物,他们对超凡脱俗的事物、境界和精神孜孜以求,对现实生活中的平凡的事物则较少投注目光。此特征反映在他们功业理想的追求方面,则表现为常常不执着于按部就班地获取功名,他们或佯狂傲世、入塞求功,或以退为进、走终南捷径。而在文学创作的取材方面,他们对琐屑、惯见之物以及日常重复性的世俗情状兴趣不大,因为这些在他们看来是处处可见的,这些事物与世情也因为普遍、理所当然而掩去了它们的特殊所在。如果说他们作品中也有对当下情况的描写的话,则其关注点往往落在追求物质、情感的自我满足和与众不同上。而中晚唐文人则较为贴近现实,心态也走向务实。在功业的追求方面,中唐文人学子大都不企求有捷径可走,他们大都先汲汲于科举以获得官职,然后再一步步地争取升迁以达到有所为的理想。在文学创作方面,他们不刻意回避俚俗,其文学表达方式也更加坦率直露。中唐文学的这一新变,罗宗强先生曾在《隋唐五代文学思想史》中以"尚实、尚俗、务尽"①归纳之,确是。

大体来说,中唐文人对日常生活中的细小事物,如衣食、器物,以及种种家居琐事,大都能体味其中的小趣小乐,而不以浅俗舍之。到了中晚唐,文士更将日常用品与文房雅物并举,例如赵希鹄《洞天清禄集》序中就记载中晚唐文士张彦远在《闲居受用》一书中一边论文房清供,一边谈及醋、盐、干肉等食品种类,其雅俗杂糅的观念可见一斑。唐代文人在文学创作中呈现出日常化、俗白化的趋向,这在杜甫中晚年的诗歌中开始日趋明显化,正如张戒在《岁寒堂诗话》中所言,在杜甫那里,"一

---

① 见该书第七章《中唐文学思想》,中华书局 2003 年版,第 169 页。

切物,一切事,一切意,无非诗者"。①平凡的日常生活在杜诗中也能绽放出别样光彩,如"老夫清晨梳白头,……握发呼儿延入户"②、"饥卧动即向一旬,敝裘何啻联百结"③、"痴儿未知父子礼,叫怒索饭啼门东"④、"昼引老妻乘小艇,晴看稚子浴清江"⑤等便是对日常家庭生活的生动勾勒。到了中唐,以日常细事入诗的情况则成为一种普遍的现象,例如白居易即好在诗中说衣食俸禄、睡觉沐浴等事,在他看来,"惟有衣与食,此事粗关身"⑥,此外,在常人看来琐碎的家庭生活,在白居易诗中也变得有滋有味,其乐融融,例如《二年三月五日,斋毕开素,当食偶吟,赠妻弘农郡君》诗云:"以我久蔬素,加笾仍异粮。魴鳞白如雪,蒸炙加桂姜。稻饭红似花,调沃新酪浆。佐以脯醢味,间之椒薤芳。老怜口尚美,病喜鼻闻香。娇騃三四孙,索哺遶我傍。山妻未举案,馋叟已先尝。"⑦潘德舆《养一斋诗话》评此类诗为"家人琐语";韩愈虽号雄文大笔,并认为"夫百物,朝夕所见者,人皆不注视"⑧,然他对"铺床拂席置羹饭"(《山石》)、"呼奴扫地铺未了"⑨(《郑群赠簟》)等细、俗之事也津津乐道,甚至连牙齿脱落也大书一番(见《齿落》),由此可以窥见中唐文人独特的创作趋向。而在散文创作方面,中唐的古文运动努力将文提高到"道"的层次,高呼复古并务去陈言,杜绝与时俗流文为伍。如此主张旨在维持"文"的纯洁性与神圣性,使文脱"俗",然而,若对所谓的"古文"进行推敲,不难发现,它们在语言方面无疑比被古文运动者目为"俗文"的骈

---

① 张戒:《岁寒堂诗话》卷上,丁福保编:《历代诗话续编》,中华书局2001年版,第464页。
② 杜甫:《题李尊师松树障子歌》,《杜工部诗集》,中华书局1957年版,第163页。
③ 杜甫:《投简成、华两县诸子》,《杜工部诗集》,中华书局1957年版,第165页。
④ 杜甫:《百忧集行》,《杜工部诗集》,中华书局1957年版,第168页。
⑤ 杜甫:《进艇》,《杜工部诗集》,中华书局1957年版,第448页。
⑥ 白居易著,顾学颉校:《白居易集》,中华书局1979年版,第99页。
⑦《白居易集》,中华书局1957年版,第825页。
⑧ 韩愈:《答刘正夫书》,《韩昌黎全集》卷十八,中国书店1991年版,第264页。
⑨ 韩愈:《山石》、《郑群赠簟》,《韩昌黎全集》,中国书店1991年版,第46、60页。

文更加接近日常语言,也即更具有世俗性。不仅如此,中唐以来,文章的实用功能也得到了加强,如墓志、赠序、书启之类应世谐俗的文体在中唐文人的散文创作中占据的比重相当大。如此一来,文章中展现世俗生活、表达日常情感的成分也相应增多。

中唐文人在创作时走出崇高的理想殿堂而迈入平凡的现实世界,此现象可以说是中唐以来社会日益掀起世俗化浪潮的表现之一。中唐作为中国历史上的一个重要转折时期,社会各方面的变迁引发了文学观念的演变。清代叶燮在《唐百家诗序》中即言中唐乃"古今百代之中"、"吾尝上下百代,至唐贞元、元和之间,窃以为古今文运、诗运,至此时为一大关键也。"①而在中唐的诸多变迁中,文化的下移和逐渐形成的世俗化浪潮在一定程度上对文人的创作观念产生了影响。对于中唐以降的文化转型,迄今学界早有认识。其中,内藤湖南的"唐宋变革说"影响颇深远。他认为,唐宋之间,贵族势力式微而庶民力量崛起,贵族式的文化衰颓而平民阶层文化逐渐兴起,以往主要迎合贵族的绘画、歌舞等文艺形式也日益以迎合平民趣味为趋归②。陈寅恪先生也认为"唐代之史可分为前后两期,前期结束南北朝相承之旧局面,后期开启赵宋以降之新局面,关于政治经济者如此,关于文化学术亦莫不如此"。③ 在始于中唐的文化转型中,文人的精神风貌、道德操守和价值观也相应发生了较大的变化。美国汉学家包弼德在《斯文:唐宋思想的转型》便认为,唐宋的社会转型是士或士大夫身份的重新界定,以及逐步从门阀士族向文官再向"地方精英"转变的过程;唐宋思想文化转型是从唐代基于历史文化转向宋代基于心念的文化观,文化权力从中央向个人转移,强调个

---

① 叶燮:《已畦文集》卷八《百家唐诗序》,清康熙叶氏二弃草堂刻本。
② 关于内藤氏的相关学说,参见钱婉约《内藤湖南研究》,中华书局2004年版;至于内藤此说给中外学界带来的深远影响则可参见张广达先生的《内藤湖南的唐宋变革说及其影响》一文。
③ 陈寅恪:《论韩愈》,《金明馆丛稿初编》,生活·读书·新知三联书店2001年版,第332页。

人自我修养的意义。① 在世风变迁、文化世俗化趋势影响下的中唐文人在文学创作上风格之变更同样受到文学研究者的关注,例如蒋寅《大历诗风》②、孟二冬《中唐诗歌之开拓与新变》③、吴相洲《中唐诗文新变》④、马自力《中唐文人之社会角色与文学活动》⑤以及林继中《文化建构文学史纲(魏晋—北宋)》⑥等书均从不同角度对此问题进行了不同程度的探讨和论述。文人作为具有敏锐的感受力的社会精英群体,文化下移、世俗化浪潮给日常生活各方面的影响无一不触动着他们敏感的神经,在此情况下,他们顺应社会文化主潮,将周遭的日常生活纳入文学题材并借此表达真正属于自我的、私人化情感体验,这也是很自然的。

此外,中唐文学中日常生活因素增多与洪州禅在文人群体中的传播与影响不无关系。洪州宗的创始人马祖道一(709－788)师承六祖慧能"众生皆能成佛"的思想,据曾与道一交游的权德舆的《唐故洪州开元寺石门道一禅师塔铭(并序)》所记,道一常言:"佛不远人,即心而证;法无所著,触境皆如。"⑦邱元素《天王道悟禅师碑》记道悟游谒马祖之门,道一以"识取自心,本来是佛。不属渐次,不假修持。体自如如,万德圆满"⑧数言悟之。由此可见,马祖道一在肯定禅宗的心性观的同时否定了北宗的渐修功夫,他主张"即心即佛"、"触境皆是佛法"。与此同时,道一更将禅宗推向世俗,他在教导信徒时称:"若欲直会其道,平常心是道。……只知今行住坐卧,应机接物,尽是道。……万法皆从心生。心

---

① [美]包弼德著,刘宁译:《斯文:唐宋思想的转型》,江苏人民出版社2001年版。
② 蒋寅:《大历诗风》,上海古籍出版社1992年版。
③ 孟二冬:《中唐诗歌之开拓与新变》,北京大学出版社1998年版。
④ 吴相洲:《中唐诗文新变》,学苑出版社2007年版。
⑤ 马自力:《中唐文人之社会角色与文学活动》,中国社会科学出版社2005年版。
⑥ 林继中:《文化建构文学史纲(魏晋—北宋)》,北京大学出版社2005年版。
⑦ [清]董诰等编:《全唐文》卷五百一,上海古籍出版社1990年版,第2261页。
⑧ [清]董诰等编:《全唐文》卷七百十三,上海古籍出版社1990年版,第3244页。

为万法之根本。"①行住坐卧乃是日常生活中的基本行为,道一无疑是肯定世俗生活所蕴含着终极真理的。总的来说,洪州禅强调日常生活中的主观体验,肯定人们全部日常生活的价值与真理,把日常生活世界当作宗教的终极境界,它强调随缘自适,听其自然,视平常心为神圣之境。此宗最大的特点就是把佛性思想变得更加世俗化和平民化,简化较复杂的禅宗戒律,开辟了一条介乎神圣佛界和平凡世俗之间的道路,因此也更加容易为民众所接受。道一于唐代宗大历八年(773)从江西抚州和南康一带移居钟陵开云寺,地近洪州。其时,道一的影响力也越来越大。这一时期,经历了战乱的荼毒后,举步维艰的中唐人只能在日常生活中惨淡经营,以求得安生。洪州禅提倡"平常心",肯定日常生活主观体验,认为日常所有的生活都可视为修道的场所,这无疑迎合了中唐人的实际情况以及思想需求,所以该宗在中唐时期的壮大也正体现了该时期日常生活成为人们关注的重心这一事实。中唐文人在与该派诗僧、在俗弟子的接触交往中渐渐受其影响,例如韦处厚、庞蕴、裴休、白居易等便与洪州宗有着颇深的联系。若如该宗所言,日常生活中的行住坐卧、吃饭穿衣都是佛性的表现,那么,在受此宗观念影响的文人看来,将日常生活中的琐事引入创作不仅无可厚非,而且这种引入更能传达出他们忘却外在的攀援和妄念,归于生命本真的内心境界。

中唐文学出现浅俗趋向、诗文中日常生活因素增多,这一文学现象的存在无疑给文学研究提供了一个视角,也即文人日常生活的视角。诚言,若讨论唐代文人的生活,盛唐文人开放、浪漫的生活无疑是最独具异彩、令人向往的。在这个时期,书生意气得以张扬,文人敢于超越世俗生活的羁绊,纵酒高歌、傲视权贵,而跨越地缘阻隔、离开熟悉的地域漫游四方更是一种开放的表现。可以说,这是一种超越平凡世俗的感性生活形态,然而,这却不是现实生活的常态。盛唐文人向往着理想

① 〔宋〕释道原著,顾宏义译注:《景德传灯录》卷二十八,上海书店出版社 2010 年版,第2252 页。

的殿堂,而盛唐社会的光辉灿烂也给予这种理想一时的支撑,平庸的日常生活不足以吸引他们关注的目光,生活的法则也被视为个性的羁绊而成为超越的对象。不能否认,日常生活平凡甚至庸俗,但日常生活中却包含着人类世世代代积累的智慧与经验,正是这些具有理性色彩的生活智慧和法则保证了人的生存、发展的顺利进行。毕竟人不可能长久地生活在浪漫中,盛唐繁华的瞬间瓦解将文人拉回到现实中,这种由浪漫到现实的转变尽管在一段时间内褪去了文人原有的活力,但却引导他们逐渐走入了生活的常态中。而在历史长河中,常态生活无疑比执着于浪漫的非常态生活更具有普遍意义。此外,生活样式的转变究竟给文学带来何种影响亦值得探讨,基于此考虑,本书选择了中唐这一特定的历史时期的文人日常生活为研究视角。

而论及文人日常生活,与文人学子的科场、游历、入幕、贬谪等特定生活类型不同,日常生活着重"日常"二字。它强调的是一种具有重复性的、较稳定的常态生活,也即由饮食、穿衣、坐卧、交谈等一系列日常行为贯穿起来的平凡生活。这些纷繁芜杂的生活内容虽琐碎且平淡,却更容易反映人的本真的生活方式并体现一个人的生存态度。中唐文人在诗文创作中趋于表现日常生活,这无疑为读者窥视其生存态度打开了一扇窗。无论这一时期文人的价值取向、精神世界和生命历程如何多元化,他们都和每个普通人一样,每天都要花费相当多的时间在日常规定动作的完成上面。一直以来,文学研究者对文人创作进行研究时,常常只关注文人作为文化精英的一面,而忽视了他们作为普通人的一面。的确,文人能创作出优美的文学作品,但他们并非不食人间烟火,相反,他们生活在世俗中,被日常生活包围着。因此,他们真实的精神状态往往会在纷繁的日常生活行为中透露出蛛丝马迹。同时,正因为日常生活内容庞杂,它在无形中成了一个潜在的文学表现题材资源库。一旦具有敏感审美眼光的中唐文人走向日常世俗,平凡生活中所蕴含的潜在文学题材资源就容易被挖掘出来并被纳入文学作品,从而在某种程度上实现了"日常生活的审美化"。随之而来的便是文学渐渐走离典雅的圣坛,具有了普遍精神观照的意义。从某种程度来说,这也是文学的一种拓展。总而言之,日常生活是平凡、琐碎的,以至于常被人所忽略,但同时它又具有神奇的一面,它为文学创作提供了不可或缺的文化根基。本书选取"日常生活"这一研究视角也是基于以上考虑。

此外,值得指出的是,就整个大的学术背景而言,文史哲研究注目于日常生活世界乃是近年来学术研究的一个主要趋向。在当今哲学领域,相当多的学者都把研究的目光指向作为文化核心的人的自在自发的生存方式,并且致力于确立真正以日常生活世界为根基的文化哲学范式;在史学领域,生活史研究乃史学研究的新方向;[①]受哲学和史学领域中以"日常生活"为研究根基和研究对象的趋向的带动,文艺理论界对"日常生活审美化"的讨论已经如火如荼地开展了相当长的一段时间并对现、当代文学的研究产生了相当大的影响。文史哲各界对日常生活的关注,透露出近年来学术界对"人"的凸显以及对人类历史的新的理解:历史由世世代代民众的生存活动的展开构成。在这样的一个大的学术背景下,本书选择"文人日常生活"这一角度,尝试揭示文人在"文化精英"身份的掩盖下、作为普通人的一面,并且以此为基点探讨中唐文人的生存状态、心理变化和文学观念及文学创作的演进。而学术界前贤对日常生活内容、精神、作用力以及人在日常生活中提升与异化的探讨无疑给本书论述的展开提供了可供参考的理论和论述经验。

(二)文士生活与文学创作关系研究现状

在唐代文学研究领域,文人学士生活与文学创作的关联其实已受到众多前辈学者的关注,傅璇琮先生在《唐代科举与文学》的序言中便明确地提出该书的写作意图是通过科举来展现唐代知识分子的生活道

---

① 见蒲慕州:《生活与文化·导言》,中国大百科全书出版社 2005 年版。

路、思维方式和心理状态,进而探索唐代文学的历史文化风貌。① 在傅先生研究思路与成果的指引和带动下,学界又陆续出现了《唐代使府与文学研究》②、《唐代铨选与文学》③、《唐代关中士族与文学》④、《唐代三大地域文学士族研究》⑤、《唐代交通与文学》⑥、《江南文化与唐代文学研究》⑦、《唐五代逐臣与贬谪文学研究》⑧等一批学术论著。这些论著皆在不同程度上涉及到了唐代文士不同的生活方式。其中,戴伟华师的《唐代使府与文学研究》在全面揭示使府文士生活的内容以及文化背景的基础上,阐述了使府文人的生活对诗歌、小说和散文创作新风貌的形成所起的积极作用;从文人的生活习性分析了入幕文人放荡纵情、溺于娱乐的心理;从文人的生活环境分析了入幕文人在宽松的人际关系中逐渐滋生的要求人格独立的心理。王勋成《唐代铨选与文学》则揭示了文士官员守选生活的情状;李浩《唐代关中士族与文学》、《唐代三大地域文学士族研究》动态地分析了关中、山东、江南士族家庭生活中的教育、文学传统、婚姻关系等一系列文化因素,进而探讨在关中文化背景下文学群体的创作特点。李德辉《唐代交通与文学》则对唐代文士的行旅生活的做了深入的考察并且论述了行旅生活对唐文人及其诗歌形式、内容、主题、创作方式的影响以及交通与文学传播和文学风格、地域文学发展、行记文学的联系问题。景遐东《江南文化与唐代文学研究》对生活在江南的区域内的家族诗人群体、流寓诗人群体的诗酒文会活动、漫游以及隐逸生活情况作了梳理,由此探讨出唐代江南文化给唐代文学带来的特殊影响。尚永亮《唐五代逐臣与贬谪文学研究》对唐代不

---

① 傅璇琮:《唐代科举与文学·序》,陕西人民出版社 2003 年版,第 1 页。
② 戴伟华:《唐代使府与文学研究》(修订本),广西师范大学出版社 2007 年版。
③ 王勋成:《唐代铨选与文学》,中华书局 2001 年版。
④ 李浩:《唐代关中士族与文学》,中国社会科学出版社 2003 年版。
⑤ 李浩:《唐代三大地域文学士族研究》,中华书局 2002 年版。
⑥ 李德辉:《唐代交通与文学》,湖南人民出版社 2003 年版。
⑦ 景遐东:《江南文化与唐代文学研究》,人民出版社 2005 年版。
⑧ 尚永亮:《唐五代逐臣与贬谪文学研究》,武汉大学出版社 2007 年版。

同时期的贬谪文士的情况进行了细致的梳理,探讨不同时段的被贬文士的生活、心态以及创作,并总结、归纳出唐代各个时期贬谪文学的主要风貌与特征。此外,尚永亮有《"壶天"境界与中晚唐士风的嬗变》、《唐人的后院——从唐诗中的"药"看唐人生活与创作》①二文,文章选取"壶天"境界与"药"这两个较小的切入点深入阐述了唐代文人生活与创作的关系,无论是在研究角度还是在论证观点上都比较新颖,值得借鉴。

　　不过,因为选题所限,上述专著及论文大都只对唐代文士某一类型生活侧面或某生活时段进行了较为系统的探讨,对唐代文人不同时段、不同生活情境下的生活却缺乏一种全面的考察。吴在庆先生的《唐代文士的生活心态与文学》②无疑弥补了这一缺憾。该书选择文士读书习业、科举求仕、朝中朝外文士官员及一般士子的游宴集会、贬谪、隐居生活等重要方面进行了较为全面的探究。在勾勒出不同生活情景下不同阶层的文士丰富多变的情状的同时,更深入探讨了文士的各式各样的心理状态和情感起伏及其对文学创作所产生的影响。全书对文士生活的分析点面结合,既有全景式的描述考索,也有具体化的分析;对文士心态和情感的探讨十分注重同中有异,因而其研究全面而辩证。

　　以上论著无疑将人们对唐代文人的生活情状、心态及其与文学创作的关系的认识向更广、更深的方面推进。综观各种现有的相关研究成果,可以发现,唐代文人的生活与创作的关系日益受到研究者的重视。然而,现有的研究大多侧重探讨文人某种生活类型,如科举、入幕、隐居、贬谪等,这类研究主要强调的是,生活在不同情景下的文人在心态以及作品题材、风格等方面的差异性,而对文人在不同生活情景下相同的日常活动、日常思维及其对文学创作产生的影响却有所忽略,而这也正是本书所要尝试探讨的内容。唐代文人无论是入幕、游历还是隐居,

-----

　　① 尚永亮:《唐代诗歌的多元观照》,湖北人民出版社 2005 年版,第 60—101 页。
　　② 吴在庆:《唐代文士的生活心态与文学》,黄山书社 2006 年版。

他们都离不开衣食住行、亲友往来等日常生活的基本方面。尽管迄今为止,研究文人生活与创作的成果不少,然直接将"日常生活"与文学研究挂钩的成果其实并不很多。将相关成果进行分类可知,唐代文人的行旅生活、日常饮食中的饮酒和喝茶以及唐代文人的婚恋等方面与文学关系的研究较为充分,例如唐人的行旅生活与文学的关联在《唐代交通与文学》一书中有较系统的阐述;杨嘉《唐诗饮食题材研究——兼论唐诗诗风的俗化》①较系统地剖析了唐代饮食题材诗在语言表达、审美趣味等方面的特点;葛景春《诗酒风流赋华章——唐诗与酒》②、赵建梅《裴度在洛阳的文酒生活及其诗歌创作》③等探讨了饮酒与文学、文化精神的关系;日本学者兴膳宏《中国古代的诗人与他们的饮食生活》、《诗人与"食"——嗜食好饮的白居易》二文对李白、杜甫和白居易三位诗人的一些与饮食题材有关的诗篇进行解读并由此描摹出他们的基本生活情态;马歌东《唐宋涉脍诗词考论》④提出了脍肴的精洁因与文人的品味与情志暗合而受青睐的观点;赵睿才、张忠纲《中晚唐茶、诗关系发微》⑤则细致地分析了文人喝茶与诗歌创作的关联;程国赋《试论唐代婚恋小说的嬗变》⑥、鲁茜《唐五代婚恋小说中的唐人婚姻观及其嬗变》⑦、江合友《财婚风尚与唐代贫女诗》⑧等论文考察了唐人日常婚恋生活以及婚恋观念在文学作品中的反映。综合来看,上述著述大多选取以日常生活的某一方面为表现题材的文学作品进行分析解读,由此还原出文人

---

① 杨嘉:《唐诗饮食题材研究——兼论唐诗诗风的俗化》,暨南大学硕士学位论文,2004年。

② 葛景春:《诗酒风流赋华章——唐诗与酒》,河北人民出版社2002年版。

③ 赵建梅:《裴度在洛阳的文酒生活及其诗歌创作》,《河南教育学院学报》(哲社版)2005年第2期。

④ 马歌东:《唐宋涉脍诗词考论》,《文学遗产》2001年第4期。

⑤ 赵睿才、张忠纲:《中晚唐茶、诗关系发微》,《文史哲》2003年第4期

⑥ 程国赋:《试论唐代婚恋小说的嬗变》,《齐鲁学刊》1995年第4期。

⑦ 鲁茜:《唐五代婚恋小说中的唐人婚姻观及其嬗变》,《江西社会科学》2004年第4期。

⑧ 江合友:《财婚风尚与唐代贫女诗》,《宁夏社会科学》2003年第6期。

创作时的某些特殊情状,并且归纳出同一日常生活题材下的作品的共同特点。虽然这些论述没有强调"日常生活",但无疑已涉及到了日常生活与文学创作研究的范围。而韩梅《唐宋词与唐宋文人日常生活》①一文自觉地紧扣"日常生活"这一研究视角,探讨了唐宋文人词创作与日常生活的互渗关系并主要围绕唐宋文人的交游生活、情感生活与唐宋文人词创作日常生活化的关联展开阐述,从而揭示了词的文体特征及独特的艺术风格。可以说,这是近年来首次有意识地将"日常生活"研究视角带入古代文学研究的主要文章。此外,许菊芳《奇崛之笔与世俗之情——论韩愈诗歌的日常生活题材》②也以"日常生活"为视角做了一个个案研究,该文梳理与分析韩愈表现日常生活题材的部分诗作,并且探讨了此部分韩诗对后世的影响。就总体而言,学界对唐文人其他日常生活侧面与文学创作关系的探讨多呈现出一种零散的状态。之所以会出现这样一种研究局面,一方面是因为"日常生活"本身就是一个十分日常化的词汇,它对应的领域太过平常、普遍,所以常常表现出一种背景性质而容易被人们所忽视。另一方面恐怕与研究者的研究观念有关。日常生活的方方面面纷纭杂陈、细碎琐屑,像柴米油盐、衣裤鞋袜等日常生活物质材料以及吃喝、穿衣、睡觉等日常行为与政治、宗教、艺术等方面相比可谓微不足道、杂乱无章,因而不难理解文学研究者何以大多选择探讨后者和文学的关系。从表面上看,日常生活中的各种琐碎内容对文学的影响似乎不如政治、宗教、艺术等方面,然而,日常生活世界作为文人所熟知、所依赖的直接生存环境,它早已对文人的思想起着潜移默化的影响并在文学创作中有所反映。因此,文人的日常生活是很能反映出文人的个性特点以及精神状态的,追踪某一时期文人的日常生活绝非是无意义的。

---

① 韩梅:《唐宋词与唐宋文人日常生活》,浙江大学博士学位论文,2007 年。
② 许菊芳:《奇崛之笔与世俗之情——论韩愈诗歌的日常生活题材》,《衡阳师范学院学报》2006 年第 2 期。

　　总的来说,现有的研究成果为进一步研究中唐文人日常生活和创作的关联打下了基础。但此类研究成果较为零散地分布在不同的研究论著中,因此欠缺系统性和全面性。同时,也因为相关研究成果具有分散性特点,所以相关研究在缺乏整体考察的情况下,很难总结出文人日常生活与文学创作二者之间联系的规律。针对此研究现状,从宏观和微观相结合的角度着眼研究唐代文人日常生活,寻求文人日常生活与文学创作的契合点,从而深入地探讨二者的关联当不无意义。

　　然而,日常生活涵盖面本来就十分广泛,同时由于年代的久远,史料缺乏,要全面、清晰地了解唐代文人的日常生活面貌实为不易。幸而近年来历史学界对唐人生活的研究成绩斐然,其中李斌城、李锦绣等人合著的《隋唐五代社会生活史》、黄正建《唐代衣食住行研究》、黄新亚《消逝的太阳——唐代城市生活长卷》、毕宝魁《隋唐生活掠影》、黄云鹤《唐宋下层士人研究》①是较有代表性的论著。对唐人生活中的各个侧面,他们都作了尽可能详细的考辨,虽然前四者不专门研究文人生活,但文人士大夫阶层的生活却是他们的主要研究对象之一,因而这些研究成果对于我们全面地了解唐代文人的生活情状有着相当大的帮助。此外,孙立群《中国古代的士人生活》②对中国古代士人的读书生活、仕途、衣食住行以及各种文化活动进行了较为全面的描述。除了专著,还有不少论文对唐人生活的各方面进行了探讨,例如傅乐成《唐人的生活》、王赛时《唐朝人的饮食结构》、马冬《唐代服饰专题研究》③、李怡《唐人

---

① 李斌城、李锦绣等:《隋唐五代社会生活史》,中国社会科学出版社1998年版。
　黄正建:《唐代衣食住行研究》,首都师范大学出版社1998年版。
　黄新亚:《消逝的太阳——唐代城市生活长卷》,湖南人民出版社2006年版。
　毕宝魁:《士人生活掠影》,沈阳出版社2003年版。
　黄云鹤:《唐宋下层士人研究》,湖北人民出版社2006年版。
② 孙立群:《中国古代的士人生活》,商务印书馆2003年版。
③ 马冬:《唐代服饰专题研究》,陕西师范大学博士学位论文,2006年。

裤褶服演变的文化美学解析》、袁婧《关于唐代住宅的几个问题》①等
等。其中,尤其值得注意的是黄正建的《韩愈日常生活研究——唐贞元
长庆间文人型官员日常生活研究之一》、《官员日常生活的个案比
较——张说和元稹的场合》②,此二文直接以韩愈、张说和元稹这三大文
人官员为研究对象,通过分析对比,向读者展示唐代不同时期文人官员
的日常生活情状;此外,曲阜师范大学06年隋唐史专业硕士学位论文,
包括张华滨《唐代文化名门家庭生活研究》、王建涛《唐代官僚士大夫家
庭管理研究》、焦恩科《唐代进士家庭生活探析》和曲洋《唐代山东士族
家庭文化研究》都直接以唐代的文人士大夫的家庭生活为研究对象。
这些研究成果的存在无疑为研究文人日常生活与文学创作的关系提供
了十分有利的条件。

　　综上,本书拟在前贤研究成果的基础上,以中唐文人日常生活与文
学创作的关联作为研究的焦点,通过对中唐文人相关作品进行解读,从
而在最大程度上还原中唐文人的日常世界;在日常生活的情境下探讨
中唐文人墨客心态、观念和文学思维的改变以及此种变化在文学创作
中的体现。当然,需要注意的是,关注文人的日常生活或者说关注文人
作为一般人的、日常的一面,并不是要将文人打回普通人的原形,而是
希望通过了解他们的纷繁芜杂而又各有特色普通生活来更好地深入理
解和发现他们作为文人的特质及其文学创作的规律。况且,文学活动
穿插在日常生活中,对文学家而言,创作本身就是他的一种日常行为,
也正是这种行为使得文人与普通众区别开来。唐代诗人,尤其是中唐

---

　　① 傅乐成:《唐人的生活》,《食货月刊》第4卷第1、2期。
　　王赛时:《唐朝人的饮食结构》,《人文杂志》1999年第2期。
　　李怡:《唐人裤褶服演变的文化美学解析》,《北京科技大学学报》(社会科学版)2007年第
1期。
　　袁婧:《关于唐代住宅的几个问题》,首都师范大学硕士学位论文,2007年。
　　② 黄正建:《韩愈的日常生活研究》,《唐研究》第四卷,北京大学出版社1996年版;《官
员日常生活的个案比较——张说和元稹的场合》,《中晚唐社会与政治研究》,中国社会科学出
版社2006年版。

以来的诗人,多将诗歌创作视为生活中不可分割的主要部分,如孟郊常"夜学晓未休,苦吟鬼神愁"(《夜感自遣》),居官溧阳则"裴回赋诗,而曹务多废"①、李贺"每旦出,骑弱马,从小奚奴,背古锦囊,遇所得,书投囊中……非大醉、吊丧日率如此"②、贾岛在行走时太专注于推敲诗句而数次冲撞达官等等。此类诗人在进行休寝、工作和行走等日常行为时均不忘文学创作,可以说已经达到了嗜诗人癖的地步。相比之下,初、盛唐诗人虽也常在日常饮食时进行即兴创作,但其对诗歌创作的执着却很少达到中唐诗人的境界。文学创作这一行为本身在中唐文人日常生活中所占比重的增大乃是中唐文人生活的一大特点,而此特点的存在同样给文人的日常生活与创作的互动关系的研究提供了一个契机。

二、相关概念的界定及研究对象说明

本书将主要围绕中唐文人的日常生活与文学创作的相关性来展开,"日常生活"乃本书主要的研究视点,因此有必要先对"日常生活"的一些相关问题进行说明。

(一)"日常生活"的基本内涵

人们常言的日常生活涵盖面相当广,若不对其进行一个较合理而系统的界定,则研究内容易庞杂而无序。关于日常生活的界定问题,文化哲学领域中的日常生活批判理论早有言及。日常生活批判是 20 世纪兴起的一个哲学命题,西方学者如胡塞尔、许茨、海德格尔、列菲伏尔、卢卡奇、赫勒、科西克等人就曾从不同的视角对此问题进行了探讨。而这一哲学问题在中国受到关注则始于 20 世纪 80 年代末,从衣俊卿《日常生活批判刍议》③的发表以及赫勒《日常生活》④一书的翻译和出版至

---

① 欧阳修、宋祁撰:《新唐书》,中华书局 1975 年版,第 5265 页。
② 欧阳修、宋祁撰:《新唐书》卷二百三《文艺下》,中华书局 1975 年版,第 5788 页。
③ 衣俊卿:《日常生活批判刍议》,《哲学动态》1989 年第 4 期。
④ [匈]阿格妮丝·赫勒著,衣俊卿译:《日常生活》,重庆出版社 1990 年版。

今,日常生活批判理论已成为中国哲学界的一个颇受关注的新生点。当然,现代哲学中的日常生活批判,其目的在于:通过划分日常生活和非日常生活领域、揭示日常生活内在结构和一般图式以及探讨科学、哲学、艺术等社会活动和社会结构的日常根基来对现代世界的日常生活现状和结构进行深入的剖析并探寻人自身的现代化。可以说,这一哲学批判是针对现代人和现代社会而发,此目的和本书研究无关,但该理论在建构过程中对"日常生活"的界定以及对日常根基在科学、哲学、艺术等方面所起的双重作用的理论探讨却值得借鉴。

关于日常生活的界定,我国日常生活批判哲学研究者衣俊卿先生曾从内涵与外延、时间与空间、结构与图式三个层面对日常生活进行了界定,并得出了一个相对完整的"日常生活"定义:

> 日常生活是以个人的家庭、天然共同体等直接环境为基本寓所,旨在维持个体生存和再生产的日常消费活动、日常交往活动和日常观念活动的总称,它是一个以重复性实践为基本存在方式,凭借传统、习惯、经验以及血缘和天然情感等文化因素而加以维系的自在的类本质对象化领域。①

根据这一界定,我们大致可从纷繁复杂的日常生活世界划分出三个最基本的层次:(1)以延续人的肉体生命为宗旨的日常生活资料的获取和消费活动,即是指人如何谋生及消费的问题;(2)以日常语言为媒介,以血缘关系和天然情感为基础的日常交往活动,例如日常协作、闲谈、游戏等;(3)日常观念活动,即是伴随着人们日常生产、消费活动、日常交往活动和其他各种日常活动而存在的、以非创造性和重复性为本质特征的思维活动。任何人的现实生活要顺利进行均离不开这三个基本层次。在唐代文人群体中,无论是最活跃的文人,还是最不虚张的隐

---

① 衣俊卿:《现代化与日常生活批判》,人民出版社 2005 年版,第 31 页。

士,无论他们是生活安定无忧还是漂泊无依,他们的生活都包含了这三个最基本层次。因而,无论不同的文人个体的生活如何千差万别,但我们总能够透过这些差别找到他们身上所共有的方面。

当然,文人作为一般个体时,其日常生活与普通人的日常生活基本一致,但作为文人这一特殊群体中的一员时,文人的日常生活与普通民众的生活又有着差别。只要他们有条件,他们会尽量使自己的生活具有一种有异于世俗的诗化情调,他们钟情于琴棋书画、诗酒唱和等具有文雅色彩的活动,徜徉于山水田园。这是因为他们虽与常人一样受到大众文化、观念和规则的潜移默化的影响,但他们在成长的过程中同时也受到了那些并不为大多数人所熟习的学问、知识以及世代流传下来的文学作品、文学理念与思维的熏陶。而这些具有专业化倾向的学问和知识,在普通民众那里并不属于"日常"领域,因为他们维持一般的生存并不需要这些学问;但对文人而言,这些不太为一般人所熟习与运用的知识、学问与思维方式却属于"日常"领域,因为正是具有了这些方面,文人才具有了成为文人的基本条件,文人之间的诗文交往也才具有交往的基础。

总的来说,本书言及的"日常生活",其外延与内涵大致上与衣俊卿所界定的"日常生活"相近。同时,考虑到文人阶层有别于普通群体的特殊性,本书也将不属于一般人日常生活范围内的琴棋书画、歌咏流连等文士生活行为纳入考察的范围。

(二)"日常生活"与"非日常生活"

"生活"本来即是一个错综复杂的多元范畴,虽然出于研究方便的需要,将它分为"日常生活"及"非日常生活"两个领域,但其实这两个领域并不是截然对立的,相反,它们常常是相互交织,难以分割的。①

就大体而言,"日常生活"与"非日常生活"二者的区分取决于作为

---

① 关于二者的区别与联系,王国有:《日常思维与非日常思维》第一章中有较相关论述,人民出版社 2005 年版,第 9—15 页。

生活主体的人的活动状态。人们在进行日常生活时只需要继承世世代代流传下来的传统、习惯、风俗、常识、经验等现成的东西,并仿效、重复父祖辈的脚步,按部就班地完成每日生活的固定动作,如吃饭、穿衣、劳作、对话等。在日常生活领域,人们的生存很多时候表现出一种"自在性",他们基本上不需要发挥个人的主观能动性,世代积累的经验、知识给绝大部分的日常生活难题提供了现成的解决方案。可以说,"日常生活"是一个自在的活动领域。与此相反,"非日常生活"则是一个充满自觉、创造与探索的"自为"活动领域。在非日常生活领域中,人不再仅仅停留于维持个体生命的存在和延续,而是在前人已有的经验、知识积累的基础上,积极发挥自我能动性,有意识地提升和改造现状、超越个体生存的限度、追求未知的领域。例如人们对科学、宗教、哲学、艺术等方面的探索就属于典型的非日常生活范畴。正是由于非日常生活的存在,新的知识和经验才会不断地积累,人类文明和社会进程才得以向前发展。

归结起来,日常生活和非日常生活的基本区别在于它们分属"自在"和"自为"两个不同的领域。若将日常生活与科学、艺术、哲学等自觉的精神生产及其他有组织、有意识的非日常活动进行更细致的比较,可以归纳出日常生活世界的几个特点:"(1)它是一个重复性思维和重复性实践占主导地位的活动领域;(2)它呈现出经验主义的主导倾向,主要凭借传统习俗、经验和常识而自在自发地运行;(3)它表现出强烈的自然主义色彩,主要由生存本能、血缘关系和天然情感而加以支撑和维系;(4)它表现为一个自发组织、自发运行的系统,其中,起重要作用的是家庭、自在的道德观念与宗教。"①在区分日常生活与非日常生活时,以上几个特点也可作衡量日常生活内容的标准。

然而,正如上文所言,在现实生活中,日常生活与非日常生活是相互

---

① 衣俊卿:《现代化与日常生活批判·总序》,人民出版社 2005 年版,第 4 页。

交叉渗透的。关于这两个领域的关系,匈牙利哲学家卢卡奇曾形象地指出:"如果把日常生活看作是一条长河,那么由这条长河中分流出了科学和艺术这样两种对现实更高的感受形式和再现形式。它们互相区别并相应地构成了它们特定的目标,取得了具有纯粹形式的——源于社会生活需要的——特性,通过它们对人们生活的作用和影响而重新注入日常生活的长河。"①由此可见,一方面,稳定的日常生活是"源",而非日常生活是"流",没有前者,后者则是虚无的;另一方面,当非日常生活中的知识、技术、经验等被广泛运用到人的实际生活时,它们即已融入日常生活中,这种融入使得日常生活不断得以提升。

　　总的来说,在现实生活中,日常生活与非日常生活是相对存在的。联系到本书选题,本书虽以"中唐文人日常生活"为研究对象之一,但并不会对中唐文人的日常生活进行全景式的探讨,一则因为日常生活所囊括的范围既广,其中的某些内容未必与文人文学创作有联系;二则即是鉴于日常生活与非日常生活相互交叉渗透关系的存在。所以,本书在文人日常生活领域中确定考察对象时,尽量选取与文人创作相关的、典型的、相对较少掺杂非日常因素的日常生活内容。即使如此,日常生活与非日常生活相互交织现实的存在决定了本书所选取的文人日常生活的内容中较难避免夹杂非日常因素,例如书法,一方面,由于初唐以来统治者的重视以及中唐文人对自我修养的日益重视,书写练习和书法创作成为文人的一项日常行为;另一方面,书法本属于艺术范畴,好的书法创作本身需要充分发挥书法家的创作性,这无疑是典型的非日常行为。针对此种情况,本书同样采取紧扣其中的日常生活因素、尽量排除非日常因素的做法去处理。

---

　　① ［匈］卢卡奇著,徐恒醇译:《审美特性·序言》,中国社会科学出版社1986年版,第1—2页。

（三）日常生活与风俗的关联

一直以来，在实际的学术研究中，日常生活和风俗这两个范畴常常被混淆，"日常生活"常被视为"风俗"的一部分。关于此点，黄正建在《关于唐代日常生活史研究现状的思考》曾有所提及。他对 1996 年到 2002 年七年间中国唐史学会的会刊刊登的有关论文目录和进行了统计分类，发现"衣食住行、婚丧嫁娶等先是泛泛地属于'文化'，后来觉得应该归入'习俗'，最后将它们归在了'社会风俗'一类中"。① 而在文学研究领域，近年来唐代文学研究领域对唐代风俗与文学关系的探讨成果颇丰，如程蔷、董乃斌《唐帝国的精神文明》②、何立智《唐代民俗和民俗诗》③、赵睿才《时代精神与风俗画卷——唐诗与民俗》④、刘航《中唐诗歌嬗变的民俗观照》⑤、朱红《唐代节日民俗与文学研究》、⑥严春华《风俗文化与唐代文学的相关性研究》⑦等著述都在不同程度上利用民俗、文学资料再现唐人的生活情境风俗并探讨风俗与文学的相互作用。细读这部分论著，不难发现日常生活中的"衣食住行"常被列入风俗的范畴。针对"生活"和"风俗"混淆的情况，黄正建《关于唐代日常生活史研究现状的思考》一文指出："'风俗'和'生活'是不同的。'风俗'不能概括、代替'生活'，'生活'则能包含'风俗'。风俗产生于生活又服务于生活，附着在生活上，但并非生活中的全部都与风俗发生关系。有些生活现象并没有成为风俗。因此，用'风俗'来代替'生活'是不正确

---

① 黄正建：《关于唐代日常生活史研究现状的思考》，《中国社会科学院院报》2004 年 9 月 14 日第 3 版。

② 程蔷，董乃斌：《唐帝国的精神文明》，中国社会科学出版社 1996 年版。

③ 何立智：《唐代民俗和民俗诗》，语文出版社 1993 年版。

④ 赵睿才：《时代精神与风俗画卷——唐诗与民俗》，河北人民出版社 2002 年版。

⑤ 刘航：《中唐诗歌的民俗观照》，学苑出版社 2004 年版。

⑥ 朱红：《唐代节日民俗与文学研究》，复旦大学博士学位论文，2002 年。

⑦ 严春华：《风俗文化与唐代文学的相关性研究》，华南师范大学博士学位论文，2008 年。

的。"

　　的确,"风俗"指相沿习久而形成的风尚、习俗。正因为风俗是在日复一日的生活中形成,所以风俗必定会涵盖了部分日常生活内容。可以说,风俗的存在使得日常生活的某些部分的开展变得顺当并且具有特殊的文化意义。在风俗下,一切已约定俗成,人们无需开动脑筋。然而,风俗对日常生活的引导作用毕竟是有限的。一方面,风俗通常具有较明显的地域性特点。《汉书·地理志》有云:"凡民秉五常之性,而有刚柔缓急音生不同,系水土风气,故谓之风;好恶取舍动静无常,随君上之情欲,故谓之俗。"由自然环境不同而形成的习尚称为"风",由社会环境的不同而形成的习尚谓之"俗"。离开了特定的自然环境和社会环境,特定的风俗便失去了原有的指导意义。另一方面,风俗较容易被时代因素影响。就具体的风俗习惯而言,相当多的习俗可能会因为时代的变迁而失去其依存的社会条件,从此走向消亡或者被其他习俗取代。而日常生活中最基本的行为和内容却不会因为时代的改变而消失,随着时代的进步,日常生活会更加丰富并呈现出多元的倾向,特定的风俗对日常生活的指导会更显乏力,相比之下,日常经验、常识等对日常生活的指导作用会更加明显。

　　总的来说,风俗属于日常生活世界中的一部分,它给人们顺利进行日常生活提供了一种依照和指导。此外,值得一提的是风俗中的节俗,在节日中,人们平日里平板、单调的生活状态被打破,取而代之的是一种热烈的情绪与行为。这种不常有的节日生活状态看似与平日按部就班的生活状态相异,其实它同样也属于日常生活的范畴,因为人们在节日中的"非常态"行为其实也是具有重复性的,只不过其循环周期并非是日复一日罢了,所以,不妨将它视为日常生活中的一种高潮形式。

　　由于风俗是人们在长期的社会交往中,在物质文化与精神文化生活中形成的集体习惯,它对生活在同一时空的人们所起的影响基本是一致的。联系到风俗与文人、文学创作的关联,可以说,风俗文化对文人和普通人的浸润作用并无多少差异。当然,不能否认,文人对民风习俗的感受与观察比一般人更为敏锐。风俗作为一种带有明显集体性和普遍性的文化存在,它给文人这一群体带来的影响是最基础的,如果将文人的特质以及创作活动视为一幅色彩丰富的立体图画,那么,风俗则是立体图画背景中的一种原色。它和世代积淀的传统、习惯、经验、常识等具有自然主义和经验主义色彩的文化因素共同交织混杂而构成了立体图画的全幅背景——日常生活。可以说,日常生活所囊括的内涵比风俗要多。在同一社会背景下生活的不同社会群体,其日常生活存在着一定的差异,选择文人这一群体进行日常生活考察,无疑能较为全面地探讨他们文学创作,并且凸显文人的群体特征。总之,风俗是日常生活世界中的一部分内容,探讨文人日常生活时难免会涉及风俗方面的内容。然而,鉴于目前学界对风俗文化和文学关联的研究成果已经相当丰富,为避免重复,风俗方面内容将不作为本书讨论的重点。

三、基本思路与基本构架

本书将研究视角转向具有普遍意义的生活世界,旨在探寻中唐文人日常生活与文学创作的契合点,对于中唐代文人的生活的方方面面,本书并不打算进行复原式的描述,因为这恐怕是历史学、民俗学、人类文化学的任务,文学研究没有必要越俎代庖。文人日常生活及其与文学创作的关联,乃是本书考察的重点,此二者单独的、不发生联系的内容将不涉及或少涉及。

在讨论中唐文人日常生活与文学创作关系之前,需要指出的是,日常生活本身具有积淀性,因此,中唐文人的日常生活毫无疑问也具有前代文人日常生活成分的积淀,对文人日常生活构成影响的传统、习惯、风俗、常识、经验等等因素无不是经世世代代积累而成的。但在这种世代积累的日常生活因素的基础上,中唐文人的日常生活又呈现出新的时代特点。黄正建在《从衣食住行看唐代文化的过渡性》①一文中曾举唐人衣食住行等方面的例子来论证唐代文化在中国古代历史文化中的过渡性特征,由其所举唐人饮茶、坐具等数例可知,唐代物质文化的过渡特征恰是从中唐开始愈见明显的。至于中唐思想文化的转型,学界对此也早有认识。因此,可以说,中唐文人的日常生活既具有承传性,也有过渡性。正是在承传和过渡的双重性质的作用下,中唐文人的日常生活状态和文学创作才呈现出独有的特点,此二者之间相互影响的关系也从而更具有可值探讨的空间。

　　考察中唐文人日常生活及其与创作关系的密切关联,本书主要运用文史结合、考据、比较分析等研究方法,将具体化的日常生活现象探讨与相关的理论相结合,力求微观的考索与宏观的立论的有机统一。围绕本书两方面的研究对象,本书论述线索如下:第一章综论中唐文人日常生活与文学创作的关系。第二章对中唐时期前后阶段的文人日常生活题材诗歌进行分析,在此基础上探讨日常生活题材在中唐诗歌中的发展趋势。第三章探讨中唐文人的日常饮食习惯、服饰、居住环境与他们文学观念、文学创作之间的关联。第四章由文人日常文化生活中的弹琴、棋弈、书法等方面来观察中唐文人对个人修养的加强,并由此透视他们文艺审美趋向。第五章探讨中唐文人亲友间日常交往的模式与内容及其与文学的关联;分析文人笔下的官曹生活以及中晚唐文人不乐曹务,走向独善的情况,探讨中晚唐诗气格低下的原因。余论补充探讨中唐文人日常生活的打破与重建给文学创作所带来的影响。

　　概而言之,本书主要围绕文人的衣食住行、日常起居、琴棋书画等文化生活、日常工作、日常交往等方面进行论述。其中,前三项属于日常物质消费和日常基本行为层面;日常工作则属于生活资料的获取范畴,而工作不可避免地会牵扯到与他人的交往,所以本书将文人日常工作

---

　　①　黄正建:《从衣食住行看唐代文化的过渡性》,《华夏文化》1994 年第 3 期。

和日常交往一并列入日常公共生活领域来进行探讨。考虑到日常生活所囊括的内容广泛,本书只能从上述文人日常生活的几个基本层面中抽取部分与文学较为紧密联系的方面进行探讨,力求以点带面,以小见大,从而揭示日常生活与文人文学创作之间的关联。

第一章 中唐文人日常生活与创作关系综论

第一节 中唐文人日常生活与创作关系概说

　　回顾文学史,可以发现,中唐以前,绝大多数文人都较少在文学创作中涉及自身琐碎的日常生活。自汉魏晋南北朝以来,引领每个朝代文坛主流的人物历来不是出身于士族高门,就是朝廷显贵的追随者,日常生活中一些琐碎的事物常被他们目为庸俗的范畴,认为若将它们纳入文学的表现范围会有损文学作品的精神境界。文坛主流如此,所以像陶渊明那样将衣食住行、起居作息、养儿育女、生老病死、亲友往来、闲聊杂谈等等日常生活的基本内容引入诗歌者甚少,并且此类关涉日常生活内容的文学创作在当时也得不到相应的认可。久而久之,文人作品所描绘的文人生活图景便给读者们制造了一个假象,也即文人生活就是吟咏文会、诗酒风流,仿佛尘世间斩不断、理还乱的种种日常琐事与他们毫无关涉。当然,文人能将所有精力都投放到文学创作与切磋交流上,不必为衣食温饱奔波,也无须为复杂的人际关系伤神,达到物质和精神上的独立,这的确是一种理想的生活和创作状态。可是,对于大部分文人来说,这种理想状态在现实中很难达到。因此,中唐以前的文人尽管常在文学创作中回避表现日常生活内容,但这并不意味他们远离了平凡的日常生活,文学创作及文学交流活动并非他们生活的全部。

到了中唐,在经历了近十年的内乱后,"稻米流脂粟米白,公私仓廪俱丰实"(杜甫《忆昔二首》之二)的丰裕社会化为泡影。在社会物质匮乏、社会矛盾重重的情况下,中唐文人常常会陷入一种困窘境地,关于中唐文人的穷厄,明代胡应麟曾言:"开元以前,词人鲜弗达者;天宝以后,才士鲜弗穷者。即间有之,然弗数见也。"又云:"古今诗人,穷者莫过于唐,而达者亡甚于宋。汉苏、李,魏刘、王,晋阮、左,北魏温、邢辈,皆阨穷摧折,顾未至饥寒也。唐世则饥寒半之。"①综观生活于中唐社会的文人的生平遭遇,便可知胡氏的论断是不无根据的。例如,晚年杜甫与家人在离乱岁月中常常温饱不济,需要他人接济;韦应物年少时为唐玄宗侍从,过惯轻裘肥马的生活,战乱一起,则沦落到"弊裘羸马冻欲死,赖遇主人杯酒多"②的地步;在贞元、元和间执掌文柄、名重一时的权德舆也有过穷难度日的经历,且作有《丙寅岁苦贫戏题》记录;而韩愈在《与李翱书》言己曾有过"在京城八九年,无所取资,日求于人以度时月"③的经历;至于李翱,后来虽官至中书舍人,但也有过"凄凄惶惶,奔走耻辱,求食不暇"的困窘,在亲身经历过生活的艰辛以及目睹同时代文士相似的遭遇后,李翱更发出"自一千年来,贤士屈厄,未见有如此

---

① 胡应麟:《诗薮》,上海古籍出版社 1979 年版,第 174 页。
② 韦应物:《温泉行》,《韦应物诗集系年校笺》,中华书局 2002 年版,第 64 页。
③ 韩愈:《与李翱书》,《韩昌黎全集》卷二,中国书店 1991 年版,第 99 页。

者"①的悲叹。同样,白居易也有"诗人多蹇厄,近日诚有之"②的类似感
叹。其他文人,如张继、孟郊、张籍、刘禹锡、柳宗元、元稹、贾岛等人无
不经历过清贫。由此可见,中唐文人,无论他们最终走向了显达,还是
终生沉沦下僚,他们大都有过不同程度的、为自己和家人的生存而挣扎
的经历。相似的清贫经历带来了相似的生活体验以及情感共鸣,而在
此基础上,中唐文人通过诗文中的日常生活经验交流,逐渐形成了一种
生活共识,也即在平凡的日常生活中修炼自我。具体来说就是,作为文
人,不必一定要诗酒风流,他可以投入到平凡但缤纷的日常生活世界
中,体味平凡人生中的酸甜苦辣,又通过在作品中表现与回味这些人生
苦乐而达到一种升华,从而在平凡中达到心境的清宁、平和与心态的平
衡。相近的清贫生活经历,相似的日常心境追求,且加上盛唐以来高
官、贵族文士与寒庶文士平等交往观念的形成,中唐分属不同阶层的文
人的日常生活的差距得以缩小。正因为如此,中唐诗歌中言及日常生
活内容的篇章常带有趋同性,在很多时候,若单凭诗歌的内容,读者往
往较难判断作者究竟是位居台阁还是身在草泽。中唐文人物质生活条
件以及日常心境追求相近现象的存在,无疑为本书研究中唐文人群体
的日常生活的共同特点及其与文学创作的关系提供了一个较为有利的
前提。

关于文人日常生活及其与文学创作关系,它们之间是相互依存、相
互影响的,其基本关系大致如下:

首先,日常生活世界是文人作为生命个体的生存寓所,是他们自在
的、感性活动的家园,它为文人提供了生存所必须的熟悉感、稳定感和
安全感,从而保证了文学创作的顺利进行。一旦文人脱离了他所熟悉
的日常生活世界,处身于陌生、动荡的环境中,他们的文学创作必然受

①　李翱:《答韩侍郎书》《全唐文》卷六百三十五,上海古籍出版社 1990 年版,第 2839
页。
②　白居易:《读邓鲂诗》,《白居易集》,中华书局 1979 年版,第 185 页。

到一定影响。

其次，日常生活世界给文学创作提供了无限的表现题材。经历过战乱、苦难洗礼的中唐文人，逐渐在现实生活中告别了盛唐时期的浪漫，无论在思想还是在行动上都拉近了与日常生活世界的距离。他们走向世俗，并把观察的目光投射到周遭的日常生活中，于是，日常世界中的人、事、物均可供他们描摹与深味。只要文人愿意去挖掘，日常生活世界就是一个巨大的文学表现题材资源库。

再次，日常生活中所积淀的风俗、日常观念、日常思维与常识，给所有人的生活提供了一种可供参照的"样版"和指引，对于大多数安于现状的人而言，只要依照"样版"的指引便能毫不费力地将日常生活进行下去。文人生活在日常生活中，他们从小接受的风俗文化、日常观念、常识等等皆在潜移默化中影响着他们的创作观念、文学思维和文学风格的形成。同时，因为日常生活本身是一个充斥着传统和非理性色彩的文化因素的领域，身在其中，人容易滋生保守性和惰性，走向日常世界的中唐文人若沉溺于日常生活，则其自身所具有的开拓性和创造性就会很容易被消磨掉，如此一来，文学创作也将容易走向平庸。可以说，日常生活对文人创作的影响是具有双重性的，至于日常生活究竟对文人的创作起积极作用还是消极作用，则在很大程度上取决于文人个体的自觉程度。

第四，中唐文人注目于日常生活并将日常生活中的平常的、甚至琐碎的事物纳入文学创作的题材范围，原本看似平淡无奇的日常生活经文人的挖掘与提炼，在文学作品中却焕发出一种美感。我们将此现象称为中唐文人的"日常生活审美化"或许未尝不可。中唐文人以文学创作的形式记录下了他们真实的生活状态，透过他们的作品，历代的读者得以了解到，在文酒风流之外，文人作为芸芸众生中的一员的真实的存在方式。

第五，中唐文人将日常生活内容融入文学创作中的趋向也逐渐带动了文人对日常生活的改造,因为能进入文学领域的日常生活内容必然要符合和体现文人的审美需求,为了达到此目标,文人在创作中对日常生活内容进行裁剪的同时,更有意建立一个能够展现文人独特气质的日常生活范式,这种范式逐步建立的过程也即日常生活不断改造的过程。

总的来说,自中唐以来,文人日常生活与文学创作的关联日渐明显。中唐文人的文学创作因为文人贴近生活而呈现出新的面貌;而原本对于每一个人来说皆是平凡琐细、具有明显世俗化色彩的日常生活,在文人那里也因受到他们的重视与改造而逐渐蒙上了一层文人化色调。此二者相互影响,然而,值得一提的是,它们对彼此的影响力并非是对等的,文人文学创作对日常生活所起的作用并不见得立竿见影,大的改变通常需要一段稍长的时间来进行,因此,文学创作对日常生活的影响趋于明显当是在中唐后期及中唐以后。所以,本书在考察二者关系的过程中将主要侧重考察文人日常生活对文学创作的影响方面,而后者对前者的影响亦会涉及,但并不作为考察的重点。

第二节 中唐文学创作对日常生活的表现

中唐文人能够以一种审美的眼光去发现更多世俗日常生活中的美、探寻平凡事物中与其心性和精神追求相暗合的方面并形诸笔端,这可以说是对盛唐诗歌的一个新发展,因为这无疑拓宽了文学表现的领域。中唐以前,文人雅士虽然在文学创作中也部分涉及到日常生活内容,譬如饮酒,便是文人诗文创作中出现频率较高的一个日常行为。酒属于日常饮食中的一类,但在文人眼中,它和其他饮食内容,如油盐酱醋等有着很大的区别。饮酒,自魏晋以来,历来被文人骚客视为傲视世俗、张扬个性的一种方式,它是一种能释放文人心灵、激发创作灵感的日常饮品,诗酒风流也成为了典型的文人的标志。所以,文人在创作时从不吝以酒入诗、以酒入文,尤其是盛唐诗人,像贺知章、李白、张旭等,就常在纵酒后的迷狂状态下肆意挥毫、纵笔直书,创作出了相当多的优秀诗作。然而,同样属于日常饮食范畴,油盐米面一类的饮食材料却大都不被中唐以前的文人所重视,因为这些日常事物,在文人雅士眼里太过普遍,甚至庸俗,所以他们从不屑于将这些内容带入作品。可到了中唐,从杜甫的后期诗歌创作开始,这些平凡的饮食物象不再被文人视为平庸而拒之门外。中唐文人不但将这些内容带入诗歌创作当中,他们甚至乐于表现品尝食物的过程、描述食物的口感,并由此来展现自己生活的平淡旨趣。例如杜甫《江阁卧病走笔寄呈崔、卢两侍御》诗云,"滑忆雕胡饭,香闻锦带羹。溜匙兼暖腹,谁欲致杯罃",作者便是将食物的香味、口感细腻地展现在读者面前。杜甫这种类型的诗歌不少,像《茅堂检校收稻二首》之二、《孟仓曹步趾领新酒酱二物满器见遗老夫》、《佐还山后寄三首》等等,在很多时候,他调动视觉、嗅觉和味觉更方面的功能,将饮食的过程绘声绘色地描述出来。而到了白居易那里,日常饮食更是成了展现自我生活的一个重要窗口,在《二年三月五日,斋毕开素,当食偶吟,赠妻弘农郡君》中写到他的一顿饭:"以我久蔬素,加笾仍异粮。鲂鳞白如雪,蒸炙加桂姜。稻饭红似花,调沃新酪浆。佐以脯醢味,间之椒薤芳。老怜口尚美,病喜鼻闻香。"从蔬菜、粮食到鲜鱼、酱醋等等,诗人都一一展现。除此以外,白居易还有相当数量的饮食诗,如《食笋》、《食前》、《食后》、《烹葵》、《残酌晚餐》等等都是其中较有代表性的一些作品。概而言之,中唐文人比以往的文人更加贴近世俗,以往为文人士大夫所不屑的平凡、细碎的日常事物,只要他们认为能够体现他们的心性与情志的,他们都照写不误。

　　大致来说,中唐文人将日常生活的各种常见情状与内容被纳入到文学题材中,这种纳入又可分为三种不同的情况。

第一种情况是文人以诗意的眼光去观照日常世界中事物,并以精雅的、文人化的表达赋予平凡的日常生活以深婉、清淡的色彩。例如大历诗人钱起在《小园招隐》中以"交柯低户阴"①写居所门户,短短五字即将门户被树荫掩映的状态表现出来,并且令读者能够联想到一副优美的画面。又如韩翃以"竹露点衣巾,湖烟湿扃钥"②写服饰和门户钥匙,这些原本平淡无奇的日常物象,在诗人的精工镂刻之下,呈现出一种别样的韵味。在这种情况下,文人既表现了日常生活物象,又依旧保持一定的文雅。在中唐文人群体中,中唐初期的文人尤偏重于这种表现方式,这也正体现了处于文学转折时期的文人的一种真实的创作状态。他们开始走入现实生活,但又未能完全融入世俗,所以他们大都在自觉与不自觉之间,采取了这么一种方式去表现日常生活物象。

第二种情况是文人将日常的所见所闻和自己日常生活状态、日常事务以平实、浅白的方式写入作品。这种情况在元、白诗派的创作中表现得尤其明显。白居易、元稹等人诗歌创作崇实、尚俗,两人在元和初年写作"新乐府",力求以最直白的语言来反映社会、政治现实,以求达到美刺上闻和讽喻的创作目的。关于白居易诗歌的平易、浅白,惠洪《冷斋夜话》卷一就曾记载白居易作诗追求平易,到了能让老妪也读得懂的程度方才罢休。由此来看,白居易这种类型的作品对读者的阅读能力几乎不构成挑战。白诗的浅白,一方面拓宽了诗歌的受众面,由此诗歌可以被广为流传。但从另一方面来讲,当直白、自然的日常言语被用于表达一种现实或寓意时,读者往往能毫不费力就可以了解作品所要表达的内容,至于这些内容是如何被表达出来,读者反而不会在意,因为表达这些内容的诗歌语言浅白如话,并不见得能引起读者的兴趣。在这个时候,作品的语言和形式充当的是"捕鱼之筌"的角色,作品的寓意

---

① 钱起著,王定璋校注:《钱起诗集校注》,浙江古籍出版社,第28页。
② 韩翃:《送李司直赴江西使幕》,《全唐诗》卷二四三,中华书局1960年版,第2726页。

就好比筌中之鱼,读者得了鱼而忘记了作为工具的筌。当然,这或许就是白居易、元稹创作新乐府的最初动机,他们的目的就是要帝王、权贵以及大众关注他们在新乐府诗中所要表达内容,而不是关注诗歌的语言。尽管他们创作时在追求语言晓畅浅白方面下了不少工夫,但在他们眼中,作品的内容无疑比语言更为重要。然而,当元白诗歌(尤其是带有讽喻因素的诗歌)的语言为求浅白、平易而呈现出日常化口语倾向,而诗歌内容展现的又是人们早已见惯不怪的社会现象时,诗人想通过诗歌来表达的思想、寓意反而不能凸显,也不能引起读者长久的关注与思索。原因很简单,正如人们通常不会留意身边熟悉的事物一样,元白的诗,无论是内容,还是语言,对读者来说都太"熟"了,所以他们必然不会投注多少关注的目光。可以说,诗人想通过无障碍语言来突出作品思想、寓意的做法,到头来反而影响了读者对诗歌的接受。关于这一点,由白居易在《与元九书》中的相关叙述可知,作者自在元和初年任拾遗以来,"凡所遇所感,关于美刺兴比者,又自武德讫元和,因事立题,题为《新乐府》者,共一百五十首,谓之'讽喻诗'",同时,"又或退公独处,或移病闲居,知足保和,吟玩情性者一百首,谓之'闲适诗'","讽喻诗"和"闲适诗"是诗人看重的两类诗,因为他在这两类诗中充分寄托了他的创作理想和创作追求。但是,由白居易"今仆之诗,人所爱者,悉不过'杂律诗'与《长恨歌》已下耳。时之所重,仆之所轻"①的抱怨来看,这两类最能体现他的文学追求的作品却不为读者所重视。由此可知,以平实、浅白的方式来展现日常生活现象和内容,虽然能拓宽作品的受众面,增加传播的广度,但同时也容易影响读者的阅读兴趣,从而在一定程度上消解了作品存在的意义。

第三种情况是,文人同样取日常的事物为表现对象,但他们并不把这些对象作日常化的理解与处理,而是以这些简单、常见的事与物为基

①　白居易著,顾学颉校点:《白居易集》卷四十五,中华书局1979年版,第964页。

点,将它们奇异化,使它们呈现出一种与大众的理解和阅读期待相疏离的状态,这一情况,或可称为"日常事物的非日常化"。这种情况在追求奇崛险怪的表达效果的"韩孟诗派"中比较明显。例如韩愈在《赠刘师服》中感叹牙齿零落,他将自己的衰齿与刘师服的牙齿作比,写道:"羡君齿牙牢且洁,大肉硬饼如刀截。"①在这里,诗人便是以一种夸张和新奇的比喻来表现友人的牙齿的坚固锋利,此种比喻出人意表,却又十分生动。又如在表现天气寒冷的《苦寒》中,韩愈并未遵循一般诗人写寒冷的创作思路,而是先叙说上天、自然被严寒操控,然后通过一系列细致的身体描写来表现凛冽的天气,然后用冻僵的虎豹、冷死的蛟螭等夸张的意象来写严寒,最后写冰冷天气中生活的不便以及抒发受寒的感受。全诗层层铺陈,长篇巨制,意象夸张奇特,且不时发出"芒砀大包内,生类恐尽歼"、"天乎苟其能,吾死意亦厌"②等务尽之语,令人印象深刻。为了更好地说明韩愈写苦寒的特点,在此不妨举白居易《村居苦寒》一诗来做对比,白诗云:"八年十二月,五日雪纷纷。竹柏皆冻死,况彼无衣民。回观村闾间,十室八九贫。北风利如剑,布絮不蔽身。唯烧蒿棘火,愁坐夜待晨。"③可以看到,白居易的苦寒诗带有平铺直叙的平实特点,对比之下,韩愈写苦寒的奇特更加突出。韩愈、孟郊等人通过用怪字、奇句、奇思,在平凡的日常物象的基础上构筑奇幻,因其与常人所思所想存在着较大的区别,因而与元白诗派平易、浅俗相比,更能引人注目。但也因为作品语句巉刻而影响到读者的阅读,由此传播广度远不及浅白的元、白诗。此外,该派以俗丑入诗的立异方式也往往引起争议。

---

① 韩愈:《韩昌黎全集》卷一,中国书店 1991 年版,第 85 页。
② 韩愈:《韩昌黎全集》卷一,中国书店 1991 年版,第 69—70 页。
③ 白居易著,顾学颉校点:《白居易集》,中华书局 1979 年版,第 21 页。

第三节 日常生活对中唐文人创作的影响

　　唐朝社会在经历安史之乱后开始慢慢衰落。在物质条件方面,大多数文人士大夫在战乱中丧失了他们原来所拥有的经济保障;而在政治方面,中唐的政治也不及盛唐时期的清明;在生活出路方面,随着投身进士科文人数量的增加,一般只擅长舞文弄墨的文士的科举之途也就越来越窄。种种原因交织,曾经凝聚着盛唐气韵风神的文士墨客们大都是颠顿文场、飘零江湖,穷苦不堪,关于这一点,上文已有论及,兹不赘述。在这样一种现实生活状态中,文人为求生存,他们不得不贴近日常世界,并且变得讲求实际,文人与日常生活世界的距离也得以大大拉近。如此一来,日常生活对文人的创作的影响就变得比以往任何时候都明显,大致来说,其主要的影响有:

　　第一,困窘的日常生活对文人创作的影响。就一般而言,日常生活世界是文人的生存基础,是他们自在的、感性活动的家园,它为文人提供了生存所必须的熟悉感、稳定感和安全感。健全发展的日常生活给文人进行文学创作提供了一种保证。而在日常生活不稳、个体生存出现危机时,文人原可倾注于文学创作上的精力必然会向日常生活的重建方面分流。中唐文人日常生活水平的低落,在较大程度上成为困扰中唐文人的一大问题。贫困的日常生活除了能给中唐文人提供熟悉感之外,它已很难给文人提供一种安稳感。因此,实际上,日常生活对中唐文人创作产生的消极影响比积极影响要更为明显。关于贫困生活给文人的思想带来的影响,韩愈在《上宰相书》中曾自述道:"四举于礼部乃一得,三选于吏部卒无成;九品之位其可望,一亩之宫其可怀。遑遑乎四海无所归;恤恤乎饥不得食,寒不得衣;滨于死而益固,得其所者争笑之;忽将弃其旧而新是图,求老农老圃而为师。悼本志之变化,中夜涕泗交颐。"①由作者的自述可知,衣食不足的现实生活使得身为文人的作者的信念开始动摇,寻思要拜老农为师以学稼穑。残酷的日常生活使得不少文士不得不改变初衷,放弃了习文的想法,文人在连文士的身份都想放弃的情况下,对文学创作的兴趣恐怕也所剩无几了。

此外,韩愈在《上宰相书》中提到了一句很值得注意的话,即"居穷守约,亦时有感激怨怼奇怪之辞,以求知于天下"②。这句话在一定意义上揭示了韩愈追求怪奇的文学创作特点的原因。对于韩愈来说,长久地生活在困乏的状态中,为了生存,身无他长的文人只能通过不断地向他人乞求来获得一些生活援助,而长久的乞求和因贫困而生的屈辱在一定程度上引起了文人的性情的改变。在心灵久经折磨后,他们的行动和思想开始变得有些怪异,这种变异行诸于诗文创作,则自然呈现出求奇趋怪的倾向。文人一方面用怪特奇异的语言或意象来表达他们怪异的思想,另一方面,也希冀以奇思怪语来吸引身居上位的达官贵人的目光以求得到眷顾,早日脱离困窘的生活,因为奇怪的言辞和表达通常比人人皆能道出的熟语、陈言更能引人注意。结合韩愈一话来看,中唐"韩孟诗派"以奇险怪异为主要创作风格,当与此派的成员大都经历了长久的困窘生活有着一定的关系。

第二,日常生活的平庸性对文人创作的影响。文人的日常生活世界是一个以文人的感性活动为基础的领域,在这个领域中,世世代代流传下来的传统、习惯、风俗、常识、经验、规则通过家庭、教育、社会示范、模仿类比等方式对文人起着深入骨髓的影响。也正因为这些共同的历史文化传统的存在,生活在特定时空内的文人能够相互理解、沟通和交流。在日常生活这一层面上,文人和普通民众一样,都必须掌握生活常

---

① 韩愈:《韩昌黎全集》,中国书店 1991 年版,第 239 页。
② 韩愈:《韩昌黎全集》,中国书店 1991 年版,第 239 页。

识、经验,遵循特定风俗和规则,他们的日常生活才得以顺利进行。而一旦掌握了这些文化规则,文人便可以在日常世界中游刃有余,只要他们愿意,他们可以随波逐流,大可不必劳神去思考和解决"为什么"和"应如何"等具有反思性和自觉性的问题。可以说,充斥着传统和非理性文化因素的日常领域为所有人的生活提供了一种"样版",对于大多数安于现状的人而言,只要沿着"样版"的指引便能毫不费力地将日常生活进行下去。

然而,又正是因为在芸芸众生中普遍存在这样那样的生活"样版",在其影响下的日常生活主体大多会在这种自在的生活中形成一种惰性和保守性,因为要打破旧有的、已被大众所普遍接受的世俗传统必须具有相当的勇气与魄力,无疑大多数人会选择维持现状而非冒险。如此一来,人们对于生活的开拓性和创造性就会很容易被消磨掉。此外,安逸的日常生活也对人的自觉性也形成了一种挑战。文人学士作为古代文化的精英阶层,在很多时候,他们都能够不断地给自己以警醒,从而保持心灵的自觉。例如初唐张元素在《重谏太子承乾书》就指出:"酣歌伎玩,苟悦耳目,然移心神,渐染既久,必移情性,古人有言:'心为万物主,动而无节则乱。'"①其意思即是说,在娱乐声色的安逸生活中生活久了,人的性情便会变得慵懒,心境也会变得杂乱不堪。又如韩愈作《五箴(并序)》,其序曰:"余生二十有八年,发之短者日益白,齿之摇者日益脱,聪明不及于前时,道德日负于初心,其不至于君子而卒为小人也,昭昭矣!作《五箴》以讼其恶云。"②作者认为自己随着年龄增大,出现了"道德日负于初心"的不良倾向,对自己的这种心境上的变化,作者决心改过,于是作箴言来鞭策自己。其中,《游箴》云:"余少之时,将求多能,蚤夜以孜孜。余今之时,既饱而嬉,蚤夜以无为。呜呼余乎,其无知

---

① [清]董诰等编:《全唐文》卷一百四十八,上海古籍出版社 1990 年版,第 661 页。
② 韩愈:《五箴(并序)》,《韩昌黎全集》,中国书店 1991 年版,第 192 页。

乎？君子之弃，而小人之归乎？"①韩愈此箴文可谓形象地道出了安逸的日常生活对人的进取心的磨耗。不过，韩愈作为一个有着反省精神的文士，他尚能意识到自己的堕落并以箴文来警示自己，体现了他一定的自觉性。

总的来说，中唐文人不像盛唐人那样趋于浪漫，他们多趋于现实，在现实和个人追求的冲突中往往最后选择了对现实屈服。而对现实的屈服在较大程度上表现为甘受日常生活需求的指引，为确保衣食、求取利禄而放弃自主自为的理想追求；当昔日求之不得的爵位和安逸生活降临，部分贴近日常世俗生活的中唐文人会较容易沉浸在安逸生活当中，从而在一定程度上失去了创新与进取的精神。文人沉溺于生活反映在文学领域，则是文学思想的平庸。例如，白居易晚年退居洛阳，唯求独善其身，沉溺在日常生活中，其作品所展示生活细枝末节的成分增多，因而作品格调也较之以往的作品平庸。又如刘禹锡早年的诗歌创作，尤其是被贬南方时所创作的作品，富有较强的个性特征；但到了较为安定的晚年，其诗歌创作中的个性特点也有所消弭。当然，文人作为一个具有较高自觉性的精英群体，他们的反思精神较一般人明显，因此，处身于安逸的日常生活中，文人们未必都会出现文学创作平庸化的现象。此外，即使是沉溺于日常生活的文人，他们本身所具有的反思精神也常发挥着一定的作用，例如，白居易在晚年生活中也偶尔会对自己沉溺于日常平庸生活的状态进行反思。例如他曾作《自戏三绝句》，据其题注称此三绝句是他"闲卧独吟，无人酬和"时，"聊假身心相戏往复"②的作品。创作此三绝句时的诗人闲卧家中，无其他杂事便放飞思绪，通过创作来自娱自乐。诗歌成了他的一种日常消遣，也正是在这种纯私人性质的消遣中，诗人不必顾及他人的评判，因而诗歌才不拘一格、独具特色，不带一点功利性。相反，在公众的视野中，此种风格的诗歌出现的

---

① 韩愈：《韩昌黎全集》，中国书店 1991 年版，第 192 页。
② 白居易著，顾学颉校点：《白居易集》，中华书局 1979 年版，第 805 页。

几率是极少的,这也正是日常生活中的文学创作的独特所在。《自戏三绝句》诗云:

> 心问身云何泰然,严冬暖被日高眠。放君快活知
>
> 恩否,不早朝来十一年。
>
> (《自戏三绝句·心问身》)
>
> 心是身王身是宫,君今居在我宫中。是君家舍君
>
> 须爱,何事论恩自说功。
>
> (《自戏三绝句·身报心》)
>
> 因我疏慵休罢早,遣君安乐岁时多。世间老苦人
>
> 何限,不放君闲奈我何。
>
> (《自戏三绝句·心重答身》)

在这组诗中,白居易使用了拟人手法,让心、身进行对话。首先心责问身为何多年以来耽于安逸快活,日已高起仍拥被高眠;接着身则不以为然地反驳说,肉体是心灵的住所,善待身体是理所当然的。最后,心灵也不得不承认是自己的慵懒早休导致了身体安乐无为。其实这组诗可视为是诗人的一种自省。诗人既对自己沉迷于生活的安乐而不再奋发上进感到自责,但又不能摆脱安逸生活的诱惑,肉体的安乐与心灵的自觉形成一对矛盾,在慵懒与自省的争斗中,慵懒日渐占了上风。这一点从他后期的诗歌创作可以看出,例如:

> 向夕搴帘卧枕琴,微凉入户起开襟。偶因明月清
>
> 风夜,忽想迁臣逐客心。何处投荒初恐惧,谁人绕泽
>
> 正悲吟。始知洛下分司坐,一日安闲直万金。
>
> (《闲卧有所思二首》之一)
>
> 萧洒伊嵩下,优游黄绮间。未曾一日闷,已得六
>
> 年闲。
>
> (《喜闲》)

　　　　薄食当斋戒,散班同隐沦。佛容为弟子,天许作

　　　闲人。唯置床临水,都无物近身。清风散发卧,兼不

　　　要纱巾。

　　　　(《闲卧》)

由例子可看出,"闲卧"是白居易乐于表现的一项日常生活内容,这反映了他怡然自足、知足保和的心态,同时也透露了他平庸的一面。

　　日复一日的日常生活容易使人产生惰性和保守性,文人若甘受日常生活的指引,也就意味着文学创作呈现平庸性风险的增大,这可以说是中唐文人贴近日常生活所带来的一个较为显在的缺点。然而,中唐文人贴近日常生活,滋生了一些惰性,文学创作思维开始放松,变得不那么缜密,这对具有较高精炼度和形式要求的诗歌创作影响较大。其实,日常生活的本质在相当大的程度上具有"非诗"的倾向。传统的、能得到诗人们广泛认可的诗歌不仅讲求运用意象来营造一种诗化的意境,还要在炼字、炼句、格律方面很是讲究。而诗歌的阅读也要求读者具有一定的感悟能力方能深切地体会诗歌的妙意。可是,对于形式和内容精炼度要求不那么高的传奇小说来说,中唐文人文学思维的放松却对该文体的发展较为有利。因为传奇小说是一种叙述性成分居多的文体,它以散体文的形式为主,句子长短随意,能达意即可,不必像诗歌那样讲求对仗工整。因此,对创作者来说,根据闲谈故事敷衍传奇小说显然要比反复打磨一首好诗要容易些。而就读者而言,读传奇小说不必像欣赏诗歌那样,需要细品才能对作品的思想有所领悟,所以,传奇小说对读者的文学鉴赏能力要求也不高,而且传奇具有故事性,能很好地引起读者的阅读兴趣。关于中唐传奇小说的繁荣,学界业已列举了许多原因。而中唐文人因为贴近日常生活而造成的文学思维的放松,也许也是传奇文在中唐兴起的一个原因。众所周知,安史之乱爆发后,社会动荡不安、物资匮乏,民不聊生,直到唐德宗初年,社会局势方才慢慢扭转。从天宝十五年到唐德宗初年,在这将近三十年的时间里,一般民

众只能在乱世中挣扎求生,无暇顾及文学艺术。这近三十年的文化断层,足以大大削弱社会读者群对文学的鉴赏能力。等到他们再次有闲暇顾及文学作品时,对阅读能力要求稍低而又带有故事性、趣味性的传奇文自然要比需要细细品味的诗歌要受他们的欢迎。读者有阅读传奇的需求,自然也带动了传奇文的创作。所以,传奇小说在唐德宗初年开始渐趋繁荣,出现了像《任氏传》《枕中记》等优秀的作品,这与文人贴近日常生活,文学思维出现松动以及读者群文学欣赏能力的下降等方面因素或许有着一定的关联。

第二章 中唐文人日常生活
题材诗歌分期考察

　　中唐时间跨度约有八十年①,在如此漫长的一段时间内,不同时期的文人,他们的日常生活必然存在着差异。那么,要明辨不同时期的文人日常生活与文学创作之间的关联,就有必要根据社会历史、文学演变的进程进行分期考察。关于唐代社会历史、文学演变的进程的分期,具体来说,以唐德宗贞元年间为中心,大致可分前后两个阶段。至德、大历至贞元初,唐王朝经历着盛衰剧变以及由乱趋治的历史转折期,而活跃在此时段的文人也多为在盛唐度过青壮年,继而经历丧乱洗礼而步入中唐的一批人,此为中唐前期。贞元中至元和、长庆年间为中唐后半期,这一时期唐代社会相对稳定并呈现中兴的趋势,文学领域趋于繁荣,活跃在此期的文人多是在安史之乱后成长的一代。而在元和以后,也即唐穆宗长庆年间至文宗大和九年,这一时期唐代社会衰颓之势日显,而在贞元、元和年间活跃的大部分文人在此时段相继离世,在世者的文学创作也与大都偏离此前的创作主调。中唐前、后两期各具独特

　　① 关于中唐时期的时间跨度,学界一般公认为其起点为唐玄宗天宝十五年(756),其终点则稍有分歧,例如傅璇琮先生主编《唐五代文学编年史·中唐卷》和罗宗强先生《隋唐五代文学思想史》以唐敬宗宝历初(825)为其终点;袁行霈先生《在沉沦中演进——试论晚唐诗歌创作趋向》(《中华文史论丛》,上海古籍出版社1991年版)中则以唐文宗大和九年(835)的甘露之变为终结的标志。本书采用后一说。

的时代特征,在其影响之下,文人的日常生活与文学创作之间的关联呈现出不同程度的特点。

唐诗是唐代最为繁荣的一种文学体裁,日常生活内容在诗歌中的反映也最能代表中唐文人对日常题材的态度,因而本章拟通过分期考察的形式,对中唐较为重要的文人的日常生活题材诗歌创作进行分析,并以此为基点,探讨日常生活题材在中唐文学作品中的演变发展。

第一节 至德至贞元初

中唐至德至贞元初阶段是具有转折意义的时期。[①] 具体来说,此阶段的历史主要包含安史之乱和战后社会逐步恢复这两个方面。关于此时期的文学,蒋寅在《大历诗风》和《大历诗人研究》中做了深入的探讨,这两本著作的考察范围定在至德元年(756)到贞元八年(792)之间,其时间跨度是 36 年。之所以将此阶段的下限定在贞元八年,是因为从盛唐社会经历磨难后进入到大历时代的一批主要文人,如刘长卿、韦应物、包佶、李纾、梁肃等相继在此年前后离世,而以权德舆为首的文士成为文坛新的领导者,此年,欧阳詹、李观、韩愈、崔群、裴度等人登第,时称"龙虎榜",柳宗元、刘禹锡于次年登进士第,而孟郊、张籍等人也在此前后投身举业。[②] 时至此期,活跃于贞元末、元和年间的主要中唐文人已陆续迈入文坛并且开始朝文坛中坚力量的方向发展。可以说,贞元

[①] 罗宗强《隋唐五代文学思想史》将此时段视为唐代文学的转折期,见该书的第四、五章,中华书局 2003 年版,第 70—99 页。

[②] 详见蒋寅《大历诗风·导言》,上海古籍出版社 1992 年版,第 7 页;《大历诗人研究·导论》,北京大学出版社 2007 年版,第 13—14 页。

八年前后是中唐文坛新旧交替的时期。而新一代青年文人接替老一辈的位置,不仅预示着新的文学趋向的出现,而且还反映着新一代人的生活态度和生活方式开始影响社会生活并最终成为主流。当然,新一代文人的日常生活方式和态度的转变是在较长的时间内缓慢进行的,所以本书将此时段的考察下限定于贞元八年之前,也即贞元初。

唐肃宗至德年间至唐德宗贞元初,文人的日常世界大多经历了被解构和重建的过程。其中,日常生活的解构在突变中发生,这个突变就是历史上著名的安史之乱以及继而陆续发生的吐蕃入侵、藩镇叛乱等①。安史之乱将四海升平的唐帝国急剧地卷入了飘摇崩析的险境,加上西北党项、吐蕃的入侵,唐朝国境内战乱流离、哀鸿遍野。为躲避战火,中原衣冠士族不得不仓惶南迁,此也即郎士元《盖少府新除江南尉问风俗》②所云"避地衣冠尽向南"的情况。在乱世中,文人不得不纷纷避地他处。此种情况在至德、大历年间的诗歌中多有表现,以下试举数例:

> 杜甫:避地岁时晚,窜身筋骨劳。
>
> (《避地》)
>
> 元结:昔年苦逆乱,举族来南奔。
>
> (《与瀼溪邻里》)
>
> 刘长卿:长安路绝鸟飞通,万里孤云西复东。旧业已应成茂草,馀生只是任飘蓬。
>
> (《避地江东,留别淮南使院诸公》)
>
> 刘长卿:十年多难与君同,几处移家逐转蓬。白首相逢征战后,青春已过乱离中。
>
> (《送李录事兄归襄邓》)

---

① "安史之乱"平定后,唐朝国势尚未能安稳。例如唐代宗广德年间(763—764)以及大历二年(767),吐蕃攻入中原腹地,侵扰京城;淄青、幽州、泾原、河北等藩镇守将在大历、建中、贞元年间纷纷作乱。

② [清]彭定求等编:《全唐诗》卷二四八,中华书局1960年版,第2787页。

皇甫冉：江湖同避地，分首自依依。尽室今为客，惊秋空念归。

（《宿严维宅送包佶》）

韦应物：明年九日知何处，世难还家未有期。

（《九日》）

独孤及：共悲行路难，况逢江南春。故园忽如梦，返复知何辰。

（《庚子岁避地至玉山，酬韩司马所赠》）

司空曙：世乱同南去，时清独北还。他乡生白发，旧国见青山。

（《贼平后送人北归》）

李嘉祐：移家避寇逐行舟，厌见南徐江水流。吴越征徭非旧日，秣陵凋弊不宜秋。

（《早秋京口旅泊，章侍御寄书相问，因以赠之，时七夕》）

张南史：戎马生郊日，贤人避地初。……敝缊袍多补，飞蓬鬓少梳。

（《早春书事奉寄中书李舍人》）

由以上例子可以看出，大部分文人被迫四处飘转，过着"生事如浮萍"①的生活，十年多难，数度移家，其间经历的艰难和沧桑是可想而知的。关于时人逃亡的窘迫，杜甫《逃难》一诗有着真切的描述："五十头白翁，南北逃世难。疏布缠枯骨，奔走苦不暖。已衰病方入，四海一涂炭。乾坤万里内，莫见容身畔。妻孥复随我，回首共悲叹。故国莽丘墟，邻里各分散。归路从此迷，涕尽湘江岸。"在颠沛流离的逃难过程中，人们的经济条件大不如前，常常温饱难顾，他们远离了家园，涉足异

---

① 李颀：《赠张旭》，隋秀玲校注：《李颀集校注》，河南人民出版社 2007 年版，第 60 页。

乡,面对漫漫长路,不知道何处是安全的容身之所,那是何等的失落!熟悉的亲朋在逃难中分散,连倾诉失落、绝望心情的对象也没有,况且,如元结《招陶别驾家阳华作》所言,"海内厌兵革,骚骚十二年"①,战乱持续时间相当长,可以想象,处在长期的避难状态下,人们需要承受的压力是相当大的。而对于多愁善感的文人来说,他们所承受的失落、迷惘与感伤尤为浓重。战乱彻底打破了文人所熟悉、习惯的日常生活秩序,他们悲哀地认识到,随着自己日渐远离承载着所有熟悉的人和事的故园,原来的生活也成为了难以追回的过去,因此,他们也才有了"故园忽如梦"(独孤及《庚子岁避地至玉山,酬韩司马所赠》)的感叹。

唐王朝经历内乱后已是贫弱不堪,山河破碎、民不聊生,连昔日繁华的两京地带也"宫室焚烧,十不存一,百曹荒废,曾无尺椽。中间畿内,不满千户,井邑榛棘,豺狼所嗥。既乏军储,又鲜人力。东至郑、汴,达于徐方,北自覃怀,经于相土,人烟断绝,千里萧条。"②衰败的社会现实蚕食着民族的活力,丹纳在《艺术哲学》中曾言:"个人的特色是由社会生活决定的,艺术家创造的才能是与民族的活跃的精神活力比例的。"③对于被战乱的洪流一下子从盛唐社会卷到凋敝的中唐社会的文人来说,现实是残酷而又不可抗拒的,这样一种无奈、无助的感觉侵蚀了他们的锐气。因此,这一时期的文人创作多呈现出一种低迷、消沉、气骨衰弱的迹象。他们不仅为"山川同昔日,荆棘是今时"(戎昱《入剑门》)悲叹,更为自己"青春已过乱离中"(刘长卿《送李录事兄归襄邓》)而哀伤。

旧日的生活难以挽回,大多数文人尽管对此心中有数,但突如其来的变故仍然让他们恍如处身于噩梦当中,戎昱所云"年少逢胡乱,时平

---

① 元结著,孙望校:《元次山集》,中华书局1960年版,第39页。
② 刘昫等撰:《旧唐书》卷一百二十《郭子仪传》,中华书局1975年版,第3457页。
③ 丹纳著,傅雷译:《艺术哲学》,人民文学出版社1963年版,第238页。

似梦中"①当道出了时人的心境。面对混乱的生活,此时期的文人大都
缺乏正面现实勇气,因而在很多时候尚未能做到将艰难的避地生活引
入文学创作中去。当文人到达相对远离战火的江南后,面对江南旖旎
的风光,哀愁的心灵有了一时的依托,寄情山川水木遂成为他们逃避残
酷现实的一种方式。例如至德年间,裴倩任洪州司马,柳识、柳浑、萧
定、卢虚舟、李勋、袁高、元亘游等人与之同游唱和,后编成《海昏集》二
卷,录其唱和之作九十六篇。关于此事,吕温在《裴氏海昏集序》中云:
"初公违河洛之难,以其族行,攀大别,浮彭蠡,望洞庭,徘徊乎溢流,晔
仰乎海昏。有欧山之奇,修江之清,阳溪之邃,汤泉之灵,竹洞花坞,仙
坛僧舍,鸡犬钟梵,相闻于青岚白云中,数百里不绝。时也,俗以远而未
扰,地以偏而获宁,开元之遗老尽在,犹歌咏乎太平。"不难看出,这一类
型的唱和颇有偏安之嫌。更令人值得注意的是,这种在国家危难的时
世下流连山水的行为并非是小范围、小团体的行为而已,吕温序文在言
及海昏唱和影响时称:"江左搢绅诸生,望之如神仙,邈不可及。每赋一
泉,题一石,毫墨未干,传咏已遍,其为物情所注慕如此。"可见,当时逃
难江左的文人普遍认可此种行为。而随后,裴氏受朝廷之命"盈虚东
南,漕引吴楚。中原百万之众,仰食于公",在公务之余,他仍旧流连于
"林壑之间,琴诗不废",被当时的文人雅士视为"大雅之全才"②。联系
裴倩的社会地位与名望,他主导的这一种山林雅会,在当时及后来影响
当不小。甚至到了大历年间,此种倾情山水的风气依旧盛行,对此,皎
然在《诗式》中也有言及:"大历中,词人多在江外,皇甫冉、严维、张继、
刘长卿、李嘉祐、朱放,窃占青山白云,春风芳草以为己有。"③此外,大历
时期,鲍防主持的浙东联唱以及以颜真卿为首的浙西联唱皆为文坛两

---

① 戎昱:《八月十五日》,《戎昱诗注》,上海古籍出版社1982年版,第52页。
② 吕温:《裴氏海昏集序》,《全唐文》卷六百二十八,上海古籍出版社1990年版,第
2807页。
③ 皎然著,李壮鹰校注:《诗式校注》卷四,人民文学出版社2003年版,第273页。

大盛事,参加联唱的文人甚众。而两次联唱的主题依旧密切围绕江南的山水风物展开。

关于此时期文人的生活心态,蒋寅在《大历诗风》中曾指出:"在那种动荡不安的岁月,'烽火有时惊暂定,甲兵无处可安居'(郎士元《赠韦司直》),人们都有一种苟安的心理。……只要能得到片刻的安逸和满足,就决不放过,此外更无奢望。大历诗人就是这样理解生活、把握人生的,他们的脚牢牢站立在现实的存在上(也仅仅站立在现实的存在上),他们的目光紧盯着现实的人生。更确切地说,是紧盯着个人生活的周遭"。① 的确,安史之乱带来的社会动荡以及战争对盛唐物质文明的摧毁,战争中满目疮痍、民生凋敝的社会现实使曾经生活在盛唐繁荣社会下的诗人们在颠沛流离中意识到,昔日许多触目可见、触手可及的人和物猛地灰飞烟灭,他们甚至还没有来得及走出超越现实的理想和美梦,以及好好地回味曾经在这些人和物包围下的旧有的、熟悉的生活,昔日理所当然的东西就已经远离了。在这种状态下,文人们不再像盛唐人那样热衷于超越熟悉的日常生活,他们开始留恋并关注往日因平凡而被忽略的日常世界,开始懂得珍视周遭尚未失去的人与物,并且最大程度地从这些仅有的事物上获取安慰和满足。所以,尽管他们寄情山水,以此来减轻残酷现实对情感的折磨,但同时,这一时期的文人逐渐也将目光投注于现实人生和周遭的生活,尝试通过对自身日常生活的关注来寻找自己的存在。

在残破的现实中,温饱情况的今非昔比让文人感触颇多,此外,加上可供玩味和细赏的雅致事物在物质匮乏的生活中缺席,于是,此时段文人比较自然地将探求的目光伸向了平凡的日常生活,并尝试从生活细节中体味平凡人生的趣味。由此时期诗歌创作来看,日常起居、装束、饮食等方面的描绘开始在诗歌中有所增加,例如写家庭生活、日常起居:

---

① 蒋寅:《大历诗风》,上海古籍出版社 1992 年版,第 127—128 页。

有客过茅宇，呼儿正葛巾。自锄稀菜甲，小摘为
情亲。

（杜甫《宾至》）

令儿快搔背，脱我头上簪。

（杜甫《阻雨不得归瀼西甘林》）

童稚知所失，啼号捉我裳。

（韦应物《送终》）

茅斋对雪开尊好，稚子焚枯饭客迟。

（钱起《和慕容法曹寻渔者寄城中故人》）

偶逢野果将呼子，屡折荆钗亦为妻。

（秦系《耶溪书怀寄刘长卿员外》）

稚子唯能觅梨栗，逸妻相共老烟霞。

（秦系《山中奉寄钱起员外兼简苗发员外》）

衣服藏内箧，药草曝前阶。

（韦应物《答裴丞说归京所献》）

写衣着、穿戴的有：

衣马日羸弊，谁辨行与才。善道居贫贱，洁服蒙
尘埃。

（刘长卿《北游酬孟云卿见寄》）

晏起簪葛巾，闲吟倚藜杖。

（皇甫冉《题高云客舍》）

手便筇杖冷，头喜葛巾轻。

（司空曙《病中寄郑十六兄》）

敝缊袍多补，飞蓬鬓少梳。

（张南史《早春书事奉寄中书李舍人》）

写日常居家饮食的有：

山家蒸栗暖，野饭谢麋新。

（杜甫《从驿次草堂复至东屯二首》）

烧柴为温酒，煮鳜为作沈。

（元结《雪中怀孟武昌》）

蒸梨常共灶，浇薤亦同渠。

（于鹄《题邻居》）

黄苞柑正熟，红缕鲙仍鲜。

（韩翃《家兄自山南罢归献诗叙事》）

搔背、藏衣、簪巾、烧柴、煮鳜、蒸梨、与妻儿共乐等在初盛唐时期的诗歌中难得一见的日常居家琐事，到了中唐时期却成为诗人的表现对象，这表现出至德以来的文人在逐渐适应离乱对日常生活的基础上，把文学取材的范围扩展到了日常生活领域。历来被视为庸俗的日常生活世界与文人的文雅情调不再对立，中唐文人开始接受客观存在着的日常事物，并尝试将它们挹入文学创作，逐渐将之内化为文人化生活中的一种构成因素，把寻觅平凡生活中的真意视为生活雅趣的一部分。而文人的这种尝试以及生活审美意识又通过诗歌寄赠的方式，在文人群体之间逐渐传播开来并达成一种共识。

当然，中唐文人在创作中对日常生活的接受并非完全在至德至贞元初这段时期内完成。勿庸讳言，此时段内的文人虽然在避难他乡的过程中走向日常生活世界，并将日常生活内容纳入文学创作，但从总体来看，他们对日常生活世界的表现仍然有所保留。在众多由盛唐转入中唐的文人当中，杜甫对日常生活的描绘与表现较放得开，从上面所举的例子可以看出，他毫不避忌生活中的平凡，并且能够将其中的乐趣表现得淋漓尽致。在他晚年的诗歌创作中，日常物象、日常琐事常常是信手拈来,不但不显庸俗,反而更加意趣盎然。① 与杜甫相比,该时段的诗人对日常琐事的表现则仍显得有点小心翼翼,对带有人为色彩的日常琐事尤显如此。这大概是因为对涉及人为动作的日常琐事进行表述时,往往需用到通俗的口语化动词,诸如搔背、烧柴之类,如驾驭不善,则容易显得粗俗。相比之下,诗人们描写那些剔除了人为色彩的日常物象,则显得较为得心应手,例如:

> 贫居烟火湿,岁熟梨枣繁。
>
> (韦应物《答偬奴、重阳二甥》)
>
> (偬奴赵氏甥优,重阳崔氏甥播)
>
> 临馔独无味,对榻已生尘。
>
> (韦应物《答杨奉礼》)
>
> 交柯低户阴,闲鸟将雏宿。
>
> (钱起《小园招隐》)
>
> 竹露点衣巾,湖烟湿扃钥。
>
> (韩翃《送李司直赴江西使幕》)
>
> 虫丝粘户网,鼠迹印床尘。
>
> (郎士元《送张南史》)
>
> 汲少井味变,开稀户枢涩。
>
> (耿湋《过王山人旧居》)
>
> 草生垂井口,花落拥篱根。
>
> (于鹄《南溪书斋》)

诗人对周遭生活中的物象的观察和描绘可谓精细入微。带有湿气的烟火、蒙尘的坐榻、树荫掩映下的门户、被露水点染的衣巾、粘了湖水湿气的门户钥匙等等,这些原本平淡无奇的日常物象,在诗人的精工镂

---

① 关于杜甫诗歌的日常物象的详细论述,可参见刘景会《杜甫诗歌中的日常生活物象》,江西师范大学硕士学位论文,2007 年。

刻之下,呈现出一种别样的韵味。用如此微妙的笔触描绘日常物象,在中唐以前的诗歌是不多见的。这恰表现出处于转折阶段的文人正逐步将审美目光投向与自己密切相关的生活,从中发现生活的真趣,并藉此营造一个远离世乱纷争的,真正属于自己的、闲淡、清逸的生存空间。尽管在后人看来,这些纤细甚至于琐碎细屑的描写容易使作品显得气象促狭,缺乏气度和深度,但不能否认,文人这类结合视觉、听觉、嗅觉、触觉等各种感官的细致描绘,在最大程度上挖掘出了日常生活平凡物象所包含的韵味,开启了一个新的表现领域。可以说,中唐文人对平凡的日常世界的接受和表现在很大程度正是从这类描绘开始的。

除了表现个人日常生活情境以及日常物象外,至德至贞元初的文人对日常情感的重视以及在文学作品中的表现也相当突出。在多年的战乱中,文人与亲友辗转四方,各自离散,生死难料。对于伴随在身边、患难与共的至亲,中唐文人更是倍加珍惜。正如独孤及《自东都还濠州,奉酬王八谏议见赠》所云,"天地变化县城改,独有故人交态在"①,战火、祸乱可以摧毁文人生活所依赖的物质形态,却夺不走亲人之间的天然情感联系。可以说,亲友之间发自内心的天然情感是文人经历离乱后惟一没有失去、且历久弥新的东西。因此,纵观此时段的文学创作,不难发现文人十分乐于赋写与亲友之间点点滴滴的相处和情感。其中,杜甫表现这一题材的诗歌数量尤多,关于此点,南宋黄彻在《䂬溪诗话》卷十曾云:"老杜所以为人称慕者,不独文章为工,盖其语默所主,君臣之外,非父子兄弟即朋友黎庶也。"②的确,在杜甫笔下,写父子深情如《宗武生日》、《又示两儿》,写手足之爱如《得弟消息二首》、《忆弟二首》、《远怀舍弟颖、观等》,写朋友情谊如《赠卫八处士》、《怀旧》等等皆情意切。在杜甫创作的大量日常生活题材作品中,抒写人伦之爱的篇

---

① 〔清〕彭定求等编:《全唐诗》卷二四七,中华书局1960年版,第2769页。

② 〔宋〕黄彻著,汤新祥校注:《䂬溪诗话》,人民文学出版社1986年版,第175页。

章比例相当重。杜甫在前，其他的诗人也紧跟其后，例如韦应物便是又一位重视血缘亲情的诗人，其因感怀人之作，如《冬至寄诸弟》、《闻蝉寄诸弟》、《登郡寄京师诸季、淮南子弟》等皆将思亲的情感表现得真挚细腻。对韦应物诗作的重亲倾向，黄彻也同样有所认识："尝观韦应物诗及兄弟者十之二三。……余谓观此集者，虽谗阋交愈，当一变而怡也。"①如此大量地表现人伦情感，可谓罕见。除了韦应物之外，同时期的文人也有不少相类之作，如钱起《初至京口示诸弟》、《送外甥范勉赴任常州长史兼觐省》，刘长卿《戏题赠二小男》，戴叔伦《少女生日感怀》、《抚州对事后送外生宋垓归饶州觐侍呈上姊夫》，李嘉祐《送从侄端之东都》，韩翃《送中兄典邵州》，卢纶《送从侄滁州觐省》，崔峒《春日忆姚氏外甥》，司空曙《喜外弟卢纶见宿》，李益《喜见外弟又言别》，窦叔向《夏夜宿表兄话旧》等等，皆展现了中唐的文人对血缘亲情的重视。在这些诗作中，诗人们以工致的笔法抒写人间亲情，更时常夹杂着个人的岁月沧桑之感与殷切的期盼，格调低回婉转，感人至深。

除了表现血缘亲情，朋友之间的友谊也成为在这一时段文学创作表现的一项主要内容，而这种对友情的抒写在这一特定的历史情境之下，则多借投赠、送别诗的形式来表达。综观中唐诗歌，不难发现，以寄赠、送别为题的诗歌数量比重较之以前大为增加。这是因为在经历了相近的磨难后，人与人之间更加能感同身受，心理上的距离也由此拉近。再加上人们在乱世中为求得生存，不得不辗转四方，亲友故旧聚少离多，同时，人们身处乱世，生存环境恶劣，常会遭逢意想不到厄运，因此朋友故旧之间的每一次分离都有可能成为永别。在这样的情况下，人们反倒比较容易放下平日里的私心和顾念，珍惜最后相聚的机会，纷纷于临别之际赋诗赠送以资留念。例如韦应物《寄别李儋》诗云："名在相公幕，丘山恩未酬。妻子不及顾，亲友安得留。宿昔同文翰，交分共绸缪。

---

① ［宋］黄彻著，汤新祥校注：《䂬溪诗话》，人民文学出版社1986年版，第175页。

忽枉别离札,涕泪一交流。"①诗人在表达离愁别恨的同时,更联系时人
妻子难顾的凄惶境遇,融惜别与孤寂落魄之情于一体,读来真挚感人。
钱起《猗川雪后送粲上人还京时因避世卧疾》中"呻吟独卧猗川水,振锡
先闻长乐钟。回望群山携手处,离心一一涕无从"②数句,将昔日与友人
共处的欢乐与当下卧病在床的孤寂相对照,加上以钟声渲染离情,读来
令人动容。虽然不可否认,此时期的部分寄赠、送别诗乃流于形式之
作,缺乏真情实感,然就总体而言,对比以往和之后的离别、赠送的诗
作,这一时期的寄赠、送别诗常常将离愁别恨和诗人因世乱而生的感伤
情调糅合为一体,所以大都颇能以情动人。此外,这一类型的诗歌的大
量出现,其实也正预示着文人阶层内部的交往以及情感联系的加强。
可以说,具有应酬交际功能的寄赠诗、送别诗,成为本期文人之间日常
交往的重要纽带。通过它们,文人可以突破地理上的隔绝,因长期生活
落魄而郁积的苦闷可以得到一定程度的发泄,飘零异乡的孤独感也可
得以缓解③,生活中短暂的怡然之乐也得以与他人分享。有了这种交流
做基础,文人之间的距离得以渐渐拉近,由此在生活态度、文学创作方
面也较容易形成一些共识。

本书在绪论部分曾指出,日常生活世界的基本特征之一在于,它具
有强烈的自然主义色彩,主要由生存本能、血缘关系和天然情感而加以
支撑和维系,日常生活世界其实就是建基于血缘、天然情感之上的人情
世界。中唐文人在文学创作中流露出的对血缘亲情、朋友情谊等天然
情感的重视,本身是他们走入日常生活世界(或者说人情世界)的重要
表现之一。

① 韦应物著,孙望校:《韦应物诗集系年校笺》,中华书局2002年版,第360页。
② 钱起著,王定璋校注:《钱起诗集校注》,浙江古籍出版社1992年版,第251页。
③ "安史丧乱"以来,文人普遍存有一种孤独感,例如韦应物《拟古诗十二首》云:"孤影
中自恻,不知双涕零。"顾况《湖南客中春望》云:"风尘海内怜双鬓,涕泪天涯惨一身。"畅当
《偶宴西蜀摩诃池》云:"胡为独羁者,雪涕向涟漪。"此类诗句数量可观,在此不一一罗列。关
于大历诗人的孤独感,蒋寅《大历诗风》第四章有相关的论述。

总的来说,至德至贞元初,虽然大部分文人在融入新的日常生活时依旧持有逃避的心理,但他们毕竟开始走出盛唐的盛世光环,在物质匮乏的凋敝社会中,文人的生存本能迫使他们走向现实,好生经营在战乱中陷入混乱的日常生活。在这样的情况下,中唐文人的文学创作也开始向日常生活领域开拓,昔日因平凡琐碎而被盛唐文人忽视的日常生活内容在此时段的文学作品中崭露头角。此时期的诗人以他们细致的工笔描摹日常物象,使这些看似平淡无奇的事物焕发出一种独有的韵味。此外,世乱沧桑让文人更加重视因离乱而越显珍贵的日常情感,因而出现了众多表现血缘亲情与朋友情谊的作品。此时段的中唐文人在较大程度上仍延续天宝诗坛审美惯性,并承袭以王维为宗的诗歌模式,因而即便是平凡的日常琐事和日常物象,经过诗人的艺术加工和表现,也多荡涤了世俗的情调,呈现出了清淡雅致的味道。尽管该时期的文人在将日常生活内容引入文学作品时仍有一定的顾虑,但对比盛唐时代的文学作品,这一时期文人对日常生活题材的关注也是足以令人注目的,而且,也就是在这种题材引入的尝试中,日常生活内容也在文人创作中慢慢找到了它的归属。

第二节 贞元中至元和、长庆年间

唐德宗贞元八年前后,大历时代主要文人相继辞世,而尚在生者也进入了老年,比如李益,贞元八年身在邠宁幕,使河中,作《赠内兄卢纶》诗云:"世故中年别,馀生此会同。却将悲与病,来对朗陵翁。"①而卢纶

---

① 李益:《赠内兄卢纶》,《李益诗注》,上海古籍出版社1984年版,第91页。

也作《酬李益端公夜宴见赠》酬之,其诗云:"戚戚一西东,十年今始同。可怜歌酒夜,相对两衰翁。"①两位大历时期的风流才子,已成衰病缠身的老翁,其在文学创作方面的精力已渐衰退。此外,这一时期,他们多在幕府当中,远离了以京城为中心的主流文坛,因而在当时文坛所起的影响远不如从前。中唐文学进入贞元中之后的阶段,创作风气也有所转变。关于此点,主要活动于唐元和、长庆年间的李肇在其所撰的《唐国史补》卷下"叙时文所尚"条中云:"大抵天宝之风尚党,大历之风尚浮,贞元之风尚荡,元和之风尚怪。"②李肇生活的时间与贞元既近,则该说法当有较高的可信度。由此可知,贞元以来的文风与大历文风实已存在区别。尽管创作主体已换,文风已改,然而,中唐早期文人在文学创作中所开拓的日常生活题材并未有随之消失。在贞元中至元和年间,文人的日常生活对文学领域的影响反而朝着更深远的方向迈进。

　　文人日常生活之所以在文学创作领域产生更为深远的影响,与此时段的文人的务实之风有着密切的关系。活跃在贞元中、元和年间文人,前者如权德舆、杨于陵、许孟容、潘孟阳、杨凭等,后者如韩愈、柳宗元、刘禹锡、吕温、李翱、张籍、孟郊、白居易等人皆生于安史之乱发生后。与由盛唐而转入中唐的文人不一样,这一批文人成长于兵革未息的时代,没有亲历过盛唐的繁华,所以也没有父辈因盛衰剧变而产生的那种无力回天的失落感和挫败感。从成长之始,他们面对的就是凋敝衰败、兵革未休的社会,现实不容他们逃避。在逃难中丧失了经济基础的父祖辈很难给予他们成长所需的优裕条件,因此,要在这样的现实中求得生存,他们只能务实,在自己不断努力的同时,更需要学会抓住一切可以利用的物质、人际资源,为自己铺设发展的道路。这样的成长经历无疑使得文人尤其重视与己切实相关的日常生活世界。

　　贞元、元和之际,中兴的曙光使在战乱后成长起来的一代文人的心

---

① 卢纶著,刘初棠校注:《卢纶诗集校注》,上海古籍出版社1989年版,第167页。
② 李肇、赵璘:《唐国史补因话录》,上海古籍出版社1979年版,第57页。

灵得以振奋,他们一度热情地投身政治,希冀有所作为。然而,元和中期以后,随着藩镇割据、宦官专权、朋党之争等政治问题成为王朝的痼疾,混乱的政治现实打破了文人所希冀的国家中兴之梦。即使是在国力明显回升的贞元时代,三大政治痼疾和帝王的强烈的猜忌已在很大程度上打击着文人的参政热情。① 德宗继位不久,曾总领天下财赋的重臣刘晏因被杨炎构陷而遭贬死,随后杨炎也被赐死,期间官员牵涉既广,一时间朝堂动荡。戴叔伦《敬酬陆山人》中"党议连诛不可闻,直臣高士去纷纷"②等句,可谓深刻地展现出那一时代文人对官场的失望之情。此外,永贞革新失败后,王叔文、柳宗元、刘禹锡等人的悲剧收场更是让心怀壮志的文人不寒而栗。到了元和年间,在朝臣"职备而不举,法具而不行,谏净之臣备员,不闻直声,弹察之臣塞路,未尝直指,公卿大夫,则偷合苟容,持禄养交,为亲戚计,迁除领簿而已。兴利之臣,专以聚敛计数为务,共理之吏,专以附上剥下为功,习而为常,渐以成俗"、将帅"胜任而知兵者亦寡矣,怙众以固权位,行赂以结恩泽,因循卤莽,保持富贵而已""朝廷之号令,有朝出而夕改者;主司之法式,有昨颁而今行"③的混乱朝政下,不少文人最终选择放弃对朝廷所持有的幻想。他们变得更为务实,注意力也逐渐转移到个人和家庭身上,因为独善其身在混乱的时世中无疑是一种相对安全的生存方式。

正因为此时期的文人心态更为务实,他们不再像大历文人那样流连山水芳草,而是将主要的精力放在生活的经营等与个人密切相关的各方面,他们在作品中对日常生活内容的表现较之中唐前期的文人更为大方,各种琐事、日常情态、日常物象都被尝试纳入文学创作中,而且在

---

① 例如唐德宗是一位猜忌心甚重的帝王,《旧唐书》卷一百七十《裴度传》载:"德宗朝政多僻,朝官或相过从,多令金吾伺察密奏,宰相不敢于私第见宾客。"《新唐书》卷七《德宗本纪》赞曰:"德宗猜忌刻薄,以强明自任,耻见屈于正论,而忘受欺于奸谀。"

② 戴叔伦著,蒋寅校注:《戴叔伦诗集校注》,上海古籍出版社1993年版,第94页。

③ 皇甫湜:《对贤良方正直言极谏策》,《全唐文》卷六百八十五,上海古籍出版社1990年版,第3108—3109页。

语言上也颇呈现出浅白、贴近日常用语的趋势。下文试对活跃于贞元
中至元和、长庆年间的主要诗人的诗歌进行分析,探讨他们诗歌对日常
生活题材的描写简况,并力图理出其中的一些发展变化的规律。

一、权德舆

权德舆在贞元、元和间执掌文柄,具有重要政治影响力。其诗歌除
去大量奉和、应制之类的应酬文字,剩下最能表现个人真实情感、生存
状态的当属其以自身日常生活为表现内容的诗篇。这些诗有的描摹日
常生活情境、细节,例如作于唐德宗贞元二年的《丙寅岁苦贫戏题》:

> 清朝起藜床,雪霜对枯篱,家人来告予,今日无晨
> 炊。醯醢一已罄,新炭固难期。……粗令有鱼获,岂
> 复求轻肥?顾渐主家拙,甘使群下嗤。如何致一杯,
> 醉后无所知。

短短数句浅白如日常语的诗,将饥寒交迫的生活穷困的狼狈之状以及
诗人面对餐食难继的困窘而又依旧达观的心态表现得跃然纸上。而对
于生活中的一些细节,权德舆也十分留意,如《览镜见白发数茎光鲜特
异》便是因见头上白发而写的。家庭生活中的怡然之乐也是权德舆所
乐意表现的内容,例如:

> 一曲酣歌还自乐,儿孙嬉笑挽衣裳。
> (《览镜见白发数茎光鲜特异》)
> 独有开怀处,孙孩戏目前。
> (《早春南亭即事》)
> 轻舟任沿溯,毕景乃踌躇。家人亦恬旷,稚齿皆
> 忻愉。
> (《侍从游后湖宴坐》)
> 内子闲吟倚瑶瑟,玩此沈沈销永日。忽闻丽曲金

玉声,便使老夫思阁笔。

（《桃源篇》）

列坐屏轻箑,放怀弦素琴。儿女各冠笄,孙孩绕
衣襟。

（《新月与儿女夜坐听琴举酒》）

家人竞喜开妆镜,月下穿针拜九霄。

（《七夕》）

外孙争乞巧,内子共题文。……羡此婴儿辈,吹
呼彻曙闻。

（《七夕见与诸孙题乞巧文》）

不难看出,与家人共享天伦之乐的时光,乃是诗人心目中最感自得和温馨的时刻。在家庭中,既没有名利纷争也没有勾心斗角。从诗歌多处描写儿孙捉襟嬉戏的热闹情境可以看出,诗人的内心充盈着喜乐。而在《桃源篇》中,诗人调侃地写到自己每每听到妻子弹奏瑶瑟,便心中跃跃,欲与之琴瑟相和,再也难以安坐执笔。就是这么一个简单的生活场景,便将诗人与妻子之间的深情表现无遗。细读作品,诗人那种伏案执笔而又心猿意马、想与家人共乐的情态着实令人忍俊不禁。可以说,在权德舆笔下,平凡的日常家庭生活充满了情趣,令人流连。由这些带有浓郁的日常生活气息的诗篇,很难想象作者乃是一个有着重要政治影响力的台阁重臣。在这些诗篇中,作者不再以忘情山水、吟咏高歌、诗酒风流的面目示人,他以一个纯粹的普通人的形象出现,他活在平凡的日常生活中并为之陶醉,日常生活世界已成为他的身体和心灵的栖息地。

除了家庭生活情态,生老病苦也是权德舆所常涉及的日常生活内容,例如《多病戏书,因示长孺》诗云:"行年未四十,已觉百病生。眼眩

飞蝇影,耳厌远蝉声。"①用将"蝇影"、"蝉声"将病中的目眩耳鸣之感描绘得甚为传神。而《病中苦热》一诗则生动地展现了卧病时遭遇炎热的生活情境:

> 三伏鼓洪炉,支离一病夫。倦眠身似火,渴歠汗
> 如珠。悸乏心难定,沉烦气欲无。何时洒微雨,因与
> 好风俱。

三伏酷暑,热浪阵阵,使人仿佛置身于火炉,病中的诗人身热如火、汗滴如珠以至辗转难眠,对于这些生活中的窘态,诗人毫不回避,照实直书,大有杜甫描绘日常情态之风,只是少了杜甫那种由己及人的情感升华,囿于一己的感受。此外,权德舆对人伦亲情也十分重视,其送赠亲友的诗作数量不少,如《送从弟谒员外叔父回归义兴》、《送从弟广东归绝句》、《送二十叔赴任馀杭尉》、《送从翁赴任长子县令》、《送三十叔赴任晋陵》、《赠别表兄韦卿》等等。其中,权德舆尚有部分赠内诗,如《祗役江西路上以诗代书寄内》、《发硖石路上却寄内》、《奉使丰陵职司卤簿,通宵涉路,因寄内》、《贞元七年,蒙恩除太常博士,自江东来朝,时与郡君同行,西岳庙停车祝谒,元和八年,拜东都留守,途次祠下,追计前事已二十三年于兹矣,时郡君以疾恙续发,因代书却寄》等皆值得一提,其中《祗役江西路上以诗代书寄内》写道:

> 辛苦事行役,风波倦晨暮。……鹑服我久安,荆
> 钗君所慕。伊予多昧理,初不涉世务。适因拥肿材,
> 成此懒慢趣。一身常抱病,不复理章句。羁孤望予
> 禄,孩稚待我铺。未能即忘怀,恨恨以此故。终当税
> 鞿鞅,岂待毕婚娶。如何久人寰,俯仰学举措。……
> 枕席有馀清,壶觞无与晤。南方出兰桂,归日自分付。

---

① 权德舆撰,郭广伟校点:《权德舆诗文集》,上海古籍出版社2008年版,第10页。

北窗留琴书,无乃委童孺。春江足鱼雁,彼此勤尺素。

早晚到中闺,怡然两相顾。

在该诗中,诗人不再将为官时的奔波劳碌拔高到为国出力、为民谋福的境界,而是现实地将公职视为谋生以养妻儿的手段。对于这种不得已的离家行役,诗人心中满是郁闷,人在路途之上,心仍眷恋家中。他向妻子诉说孑然独眠、独饮的孤单,叮嘱妻子要时常写信以慰藉相思,并且期待再次相聚的幸福生活。诗歌不但表现出诗人对妻子的思念,还将作者对家庭生活的眷恋表现得甚为真切。与大历时代大部分文人同类诗歌中流露出来的身心俱漂泊无依情况相比,作为贞元、元和之际的代表文人权德舆,已找到了他心灵的归宿,即以血缘关系和天然情感为支撑的家庭生活。

权德舆乐于将日常生活纳入文学创作,在不断的创作实践中,他对日常生活的描述也日显得心应手。例如其《中书送敕赐斋馔戏酬》诗云:"常日每齐眉,今朝共解颐。遥知大官膳,应与众雏嬉。"①寥寥数句诗,虽浅白如家常语,却将口腹之欲得以满足的欣喜表现得甚为生动,透出浓郁的生活情调。又如《端午日礼部宿斋有衣服彩结之贶以诗还答》:"良辰当五日,偕老祝千年。彩缕同心丽,轻裾映体鲜。寂寥斋画省,款曲擘香笺。更想传觞处,孙孩遍目前。"②诗人见衣服彩结即联想到代表夫妻恩爱的同心结,全诗所叙之事与所用之语虽平淡,但却传达出了诗人愿与妻偕老、共享儿孙满堂之乐的款款温情。由此可以看出,权德舆在文学题材选择方面已经坚定地走向了日常生活世界的中心,他在诗歌创作中对日常生活内容的表现,无疑要比刚开始进入日常世界边缘的大历诗人要更进一步。而在表达方式上,权德舆在一定程度上延续了大历诗人化日常为雅趣的做法,在大多数情况下,他笔下的日

---

① 权德舆撰,郭广伟校点:《权德舆诗文集》,上海古籍出版社 2008 年版,第 175 页。
② 权德舆撰,郭广伟校点:《权德舆诗文集》,上海古籍出版社 2008 年版,第 168 页。

常生活常显出闲适、温润的情致。同时,大历诗人所缺乏的、浅白化的表达也时有出现,诗歌从而散发出一股生动、灵活的生活气息。

权德舆作为贞元、元和间文坛盟主和政治要人,他的文学创作和政治影响力在当时影响甚大。① 例如柳宗元在《上权德舆补阙温卷决进退启》中借故人的言语对权德舆赞誉道:"补阙权君,著名逾纪,行为人高,言为人信,力学摈文,朋侪称雄。"②元稹《上兴元权尚书启》提及权德舆在贞元元和文坛上的影响力:"元和以来,贞元而下,阁下主文之盟,馀二十年矣。"③而杨嗣复《权载之文集序》也称权德舆之文"能独步当时,人人心伏",同时,更指出权德舆有"精识洞鉴其词而知其人"之能,"贞元中,奉诏考定贤良草泽之士,升名者十七人;及为礼部侍郎,擢进士第者七十有馀。鸾凰杞梓,举集其门。登辅相之位者,前后凡十人,其他征镇岳牧文昌掖垣之选,不可悉数。"中唐时期得到权德舆提携、知遇者,如柳宗元、刘禹锡、元稹、白居易、王涯、李逢吉、王播、裴度、崔群、陈鸿、沈传师、杨嗣复、李宗闵、牛僧孺、杜元颖等等皆在元和年间以及其后时段成为最有影响力的文学家和名臣。可以说,权德舆乃是当时名副其实的文坛宗主,他的文学作品自然受到了时人的推崇。关于其诗歌创作所体现出来的世俗化、生活化的特点,在当时已为人所知晓,杨嗣复在为权德舆文集作序时就曾指出其文"千名万状,随意所属,牢笼今古,穷极微细,周流于亲爱情理之间,……不为利疚,不以菲废",可谓一言道出了权德舆文学创作乐于表现日常微细的事物和人伦情爱的特点。然在杨嗣复看来,日常琐事、日常情感的表现不但没有削弱权德舆文学作品的格调,反而体现了权德舆温润、平和、博纳的气度,其作品也

---

① 关于权德舆在贞元八年后对中唐文学的重要影响力,蒋寅在《大历诗人研究》第四章第三节中有详细的论述,北京大学出版社 2007 年版,第 369—390 页。

② 《柳河东集》,中华书局 1960 年版,第 564—565 页。

③ 《元稹集》外集卷二,中华书局 1982 年版,第 647 页。

愈显"玉立冰洁",因而"时以推戴"①。

权德舆身为贞元、元和年间的文坛盟主,他在作品创作中以表现日常生活内容为乐,这无疑着实提升了日常生活题材在文人心目中的地位。事实上,贞元中至元和年间的相当多的文人都不但不再视平凡琐碎的日常生活为创作的禁区,而且还将这些题材表现得远比大历诗人要充分和生动。在权德舆之后,以怪奇巉刻为主要诗歌风格的"韩孟诗派"和以浅白、尚俗、务实为主的"元白诗派"成为中唐诗坛两大主流。这两个诗派创作倾向各异,但同样都在日常生活方面有所取材,且在表现方面呈现出了各自的特点。

二、"韩孟诗派"

1. 韩愈

作为"韩孟诗派"的代表人物,韩愈号称雄文大笔,在表现日常生活题材时,每每能抓住一点铺排生发,出人意表地将细碎的日常琐事、物象表现得精彩、深入。关于韩诗的这一特点,欧阳修《六一诗话》曾云:"资谈笑,助谐谑,叙人情,状物态,一寓于诗,而曲尽其妙。"②确是。韩愈对日常生活内容的表现广度,有过于前人和同时期的诗人。在他的笔下,日常琐事、物象皆信手拈来。例如收到友人郑群送来的凉席,他即赋《郑群赠簟》一首:

> 蕲州笛竹天下知,郑君所宝尤瑰奇。携来当昼不得卧,一府传看黄琉璃。体坚色净又藏节,尽眼凝滑无瑕疵。法曹贫贱众所易,腰腹空大何能为,自从五月困暑湿,如坐深甑遭蒸炊。手磨袖拂心语口,慢肤多汗真相宜。日暮归来独惆怅,有卖直欲倾家资。谁

---

① 杨嗣复:《丞相礼部尚书文公权德舆文集序》,《全唐文》卷六百一十,上海古籍出版社1990年版,第2736页。

② 欧阳修:《六一诗话》,《国学备览》第十二册,首都师范出版社2007年版,第143页。

> 谓故人知我意,卷送八尺含风漪。呼奴扫地铺未了,
> 光彩照耀惊童儿。青蝇侧翅蚤虱避,肃肃疑有清飙
> 吹。倒身甘寝百疾愈,却愿天日恒炎曦。明珠青玉不
> 足报,赠子相好无时衰。

诗歌以对比、夸张的手法将得到朋友赠物的喜悦与感激之情表达得畅快淋漓。其间对暑热难耐的情状、凉席外观、用席之急切的描摹真切而生动。而像青蝇、蚤虱一类常见但不轻易被文人纳入诗歌创作的物象也在韩诗中自得其所,不但不显粗俗,反而更显奇异。从对比铺陈、夸张描摹到日常物象的选择等方面来看,这首诗可以说是韩愈的日常生活题材诗歌的典型代表之一,韩诗中涉及日常生活内容者大抵遵循着上述的表达方式。例如写牙齿脱落的《落齿》,在篇幅上,诗人洋洋洒洒以长达一百八十言的诗歌记之;在语言上,"去年落一牙,今年落一齿。俄然落六七,落势殊未已"等语皆如白话;在写牙齿脱落不可挽回时,则言"终焉舍我落,意与崩山比",①以山崩之势来做夸张的比喻。在同样感叹牙齿凋零的《赠刘师服》中,作者则将自己的衰齿与刘师服的牙齿作比,首句"羡君齿牙牢且洁,大肉硬饼如刀截"②以"刀截"形容友人牙齿的坚固锋利,夸张的言语间满含羡慕。如此描写可谓生动地传达出诗人对于牙齿零落的痛心和对于岁月年华的无比留恋。又如记与友人侯喜外出钓鱼之事的《赠侯喜》,韩愈对河流水浅似有不满,于是写道:"温水微茫绝又流,深如车辙阔容辀。虾蟆跳过雀儿浴,此纵有鱼何足求。"③诗句以极其夸张的手法形容河流的浅窄,并用到蛤蟆跳跃、鸟雀洗澡这些在通俗物象,句意直白如套用口语,不加文饰,却生动戏谑,读来使人忍俊不禁。再如《苦寒》,诗人先叙说上天、自然被严寒操控,然后通过一系列细致的身体描写来表现凛冽的天气,然后用冻僵的虎豹、

---

① 韩愈:《落齿》,《韩昌黎全集》,中国书店 1991 年版,第 68 页。
② 韩愈:《赠刘师服》,《韩昌黎全集》,中国书店 1991 年版,第 85 页。
③ 韩愈:《赠侯喜》,《韩昌黎全集》,中国书店 1991 年版,第 50 页。

冷死的蛟螭等夸张的意象来写严寒,最后写冰冷天气中生活的不便以及抒发受寒的感受。全诗层层铺陈,长篇巨制,意象夸张奇特,且不时发出"芒砀大包内,生类恐尽歼"、"天乎苟其能,吾死意亦厌"①等务尽之语,大有写尽天地人间严寒之势。关于日常生活中挨冻受热的经历,不少中唐诗人都曾在诗歌创作中有所涉及。例如同样是写苦寒,刘长卿《酬张夏雪夜赴州访别途中苦寒作》、杨巨源《奉酬窦郎中早入省苦寒见寄》、孟郊《苦寒吟》、白居易《村居苦寒》等诗歌具有涉及,然而能用如此奇崛、务尽的表达来展现严寒的,中唐唯有韩愈一人而已。

　　韩愈喜以夸张、奇异的表现手法来描写日常生活,但有时候也会以平实的笔法来写日常之事。例如《示儿》便以平铺直叙的手法来展开,其诗云:

> 始我来京师,止携一束书。辛勤三十年,以有此
> 屋庐。此屋岂为华,于我自有馀。中堂高且新,四时
> 登牢蔬。前荣馔宾亲,冠婚之所于。……主妇治北
> 堂,膳服适戚疏。恩封高平君,子孙从朝裾。开门问
> 谁来,无非卿大夫。……跹跹媚学子,墙屏日有徒。
> 以能问不能,其蔽岂可祛。嗟我不修饰,事与庸人俱。
> 安能坐如此,比肩于朝儒。诗以示儿曹,其无迷厥初。

全诗如道家常,将入京以来的经历、在新宅中的居家生活等内容娓娓道来,没有夸饰,更没有用奇言怪语,却能让读者感受到父亲教导儿子的那种语重心长。又如《寄皇甫湜》:

> 敲门惊昼睡,问报睦州吏。手把一封书,上有皇
> 甫字。拆书放床头,涕与泪垂四。昏昏还就枕,惘惘
> 梦相值。悲哉无奇术,安得生两翅。

---

① 韩愈:《苦寒》《韩昌黎全集》,中国书店 1991 年版,第 69—70 页。

全诗浅白平实,诗人以得书而泣的细节传达出友谊深厚。尾联以恨不得长出翅膀飞到朋友身边的愿望作结,乃是极具日常化的表达,语虽平常,但其中传达出诗人与皇甫湜的深情厚谊分明可见。除了上述二诗,在表达上具有浅易倾向的还有《赠张籍》、《此日足可惜赠张籍》、《崔十六少府摄伊阳,以诗及书见投,因酬三十韵》等。其中《赠张籍》记张籍来访,自己刚好有事外出,只能令儿代为招待,但出门后又担心平日对儿子的教导太简,待客不周引人笑话。其后归家,张籍当面称赞儿子为"此是万金产"①,作者才放心并深感喜悦。诗歌糅合了诗人的心理活动、与友人之间的闲聊对话,在简约、平淡中透出一股清新的生活气息。而《崔十六少府摄伊阳,以诗及书见投,因酬三十韵》在语言上略显奇崛,但就总体而言仍趋于平实、浅白。诗歌从诗人居住、衣食情况写起,顺次写到了居家琐事、儿子受冻读书、自己在公府的活动,家人情况等内容,仿佛是与在与人闲聊一般。韩愈平实地表达日常生活的诗歌与奇崛险怪的诗歌相比,数量较少。结合这类诗歌的赠寄对象来看,韩愈似乎多在与十分相熟悉的人交流日常情感的情况下才会使用这么一种平易的表达方式。因为与至亲和知己交心,没有必要作怪异之言,越是平常的话语就越能表达出情感的真挚。

与中唐前期诗人相比,韩愈笔下的日常生活可谓别开生面。作为一个普通人,韩愈周旋于日常世界,感受着生活的冷暖悲喜。和权德舆一样,他乐于在文学创作中表现日常生活,但他们创作的立足点却不同。权德舆笔下的日常生活,尤其是家庭和人伦情感,是诗人得以憩息的港湾。而韩愈作为一个孜孜以求、气魄内蕴的文学家,他立足于日常生活,但心灵并不以之为归宿。在《与卫中行书》中,韩愈曾提到自己的日常生活水平"比之前时,丰约百倍",但他的饮食、服饰与以前穷困时并无差异,因为他的心"或不为此汲汲也。其所不忘于仕进者,亦将小行

---

① 韩愈:《赠张籍》,《韩昌黎全集》,中国书店 1991 年版,第 88 页。

乎其志耳。"①由此点可以看出,韩愈较能以一种理性眼光去看待日常生活。在创作中,他也以文人的冷静、理性站立在日常生活的高处,使日常生活琐事、物象为我所用,让它们皆成为他表达内心想法和情思的得力助手。

　　总的来看,韩愈以自己的主观经验、思想来驾驭繁复的日常题材,只求以生动、贴切为标准,而不甚理会是否合乎文人雅趣。这一点,可以说是韩愈和其他选择日常生活题材的诗人的最大差异所在。韩愈笔下的日常生活没有附加文人色彩,而常以本来面貌示人。诗人对生活内容也常常不刻意甄选,只要是他想表达的内容,他照写不误。例如受凉腹泻,本属不登大雅之堂的内容,但韩愈却毫不忌讳,在《病中赠张十八》中照直写道:"中虚得暴下,避冷卧北窗。不蹋晓鼓朝,安眠听逄逄。"②诗中"逄逄"这一拟声语的使用无疑增加了诗歌的日常通俗化情调。而在创作场合方面,韩愈也与权德舆等人少在公开场合吟咏日常生活的情况不一样,即使是在一向被目为文人雅事的文人宴集上,韩愈也常常忍不住在赋诗时提到日常琐事。例如在《燕河南府秀才得生字》中,他在诗歌中插入了"还家敕妻儿,具此煎炰烹。柿红蒲萄紫,肴果相扶擎"③四句居家生活的描写。此外,韩愈为了能够贴切地表达内心的想法,他常常引入一些不被其他文人所用的、甚至带有丑的性质的日常意象。这些意象的剪接、叠用常常制造出一种令人惊异的表达效果。例如在近似传奇故事的《石鼎联句诗序》中,韩愈塑造了道士弥明的奇特形象。该道士在文人雅集联句时道出"龙头缩䖴蠢;豕腹胀膨脝"之句,并且以"仍干蚯蚓窍,更作苍蝇声"讥笑他人苦思沉吟的情状,随后更旁若无人般"倚墙睡,鼻息如雷",使得座中诸人皆"怛然失色,不敢

①　韩愈:《与卫中行书》,《韩昌黎全集》,中国书店1991年版,第257页。
②　韩愈:《病中赠张十八》,《韩昌黎全集》,中国书店1991年版,第90页。
③　韩愈:《燕河南府秀才得生字》,《韩昌黎全集》,中国书店1991年版,第75—76页。

喘"①。弥明吟诗用词令人惊骇,表达效果却十分生动。韩愈将这两联诗句列出,实际上也表达了自己诗歌创作的立场和审美取向,而弥明种种不拘于俗的做法显然也是韩愈所向往的。根据自己的爱憎好恶来使用日常意象,日常世界中再琐碎、俚俗和粗鄙的物象,只要能表达出他心中之意,便但用无妨。像"粪壤"、"孤豚"一类的艰涩的日常物象在韩诗中便常有出现,例如在《咏雪赠张籍》中,韩愈以"松篁遭挫抑,粪壤获饶培"②之句来形容真正的人才得不到重用,庸人反倒得到赏识的社会现实,表达了诗人深切的不满;在《送进士刘师服东归》中,韩愈以"坐食如孤豚"③来形容友人的失意落寞,可谓比喻奇特。若通过电子检索"粪壤""孤豚"等词在中国古代诗词中的使用频率,可以发现,在韩愈之前,它们罕见入诗;而在韩愈之后,其使用频率才开始增加,尤其是在宋诗当中,由此或可部分窥见韩诗对宋诗所产生的影响。

由以上论述来看,韩愈诗歌中的日常生活描写较显奇特,与大历诗人和贞元、元和之际的代表文人权德舆不同,韩愈并没有刻意将原本平凡、琐碎的日常生活世界升华、改造成为闲逸的、具有诗意化的文人领地,也不屑于将平庸的日常生活与正统文人的精雅追求挂钩。他更愿意本着"文章自娱戏"(《病中赠张十八》)的意图,利用日常生活的原貌来表达自我的思想与意识,所以,他诗歌中的日常生活内容基本上与文雅绝缘。尽管如此,韩愈这种不以正统文人目光筛选日常生活题材、特立独行的创作方式,却使日常生活内容得到了最大程度的挖掘与发挥,从而在将日常生活诗意化的一贯做法之外,开辟了一条呈现日常生活的新路径,并让读者认识到,适当的生活原貌剪接也能够营造出一种引人注目的特有表达效果。

---

① 韩愈:《石鼎联句诗序》,《韩昌黎全集》,中国书店1991年版,第305—307页。
② 韩愈:《咏雪赠张籍》,《韩昌黎全集》,中国书店1991年版,第148页。
③ 韩愈:《送进士刘师服东归》,《韩昌黎全集》,中国书店1991年版,第87页。

2. 孟郊

对比韩愈,孟郊作为"韩孟诗派"的另一代表人物,他在日常生活题材方面的开拓较少。出生于吴地、情感更为纤介、敏感的孟郊,他身上缺乏韩愈所具有的那种旷达气魄。他笔下的日常生活内容在多数情况下以描述自我困窘、落魄为主,例如:

秋至老更贫,破屋无门扉。一片月落床,四壁风
入衣。

（《秋怀》）

地僻草木壮,荒条扶我庐。夜贫灯烛绝,明月照
吾书。

（《北郭贫居》）

十日一理发,每梳飞旅尘。三旬九过饮,每食唯
旧贫。

（《长安羁旅行》）

贫病诚可羞,故床无新裳。春色烧肌肤,时餐苦
咽喉。

（《卧病》）

可以看出,孟郊所描绘的日常生活苦寂、凄清,充满着压抑之感。也许正是因为诗人的生活充满了愁苦,难得出现亮色,诗人对现实未来的信心也在愁苦中慢慢磨耗了。所以对围绕在身边的残破的日常物象,孟郊并不情愿投注过多的目光。对于有着"丈夫久漂泊,神气自然沉"①遭遇的诗人来说,每一次环顾周遭的凋敝环境,都只会让他倍感落寞。在长久的磨难中,孟郊甚至发出"万事有何味,一生虚自囚"②的绝望之词,对于他来说,包括功名利禄在内的任何东西都显得没有意思了,更何况

---

① 孟郊:《病客吟》,《孟东野诗集》,人民文学出版社1984年版,第42页。
② 孟郊:《冬日》,《孟东野诗集》,人民文学出版社1984年版,第47页。

是他认为"诚可羞"的日常贫病之状？此外，孟郊作为一个沉迷于书、爱诗成癖的"书斋型"文人，他对诗、书之外的琐碎日常生活自然不会投入多少精力。① 不过，尽管如上所述，孟郊因生活困顿而不大愿意向日常生活投注过多的眼光，但从其《退居》、《立德新居》等少数诗歌来看，孟郊和中唐以来大部分文人一样，同样有着将日常生活诗意化的追求。《退居》中的"种稻耕白水，负薪斫青山"②和《立德新居》组诗中的"一旬一手版，十日九手锄。手锄手自勖，激劝亦已饶。畏彼梨栗儿，空资玩弄骄。夜景卧难尽，昼光坐易消。治旧得新义，耕荒生嘉苗。锄治苟惬适，心形俱逍遥"③等诗句透露出来的平静、闲淡的生活气息，与陶渊明归田诗的诗意颇为相近。然而，对于困顿已久的孟郊来说，日常生活中蕴含着的平凡之美毕竟有限，因此，孟诗中像《退居》一类的诗歌数量不多。

在对日常物质世界失望的同时，孟郊将目光更多地投向了以人伦亲情为主的日常情感世界。经历了长久的漂泊，诗人在情感上常深感孤独。在《老恨》一诗中，对于自己的孤独境遇，他这样写道："无子抄文字，老吟多飘零。有时吐向床，枕席不解听。"④年纪大了却无儿作伴，想找个亲近的人来倾诉一下飘零的身世之感都找不到，只能对着床上枕席自言自语。人处在这样一种莫可名状的孤独状态下，心灵很自然会投向他所熟悉地缘和血缘亲情，从中寻找认同感和安全感。也正因如此，他的诗歌常流露出对故乡和亲人的深切眷恋。例如《游子吟》、《归信吟》、《远游》、《渭上思归》、《忆江南弟》等诗歌中便凝结了诗人强烈

---

① 孟郊《劝善吟》中记朋友郭行馀劝自己少吟诗，多从时俗，但孟郊认为爱书之心和诗癖难改。诗中有"顾余昧时调，居止多疏慵。见书眼始开，闻乐耳不聪……天疾难自医，诗癖将何攻。见君如见书，语善千万重。自悲咄咄感，变作烦恼翁。烦恼不可欺，古剑涩亦雄"等句，真切地反映出孟郊的"书斋"气。

② 孟郊：《退居》，《孟东野诗集》，人民文学出版社 1984 年版，第 27 页。

③ 孟郊：《立德新居》，《孟东野诗集》，人民文学出版社 1984 年版，第 91 页。

④ 孟郊：《老恨》，《孟东野诗集》，人民文学出版社 1984 年版，第 49 页。

思乡与念亲情感。孟郊除了在故土与亲友故旧身上寻求慰藉外,儿女的诞生与成长也是他聊以自慰的方面,例如他的《寄义兴小女子》便是充满了慈爱,流露出一种久违的温馨情调。在儿子不幸夭折后,孟郊的伤痛欲绝在《悼幼子》和《杏殇》二诗中表露无遗。可以说,孟郊期望以日常情感世界中的人伦亲情作为抵御困窘现实的避风港,所以,在其以日常生活为表现题材的诗篇中,对日常物质生活的表现虽少且流于一般,但对日常情感的表现却分外真挚感人。然而,即使是这样一个情感的避风港,也无情地遭受了打击。细读孟郊日常生活题材的诗歌,我们也就不难理解为什么孟诗会时常透露出浓重的荒寒、孤寂、悲苦之感。当然,孟郊身为"韩孟诗派"的代表人物之一,他在选择日常生活物象方面也体现着这一诗派对怪奇险刻风格的追求。例如其《井上枸杞架》、《蜘蛛讽》《蚊》《烛蛾》等诗,吟咏的对象乃是日常生活中常见却被文人雅士所忽略的东西。

3. 张籍、卢仝和李贺

与孟郊一样、围绕在韩愈周围的诗人张籍,他的诗歌中对日常生活的描写相对较多,例如:

> 寒虫入窟鸟归巢,僮仆问我谁家去。行寻田头暝
> 未息,双毂长辕碍荆棘。缘冈入涧投田家,主人舂米
> 为夜食。晨鸡喔喔茅屋傍,行人起扫车上霜。

（《羁旅行》）

> 秋田多良苗,野水多游鱼。我无耒与网,安得充
> 廪厨。寒天白日短,檐下暖我躯。四肢暂宽柔,中肠
> 郁不舒。

（《野居》）

> 身病多思虑,亦读神农经。空堂留灯烛,四壁青
> 荧荧。……僮仆各忧愁,杵臼无停声。见我形憔悴,
> 劝药语丁宁。春雨枕席冷,窗前新禽鸣。开门起无

力,遥爱鸡犬行。

（《卧疾》）

三年患眼近日校,免与风光便隔生,昨日韩家后园里,看花犹似未分明。

（《患眼》）

病来辞赤县,案上有丹经。为客烧茶灶,教儿扫竹亭。诗成添旧卷,酒尽卧空瓶。

（《赠姚合少府》）

遇午归闲处,西庭敞四檐。高眠着琴枕,散帖检书签。印在休通客,山晴好卷帘。竹凉蝇少到,藤暗蝶争潜。

（《和李仆射西园》）

除了以上例子,孟郊尚有《病中寄白学士拾遗》、《夏日闲居》、《闲居》等表现日常生活题材的诗篇,在此不一一列举。由以上例子可以看到,张籍这类题材的诗歌,在语言风格方面,总体上呈现出平易、通脱的特点,有别于韩愈的夸异和孟郊的荒寒;在表现对象的选取上,张籍喜以日常起居内容入诗,在表现起居生活时,诗人又常将之与读书、作诗和弹琴等文人雅事一同表现,因而诗歌多呈现出一种恬淡、宁静又不失文人雅致的自然情调。此外,张籍对日常物象描绘的细腻程度上有过于韩愈和孟郊,例如"街径多坠果,墙隅有蜕蜩"①、"冷露湿茄屋,暗泉冲竹篱"②等便均体现了诗人对生活环境中的细微物象的敏锐观察力。在对文雅生活情调的营造以及对日常物象的细致描绘这两点上,张籍与韩愈等人不大相像,反倒是与大历诗人颇有相通之处。然而,大历诗人在日常生活描写方面显得有点小心翼翼,与之不同,张籍所描绘的日常起

---

① 张籍:《雨中寄元宗简》,《张籍诗集》,中华书局1959年版,第98页。
② 张籍:《山中春夜》,《张籍诗集》,中华书局1959年版,第102页。

居明显更具随性而动的特点,如鸡犬相闻,在屋檐下晒太阳、与僮仆对话等琐事都写得十分自然。而在随性之中,张籍的诗又隐约透着一股郁崛之气,这使得他的诗歌在总体风格上与韩愈等奇崛险怪的诗风有着相通之处。关于张籍诗的特点,王安石在《题张司业诗》中曾以"看似寻常最奇崛,成如容易却艰辛"①之语来点评,确有见地。

除了张籍,在以韩愈、孟郊为中心的一帮中唐诗人中,除了卢仝以外,刘叉、李贺、李翱、皇甫湜等人皆较少涉及日常生活题材。卢仝以日常世界为表现题材的诗歌,从总体上看,集合了韩愈、孟郊同类题材诗歌的特点。例如《走笔谢孟谏议寄新茶》与韩愈《郑群赠簟》颇为相类,围绕友人寄赠新茶一件生活小事,诗人走笔赋诗,从得茶的惊喜到新茶炮制过程描述,再到喝茶的享受,一气写下了长达二百六十一言的诗歌。而该诗开篇两句"日高丈五睡正浓,军将打门惊周公"②句意与韩愈《寄皇甫湜》篇首"敲门惊昼睡,问报睦州史"两句同出一辙。其《苦雪寄退之》表现自己与家人在寒冷的雪天饥寒交迫,求食无门的困窘之态,诗云:"菜头出土胶入地,山庄取粟埋却车。冷絮刀生削峭骨,冷齑斧破慰老牙。病妻烟眼泪滴滴,饥婴哭乳声呶呶。市头博米不用物,酒店买酒不肯赊。"③句中如道家常与韩愈诗相近,而在近乎绝望的情绪的表现上则与孟郊诗歌暗合。此外,卢仝《冬行三首》中"老母妻子一挥手,涕下便作千里行。自顾不及遭霜叶,且夕保得同飘零"④数句则表现出了与孟郊相近的漂泊之意与恋亲情怀。然而,卢仝虽因生活遭际不如意,也作寒穷之音,但他身上却有一股与韩愈近似的雄豪之气,所以在吐露生活之苦的同时,他依旧保持着旷达心胸。例如,即使在冰天雪地中饥寒交迫,他仍高呼"天眼高开欺草芽,我死未肯兴叹嗟"(《苦雪寄

① 王安石:《题张司业》,《全宋诗》第十册,北京大学出版社 1991 年版,第 6713 页。
② 卢仝著,张渞编辑:《卢仝集》,中华书局 1985 年版,第 17 页。
③ 卢仝著,张渞编辑:《卢仝集》,中华书局 1985 年版,第 26 页。
④ 卢仝著,张渞编辑:《卢仝集》,中华书局 1985 年版,第 17 页。

退之》）；面对离妻别子、背井离乡的漂泊，他则自我安慰道"达生何足云，偶然苦乐经其身"（《冬行》）。可以说，卢仝的日常生活题材的诗歌乃是韩愈与孟郊同类题材诗歌的一个综合体。

至于与韩愈交结的其他诗人，如刘叉，其行为不羁，诗风也显得险峻怪异，他对日常诸事并不十分在意，认为"日出扶桑一丈高，人间万事细如毛"①，又言"生死守一丘，宁计饱与饥"②，其"诗胆大如天"③的放纵个性决定了他较少在诗歌中咏叹日常琐碎之事。又如李贺，他作诗造境多发自内心想象，追求一种不染俗韵情调以及奇隽的表达效果，因此，对于日常生活中朝夕可见的平凡物象，其关注相对较少。即使关注，这些物象也多被之加上一种幽冷的色调，例如在"瘦马秣败草，雨沫飘寒沟"④、"柴门车辙冻，日下榆影瘦"⑤等诗句中，在"瘦"、"寒"、"冻"等词的修饰下，诗中的日常物象都透出了冰冷的寒意。可以说，在李贺诗歌中很难发现他对现实的热情，哪怕是与亲友相聚赠诗，他也难得显露一丝热情，以其《示弟》为例："别弟三年后，还家一日馀。醹醑今夕酒，缃帙去时书。病骨犹能在，人间底事无。何须问牛马，抛掷任枭卢。"⑥与阔别三年的弟弟想见，诗人情感基本没有什么变动，仿佛他与自身以外的世界有着一层隔膜。在《赠陈商》中，李贺自称"二十心已朽"，也许他也觉察到了自己对外部世界热情的缺失。李贺这种沉浸在自我内里世界中难以自拔的状态，当与其内敛的天性有关，科举道路的无端堵塞更使他更加沉迷在"楞伽堆案前，楚辞系肘后"（《赠陈商》）的生活中，以读书、作诗度日。从某种程度上来说，李贺活在自己的心灵中，读书、想象和诗歌创作成为了他最主要的日常生活内容，常人眼中

---

① 刘叉：《偶书》，《全唐诗》卷三九五，中华书局1960年版，第4448页。
② 刘叉：《答孟东野》，《全唐诗》卷三九五，中华书局1960年版，第4445页。
③ 刘叉：《自问》，《全唐诗》卷三九五，中华书局1960年版，第4447页。
④ 李贺：《崇义里滞雨》，《李贺诗歌集注》，上海古籍出版社1978年版，第189页。
⑤ 李贺：《赠陈商》，《李贺诗歌集注》，上海古籍出版社1978年版，第191页。
⑥ 李贺：《示弟》，《李贺诗歌集注》，上海古籍出版社1978年版，第37页。

的日常生活对他来说倒成了次要的、无足轻重的方面。总的来说,虽然日常生活内容在刘叉和李贺诗中近乎缺席,但这种情况恰揭示了一个规律,也就是性情过于外纵和内敛的文人常会因忽略日常生活世界的存在而较少表现这一方面的内容。

三、柳宗元和刘禹锡

1. 柳宗元

出身河东士族著姓的柳宗元,自幼接受家庭教育,熟读经史百子,为人精敏而擅理性思辨。① 士族传统的长期熏陶、个人政治生涯的大起大落及其好佛参禅的追求造就了柳宗元务实、平稳、淡泊的个性。大概正是在这种个性的影响下,柳宗元以日常生活为表现题材的诗歌,在内容呈现、表达方式和风格上都有其特点。

在内容呈现方面,与权德舆、韩愈、孟郊等人常言及妻儿不同,柳宗元诗歌中的日常生活题材罕见涉及家庭生活,仿佛这是诗人刻意回避的一项表现内容。联系柳宗元的家庭状况,则不难解释这一现象。柳宗元初娶杨氏为妻,杨氏素有足疾,后更因"孕而不育,厥疾增甚"②,于贞元十五年去世。柳宗元和杨氏生有一子,但不足一日而夭折,杨氏因此病逝,而柳宗元直到被贬南方时也没有再娶,所以一直膝下无儿,对此,柳宗元一直耿耿于怀。他在《与杨京兆凭书》中自称"无以托嗣续,恨痛常在心目"③;在《寄许京兆孟容书》中,柳宗元也同样道出了"姑遂少北,益轻瘴疠,就婚娶,求胤嗣,有可付托"④的心愿,但这个心愿却一直没能实现,最后柳宗元只能娶南方女子以育后代。此外,柳宗元的几位至亲,包括母亲卢氏、两位姐姐和一直追随左右的从弟宗直皆相继离

---

① 韩愈在《柳子厚墓志铭》中曾称赞柳宗元"俊杰廉悍,议论证据今古,出入经史百子"。
② 柳宗元:《亡妻弘农杨氏志》,《柳河东集》,中华书局1960年版,第213页。
③ 柳宗元:《与杨京兆凭书》,《柳河东集》,中华书局1960年版,第489页。
④ 柳宗元:《寄许京兆孟容书》,《柳河东集》,中华书局1960年版,第484页。

世也给诗人带来了沉重的打击。其中,母亲卢氏跟随柳宗元至贬地,在水土不服、缺医少药的情况下病逝,柳宗元为此深感自责而伤痛欲绝。在《先太夫人河东县太君归祔志》一文中,柳宗元为母亲的逝去而痛心疾首以至于呼天抢地。此文哀恸感人,因而后人曾将之与韩愈《祭十二郎文》相提并论①。总的来看,柳宗元家庭的不幸使他产生了"身世孑然,无可以为家"的感伤。可以说,随着家人的相继逝去,柳宗元在血缘情感上处于"无家可归"的状态,他很难像其他拥有家人的文人那样从家庭中寻求慰藉。因此,柳宗元在表现日常生活内容时,甚少提及妻儿及家庭生活,只在《叠前》中以"左家弄土唯娇女,空觉庭前鸟迹多"②一句记女儿学习写字情状。在大多数情况下,柳宗元描写日常生活时多以展现生存环境和个人活动为主。例如《同刘二十八院长述旧言怀感时书事奉寄澧州张员外使君五十二韵之作因其韵增至八十通赠二君子》一诗便较为细致地展示了诗人在南方的生活见闻以及生存环境:

> 　　入郡腰恒折,逢人手尽叉。敢辞亲耻污,唯恐长疵瘢。善幻迷冰火,齐谐笑柏涂。东门牛屡饭,中散虱空爬。逸戏看猿斗,殊音辨马挝。……贮愁听夜雨,隔泪数残葩。枭族音常聒,豺群喙竞呀。岸芦翻毒蜃,豁竹斗狂螾。野鹜行看弋,江鱼或共叉。瘴氛恒积润,讹火亟生煅。耳静烦喧蚁,魂惊怯怒蛙。风枝散陈叶,霜蔓缀寒瓜。雾密前山桂,冰枯曲沼蕸。思乡比庄舄,遁世遇眭夸。渔舍茨荒草,村桥卧古槎。御寒衾用褐,抲水勺仍椰。窗蠹惟潜蝎,藜涎竞缀蜗。引泉开故窦,护药插新笆。树怪花因槲,虫怜目待虾。骤歌喉易嗄,饶醉鼻成齇。曳捶牵羸马,垂蓑牧艾豭。

<hr>

①　清人储欣评论韩愈《祭十二郎文》时说:"以痛苦为文章,有泣,有呼,有踊,有放声长号,此文而外,惟河东太夫人墓表同其惨烈。"

②　柳宗元:《叠前》,《柳河东集》,中华书局1960年版,第707页。

　　已看能类鳖，犹讶雄为鸱。谁采中原菽，徒巾下泽车。
俚儿供苦笋，伧父馈酸楂。劝策扶危杖，邀持当酒茶。
道流征短褐，禅客会袈裟。香饭春菰米，珍蔬折五茄。
方期饮甘露，更欲吸流霞。屋鼠从穿兀，林狙任攫挐。
春衫裁白纻，朝帽挂乌纱。屡叹恢恢网，频摇肃肃罝。
衰荣因莫莫，盈缺几虾蟆。路识沟边柳，城闻陇上笳。
共思捐佩处，千骑拥青缅。

　　柳宗元以一种幽抑的笔调，向友人细致地展示了他在楚越之地的生活
见闻和他的居住环境。随处可见的虺子、枭族和豺群的聒噪号叫、藏在
岸边芦苇中的毒虫、在竹林间出没的狂猛野兽、瘴疬、喧蚁、怒蛙等等物
象营造了一个危机四伏、阴幽可怖的生存环境。在这种恶劣的自然环
境中，当地人住的是盖荒草的屋子，走的是古旧的木桥，用动物的毛织
物当毯子御寒，用椰壳当水勺，窗户被蠹空，里面藏伏着蝎子，屋脊缀满
了蜗牛，一切都透着荒蛮、萧条的气息。这就是柳宗元所要面对的、陌
生的生活环境！诗人初到此地，夜雨、残花、风中纷飞的落叶和在冰霜
中飘摇的藤蔓等凄清的景象勾起了他交织着思乡和落魄的哀愁，他不
禁潸然泪下。但随后，诗人慢慢熟悉了此种环境，当地淳朴的居民给他
送来了竹笋和酸楂，对他劝勉策励并邀请他饮酒喝茶。而他所结交的
僧人热情待客，以"香饭"和"珍蔬"款待诗人。此时的诗人胸怀渐开，
"方期饮甘露，更欲吸流霞"一句流露出轻快、自适之感。即使是面对乱
窜的鼠辈和肆意张牙舞爪的猕猴，诗人也表现得不那么在意了。该诗
所描绘的生存环境以及生活琐事，浓缩地展现了诗人贬谪生涯中的苦
难以及他苦中作乐、自我排遣的精神。全诗语言深峭而又简淡，洋洋长
篇然对仗押韵整饬，当是经过了精心锤炼，但又难寻斧凿之痕。《柳亭
诗话》卷三〇评价此诗道："大历以前，用险韵者不过数字而已……柳柳
州《述旧感时》诗用六麻，增至八十韵，愈出愈奇。"的确，此诗铺陈、用韵
之险可谓与韩愈不相上下。

　　除了上述诗歌,柳宗元的《寄韦珩》、《酬韶州裴曹长使君寄道州吕八大使因以见示二十韵一首》等诗歌也描写他在贬地的生存环境,《寄韦珩》诗中云:"炎烟六月咽口鼻,胸鸣肩举不可逃。桂州西南又千里,漓水斗石麻兰高。阴森野葛交蔽日,悬蛇结虺如蒲萄。到官数宿贼满野,缚壮杀老啼且号。"①与前一首诗相比,这首诗对南贬之地的描述明显要精简得多,他不再叨念、列举贬地的各色情况,而只以四句来表现当地的荒蛮。其实,在现实中,当某个人详细地描述与叨念某方面的内容,恰强烈地表现了他想获取他人的关注的目的,柳宗元初至位居楚越的贬地,当地的蛮荒、凋敝实使他如坠深渊。从他的《寄许京兆孟容书》和《与杨京兆凭书》来看,他曾经那么的希望离开南地。然而经历了在永州的十年磨难,他最终被贬往更加边远的柳州,这一现实让他预知了未来的命运,因此,他在《寄韦珩》一诗中道出了"圣恩倘忽念地苇,十年践蹈久已劳"一句。在恩赦无望的情况下,诗人不再如前般喋喋形容贬地的景象,他更多地将注意力转向与自己密切相关的日常生活方面。他向韦珩诉说自己在南方的生活以及身体所出现的一些病症:"奇疮钉骨状如箭,鬼手脱命争纤毫。今年噬毒得霍疾,支心搅腹戟与刀。迩来气少筋骨露,苍白濒汩盈颠毛。"身体已病弱至此,诗人并未流露出太多的悲伤,而是以一种尽量接近客观叙述的语调来绘写身上的怪疾。

　　柳宗元其他涉及日常生活题材的诗歌较少出现描绘生活苦难的情况,而多以闲淡的基调来叙述日常琐事,例如写读书:

　　　　汲井漱寒齿,清心拂尘服。闲持贝叶书,步出东
斋读。

　　　　(《晨诣超师院读禅经》)

　　　　幽沉谢世事,俯默窥唐虞。上下观古今,起伏千
万途。遇欣或自笑,感戚亦以吁。缥帙各舒散,前后

---

　　①　柳宗元:《寄韦珩》,《柳河东集》,中华书局1960年版,第690页。

互相逾。……倦极便倒卧,熟寐乃一苏。欠伸展肢
体,吟咏心自愉。得意适其适,非愿为世儒。……书
史足自悦,安用勤与劬。贵尔六尺躯,勿为名所驱。

(《读书》)

诗人用洗漱振衣的日常动作展现了自己内心的高洁之态,此种状态与
在《寄许京兆孟容书》所言的"洗沐盥漱,动逾岁时,一搔皮肤,尘垢满
爪"①的状况可谓有着天渊之别。而《读书》一诗,《艇斋诗话》曾评之
云:"萧散简逸,秾纤合度,置之渊明集中,不复可辨"。确是。诗人以读
书自乐,神倦即眠,睡醒则伸懒腰,其自得之态与不争世名的高洁自显。
诗人并没有刻意在诗中对自己的日常生活进行雅化,反而利用平凡、细
微的身体动作描写来达到超然自适、韵味深长的雅淡境界。

　　除了读书,日常家居活动也是柳宗元常有表现的内容。例如写睡
眠:

觉来窗牖空,寥落雨声晓。良游怨迟暮,末事惊
纷扰。为问经世心,古人难尽了。

(《独觉》)

南州溽暑醉如酒,隐几熟眠开北牖。日午独觉无
馀声,山童隔竹敲茶臼。

(《夏昼偶作》)

其他如写煮茶,有"呼儿爨金鼎,馀馥延幽遐"②;写饮酒,有"今夕少愉
乐,起坐开清尊。举觞酹先酒,为我驱忧烦"③;写餐食有"挹流敌清觞,
掇野代嘉肴"④、"朵颐进芰实,擢手持蟹螯。炊稻视爨鼎,脍鲜闻操刀。

---

① 柳宗元:《寄许京兆孟容书》,《柳河东集》,中华书局 1960 年版,第 482 页。
② 柳宗元:《巽上人以竹闲自采新茶见赠,酬之以诗》,《柳河东集》,中华书局 1960 年版,第 687 页。
③ 柳宗元:《饮酒》,《柳河东集》,中华书局 1960 年版,第 740 页。
④ 柳宗元:《游朝阳岩遂登西亭二十韵》,《柳河东集》,中华书局 1960 年版,第 712 页。

野蔬盈倾筐,颇杂池沼茞"①;写服饰有"被褐谢斓斒"②;写暑热难耐有"苦热中夜起,登楼独褰衣。……探汤汲阴井,炀灶开重扉。凭阑久彷徨,流汗不可挥。莫辩亭毒意,仰诉璇与玑。谅非姑射子,静胜安能希"③;写空闲无聊的情状有"空斋不语坐高春。印文生绿经旬合,砚匣留尘尽日封"④,诸如此类。而在众多日常活动当中,柳宗元对田园耕种的表现尤为钟情,并作有《田家》、《溪居》等诗。其中,《溪居》诗人写自己与农家为邻,在"来往不逢人"的环境中过着像隐居山林般的清静生活,每日的活动是"晓耕翻露草,夜榜响溪石",并以"长歌楚天碧"来遣闷。在这样的生活状态当中,柳宗元发出了"久为簪组累,幸此南夷谪"⑤的感叹,仿佛竟在南方贬地卸去宦海沉浮的乏累,找到了真正的安宁。当然,柳宗元的这种感叹是否真实尚值得怀疑,但这首诗确实塑造了一个向往安宁、淡薄生活的诗人形象。

　　除了日常的田园劳作,柳宗元有一系列叙写栽种植物的诗,例如《种仙灵毗》、《植灵寿木》、《种木槲花》、《茅檐下始栽竹》、《种尤》、《新植海石榴》、《种柳戏题》、《柳州城西北隅种柑树》等等。诗人栽种这些植物或为药用,或为观赏、遮凉,又或为生计,多以实用的角度为出发点。在这些诗歌中,也有部分涉及诗人的日常生存状态。例如《茅檐下始栽竹》在叙说在屋边种植竹子的原由时云:"瘴茅葺为宇,溽暑常侵肌。适有重腘疾,蒸郁宁所宜。东邻幸导我,树竹邀凉飔。"⑥诗人的叙述无疑丰富了读者对于他在南方的日常生活的了解。由于诗人不适应南方炎热气候,所以在邻居的指点下,于茅檐下栽竹子以抵挡暑热。而

---

① 柳宗元:《游南亭夜还叙志七十韵》,《柳河东集》,中华书局1960年版,第716页。
② 柳宗元:《酬韶州裴曹长使君寄道州吕八大使因以见示二十韵一首》,《柳河东集》,中华书局1960年版,第685页。
③ 柳宗元:《夏夜苦热登西楼》,《柳河东集》,中华书局1960年版,第715页。
④ 柳宗元:《柳州寄丈人周韶州》,《柳河东集》,中华书局1960年版,第700页。
⑤ 柳宗元:《溪居》,《柳河东集》,中华书局1960年版,第722页。
⑥ 柳宗元:《茅檐下始栽竹》,《柳河东集》,中华书局1960年版,第727页。

在《种仙灵毗》中，柳宗元更细致地描述他栽药、用药的原委以及过程，诗云："穷陋阙自养，疠气剧器烦。隆冬乏霜霰，日夕南风温。杖藜下庭际，曳踵不及门。门有野田吏，慰我飘零魂。及言有灵药，近在湘西原。服之不盈旬，蟞蟇皆腾骞。笑忭前即吏，为我擢其根。蔚蔚遂充庭，英翘忽已繁。晨起自采曝，杵臼通夜喧。"①此诗的叙述模式大致与栽竹一诗相近，诗人在南方温热气候下患有足疾，尽管拄着藜杖，但仍然难以走动，幸好有一位好心的田吏教他栽种仙灵毗以疗疾病。柳宗元依指引种药，然后在清晨采摘并曝晒，晚上则通宵捣药。由走不能及门和通夜捣药这些细节可见，诗人在生理上所受的痛苦是沉重的。但即使如此，诗人在表现这些日常生活内容时，他通常会表现出一种平静的心态。比如在《茅檐下始栽竹》诗末，柳宗元不再为暑热难熬而烦恼，反倒围绕竹子进行了一番思考："岂伊纷嚣间，重以心虑怡。嘉尔亭亭质，自远弃幽期。不见野蔓草，翁蔚有华姿。谅无凌寒色，岂与青山辞。"在《种仙灵毗》后两联则云："痿者不忘起，穷者宁复言。神哉辅吾足，幸及儿女奔。"诗人在被贬至柳州后所作的《柳州城西北隅种柑树》、《种柳戏题》更有"若教坐待成林日，滋味还堪养老夫"②、"谈笑为故事，推移成昔年"③等语句，流露出一种轻松、诙谐的情绪。

将柳宗元以日常生活为题材的诗歌与韩愈、孟郊等人的同类诗歌对比，不难发现，柳宗元在大多数情况下都似乎压抑着自己的情感，喜不狂呼，悲不哀号。例如同样面对衰老，柳宗元作《觉衰》，看不出多少哀思，在诗末诗人更称"高歌足自快，商颂有遗音"④以显示其豁达的心胸。他以一种平淡、中和的语气来叙述自己的生活，当叙说自我苦楚和身体疾痛时，他并不常用明显带有情感趋向的词句来表现凄惨的际遇，显得

---

① 柳宗元：《种仙灵毗》，《柳河东集》，中华书局 1960 年版，第 727—728 页。
② 柳宗元：《柳州城西北隅种柑树》，《柳河东集》，中华书局 1960 年版，第 708 页。
③ 柳宗元：《种柳戏题》，《柳河东集》，中华书局 1960 年版，第 703 页。
④ 柳宗元：《觉衰》，《柳河东集》，中华书局 1960 年版，第 715 页。

有点轻描淡写。然细味其诗歌,却能发现,柳诗虽然追求一种如陶渊明归田诗般恬淡素雅、陶然自适的情调,但在素言淡语之下,却隐藏着诗人的郁结与凄然。大概柳宗元本想借这种恬淡的日常生活表达来做自我安慰,然其本心并未能真正达到平静淡然的境界,事实上,他对被贬南荒一直未能释怀,"揽衣中夜起,感物涕盈襟"①、"孤臣泪已尽,虚作断肠声"②、"一身去国六千里,万死投荒十二年"③等诗句便透露了诗人的真实心声。在举目无亲的南方,柳宗元想通过展现远离世间烦嚣的宁静生活来掩饰心中的常存的孤寂、落寞,于是故作"幽沉谢世事"、"久为簪组累,幸此南夷谪"等诗句,其实在表面的旷达之下却是诗人吞声而泣的苦痛。柳宗元诗歌所体现出来的这种表面淡泊、实际落寞的对比,无疑使得它们更具有回味的余地。苏轼曾以"发纤秾于简古,寄至味于淡泊"④、"其外枯而中膏,似淡而实美"⑤来评柳宗元的诗歌,可谓道出了柳宗元诗歌特点所在。

总的来说,柳宗元展现日常生活题材的诗篇,在情调上与陶渊明归田诗相近。他以日常活动、物象为题材的诗篇并不像其他大多数诗人那样,只将日常生活内容简单剪接而后纳入到诗歌中,并以日常生活所特有的平淡气息来渲染他们恬淡、清雅的生活追求。具有较强哲理思辨能力的柳宗元,不但善于用日常生活的平淡来点染自己对恬淡的追求,而且更擅长从平凡生活中的各种侧面体悟人生韵味、挖掘与自己的情志暗合的方面。因此,读者可以看到,柳宗元一些以日常生活为表现题材的诗篇,篇末会出现一些抒情、议论的文字,诗歌的主题也经由这些少量的文字而达到升华。柳宗元以日常生活为表现题材的诗歌皆创作于被贬永州和柳州期间,在这一长达十四年的阶段中,柳宗元这类题

---

①　柳宗元:《感遇二首》其一,《柳河东集》,中华书局1960年版,第741页。
②　柳宗元:《入黄溪闻猿》,《柳河东集》,中华书局1960年版,第723页。
③　柳宗元:《别舍弟宗一》,《柳河东集》,中华书局1960年版,第704页。
④　苏轼:《书黄子思诗集后》,《苏轼文集》,中华书局1986年版,第2124页。
⑤　苏轼:《评韩柳诗》,《苏轼文集》,中华书局1986年版,第2109页。

材的诗歌也有一个转变的过程。清人贺裳在《载酒园诗话又编》中曾这样评论柳宗元的诗:"大历以还,诗多崇尚自然。柳子厚始一振厉,篇琢句锤,起颓靡而荡秽浊,出入《骚》、《雅》,无一字轻率。其初多务黝刻,故神峻而味咧。既亦渐近温醇。"①此论确有见地。柳宗元初至永州创作的《同刘二十八院长述旧言怀感时书事奉寄澧张员外使君五十二韵之作因其韵增至八十通赠二君子》确实篇琢句锤且多务黝刻,而后期创作的《溪居》、《夏昼偶作》、《独觉》等则渐近平易、自然;而在情感的表达方面,柳宗元也由初至贬地的外露、宣泄向后期的温醇、内敛转化,其后期的诗歌将日常生活表现得如此之淡然,若不是他在其他诗歌中吐露悲苦、孤寂,读者或许会真的误以为此时的柳宗元几已进入了忘机的境界。

2. 刘禹锡

与柳宗元一同参与王叔文永贞革新的刘禹锡,有着与柳宗元相似的经历。然而,他的年寿比柳宗元长,直到唐武宗会昌二年(842)才去世。被白居易称为"诗豪"的刘禹锡有着傲物之性,《旧唐书》本传记载他被放南荒十年,"元和十年,自武陵召还,宰相复欲置之郎署。时禹锡作《游玄都观咏看花君子诗》,语涉讥刺,执政不悦,复出为播州刺史。"②可见,即使是十年的磨难也没有能磨灭刘禹锡的身上的锋芒。他矜傲的表现之一即在于他对文人雅士身份的强烈自我体认之上。他和柳宗元同时被贬到南方,然与柳宗元在诗歌中记录永州本地居民淳朴地给他送来土特产、与他共饮、对他进行劝慰等事不同,刘禹锡的诗篇中罕见类似的记录。综观其存诗,读者基本看不到他与一般民众交往的痕迹。在《陋室铭》里,他更明言他的生活是,"谈笑有鸿儒,往来无白丁"。当刘禹锡接连被贬至朗州、连州,再转为夔州、和州刺史,每到一

---

① 贺裳:《载酒园诗话又编》,见郭绍虞编选《清诗话续编》第三册,上海古籍出版社1983年版,第345页。
② 刘昫等撰:《旧唐书》卷一百六十《刘禹锡传》,中华书局1975年版,第4211页。

处,他都以一双文人的眼睛去捕捉一些新鲜的地域信息,对任地特有民风习俗都饶有兴味地进行表现,而这些反映巴蜀荆楚一带民俗风情的诗歌也成为了他诗歌中独具异彩的一个组成部分。但值得注意的是,以文人雅士自居的刘禹锡,他始终是以一个局外人的立足点来观察和描写民风、民俗的。例如在《插田歌》前引小序中,他写到:"连州城下,俯接村墟。偶登郡楼,适有所感,遂书其事为俚歌,以俟采诗者。"①《采菱行并引》中也言:"武陵俗嗜芰菱。岁秋矣,有女郎盛游于白马湖,薄言采之,归以御客。古有《采菱曲》罕传其词,故赋之,以俟采诗者。"②不难看出,诗人或登楼俯视,或伫立眺望,皆以一种冷静旁观的姿态出现。当然,刘禹锡的这种写作姿态也并不意味着他鄙视平凡民众,但他身上确实带着一种洁身自好的、文人清高的气质。可以说,刘禹锡的矜傲乃是建立在对自身才情、学养的自信之上的。在南方贬地,他总能以其出众的才情将原本充满浓厚俗化情调的民风民俗表现得分外生动,例如写到沅江流域民众五月竞渡的古老风俗,他以"杨枻击节雷阗阗,乱流齐进声轰然。蛟龙得雨鬐鬣动,蟢蝀饮河形影联"、"先鸣徐勇争鼓舞,未至衔枚颜色沮"③等句将竞渡活动现场与民众参与的热烈程度描摹得十分细致。又比如表现农民耕种、歌唱场面的《插田歌》,诗人写道:"田塍望如线,白水光参差。农妇白纻裙,农父绿蓑衣。齐唱郢中歌,嘤伫如竹枝。但闻怨响音,不辨俚语词。时时一大笑,此必相嘲嗤。水平苗漠漠,烟火生墟落。黄犬往复还,赤鸡鸣且啄。"④短短数句将插田的热闹场面以及墟落间的鸡犬相闻的平静生活画面描绘得很到位,全诗散发出了一股浓郁的生活气息。由此可见,刘禹锡十分善于抓住生活细节,并用细腻的文笔将各种通俗化的生活场面描摹得生动自然,

---

① 《插田歌》,《刘禹锡集笺证》,上海古籍出版社 1989 年版,第 838 页。
② 《采菱歌》,《刘禹锡集笺证》,上海古籍出版社 1989 年版,第 810 页。
③ 《竞渡曲》,《刘禹锡集笺证》,上海古籍出版社 1989 年版,第 806 页。
④ 《插田歌》,《刘禹锡集笺证》,上海古籍出版社 1989 年版,第 838 页。

这充分体现了刘禹锡的才性。

　　对于刘禹锡的这种描摹俗情的能力与才情,清人方东树曾在《昭昧詹言》卷十八称誉道:"以文语叙俗情入妙者,刘宾客也。"的确如此,哪怕是表现通俗情感与内容,刘禹锡也会在语言表现上有所锤炼,从而避免平直浅露。刘禹锡乐于表现他人的生活面貌,在《楚望赋》中,刘禹锡以"阅天数而视民风,百态变见乎其间。非耳剽以臆说兮,固幽求而纵观。观物之余,遂观我生"[1]等句表达了自己关注周遭日常生活世界的目的。他笔下的普通人的日常生活生动流畅而又具有动感,像"东邻侯家吹笙簧,随阴促促移象床。西邻田舍乏糟糠,就影汲汲春黄粱"[2]等诗句无疑皆透着浓郁的生活气息。然而,在表现自己的日常生活的时候,刘禹锡却十分强调文人所特有的风流情怀,而对于通俗化的、具有日常化情调的内容的描摹与表达则不常为之,因此,在他表现日常生活的诗歌中,看不到家常琐语。刘禹锡在表现自我生活时,出现这样的倾向大概与他对文人这一身份强烈的自我体认以及坚韧、豪爽的性格有关。从他的诗歌以及个人行为可以看出,刘禹锡重视个性的独立,他笔下的文人生活也多是流连山水、诗酒放旷,因为这正是文人群体区别于其他社会群体的主要生活特征。与这种生活相比,平凡的日常琐事描述并不能满足刘禹锡对于自己文人身份的体认。同时,刘禹锡坚韧、豪爽的个性使得他具有较强的心理自适能力,这一点从他对贬地的适应即可见端倪。永贞革新失败后,他和柳宗元同样遭受被贬的厄运,各自的贬地在地理位置上相隔并不远。据《旧唐书·刘禹锡传》记载刘禹锡的贬地朗州"地居西南夷,士风僻陋,举目殊俗",刘禹锡在当地"无可与言者"[3]。然而,从他现存的诗歌可以看到,他极少像柳宗元刚到贬地那样喋喋地形容贬地的蛮荒与自己的失落孤独,即使是提及当地让人难以

---

① 《楚望赋》,《刘禹锡集笺证》,上海古籍出版社 1989 年版,第 14 页。
② 《墙阴歌》,《刘禹锡集笺证》,上海古籍出版社 1989 年版,第 841 页。
③ 刘昫等撰:《旧唐书》卷一百六十《刘禹锡传》,中华书局 1975 年版,第 4210 页。

适应的气候,他也只一笔带过。例如友人寄信问询贬地情况,刘禹锡作《南中书来》作答,诗云:"君书问风俗,此地接炎州。淫祀多青鬼,居人少白头。旅情偏在夜,乡思岂唯秋。每羡朝宗水,门前尽日流。"①诗人在该诗中简单地描述了一下贬地的风俗状况,并没有流露出多少悲苦,他有的是惆怅和乡愁。又如《送曹璩归越中旧隐诗》尾联有"剡中若问连州事,唯有千山画不如"②之句,言语之间透露出坚韧与乐观、豁达。同时,诗人在与亲友言及自己在贬地情况时不大言及个人生活情况,而选择以流水、千山等自然意象作结,从这一点也可看出他的关注点之所在。正因为刘禹锡具有较强的心理自适能力,所以他在情感上并不十分依赖家庭、血缘情感等方面。因此,对比曾经提携过他的权德舆,还有韩愈、白居易等与之同辈的文人,刘禹锡对家庭生活题材的关注着实不多。

虽然刘禹锡很少在描写自身日常生活的诗歌中运用家人琐语,而喜以文士风流作为的表现题材,但他并非杜绝个人日常生活内容的表现,若仔细考察他的诗歌创作,还是能发现一些相关题材的诗歌的。例如写衣着,《初夏曲》中有"稍嫌单衣重,初怜北户开"③,诗人以穿单衣都嫌重的细致描述来展现初夏渐趋炎热的情况。而在《送李策秀才还湖南,因寄幕中亲故兼简衡州吕八郎中》中有"仆夫前致词,门有白面生。摄衣相问讯,解带坐南荣"④,诗人以"摄衣"、"解带"等动作展现他待客的热情以及随和。又如写卧病,刘禹锡有《卧病闻常山旋师策勋宥过王泽大洽因寄李六侍郎》诗云:"寂寂重寂寂,病夫卧秋斋。夜蛩思幽壁,

①　刘禹锡著,瞿蜕园笺证:《刘禹锡集笺证》,上海古籍出版社 1989 年版,第 1473 页。
②　刘禹锡著,瞿蜕园笺证:《刘禹锡集笺证》,上海古籍出版社 1989 年版,第 1459 页。
③　《初夏曲》,《刘禹锡集笺证》,上海古籍出版社 1989 年版,第 826 页。
④　《送李策秀才还湖南,因寄幕中亲故兼简衡州吕八郎中》,《刘禹锡集笺证》,上海古籍出版社 1989 年版,第 904 页。

槁叶鸣空阶。南国异气候,火旻尚昏霾。瘴烟跕飞羽,疹气伤百骸。"①
诗人静卧在屋中,以听觉来感受居住的环境,身边寂静得能听到虫鸣和
落叶的声音。在这种孤清、且有病痛相缠的状态下,即使是性格坚韧的
刘禹锡也起了"逐客憔悴久,故乡云雨乖"的悲叹,但他随即又将这种情
绪转移到别处,称"禽鱼各有化,予欲问齐谐"。与其他中唐诗人描写卧
病的题材不一样,刘禹锡对于自己具体的病痛之态丝毫没有提及,这并
非因为他不具有这方面的描写能力,当是与诗人对表现题材的取舍有
关。

在众多日常起居活动中,刘禹锡较喜提及睡眠,例如《观棋歌送儇
师西游》②有"山人无事秋日长,白昼憕憕眠匡床。因君临局看斗智,不
觉迟景沉西墙"等句,诗人坦言,在儇师来访之前,他觉得白昼漫长,在
无事可消遣的状态下只能躺在床上睡觉度日。自从看过儇师下棋之
后,诗人便十分着迷,连时间变化也未有察觉。又如《览董评事思归之
什因以诗赠》中有"欹枕醉眠成戏蝶"之句,在诗人眼中,喝了酒之后抱
枕而眠似乎是人生的一大乐趣之一。当诗人感到孤寂时,他也以睡眠
抵御之,例如"牛衣独自眠,谁哀仲卿泣"③,其中诗句用了汉代王章贫病
交加的典故来形容自己在谪地的处境。刘禹锡之所以在众多日常起居
独爱睡眠,或与其养生保体的思想有关,在《秋江早发》诗人如此写道:
"因思市朝人,方听晨鸡鸣。昏昏恋衾枕,安见元气英。纳爽耳目变,玩
奇筋骨轻。"④在困窘的状态下,诗人视睡眠为一种蓄养元气的良好方

---

① 《卧病闻常山旋师策勋宥过王泽大洽因寄李六侍郎》,《刘禹锡集笺证》,上海古籍出
版社 1989 年版,第 639 页。
② 《观棋歌送儇师西游》,《刘禹锡集笺证》,上海古籍出版社 1989 年版,第 969 页。
③ 《谪居悼往二首》其一,《刘禹锡集笺证》,上海古籍出版社 1989 年版,第 994 页。
④ 《秋江早发》,《刘禹锡集笺证》,上海古籍出版社 1989 年版,第 660 页。

式,因而喜将之纳入诗中加以表现。①

刘禹锡对于自身生活情状描写固然较少,然而,对于自己的日常居住空间他却颇为重视。例如:

> 谪居愁寂似幽栖,百草当门茅舍低。夜猎将军忽
> 相访,鹧鸪惊起绕篱啼。
>
> (《喜康将军见访》)
>
> 故人日已远,窗下尘满琴。
>
> (《缺题》)
>
> 邑邑何邑邑,长沙地卑湿。楼上见春多,花前恨
> 风急。猿愁肠断叫,鹤病翘趾立。牛衣独自眠,谁哀
> 仲卿泣。
>
> (《谪居悼往二首》其一)
>
> 鹧鸪惊鸣绕篱落,橘柚垂芳照窗户。
>
> (《龙阳县歌》)
>
> 邻里皆迁客,儿童习左言。炎天无冽井,霜月见
> 芳荪。清白家传远,诗书志所敦。
>
> (《武陵书怀五十韵》)
>
> 行尽潇湘万里馀,少逢知己忆吾庐。数间茅屋闲
> 临水,一盏秋灯夜读书。
>
> (《送曹璩归越中旧隐诗》)

在前两例中,刘禹锡描绘了居住地的荒寂。诗人在谪地以茅舍为家,家门前杂草丛生,友人来访所引起的那点动静竟然能惊动栖息在篱笆周围的鹧鸪;而随着故人的离去,屋子内的物品都蒙上了灰尘。这些细腻

---

① 刘禹锡自幼身体瘦弱,在《答道州薛侍郎论方书书》中,他自言:"愚少多病……及壮,见里中儿年齿比者,必睨然武健可爱,羞已之不如。遂从世医号富于术者,借其书伏读之。"刘禹锡喜爱研读医书,其医术"足以自卫",且能保家人平安。即使在贬滴地,他对医药知识的学习和搜集也从未间断,元和十三年,他将搜集的药方整理成《传信方》。

的描写表现了诗人在贬谪地的茕茕孑立、形影相吊的孤独处境。而在
后两例中,诗人描绘了自己生存的环境以及回忆以往生活的情境,而两
诗的表达也有一个相似点,就是在简单描述住所环境之后,诗歌随即转
向"诗书"和"读书"。由此不难看出,刘禹锡对于自己身为读书人的定
位。事实上,刘禹锡作为一个平凡人所应有的私人化生活场景常常被
过滤掉,诗人似乎时刻提醒着自己,作为文人,他要尽量表现具有雅趣
的生活。如此一来,在他笔下,生活就剩下了"却泛沧浪狎钓童"、"欹枕
醉眠成戏蝶,抱琴闲望送归鸿"①、"爱泉移席近,闻石辍棋看"②、"垂钩
钓得王馀鱼,踏芳共登苏小墓"③等具有文雅情调内容。此外,刘禹锡在
诗歌中甚少提及家人活动,然而,在《酬柳柳州家鸡之赠》、《答前篇》中
却言及儿子学习书法的情状,称"小儿弄笔不能嗔,涴壁书窗且当勤"④,
又以"姜芽敛手"⑤来形容小儿习书情态,两诗言语生动,在不经意之间
透露出了诗人对子辈的爱与期望。

在日常交往方面,以文人自居的刘禹锡是一个喜好与其他文人交往
的开放型诗人。从他现存诗歌的情况来看,酬唱、送别以及寄赠的诗歌
所占比例相当大,据尚永亮统计,刘禹锡的交往诗共有 602 首,在其现
存诗作中所占比例达到了 73.77%。如此高的比例,在中唐诗人中堪称
第一。⑥ 刘禹锡好与人闲聊或笔谈,比如在《送惟良上人》中,他记叙自
己与客人促膝长谈,其投入程度到了"语到不言时,世间人尽睡"⑦的地
步。刘禹锡常赋诗记录自己与他人的闲聊、交往,但他并不满足于简单

---

① 《览董评事思归之什因以诗赠》,《刘禹锡集笺证》,上海古籍出版社 1989 年版,第 686
页。

② 《海阳湖别浩初师》,《刘禹锡集笺证》,上海古籍出版社 1989 年版,第 966 页。

③ 《送裴处士应制举诗》,《刘禹锡集笺证》,上海古籍出版社 1989 年版,第 912 页。

④ 《答前篇》,《刘禹锡集笺证》,上海古籍出版社 1989 年版,第 1425 页。

⑤ 《酬柳柳州家鸡之赠》,《刘禹锡集笺证》,上海古籍出版社 1989 年版,第 1421 页。

⑥ 见尚永亮《开天、元和两大诗人群交往诗创作及其变化的定量分析》,《江海学刊》
2005 年第 2 期。

⑦ 《送惟良上人》,《刘禹锡集笺证》,上海古籍出版社 1989 年版,第 979 页。

描述闲谈过程或周边自然环境,有时他甚至以对方的谈话内容为生发点进行充分的想象,然后将这些想象以诗歌的形式描述出来。例如《客有为余话登天坛遇雨之状,因以赋之》、《有僧言罗浮事,因为诗以写之》等便是如此。而在《伤愚溪三首》引言中,诗人也说明他作这三首诗乃是根据从零陵归来的僧人的描述而作,其性质与上述两例相近。由此可见,刘禹锡不满足于日常交往场景的平铺再现,同时也再度显示了他在日常生活中对避免平凡的执着。

对于日常生活中的平凡物象,刘禹锡也有关注。但与一般诗人只简单取其日常物象入诗不同,具有相当思辨能力的刘禹锡常常能从日常物象中悟出一些哲理或有所引申,在这一点上,他与柳宗元不无相似之处。例如《墙阴歌》诗云:"白日左右浮天潢,朝晡影入东西墙。昔为儿童在阴戏,当时意小觉日长。……因思九州四海外,家家只占墙阴内。莫言墙阴数尺间,老却主人如等闲。君看眼前光阴促,中心莫学太行山。"①诗人由墙壁下阴影的变化引出珍惜时光的道理,语言精炼、自然。刘禹锡又有《聚蚊谣》、《百舌吟》、《秋萤引》等诗,诗歌以聚蚊、百舌鸟、萤火虫等常见物象为描写对象,其间或引申讥讽、或以物言志。对比屈原楚辞以来形成的香草、美人、鸿鹄、恶草、恶鸟等传统的言志、感遇意象,这些具有日常意义的物象无疑更具有生动的表达效果,让读者过目难忘。

总而言之,刘禹锡能以一双发现的眼睛去观察身边人的日常生活和周遭的日常世界,在语言上重视锤炼、润饰,然与中晚唐诗人雕琢词句和多用生僻字眼又不同,他追求的是锤炼之后复归自然的效果。他所描绘的普通人的日常世界明快鲜亮、充满了生活气息。然而,在构筑个人空间时,个性矜傲的刘禹锡则追求一种文雅的情调,对于日常生活中平凡的部分加以严格的筛选,只将符合其审美趣味与能够表现其心性

---

① 刘禹锡:《墙阴歌》,《刘禹锡集笺证》,上海古籍出版社1989年版,第844页。

追求的日常内容呈现在作品中,例如睡眠、居所环境、小儿习书等。至于家人琐语一类平凡的内容,则很少纳入到诗歌表现的范围。同时,刘禹锡又能以一种思辨精神去看待日常物象,并从中生发出一些哲理思考或者有所隐喻。

四、元稹与白居易

元、白二人的诗歌创作以尚俗、崇实为特色,代表了元和诗坛另一个新变方向。关于元、白的诗歌特点,清人赵翼在《瓯北诗话》卷四中称:"元、白尚坦易,务言人所共欲言。"①的确,他们在承继杜甫诗中的写实、通俗倾向的基础上又有所发挥,将古典诗歌进一步引向了世俗化。在诗歌内容的表达上,他们直面现实人生,把文学关注点定在了日常生活世界,不以之细小、琐碎、平凡而舍弃。在诗歌语言的运用上,他们力求浅白易懂,宋人惠洪《冷斋夜话》中曾记白居易作诗求老妪能解②,虽未知所据,却也传达出诗人在表达和传播效果方面的要求。而元稹在《酬孝甫见赠十首》之二中提到杜甫诗歌,声称"怜渠直道当时语"③,由此传达出元稹对在诗歌中运用俗白的日常口语的做法的推许与认同。元白二人在在元和初年以儒家传统的诗教观为指导,创作"新乐府"以揭露社会现实,希图诗谏来表达他们改革弊政的愿望,然而,在元和后期,他们主要创作倾向发生了改变,转向写身边的日常琐事,以求构筑一方属于自己的生活小天地。关于元白的这一转变,以及他们后期诗歌中对日常生活的展现,本书将在"长庆至大和九年"这一阶段进行探讨。综观元、白在贞元中至元和中后期这一时期的诗歌创作,不难发现,其实已可见他们关注身边琐事的端倪。

---

① 赵翼:《瓯北诗话》,人民文学出版社 1963 年版,第 36 页。
② 惠洪:《冷斋夜话》卷一云:"白乐天每作诗,令一老妪解之。问曰:解否? 妪曰解,则录之;不解则易。故唐末之诗近于鄙俚。"
③ 《酬孝甫见赠十首》之二,《元稹集》,中华书局 1982 年版,第 208 页。

1. 元稹

元稹早年颇能以除弊政自励,他直言执法,从元和元年为左拾遗开始,他即敢于上疏论政;元和四年任监察御史出使剑南东川,弹劾不法官吏,为民雪冤。白居易在《赠樊著作》中誉之云:"元稹为御史,以直立其身。其心如肺石,动必达穷民。东川八十家,冤愤一言伸。"①然元稹也因此得罪权贵,后更因与宦官有所争执而被贬江陵,之后辗转于通州、虢州等地,直到元和十四年才又入京任职,不过此时的元稹已经失去了当年的锐气,转依宦官。不过,在十年的外任期间,元稹在文学创作上倒颇有收获,他在《上令狐相公诗启》中言:"元稹自御史府谪官,于今十馀年矣,闲诞无事,遂用力于诗章,日益月滋,有诗向千馀首。其间感物寓意,可备蒙瞽之讽达者有之……唯杯酒光景间,屡为小碎篇章,以自吟畅,然以为律体卑痹,格力不扬,苟无姿态,则陷流俗,常欲得思深语近,韵律调新,属对无差,而风情自远,然而病未能也。江湘间多有新进小生,不知天下文有宗主,妄相仿效,而又从而失之,遂至于支离褊浅之词,皆目为元和诗体。"②由此可见,元稹在地方任官期间创作了大量诗歌,而在这些诗歌中,尤以"元和诗体"的影响为甚。此外,他在《白氏长庆集序》中同样也突出了"元和诗"在当时所起的影响:"予始与乐天同校秘书,前后多以诗章相赠答。会予谴掾江陵,乐天犹在翰林,寄予百韵律诗及杂体,前后数十章。是后各佐江、通,复相酬寄。巴、蜀、江、楚间泊长安中少年,递相仿效,竞作新词,自谓为'元和诗'。……然而二十年间,禁省观寺邮候墙壁之上无不书,王公妾妇牛童马走之口无不道。至于缮写模勒,衒卖于市井,或持之以交酒茗者,处处皆是。"③元稹在这两篇文章中提及"元和诗"的流行,关于"元和体"的内涵,历来众说纷纭,例如近人陈寅恪先生曾在《元白诗笺证稿》附论中具体地指出,

① 白居易:《赠樊著作》,《白居易集》,中华书局1979年版,第11页。
② 元稹:《上令狐相公诗启》,《元稹集》,中华书局1982年版,第632—633页。
③ 元稹:《白氏长庆集序》,《元稹集》,中华书局1982年版,第554—555页。

"元和体"内涵包括白居易和元稹的五、七律、绝句等"小碎篇章"以及长篇排律。今人尚永亮、李丹在梳理众家之说的基础上,对元稹上述二文进行了细致的解读,认为:"在元稹那里,所谓'元和体'专指次韵倡和的长篇排律与小碎篇章两类作品,乐府讽谕之作不在其中。小碎篇章既包括艳情诗,也包括有感于世事人生而'取其释恨佐欢'的自我吟畅之作;长篇排律既有艺术形式上争雄斗胜、呈技献巧的成份,也不无创前古所未有、示来世以轨辙的新变意图。"①而由元稹的自述可得知,"元和体"无论在创作时间跨度和数量上,还是在表现范围、影响广度上,都远远超过了元白所倡导的新乐府。可以说,在新乐府运动之后,"元和体"成为元稹、白居易在诗歌创作上更加紧密联结的表现,从而也真正昭示着元白诗派的确立。

在元稹创作的众多"元和体"诗歌中,个人日常生活情态与其周遭人情百态成为主要的表现内容,读者可以从大多数篇章中读到元稹对自己诗酒流连生活以及日常琐事的描述。而在表达方面,诗人的理想目标是在此类诗歌中做到"思深语近",也即以浅切之语表达深挚情思,而又避免以"支离褊浅之词"堆砌成篇。元稹在这类诗歌中集中体现出来的审美倾向,可以说是诗人诗歌创作逐渐演化的结果。

早在贞元中,元稹寓居永乐坊开元观,作有《代曲江老人百韵》、《开元观闲居,酬吴士矩侍御三十韵》、《清都夜境》、《忆云之》、《春晚寄杨十二,兼呈赵八》等诗,其实已经初步显露出了元稹诗歌创作的主要倾向。在《代曲江老人百韵》中,元稹借老人口吻追述、回顾了唐王朝的文物兴盛以及富庶之下骄奢淫逸风气盛行,从而导致天下大乱。昔事已往,诗歌篇末以"虚过休明代,旋为朽病身"、"眼前年少客,无复昔时人"②等句作结,一方面固然表现了处于少年时代的元稹的自励,另一方面也暗含对骄奢误国的讽喻,可以说是诗人在元和初与白居易倡导讽

---

① 尚永亮、李丹:《"元和体"原初内涵考论》,《文学评论》2006 年第 2 期。
② 元稹:《代曲江老人百韵》,《元稹集》,中华书局 1982 年版,第 111 页。

喻诗的先声。当然,这种略见讽喻的诗歌并非元稹在贞元中的创作主流,在余下另外几首诗中,元稹皆围绕个人生活而展开。诗人或表现自我居处之态,如:

> 闲开蕊珠殿,暗阅金字经。屏气动方息,凝神心自灵。
>
> (《清都夜境》)
>
> 避日坐林影,馀花委芳襟。倾尊就残酌,舒卷续微吟。空际飏高蝶,风中聆素琴。广庭备幽趣,复对商山岑。
>
> (《春晚寄杨十二,兼呈赵八》)
>
> 绝迹念物闲,良时契心赏。单衣颇新绰,虚室复清敞。置酒奉亲宾,树萱自怡养。笑倚连枝花,恭扶瑞藤杖。
>
> (《春馀遣兴》)

不难看出,年轻的诗人尝试在凝神养心、开卷吟咏、临风聆琴等闲淡清雅的活动中静修己性。而与这种静修相配合的居住空间也显得十分清幽:

> 楼榭自阴映,云牖深冥冥。纤埃悄不起,玉砌寒光清。栖鹤露微影,枯松多怪形。
>
> (《清都夜境》)
>
> 蒙蒙竹树深,帘牖多清阴。
>
> (《春晚寄杨十二,兼呈赵八》)
>
> 春去日渐迟,庭空草偏长。馀英间初实,雪絮萦蛛网。好鸟多息阴,新篁已成响。帘开斜照入,树裹游丝上。
>
> (《春馀遣兴》)

诗人以十分细致的笔法描绘了居所的环境,投射在楼榭和窗户上的阴影、屋中的尘埃、庭院中的草木以及昆虫的游丝等纤细的物象都被纳入到诗歌中,由此初步显示了元稹"善状咏风态物色"①的特点。透过上面所举的例子可以看到,元稹从很早开始就十分关注自己的小生存空间,从诗歌的格调来看,他似乎对文人化的淡雅情调较为钟情,而且有意识地在这种格调下屏气凝神以怡养清宁之心。然而,元稹这种有意的修炼却恰从反面透露出他浮羁的内心。其实即使是在上列的几首诗中,元稹同样难以掩饰他变动、跳跃的心性,他所描写的居所物象,无论是光影、蛛网、长草还是游丝,多具有变幻、游动的特点。此外,像"悠悠车马上,浩思安得宁"②、"簪缨固烦杂,江海徒浩荡。野马笼赤霄,无由负羁鞅"③、"何事一人心,各在四方表。泛若逐水萍,居为附松茑……娱乐不及时,暮年壮心少"④等句子更直接展现了诗人的内心跃动。当然,处于青年时代的元稹在这些早年的诗歌中流露出心性的浮动、跳跃也许不值得大惊小怪,毕竟年轻的心灵不可能安静如水。可是,综观元稹往后的诗作,可以发现,即使是在成年以后,元稹心灵的躁动依旧存在。与大历以来在诗歌中涉及日常生活内容的诗人以及白居易相比,元稹也表现同样的题材,并且也尽量在作品中表现他对平淡、自适的生活的向往与追求,但很多时候诗人浮动的心绪却不能被掩饰。例如:

> 炎昏倦烦久,逮此含风夕。夏服稍轻清,秋堂已岑寂。……络纬惊岁功,顾我何成绩。青荧微月钩,幽晖洞阴魄。水镜涵玉轮,若见渊泉壁。树影满空床,萤光缀深壁。怅望牵牛星,复为经年隔。露网裹风珠,轻河泛遥碧。讵无深秋夜,感此乍流易。亦有

① 刘昫等撰:《旧唐书》卷一百六十六《元稹传》,中华书局 1975 年版,第 4331 页。
② 元稹:《清都夜境》,《元稹集》,中华书局 1982 年版,第 49 页。
③ 元稹:《春余遣兴》,《元稹集》,中华书局 1982 年版,第 50 页。
④ 元稹:《忆云之》,《元稹集》,中华书局 1982 年版,第 51 页。

迟暮年,壮年良自惜。

(《含风夕》)

清风一朝胜,白露忽已凝。草木凡气尽,始见天地澄。况此秋堂夕,幽怀旷无朋。萧条帘外雨,倏闪案前灯。书卷满床席,蟏蛸悬复升。啼儿屡哑咽,倦僮时寝兴。泛览昏夜目,咏谣畅烦膺。况吟获麟章,欲罢久不能。

(《秋堂夕》)

自入西州院,唯见东川城。今夜城头月,非暗又非明。文案床席满,卷舒赃罪名。惨凄且烦倦,弃之阶下行。怅望天回转,动摇万里情。参辰次第出,牛女颠倒倾。况此风中柳,枝条千万茎。到来篱下笋,亦已长短生。感怆正多绪,鸦鸦相唤惊。……以彼撩乱思,吟为幽怨声。吟罢终不寝,冬冬复铛铛。

(《西州院》)

顾予烦寝兴,复往散憔悴。倦仆色肌羸,蹇驴行跛痹。春衫未成就,冬服渐尘腻。倾盖吟短章,书空忆难字。

(《元和五年予官不了罚俸西归三月六日至陕府与吴十一兄端公崔二十二院长怆曩游》)

在《含风夕》中,诗人深感烦倦,于是他把注意力转向周遭的清逸的衣着和宁静环境中,在心绪似乎快要平伏时,诗人又以"络纬惊岁功,顾我何成绩"勾起了烦意,他随即马上转回到对流萤、月光、树影的描写,然而却又起了"亦有迟暮年,壮年良自惜"的感叹。总之,诗人情绪在诗中抑而后扬,扬而后抑,层层回环,却总不能平息。《秋堂夕》、《西州院》情形与之相类。而在最后一例中,诗人写到了自己的憔悴烦闷,僮仆、驴子的羸弱倦怠以及自己衣装的不整洁更是撩拨了诗人的躁动的心绪。

纵观元稹在贞元至元和年间创作的诗歌,与上述例子类似的诗歌并不少。透过对元稹以日常情态为主要表现对象的诗中的情绪表达的分析可以知道,虽然元稹与白居易皆乐于表现日常生活题材且追求平淡、恬静的情调,但二者的一个区别在于,白居易可以对日常生活做到全然的投入,并在其中构筑起一方属于自己的小天地,由此获得真正的心灵的安宁,因而他的诗歌也常能透露出一种真挚的平淡美;而元稹浮动的心灵却始终很难在平淡的日常生活中获得平息,因而他的诗歌也很难传达出一种纯粹的平淡。

尽管元稹较难在平凡的日常生活中回归到真正平淡的境界,但他对个人日常生活世界的关注与表现却是相当广泛。大到风土人情、四季更替,小到纤尘虫豸、白发、夜梦,其间又有流连光景、居家情态,凡此种种,无不可在元稹诗歌中寻找到踪迹。例如写季节变换,元稹有《遣春十首》、《表夏十首》和《解秋十首》,诗人选择不同季节中的典型风物,并且结合自己在不同季节的日常生活情境以及思想情志进行全方位的描写,务求将每个季节的细节以及个人的四季之思全然写尽。又如写虫豸,元稹在巴蜀之时,作有多首《虫豸诗》,描写包括巴蛇、蛒蜂、蜘蛛、蚁子、蟆子、浮尘子、虻等害人、难除之物。诗人围绕每一种虫豸均写了三首诗来表现它们的恶毒,言语之间更以物喻人,暗含讽刺,比如蛒蜂诗中有"兰蕙本同畹,蜂蛇亦杂居。害心俱毒螫,妖焰两吹嘘"①之句,似对朝中那些相互勾结、构陷他人的小人有所映射。像蛇、虫、蜂、蚁一类丑恶、细小的日常俗物,一直以来极少有文人在诗歌中专门对之进行描绘,元稹不仅运用其善于状物的文笔将这些虫豸的丑与毒表现得甚为细致入骨,且在有意无意之间以它们作喻,对虽为人类、但却卑劣、恶毒如蛇虫的人进行了讥讽,其寓意可谓深刻。

元稹诗歌中对日常生活内容的表现主要以表述自我情状居多,其描

---

① 元稹:《虫豸诗·蛒蜂》,《元稹集》,中华书局1982年版,第40页。

述篇幅动辄长达数百字,务求将情致、心态及行为活动描述殆尽而后止。例如其《感梦(梦故兵部裴尚书相公)》围绕梦见裴垍之事而展开,诗人先记自己夜宿邮馆,患病,不食而卧,恍惚之间梦见裴垍站立在身边。对于梦境,元稹如实地记叙道:

> 似叹久离别,嗟嗟复凄凄。问我何病痛,又叹何栖栖。答云痰滞久,与世复相睽。重云痰小疾,良药固易挤。前时奉橘丸,攻疾有神功。何不善和疗,岂独头有风。殷勤平生事,款曲无不终。悲欢两相极,以是半日中。言罢相与行,行行古城里。同行复一人,不识谁氏子。逡巡急吏来,呼唤愿且止。驰至相君前,再拜复再起。启云吏有奉,奉命传所旨。事有大惊忙,非君不能理。答云久就闲,不愿见劳使。多谢致勤勤,未敢相唯唯。我因前献言,此事愚可料。乱热由静消,理繁在知要。君如冬月阳,奔走不必召。君如铜镜明,万物自可照。愿君许苍生,勿复高体调。相君不我言,顾我再三笑。行行及城户,黯黯馀日晖。相君不我言,命我从此归。

在梦境中,裴垍关心地问及元稹之病,之后二人同游古城,又遇小吏催请裴垍理政,裴垍推却,元稹劝之,两人于是分别。元稹将梦中情境与对话皆一一道来,唯恐有所遗漏。随后诗人又言及梦醒后的悲伤,他"泪垂啼不止,不止啼且声",其啼哭之声惊醒僮仆,然诗人伤心难语。其后有赵明府觉察诗人不乐,于是推荐一僧人为诗人解梦,诗人最终吐露心中悲苦并且回忆往日与裴垍的交往。全诗洋洋洒洒,语言浅白如话,从记行到写梦,然后再到解梦、回忆往事,一路写来,而其间人物音容状写细致,感情真挚,可谓真实地表达了诗人与裴垍之间的深情厚谊。元稹这种极致地描摹个人日常情感、行为的巨型篇章并不少见,可以说,这一类型的诗歌最能体现了元白诗派浅白、求实、务尽的特点。

在血缘亲情、爱情等日常天然情感的表达方面,元稹悼念妻子以及早夭儿女的诗歌历来受到人们的重视。细读元稹的悼亡诗,可以发现,元稹对于亲人的深厚情感往往借助某些极具感染力的日常生活细节来传达。例如《六年春遣怀八首》①即选取"检得旧书三四纸,高低阔狭粗成行"(其二)、"今日闲窗拂尘土,残弦犹迸钿筝筷"(其三)、"怪来醒后傍人泣,醉里时时错问君"(其五)等似不经意的生活细节表达自己对亡妻的思念,通篇没有一字直接抒情之语,却将绵长的悼念之情表达得感人至深。其他悼亡诗,如《哭女樊四十韵》、《张旧蚊帱》等也皆以旧事、旧物传情达意,寓浓烈的情感于平淡的日常细节叙述中。元稹的这些悼亡诗无疑传达出了诗人一时的情感。然而,综观元稹的诗歌,却不难发现,诗人除了在悼亡诗中描写家庭琐事、并且由此表现他对故去亲人的思念之外,他在其他诗篇中绝少展现家庭生活的温馨与家人的温情。无论是对躬亲养育他成人的母亲还是对贤淑的妻子及可爱的儿女,元稹皆很少在其他诗歌中提及,只有当她们逝去之后,身为儿子、丈夫和父亲的诗人才似乎猛然悔悟并且深感痛心。长久以来,关于元稹在悼亡诗中是否虚情假意的争论不断,而元稹在悼亡诗之外就极少再有表现家庭生活的诗篇,这一事实是否也暗示着元稹的感情的虚伪呢? 其实,我们大可不必纠缠于此。元稹在为姜安氏所作的《葬安氏志》中的一段话或许能够解释他为何在悼亡诗外极少提及家庭生活,该志云:"况予贫,性复事外,不甚知其家之无,苟视其头面无蓬垢,语言不以饥寒告,斯已矣。今视其箧筒,无盈丈之帛,无成袭之衣,无帛里之衾,予虽贫,不使其若是可也,彼不言而予不察耳,以至于其生也不足如此,而其死也大哀哉! "②元稹自述家贫,言下之意即是说,为了解决家庭生计,他一心工作,对家中事情无暇过问。此外,他又称自己"性复事外",可

---

① 元稹:《六年春遣怀八首》,《元稹集》,中华书局1982年版,第103—104页。
② 元稹:《葬安氏志》,《元稹集》,中华书局1982年版,第615页。

知他喜欢对外交结,而不是那种耽于家庭之乐的人。既然元稹平日只负责养家糊口,对家中日常琐事不大过问,那么他在诗歌创作中甚少提及家庭生活也是很自然的。元稹一心事外、少在诗歌中表现日常家庭生活,这也是他和白居易的不同点之一。此外,由元稹的自述和相关创作特点其实也可以洞窥,他是个不甘平凡、有较强事业心的文人。所以,他后来为求显达改变初衷、投靠宦官行为与他的生活态度当是有着密切关系的。

2. 白居易

在中唐诗人中,白居易对日常生活的展现与描写无疑最为引人注目。在他晚年的诗歌创作中,日常饮食、作息以及生活琐事更是成为了主要的表现题材。关于白居易一生的思想和创作,研究者历来认为可分为前后两期,通行的看法是以元和十年诗人被贬江州作为分界点①,当然,思想由积极进取向消极退藏的转变以及文学创作倾向的转变不可能是在某一短暂的时间内上完成的,其间应该是经历了一段较为漫长的时期。自元和十年之后,白居易的诗歌创作开始更多地关注私人领域,对日常生活的表现也日渐增多。到了长庆二年,白居易主动请求外放,其疏离政事、消极退隐以避祸的心理已经成为主导思想,因而诗人此后的创作就愈加偏于平凡的闲适生活,吃、喝、坐、卧等等琐碎的日常生活内容在其诗中大量增加。

白居易早年汲汲于科途,贞元十六年(800)进士及第后又于贞元十九年春参加由吏部主持的"书判拔萃",试前曾创作了一百道模拟性质的判词,即《百道判》;元和元年(806),他为应制举,与元稹在永崇里华阳观闭户累月,研讨当时社会问题,撰《策林》七十五篇。可见,为步入仕途,早年白居易花费了大量心力。在准备应试的过程中,诗人对社会问题的关注与思考在较大程度上影响到了他早期的诗歌创作观念,因

---

① 游国恩编:《中国文学史》和章培恒的《中国文学史》皆持此观点。

而,在元和初,他和元稹创作了不少以关注民情、讽喻时政为内容的讽喻诗,以求达到美刺上闻的目的。白居易这部分以《新乐府》为代表的讽喻诗,因为敢于大胆抨击社会丑恶,而且以新的风格出现,因此历来受到评论者的关注。其实,白居易早期的诗歌除了创作讽喻诗外,他对个人日常生活题材的关注也不少。总的来说,白居易此时期的日常生活题材诗歌有以下几个特点:

第一,对日常生活中的各个层面都有所表现,从身体状况、日常情态、家庭亲情到与他人的进行的日常交往,都可以在白居易诗歌中找到相关内容。例如,写个人身体状况,年仅十八岁的诗人曾作有《病中作》,在诗中,白居易不无悲观地感叹道:"久为劳生事,不学摄生道。年少已多病,此身岂堪老。"①该诗不仅写病,更写贫,由此道出了白居易早年生活拮据、很早就要为家庭生计奔波劳碌的实际情况。又如,在《叹发落》中,诗人写到年未老而发先落:"多病多愁心自知,行年未老发先衰。随梳落去何须惜,不落终须变作丝。"②面对青春落发的衰况,诗人颇能释怀。此外在其他诗中,白居易时常言"病",例如:

> 羸坐全非旧日容,扶行半是他人力。
>
> (《寒食卧病》)
>
> 三十生二毛,早衰为沉疴。四十官七品,拙宦非
>
> 由他。年颜日枯槁,时命日蹉跎。
>
> (《寄同病者》)
>
> 病身初谒青宫日,衰貌新垂白发年。
>
> (《初授赞善大夫早朝,寄李二十助教》)
>
> 始知吏役身,不病不得闲。
>
> (《病假中南亭闲望》)

---

① 白居易著,顾学颉校点:《白居易集》,中华书局1979年版,第263页。
② 白居易著,顾学颉校点:《白居易集》,中华书局1979年版,第259页。

　　　　久病旷心赏，今朝一登山。山秋云物冷，称我清

赢颜。

　　　　(《秋山》)

　　　　病眼昏似夜，衰鬓飒如秋。

　　　　(《答卜者》)

由上列诗歌可知，白居易年轻时身体状况欠佳。他常在诗中言病，并不
只是为了像别的文人那样借写病来展现个人在穷困中的豁达心态，而
是他真实身体状况的一种表现。可以说，诗人赢弱多病的体质，在一定
程度上成为了他对个人身体的细微感受较为关注的客观原因。除了表
现身体状况，日常情状是白居易日常生活题材诗歌中的一项主要的表
现内容。其中，有对日常服饰的描绘，例如《凉夜有怀》中有"清风吹枕
席，白露湿衣裳"[①]，此诗作于诗人未应举时，衣衫被露水打湿的细节描
写展现了诗人从早年开始即有关注生活的细微之处。又如《新制布
裘》："桂布白似雪，吴绵软于云。布重绵且厚，为裘有馀温。朝拥坐至
暮，夜覆眠达晨。谁知严冬月，支体暖如春。中夕忽有念，抚裘起逡巡。
丈夫贵兼济，岂独善一身。安得万里裘，盖裹周四垠。稳暖皆如我，天
下无寒人。"[②]白居易从布裘的制作外观写起，然后表现裘的温暖舒适，
之后再由己及人，心怀苍生。诗末两句与杜甫《茅屋为秋风所破歌》中
"安得广厦千万间，大庇天下寒士俱欢颜"等句的表达颇为相类，展现了
诗人忧国忧民之心。除了服饰，睡眠也是白居易喜欢在诗歌中表现的
一项日常行为，例如《春眠》诗云："新浴肢体畅，独寝神魂安。况因夜深
坐，遂成日高眠。春被薄亦暖，朝窗深更闲。却忘人间事，似得枕上仙。
至适无梦想，大和难名言。全胜彭泽醉，欲敌曹溪禅。何物呼我觉，伯
劳声关关。起来妻子笑，生计春茫然。"[③]睡眠被诗人视为忘却人间烦扰

---

①　白居易：《凉夜有怀》，《白居易集》，中华书局1979年版，第262页。

②　白居易：《新制布裘》，《白居易集》，中华书局1979年版，第24页。

③　白居易：《春眠》，《白居易集》，中华书局1979年版，第110页。

的一个好办法,由诗歌末句可知,此时白居易生计艰难,但他还是昼寝如醉,展现了他较为豁达的心态。在中唐主要的诗人中,刘禹锡也是喜睡之人,他在诗歌中也常言及睡眠,例如"欹枕醉眠成戏蝶"①、"昏昏恋衾枕,安见元气英"②、"牛衣独自眠,谁哀仲卿泣"③等等。将刘、白二人写睡眠的诗歌作一简单比较,不难看出白居易比刘禹锡更能展开写日常睡眠,他围绕春眠,从睡前沐浴到昼寝的原因,再到睡眠的舒适感觉和闻鸟声而醒来,整一过程皆有着笔,不是简单的一笔带过,他要表现的正是睡眠的享受过程。虽然睡眠是人们日常的一项必不可少的行为,但正是由于它过于日常化,所以在白居易之前,极少有文人把它专门当成一个文学表现对象来写。而在白居易笔下,睡眠俨然成了一桩美事,尽管这样的表现内容显得琐碎、不具有什么社会意义,但诗人却将平日里被人忽视的平凡的美挖掘出来,让读者知晓,看似平庸、毫无亮色的生活中原本包含着许多美好的方面。其实,这不也就是诗歌存在的意义吗?除了对特定的日常生活内容,如服饰、睡眠等方面的表现外,白居易尤喜欢对日常居处情态进行整体描摹,例如在《常乐里闲居偶题十六韵兼寄刘十五公舆王十一起吕二炅吕四颖崔十八玄亮元九稹刘三十二敦质张十五仲元时为校书郎》中,白居易写到了贞元末任校书郎的清闲生活:

> 帝都名利场,鸡鸣无安居。独有懒慢者,日高头
> 未梳。……三旬两入省,因得养顽疏。茅屋四五间,
> 一马二仆夫。俸钱万六千,月给亦有馀。既无衣食
> 牵,亦少人事拘。遂使少年心,日日常晏如。勿言无
> 知己,躁静各有徒。兰台七八人,出处与之俱。旬时

---

① 刘禹锡:《览董评事思归之什因以诗赠》,《刘禹锡集笺证》,上海古籍出版社 1989 年版,第 686 页。
② 刘禹锡:《秋江早发》,《刘禹锡集笺证》,上海古籍出版社 1989 年版,第 660 页。
③ 刘禹锡:《谪居悼往二首》,《刘禹锡集笺证》,上海古籍出版社 1989 年版,第 994 页。

> 阻谈笑,旦夕望轩车。谁能雠校闲,解带卧吾庐。窗
> 前有竹玩,门处有酒酤。何以待君子,数竿对一壶。

由诗歌的叙述可知,初入仕途的诗人身居闲职,既无要务,又有俸钱可供衣食之需,于是诗人便变得散漫起来,每天日上三竿仍未梳洗,闲时和七八个同僚谈笑相从,赏竹饮酒。诗人将自己的日常生活状态一一向友人展示,似乎对这样的生活颇感惬意。而在《闲居》中,诗人更是将起居之状细细道来:

> 空腹一盏粥,饥食有馀味。南檐半床日,暖卧因
> 成睡。绵袍拥两膝,竹几支双臂。从旦直至昏,身心
> 一无事。心足即为富,身闲乃当贵。富贵在此中,何
> 必居高位。君看裴相国,金紫光照地。心苦头尽白,
> 才年四十四。乃知高盖车,乘者多忧畏。

在诗中,白居易将饮食的内容、睡卧的姿态以及平日坐姿都很具体地表现出来,由此体悟"富贵"之意,诗末更描绘了宰相的辛苦操劳,借此凸显"心足"与"身闲"的难得。此外,白居易早年对日常居处情态进行描摹的诗篇,例如:

> 非老亦非少,年过三纪馀。……充肠皆美食,容
> 膝即安居。况此松斋下,一琴数帙书。书不求甚解,
> 琴聊以自娱。夜直入君门,晚归卧吾庐。
>
> (《松斋自题》)
>
> 终日一蔬食,终年一布裘。寒来弥懒放,数日一
> 梳头。朝睡足始起,夜酌醉即休。人心不过适,适外
> 复何求。
>
> (《适意二首》之一)
>
> 门前少宾客,阶下多松竹。秋景下西墙,凉风入
> 东屋。有琴慵不弄,有书闲不读。尽日方寸中,澹然

　　　无所欲。

　　　　（《秋居书怀》）

与上举例子相类的还有《秋暮郊居书怀》、《永崇里观居》等,诗歌的主旨皆是寓淡泊之意于日常生活描写当中,在白居易的创作思维里,似乎越是平凡、越是日常化的内容,就越能映衬出他的知足与适意。而这样的创作模式在他晚年的闲适诗写作中更为明显,他不厌其烦地挖掘日常生活中的各个细微的角落,并通过对这些琐事、常态的描述来展示自己的清心寡欲与自适情怀。这种过于专注于展现自我居处之状的诗歌创作,虽然充分展现日常生活的世俗韵致,然终究显得有些平庸。可以说,白居易早年的日常生活题材诗篇的创作已在一定程度上预示了他晚年的创作倾向。

　　　第二,在诗歌语言表达方面,白居易早年的诗歌创作即以追求通俗浅白为主,关于这种表达倾向,白居易在《寄唐生》诗中就曾明确表示"非求宫律高,不务文字奇"[1]。因此,在诗歌创作中,白居易务求将诗意明白地呈现在读者之前,如此一来,他的诗歌就常常明白如话,而在表现日常生活内容时,他更是不避俚俗,以日常口语入诗。例如《秋居书怀》有"不种一株桑,不锄一垄谷。终朝饱饭餐,卒岁丰衣服"[2],与传统文人婉转抒怀的作品不同,白居易此诗完全是以口头化的语言来表达自己的所思所想。白居易又作有《花下自劝酒》,一般来说,文人在花下独酌,伴随的创作往往会具有较浓郁的文人化色彩,而白居易此诗却显得较俗白,该诗云:"酒盏酌来须满满,花枝看即落纷纷。莫言三十是年少,百岁三分已一分。"[3]诗歌的后两句插入数量词,使得诗歌显得坦易晓畅。关于白居易在诗歌中运用数词来表年龄,明人胡震亨在《唐音癸

---

① 白居易:《寄唐生》,《白居易集》,中华书局1979年版,第15页。
② 白居易:《秋居书怀》,《白居易集》,中华书局1979年版,第99页。
③ 白居易:《花下自劝酒》,《白居易集》,中华书局1979年版,第269页。

签·谈从》曾指出"白公居易好以年几入诗,不止百十处。"①数词的利用不仅增加了诗歌的直白、浅易,运用到年龄的表达上,更体现了诗人较强烈的生命意识。而"满满"、"纷纷"这两个叠字,则增加诗歌的音韵美和修辞的整饬,从而避免了全诗因语句俗白而缺乏韵味的情况,由此也显示了诗人对浅近语言的驾驭能力。而《赠内》一诗,则是由诗人对新婚妻子所讲的话语敷衍而成,诗云:"生为同室亲,死为同穴尘。他人尚相勉,而况我与君。黔娄固穷士,妻贤忘其贫。冀缺一农夫,妻敬俨如宾。陶潜不营生,翟氏自爨薪。梁鸿不肯仕,孟光甘布裙。君虽不读书,此事耳亦闻。至此千载后,传是何如人。人生未死间,不能忘其身。所须者衣食,不过饱与温。蔬食足充饥,何必膏粱珍。缯絮足御寒,何必锦绣文。君家有贻训,清白遗子孙。我亦贞苦士,与君新结婚。庶保贫与素,偕老同欣欣。"诗中所述皆是平常为人之道,诗人将之娓娓道来,毫无斧凿痕迹,说理条分理析,很有说服力。此外,诗中用到黔娄、陶潜、梁鸿等人典故,但却像讲故事一般,全然没有旁征博引的气势,而诗歌也没有因为用典而显得晦涩,由此显示了诗人乃是有意追求平易的表达效果。总的来看,白居易在早年的诗歌创作中,即已形成了浅白、平易的语言表达风格。他富有才情,完全可以像其他文人那样雕琢语句,但他却力求以语句俗白示人。而他的诗也因浅近,所以常给人以一种假象,也即诗人在创作时可以很随意地就敷衍成诗。其实,尽管白诗读来浅近,但诗人并未因此而节省心力。北宋诗人张耒曾言及自己在洛中某士人的家中,得见数张白居易作诗的草稿,这些诗稿"点窜涂抹,及其成篇,殆与初作不体"②。由张耒的叙述可知白居易呈现在世人面前的诗作乃是经过锻炼的,并非信手拈来的平常之作。关于白诗在语言表达上的浅白,刘熙载在《艺概》中对此表达了充分的肯定:"常语易,奇语难,此诗之初关也。奇语易,常语难,此诗之重关也。香山用常

---

① 胡震亨:《唐音癸签》卷二十六,上海古籍出版社1981年版,第275页。
② 魏庆之:《诗人玉屑·锻炼》,上海古籍出版社1959年版,第175页。

得奇,此境良非易到。"①的确,白居易有意回避文雅的文人化表达,寓奇于平易、浅白,要做到这一点并不容易。

　　总的来看,白居易早年的诗歌创作中即有相当数量表现日常生活内容的作品,像个人身体状况、日常居处情态、家庭生活等日常生活方面的内容,诗人均有涉及。这不仅与他重写实、尚通俗的文学创作理念有关,而且和他讲求实际的生活态度也不无关联。元和初年,白居易得到京兆府户曹参军的职位,甚喜,于是作有《初除户曹,喜而言志》一诗。诗人在这首诗中所言之志十分实在,诗云,"俸钱四五万,月可奉晨昏。廪禄二百石,岁可盈仓囷"、"不以我为贪,知我家内贫",末句又说:"唯有衣与食,此事粗关身。苟免饥寒外,馀物尽浮云。"②由上述诗句可见,白居易是一个十分实在的诗人,得到官爵,他马上想到的是俸钱的增加。联系到元和初年,此段时期也正是他和元稹等人开始写讽喻诗、力图以诗干政的时候。由此来看,为君、为政、为民和为己的思想在早年白居易思想中是一体的,从某种意义上来说,从他为官开始,他并没有全身心地投入到仕途当中,在为政之余,他也为自己留有一片天地,因此,在他早期诗歌创作中,日常生活题材的作品也并不少见。而到了晚年,尤其是留守东都期间,白居易愈加沉浸在自己的个人天地当中,创作了一系列贴近日常生活的闲适诗。关于白居易晚年的闲适诗创作,学界早有较为充分的论述③,在此兹不赘述。

　　综上,活跃在贞元中至元和、长庆年间的主要诗人,他们对日常生活内容的表现较之中唐前期的文人更为大方,各种琐事、日常情态、日常物象都被尝试纳入文学创作中。同时,又因为他们各自具有不同的个性特点,且政治地位也有所不同,所以同样是在诗歌创作中表现日常生

---

① 刘熙载:《刘熙载文集》,江苏古籍出版社 2001 年版,第 105 页。

② 白居易:《初除户曹,喜而言志》,《白居易集》,中华书局 1979 年版,第 98—99 页。

③ 例如赵建梅《唐大和至大中初的洛阳诗坛——以晚年白居易为中心》(中国社会科学院研究生院博士论文,2002 年)、毛妍君《白居易闲适诗研究》(陕西师范大学博士论文,2006 年)二文就较为集中地探讨了晚年白居易的闲适诗歌创作。

活内容,他们表现的侧重点各有不同。在表现手法和表现风格方面,也呈现出了各自的特点。

第三章 中唐文人食、衣、
住与文学的新变

衣食住行历来是日常生活最基本的构成部分,在所有人类社会活动中,它们看似是最低层次的。但它们却是"物质文化的重要内容,是社会文化的现实状态和表现形式,它展现人们的生活习惯和人性特征。因而它承载着人类生活方式的基本内涵,是有形的文化载体,勾勒人类社会的文化氛围和历史场景。"①而唐代文人作为唐代社会的文化精英阶层,他们用其文笔共同创造了一幅五光十色、光辉灿烂的唐代文学画卷。一直以来,人们常常只关注唐代文人作为文化精英的一面,却忽视了他们作为普通人的一面。的确,文人能创作出优美的文学作品,但他们并非不食人间烟火,相反,他们活在世俗中,被日常生活包围着。其实,文人在卸去文化精英的光环后,他们和普通人一样,每天的生活也得围绕着衣食住行来进行。在衣食住行的活动中,文人更容易表现出了他最真实的一面,他们在对衣食住行进行经营的过程中形成的生活心态与审美意识常常被带入文学创作中,又或者潜移默化地渗入到文人的文学审美意识中,从而影响到他们的文学创作特点。

在经历"安史之乱"后,唐代社会遭受重创。中唐初期,文人的日常

---

① 许嘉璐:《中国古代衣食住行·写在前面》,北京出版社 2003 年版,第 1 页。

生活在物质条件方面发生了巨大的变化。社会财富在战乱中的瞬间消失、战后凋敝的社会经济,再加上政治上的混乱,这一切使得大部分中唐文人失去了有力的经济保障。正如本书在第一章所指出的那样,中唐文人大都曾经陷入一种困窘境地,像"衣食相拘阂,朋知限流寓"①、"贫病催年齿,风尘掩姓名"②、"奈何君独抱奇材,手把锄犁饿空谷"③、"贫病诚可羞,故床无新裘"④等悲苦、穷困之言在中唐诗中出现的频率相当高。生活物质水平的变化引发了中唐文人在生活方式和生活心态方面的改变,他们变得更为务实,衣食住行这一看似最低层次的方面,也成为了中唐文人在现实生活中密切关注的领域,他们为了生计,不得不为衣食躬身操劳,"禄微赖学稼"⑤、"厌贫学干禄,欲徇宾王利"⑥、"终日忧衣食"⑦等诗句可谓真实地道出当时文人的生存实况。有鉴于此,关注中唐文人在衣食住行领域的转变,进而探讨这种转变给他们的文学创作和文学思维带来的影响不无意义。

第一节　文人日常饮食观念与中唐文学新变

俗语云:"民以食为天。"日常饮食在衣、食、住这几个方面中无疑最

---

① 杜甫:《咏怀二首》之二,《杜工部诗集》卷八,中华书局 1957 年版,第 322 页。
② 耿湋:《华州客舍奉和崔端公春城晓望》,《全唐诗》卷二六八,中华书局 1960 年版,第 2975 页。
③ 韩愈:《赠唐衢》,《韩昌黎全集》,中国书店 1991 年版,第 50 页。
④ 孟郊:《卧病》,《孟东野诗集》卷二,人民文学出版社 1984 年版,第 28 页。
⑤ 钱起:《县城秋夕》,《钱起诗集校注》,浙江古籍出版社 1992 年版,第 102 页。
⑥ 独孤及:《酬梁二十宋中所赠兼留别梁少府》,《全唐诗》卷二四六,中华书局 1960 年版,第 2763 页。
⑦ 王建:《原上新居十三首》之二,《王建诗集》卷五,中华书局 1959 年版,第 45 页。

具独特地位。在源远流长的中国文化中,饮食这一维持个体生命的物质手段,很早被赋予了特殊的文化色彩。例如关于饮食与"礼"的关系,《礼记·礼运》中云:"夫礼之初,始诸饮食,其燔黍捭豚,汙尊而杯饮,蒉桴而土鼓,犹若可以致其敬于鬼神。"将礼的起源和发展与饮食联系了起来。在古人眼中,饮食不仅能满足口腹之欲,而且更具有平和人心之用,比如晏婴就曾讲过"和如羹焉。水火醯醢盐梅,以烹鱼肉,燀之以薪。宰夫和之,齐之以味,济其不及,以泄其过。君子食之,以平其心。"①食物中包含的滋味常被引申到其他领域当中,《孟子·告子上》有言:"理义之悦我心,犹刍豢之悦我口"②,便是将理义打动人的心灵所获得的愉悦感同牛羊美味作用于人的味觉快感进行类比;而东汉许慎在《说文解字》将"美"训为:"美,甘也。从羊从大",他把美的含义与味觉快感相联系,后人也常据许慎此言认为中国审美意识乃起源于对食物味道的感受。③当然,这一观点是否准确尚有争议,但饮食文化的发展的确是一个文化心理和情感不断积淀的过程,而这种积淀也同样会慢慢地影响着人们的观念形态。当人们对饮食之味的情感反应触及到他们的观念形态时,食物的味道就已经超越了其物质性,而进入到了人们的审美观念领域中。在中国,饮食可以说"早已超越了维持生存的本能,其目的不仅是为了获得个体生命的存在,而且还升华到满足人的精神需求的境地,成为人们积极地充实人生、提高人生体验的表现。"④与盛唐文人带有豪侠之气的饮食习惯与心态相比,中唐文人的饮食习惯与心理发生了一些微妙的变化,这些变化正体现着中唐文人的人生体验正朝着新的方向发展,也折射出他们新的精神需求。而在新的人生

---

①　杨伯峻编著:《春秋左传注》(修订本),中华书局1990年版,第1419页。
②　杨伯峻译注:《孟子译注》,中华书局2005年版,第261页。
③　例如日本美学家笠原仲二的《古代中国人的美意识》就认为"对中国人原始的美意识的本质,我们可以一言以蔽之,主要是某种对象所给予的肉体的、官能的愉快感"。这种"愉快感首先是起源于味觉美的感受性。"北京大学出版社1987年版,第6页。
④　林少雄:《中国饮食文化与美学》,《文艺研究》1996年第1期。

体验精神需求的影响下,中唐文人的文学创作也呈现出一种新动向。

一、文人饮食观念、习惯的改变与审美趣味的演变

中唐文人的日常饮食,在饮食的内容方面其实与初盛唐人并无多大分别,毕竟饮食材料和饮食烹饪制作方法作为一种长久积累下来的物质文化内容,它并不可能在短时间内有很大的变化。关于唐朝的饮食文化,可以用"兴盛"二字来形容。在扬州、长安、洛阳等大城市里,"街店之内,百种饮食,异常珍满。"①唐代的饮食无论从食物品种还是烹饪方法来看都比前代更加丰富多彩。在传统饮食的基础上,唐人饮食出现了趋于胡化的特点。外来的食品和调料在饮食中的比例增加。具体来说,唐人的主食种类可分为饼、饭、粥、糕等数种,其中以饼的种类最为繁多,有胡饼、蒸饼、汤饼等等,圆仁《入唐求法巡礼行记》曾记:"时行胡饼,俗家皆然。"可见饼在唐代的食用相当广泛。饭,就其原料而言,主要有粟米饭、稻米饭、麦饭、雕胡饭等。粥又称"糜",以谷米煮至糜烂而成,六谷皆可为粥,最主要的是米粥与麦粥。唐人煮粥有时有加他物于粥中同煮,如加茶叶的茗粥,加果菜的腊八粥等等。在副食方面,唐代副食原料除了传统的鱼、肉类、蔬菜瓜果外,还包括了多种海味如海蟹、海蜇、墨鱼、比目鱼等,某些地方的人更以蛇、虫、鼠、蚁、蚯蚓等入食。而烹饪的方法仍延续一贯的蒸、煮、烙、煎、炸、烤等方法。肴馔方面,炙品、脍品是唐代食用最多的肴馔品种。在整个唐代,饮食情况大致没有很大的变动②。安史之乱后,社会财富的流失以及社会的凋敝、混乱在较大程度上影响了饮食的材料的获得,所以在战乱及战后一段时间内,中唐人的饮食丰富程度必然远难比得上盛唐时期。然而,随着

---

① ［日］圆仁:《入唐求法巡礼行记》卷三,广西师范大学出版社 2007 年版,第 118 页。
② 关于唐代详细的饮食情况,可参见王赛时《唐代饮食》(齐鲁书社 2003 年版)、黎虎主编《汉唐饮食文化史》(北京师范大学出版社 1998 年版)、黄正建《唐代衣食住行研究》(首都师范大学出版社 1998 年版)。

社会的渐趋安定与经济的恢复,这种情况也有所改观,例如晚唐段成式《酉阳杂俎》卷七中便列出多种肴馔名食以及相关的制作方法,不难管窥当时饮食盛况。因此,可以说,生活在中唐时期的文人,其能接触到的饮食资源大致与盛唐文人没有多大区别。

尽管中唐文人可接触的日常饮食资源与盛唐人差别不大,但他们却在饮食观念和饮食习惯方面出现了一些有别于盛唐文人的变化。

第一,生活在中唐时期的文人,他们对日常饮食的重视程度超过生活在盛唐时期的文人。这一点主要体现在他们对饮食的精制、细品上。对食物进行精细加工,可以说是中唐饮食文化的大致发展方向。中晚唐文人段成式在《酉阳杂俎·酒食》中曾记载道:"今衣冠家名食,有萧家馄饨,漉去汤肥,可以瀹茗;庾家粽子,白莹如玉;韩约能作樱桃饆饠,其色不变;有能造冷胡突、鲙醴鱼、臆连蒸诈草草皮索饼。将军曲良翰,能为驴鬃驼峰炙。"又记"贞元中,有一将军家出饭食,每说物无不堪吃,唯在火候,善均五味。尝取败障泥胡禄,修理食之,其味道极佳。"①馄饨、粽子、饆饠、饼、炙品等其实乃较为普遍的食品,但却能做得如此精妙,显示出衣冠之家食不厌精的趋向;而生活在贞元中的某将军,他对饮食烹饪的看法,则不仅表现了时人对日常饮食制作、加工的重视,而且其"物无不堪吃"食材观更体现出中唐人饮食思想的开放程度。生活在这样的大环境中,文人的饮食观念也会或多或少地受到影响。与通常不大将品味食物的过程以及味觉感受带入文学表现的领域的典型盛唐文人相比,走入中唐时期文人,哪怕是对一般食物,他们大都能以欣赏的眼光去看待、以灵敏的味觉去感受,而且还将这种对食物的感受带到诗文创作中去。在众多步入中唐时期的诗人当中,以杜甫对日常饮食所持的欣赏与品味的态度最为明显。关于此点,宋代刘克庄《后村诗话》新集卷二曾指出:"公转侧兵火间,饥寒褴褛,以诗考之,如薇、如蕨、

---

① 段成式:《酉阳杂俎》卷七,中华书局1981年版,第71—72页。

如薤、如笋、如韭、如苍耳、如莴苣,皆入赋咏,真成一菜肚老人矣。"①尽
管杜甫诗中所涉及的这些蔬食都极为普通,但在诗人的眼中和笔下却
成了有滋有味的美食,例如:

> 破甘霜落爪,尝稻雪翻匙。
>
> (《孟冬》)
>
> 白露黄粱熟,分张素有期。已应春得细,颇觉寄
> 来迟。味岂同金菊,香宜配绿葵。老人他日爱,正想
> 滑流匙。
>
> (《佐还山后寄三首》之二)
>
> 滑忆雕胡饭,香闻锦带羹。溜匙兼暖腹,谁欲致
> 杯罂。
>
> (《江阁卧病走笔寄呈崔、卢两侍御》)
>
> 秋菰成黑米,精凿传白粲。玉粒足晨炊,红鲜任
> 霞散。
>
> (《行官张望补稻畦水归》)
>
> 稻米炊能白,秋葵煮复新。谁云滑易饱,老藉软
> 俱匀。
>
> (《茅堂检校收稻二首》之二)

在以上例子中,诗人对稻米的香白、粘滑和绿葵的鲜嫩可口都作了反
复、细致的描述,突出了食物的色、香、味,读来倍觉诱人。而在长诗《槐
叶冷淘》中,杜甫把槐叶冷淘的制作过程,以及冷淘和香饭、苞芦搭配食
用时带来的清凉、爽口的绝妙口感表现得惟妙惟肖,诗人在吃的过程所
获得的满足感也跃然纸上。在食用素食之外,杜甫对鲜鱼脍的品尝更
是如痴如醉,例如其《阌乡姜七少府设脍,戏赠长歌》较为详细地描述鲜
鱼脍的制作与食用过程:"饔人受鱼鲛人手,洗鱼磨刀鱼眼红。无声细

---

① 刘克庄撰,王秀梅点校:《后村诗话》,中华书局 1983 年版,第 176 页。

下飞碎雪,有骨已剁觜春葱。偏劝腹腴愧年少,软炊香饭缘老翁。落砧何曾白纸湿,放箸未觉金盘空。新欢便饱姜侯德,清觞异味情屡极。"①鲜鱼脍片片如碎雪一般轻、薄和剔透,拌着春葱和香饭,其味道是如此鲜美,以至于鱼脍刚呈上便被一扫而空。而在《观打鱼歌》中,杜甫同样写到吃鲂鱼脍的制作与食后的欢愉:"饔子左右挥双刀,脍飞金盘白雪高。……鲂鱼肥美知第一,既饱欢娱亦萧瑟。"②由杜甫所表现的日常饮食内容,同时联系其实际贫困生活,不难看出杜甫的乐观以及对生活的热爱,对饮食的关注与描绘正是他品味平淡生活的方式之一。诗人不以食用日常粗茶淡饭、满足口腹之欲的题材为俗,并将之引向历来以雅调为主的诗歌创作。其诗歌表现出来的引俗入雅、化雅为俗的趋向可以说是拉开了中唐文学由雅入俗的帷幕。③ 在杜甫之后,中唐文人对家常饮食的关注逐渐增多。例如王建有《饭僧》诗云:"别屋炊香饭,薰辛不入家。滤泉调葛面,净手摘藤花。蒲鲊除青叶,芹菹带紫芽。愿师常伴食,消气有姜茶。"④诗人准备用来招呼僧人的清淡饮食很是普通,但诗人在准备这顿家常饭时却十分认真,除了注重饭菜搭配外,作为主人的诗人更精心准备了有助消气的姜茶,由此也透露出王建对日常饮食的讲究。又如白居易在《二年三月五日斋毕开素当食偶吟赠妻弘农郡君》中提及妻子为他准备饭菜:"以我久蔬素,加笾仍异粮。鲂鳞白如雪,蒸炙加桂姜。稻饭红似花,调沃新酪浆。佐以醯醢味,间之椒薤芳。老怜口尚美,病喜鼻闻香。"⑤诗人斋戒完毕后,面对家人精心为他准备

---

① 杜甫:《阌乡姜七少府设脍,戏赠长歌》,《杜工部诗集》卷二,中华书局 1957 年版,第109 页。

② 杜甫:《观打鱼歌》,《杜工部诗集》卷五,中华书局 1957 年版,第 185 页。

③ 林继中:《文化建构文学史纲(魏晋—北宋)》第六章第一节论述中唐至北宋期间的"由雅入俗"的文学浪潮,其中也肯定了杜诗在此浪潮中的开创之功,北京大学出版社 2005 年版,第 170 页。

④ 王建:《饭僧》,《王建诗集》卷五,中华书局 1959 年版,第 42 页。

⑤ 白居易:《二年三月五日,斋毕开素,当食偶吟,赠妻弘农郡君》,《白居易集》,中华书局 1979 年版,第 825 页。

饭菜,不禁胃口大开。他在诗歌中毫不掩饰内心的欢喜,而对以鼻嗅饭菜香味的饥馋相的描写则透出浓郁的世俗生活气息,然而却不显粗俗,反而愈有清新之气。总的来说,中唐文人大多经历贫困,他们的日常饮食与贵族、巨富所享用的精美肴馔自然不能相比,然而,即使是粗茶淡饭,在用心炮制之下也成了中唐文人眼中的美食。中唐文人在饮食上体现的这种在平凡中求奇致、化俗淡为清醇的精神,其实与他们在文学创作中的审美追求不无暗合。此外,他们能大方地将平凡的日常饮食纳入到诗文创作中去,并借此来显示出他们对恬淡生活的向往。可以说,中唐文人对日常饮食精心制作与细心品尝,正体现了他们新的日常生活心态的形成。

第二,中唐文人的饮食习惯对比盛唐文人有所改变,大体呈现出向素、淡、雅的趋势。初盛唐人的饮食,大都有着粗放豪纵的特征。例如王谠《唐语林》卷五记载:"玄宗命射生官射鲜鹿取血,煎鹿肠食之,赐安禄山、哥舒翰。"[1]唐玄宗的所赐的食物,虽是珍贵的鹿制品,但烹饪的方法实在过于粗糙。而在饮酒方面,盛唐文人更是显得豪纵。李白的《将进酒》有"人生得意须尽欢,莫使金樽空对月"[2]、"烹羊宰牛且为乐,会须一饮三百杯"等句,杜甫《醉为马坠,诸公携酒相看》则云:"酒肉如山又一时,初筵哀丝动豪竹。……喧呼且覆杯中渌。"[3]此外,在《饮中八仙歌》中,杜甫更刻画了八位风流才子不同的纵酒的形象。由此可见,生活在富庶的盛唐文人,在饮食方面颇为豪放,也少讲究饮食是否合理,大鱼大肉,狂喝滥饮的情况普遍存在。盛唐文人的这种饮食风尚与他们的浪漫、豪放的文学风尚不无暗合。而在中唐时期,安史之乱和社会动荡严重毁坏了社会经济,以至于在相当长一段时间内,生活物资都较为紧缺。在这种环境下,中唐人不可能再如盛唐人那样豪纵挥霍,例如

---

① 王谠撰,周勋初校证:《唐语林校证》卷五,中华书局1987年版,第468页。
② 李白著,王琦注:《将进酒》,《李太白全集》卷三,中华书局1977年版,第179页。
③ 杜甫:《杜工部诗集》卷三,中华书局1957年版,第303页。

钱起便言"俸薄不沽酒"①,王建更有"乍得新蔬菜,朝盘忽觉奢"②之说。
长期的物资匮乏引起了中唐人饮食习惯的变更。对于文人而言,生活
的贫困固然带来了痛苦,但有着安贫乐道传统的文人无疑较为容易在
贫困中保持着心理平衡,他们力求在有限的物质条件下求得自适。在
日常饮食方面,中唐文人在缺乏食材的情况下,常常只能食用野菜、粗
蔬,例如:

> 图书唯药箓,饮食止藜羹。
>
> (皇甫冉《闲居作》)
>
> 独献菜羹怜应节,遍传金胜喜逢人。
>
> (戴叔伦《和汴州李相公勉人日喜春》)
>
> 衲衣求坏帛,野饭拾春蔬。
>
> (严维《赠别至弘上人》)
>
> 松江蟹舍主人欢,菰饭莼羹亦共餐。
>
> (张志和《渔父歌》)
>
> 野笋资公膳,山花慰客心。
>
> (崔备《清溪路中寄诸公(一作寄韦于二侍御)》)
>
> 野羹溪菜滑,山纸水苔香。
>
> (王建《原上新居十三首》之六)

尽管诗人的饮食不再如盛唐人那般大鱼大肉,而是清淡的野菜、藜羹,
但他们并未表现出悲哀,而且还流露出满足,而韩愈更是明言:"疏粝亦
足饱我饥"③、"饫若厌刍豢"④,孟郊同样也有"高嗜绿蔬羹,意轻肥腻

---

① 钱起:《县城秋夕》,《钱起诗集校注》,浙江古籍出版社 1992 年版,第 102 页。
② 《原上新居十三首》之三,《王建诗集》卷五,中华书局 1959 年版,第 45 页。
③ 韩愈:《山石》,《韩昌黎全集》卷三,中国书店 1991 年版,第 46 页。
④ 韩愈:《崔十六少府摄伊阳,以诗及书见投,因酬三十韵》,《韩昌黎全集》卷三,中国书店 1991 年版,第 71 页。

羊"①之言。可以说,中唐文人的日常饮食口味已经由浓腴肥厚逐渐转向了素淡,即使是吃肉食,也趋于清淡,例如宋人陶穀《清异录·馔羞门》载"段成式驰猎,饥甚。叩村家。主人老姥出彘臛,五味不具。成式食之,有踰五鼎。曰'老姥初不加意,而殊美如此。'常令庖人具此品。因呼'无心炙'。"②从中唐文人这一饮食习惯的转变,不难看出他们对恬淡生活趣味的追求。在追求素淡饮食的同时,中唐文人也不像盛唐人那般豪纵,他们在日常饮食中体现出来的更多的是一种节制,例如同样是喝酒,盛唐李白是"会须一饮三百杯",李适之则"饮如长鲸吸百川"③,而白居易只"潋滟两三杯"④便满足,元稹更是"三杯未尽不能倾"⑤,三杯没喝完就醉了。又,在饮酒环境的选择上,盛唐人饮酒喜在酒家结伴高歌恣肆,又或需要丝竹、歌姬助兴,而到了中唐,诗人多喜欢在安静的环境下独酌,如李益选择"浩思凭尊酒,氛氲独含辞"⑥,无人干扰时,思绪以及创作灵感无疑更能充分地展开;而刘禹锡则选择在"花间数杯酒,月下一张琴"⑦的清雅环境下饮酒,对于诗人来说,饮酒不必喧哗,有鲜花、雅琴作伴足矣。中唐文人对饮食分量和饮食环境的选择,透露出了他们在气质上已慢慢由盛唐的激烈奔腾转向了内敛凝练,这种气质的改变给文学创作也带来了影响,贺裳《载酒园诗话》论及李益时就曾言及中唐诗风貌,称"中唐人故多佳诗,不及盛唐者,气力减耳。"⑧由此可以看出,日常饮食虽然看似是低层次,然而它在满足文人

---

① 孟郊:《吊卢殷》,《孟东野诗集》卷十,人民文学出版社 1984 年版,第 191 页。

② 陶穀:《清异录》卷下,见上海师范大学古籍整理研究所编《全宋笔记》第一编第二册,大象出版社 2003 年版,第 101 页。

③ 杜甫:《饮中八仙歌》,《杜工部诗集》卷一,中华书局 1957 年版,第 62 页。

④ 白居易:《对新家酝玩自种花》,《白居易集》,中华书局 1979 年版,第 838 页。

⑤ 元稹:《先醉》,《元稹集》卷十六,中华书局 1982 年版,第 183 页。

⑥ 李益:《秋晚溪中寄怀大理齐司直》,《李益诗注》,上海古籍出版社 1984 年版,第 9 页。

⑦ 刘禹锡:《罢郡归洛阳闲居》,《刘禹锡集笺证》,上海古籍出版社 1989 年版,第 617 页。

⑧ 贺裳:《载酒园诗话》,见郭绍虞编选《清诗话续编》,上海古籍出版社 1983 年版。

生存需要的同时,其实也反映了他们的生活格调的取向以及精神面貌。中唐文人的饮食除了追求素淡,讲求节制外,在饮食材料的选择方面也出现了新的变化。其中,最为明显的就是对待茶、酒的态度。盛唐文人好酒,而中唐文人中则日渐钟情于饮茶。例如顾况在《茶赋》中便极言茶的好处:"滋饭蔬之精素,攻肉食之膻腻,发当暑之清吟,涤通宵之昏寐。"此外,他对煮茶、喝茶也十分讲究,用的是"舒铁如金之鼎,越泥似玉之瓯";煮好的茶,在他眼中是"轻烟细沫霭然浮,爽气淡烟风雨秋"[1],可见顾况在品茶时是十分陶醉的。张谓在《道林寺送莫侍御》明言"饮茶胜饮酒"[2],钱起《过张成侍御宅》也有"杯里紫茶香代酒"[3]之句,皆表明中唐文人对茶的喜好。此外,刘禹锡也有《西山兰若试茶歌》记叙品茶之事:

> 山僧后檐茶数丛,春来映竹抽新茸。宛然为客振衣起,自傍芳丛摘鹰嘴。斯须炒成满室香,便酌砌下金沙水。骤雨松声入鼎来,白云满碗花徘徊。悠扬喷鼻宿醒散,清峭彻骨烦襟开。阳崖阴岭各殊气,未若竹下莓苔地。炎帝虽尝未解煎,桐君有箓那知味。新芽连拳半未舒,自摘至煎俄顷馀。木兰沾露香微似,瑶草临波色不如。僧言灵味宜幽寂,采采翘英为嘉客。不辞缄封寄郡斋,砖井铜炉损标格。何况蒙山顾渚春,白泥赤印走风尘。欲知花乳清泠味,须是眠云跂石人。

诗人将僧人摘茶、炒茶和煮茶的过程娓娓道来,尤其是煮茶、品茶时,诗人更突出其间雅淡脱俗、清新高远的格调。在最后两句中,诗人点出,

---

① 顾况:《茶赋》,《全唐文》卷五百二十八,上海古籍出版社 1990 年版,第 2375 页。
② 张谓:《道林寺送莫侍御》,《全唐诗》卷一九七,中华书局 1960 年版,第 2018 页。
③ 钱起:《过张成侍御宅》,《全唐诗》卷二三九,中华书局 1960 年版,第 2672 页。

只有摆脱了尘俗的羁绊、闲淡自适的人才能真正品出茶的清泠之味。中唐文人从酒向茶的饮食喜好转变,其实也正透露出他们个性由外向豪放向内敛自适的转变。关于中唐人饮茶给诗歌创作带来的影响,赵睿才、张忠纲《中晚唐茶、诗关系发微》中曾指出:"茶与诗的关系是互动的,即茶有助于由奔腾到内敛诗风的转化,而内敛、清新的诗歌有助于茶的禀性的开掘——中唐以后,文人饮茶模式逐渐从禅寺文化的依附中分离出来,形成了独特的形式、品格与内涵,文人的禅悦风尚与僧人的诗悦崇尚在品茗习俗中找到了交接点,茶的特质进一步渗透到诗中,促使诗体、诗材、诗味、诗境等发生了深刻的变化,呈现出与盛唐不同的风貌——清、寒、瘦、硬、苦的特性。"①此观点颇有见地,中唐人在日常饮食上逐渐疏离嗜酒之性,转而亲近清新的茶,并在喝茶中陶冶自我的清雅情趣,实际上是中唐文人气质趋于清宁、淡静的表现之一。

总的来说,对比盛唐文人,中唐文人对待日常饮食的态度以及他们的饮食习惯皆有所改变。哪怕是粗茶淡饭,中唐文人也讲究精制、细品,而口味则转向素淡,在饮品方面则出现了崇尚喝茶的风尚。这种饮食风尚透露了中唐文人趋于内敛的品格与气质;而中唐文人也通过在文学创作中表现这种饮食追求来表现他们不为尘俗所困扰的个性,以及对淡雅、自适生活的向往。

此外,中唐时期,士林中出现了以日常饮食来比喻人物的品评方式,例如《旧唐书》记载中唐人对穆氏兄弟的评价:"(穆)质兄弟俱有令誉而和粹,世以"滋味"目之:赞俗而有格,为酪;质美而多人,为酥;员为醍醐;赏为乳腐。近代士大夫言家法者,以穆氏为高。"②这里是用酪、酥等日常食用的奶制品来品第人物。又如《唐语林》卷一《言语》记载,在唐德宗朝曾官居中书舍人的李直方"尝第果实,若贡士者。以绿李为首,楞梨为二,樱桃为三,柑为四。蒲桃为五。或荐荔枝,曰:'寄举之首。'

---

① 赵睿才、张忠纲:《中晚唐茶、诗发微》,《文史哲》2003 年第 4 期。
② 《旧唐书》卷一百五十五《穆宁传》,中华书局 1975 年版,第 4116—4117 页。

又问:'栗如之何?'曰:'最有实事,不出八九。'"①则是以诸种水果来比喻科场贡士。以日常食物来品评人物现象的出现,一方面体现了中唐人对日常饮食的一种重视,另一方面则透露出中唐人的审美思维向着形象化和世俗化发展的趋势。与传统以青松、香兰、鸿鹄等常被用来比喻人物的物象相比,日常食品更为普遍通俗,不管是味道还是形状皆具体可感,令人听之会心。

二、日常饮食题材诗歌新变

随着中唐文人对日常饮食的看重,他们在诗歌创作中以饮食为表现题材的情况也相应增加。在中唐以前,文人也有相关题材的诗作,例如初唐的王绩《食后》诗云:"田家无所有,晚食遂为常。菜剪三秋绿,飧炊百日黄。胡麻山莇样,楚豆野麋方。始暴松皮脯,新添杜若浆。葛花消酒毒,莄蒂发羹香。鼓腹聊乘兴,宁知逢世昌。"②全诗围绕一顿丰盛的晚餐展开,其间提及了多种食物,"鼓腹"一词表现了诗人安乐满足的心态。然而,这种围绕一顿饮食展开的诗歌数量却极少,在初盛唐诗人那里,除了饮酒题材外,饮食内容大多只在诗歌中以点缀的形式出现,而且多出现在宴会场合中的酬唱当中。真正写到具有普遍性的日常餐食的是一部分田园诗人,如孟浩然、王维、储光羲、常建、祖咏、裴迪等。这部分诗人多在歌咏田园生活和山林处士幽居的情况下涉及日常餐饮内容,例如:

> 南园露葵朝折,东谷黄粱夜春。
> (王维《田园乐七首》之六)
> 烹葵邀上客,看竹到贫家。
> (王维《晚春严少尹与诸公见过》)

---

① 王谠撰,周勋初校证:《唐语林校证》卷一,中华书局1987年版,第48页。
② 王绩著,王国安注:《王绩诗注》,上海古籍出版社1981年版,第45页。

　　厨人具鸡黍,稚子摘杨梅。

　　(孟浩然《裴司士、员司户见寻》)

　　客醉眠未起,主人呼解酲。已言鸡黍熟,复道瓮头清。

　　(孟浩然《戏题》)

　　亭上酒初熟,厨中鱼每鲜。

　　(高适《涟上题樊氏水亭》)

　　对酒鸡黍熟,闭门风雪时。

　　(祖咏《归汝坟山庄留别卢象》)

　　莫徭射禽兽,浮客烹鱼鲛。

　　(常建《空灵山应田叟》)

　　荷叶裹江鱼,白瓯贮香粳。

　　(李颀《赠张旭》)

　　石泉饭香粳,酒瓮开新糟。

　　(岑参《太白东溪张老舍即事,寄舍弟侄等》)

上述例子描写餐食的词句多自然清新,但着墨不多,总如浮光掠影般点到即止。而且除了王维、孟浩然之外,其余诗人大多并非描写自家的饮食,而是描写他人家中的饮食或私宴上的餐食。盛唐诗人少涉及日常饮食的情况,到了杜甫那里方有所改观。

　　杜甫作为一名连接盛唐与中唐的重要诗人,他的诗歌取材广泛,其中,对日常饮食的描写也大量出现。关于此点,上文已举出相关例证予以论述。杜甫笔下的日常饮食从主食、肉类到果蔬均有表现,而且相当部分饮食描写已非只起到点缀的作用,而是诗人根据诗意表达需要有意为之。例如《孟仓曹步趾领新酒酱二物满器见遗老夫》有"藉糟分汁滓,瓮酱落提携。饭粝添香味,朋来有醉泥"①等句,在此,饮食乃是诗人

---

　　①　杜甫:《杜工部诗集》卷十六,中华书局1957年版,第671页。

待客的方式,并非可有可无的内容。又如《槐叶冷淘》:

> 青青高槐叶,采掇付中厨。新面来近市,汁滓宛
> 相俱。入鼎资过熟,加餐愁欲无。碧鲜俱照箸,香饭
> 兼苞芦。经齿冷于雪,劝人投此珠。愿随金騕褭,走
> 置锦屠苏。路远思恐泥,兴深终不渝。献芹则小小,
> 荐藻明区区。万里露寒殿,开冰清玉壶。君王纳凉
> 晚,此味亦时须。

此诗四分之三的篇幅皆围绕槐叶冷淘的制作与食用展开,语言浅白如
话,尽管诗歌后半部分以言志为主,文字亦稍显文雅,但却掩抑不住诗
歌从题材到语言上的清新、浅白的趋向。而这种清新、浅白也正是中唐
文人日常饮食题材诗歌的最显著的特点。

　　总的来说,与初盛唐日常饮食题材诗歌相比,中唐文人日常饮食题
材诗歌不仅在表现内容上有所拓展,而且在诗歌语言和审美趣味的表
达上也呈现出新变的特点。

　　第一,中唐饮食题材诗在取材方面有所拓展,诗人笔下的日常饮食
内容较初盛唐更为丰富多彩,而且大部分的中唐诗人皆或多或少地涉
及到了日常饮食这一题材。例如在大历诗人中,韦应物有"杏粥犹堪
食,榆羹已稍煎"[①];李端有"烹鱼邀水客"[②]、"烹鸡或取馀"[③];于鹄有
"蒸梨常共灶,浇薤亦同渠"[④];卢纶有"寒菹供家食,腐叶宿厨烟"[⑤]、"烹

---

　　① 韦应物:《清明日忆诸弟》,《韦应物诗集系年校笺》卷六,中华书局2002年版,第303页。

　　② 李端:《晚次巴陵》,《全唐诗》卷二八五,中华书局1960年版,第3261页。

　　③ 李端:《哭张南史因寄南史侄叔宗》,《全唐诗》卷二八六,中华书局1960年版,第3277页。

　　④ 于鹄:《题邻居》,《全唐诗》卷三一〇,中华书局1960年版,第3499页。

　　⑤ 卢纶:《首冬寄河东昭德里书事贻郑损仓曹》,《卢纶诗集校注》,上海古籍出版社1989年版,第510页。

鱼绿岸烟浮草,摘橘青溪露湿衣"①。在"韩孟诗派"中,韩愈《答道士寄树鸡》诗云:"软湿青黄状可猜,欲烹还唤木盘回。"而在《陪杜侍御游湘西两寺独宿有题一首,因献杨常侍》中则有"涧蔬煮蒿芹,水果剥菱芡";孟郊《靖安寄居》诗云:"渴饮浊清泉,饥食无名蔬。败菜不敢火,补衣亦写书。"元稹《解秋十首》之六有"亲烹园内葵……酿酒并毓蔬"、《遣悲怀三首》之一有"野蔬充膳甘长藿,落叶添薪仰古槐"。刘禹锡有"一钟菰葑米,千里水葵羹"②;柳宗元有"香饭春菰米,珍蔬折五茄"。③ 而诗歌追求浅白的白居易涉及日常饮食题材的诗篇数量更为可观,例如《食笋》、《食前》、《食后》、《烹葵》、《残酌晚餐》等等。此外,中唐其他诗人,如王建有"看炊红米煮白鱼"④、张籍有"拄杖傍田寻野菜,封书乞米趁时炊"⑤等等。由以上的诗句不难看出,中唐诗人将日常饮食题材纳入诗歌的情况远比初盛唐要普遍。不管是以雕饰、清丽为主要风格的大历诗人,还是以奇崛险怪为主调的"韩孟诗派",都不约而同地写到了这一题材,而且,他们在诗歌中提及的多是自己的日常饮食内容,而非如盛唐诗人那样,以写他人的日常饮食为主。

第二,在语言表达上,中唐文人笔下的饮食题材诗篇普遍呈现出浅易、俗白的趋向,当然,这固然与题材本身所具有的俗化色彩不无关系,正如上文所言,初盛唐诗人涉及日常饮食题材的诗句也多自然清新,但这种浅白的饮食描写在盛唐语境下只属少数现象,在更多的情况下,饮食题材被初盛唐诗人纳入诗歌创作中时,多被进行了雅化的包装,例如

---

① 卢纶:《送内弟韦宗仁归信州觐省》,《卢纶诗集校注》,上海古籍出版社 1989 年版,第 325 页。
② 刘禹锡:《历阳书事七十韵》,《刘禹锡集笺证》,上海古籍 1989 年版,第 1479 页。
③ 柳宗元:《同刘二十八院长述旧言怀感时书事奉寄澧张员外使君五十二韵之作因其韵增至八十通赠二君子》,《柳河东集》,中华书局 1958 年版,第 679 页。
④ 王建:《荆门行》,《王建诗集》,中华书局 1959 年版,第 14 页。
⑤ 张籍:《赠贾岛》,《张籍诗集》,中华书局 1959 年版,第 50 页。

王维《游感化寺》中"嘉蔬绿芋羹"①，便以"嘉"这一文雅的字眼来修饰蔬菜；王昌龄《送程六》中"青鱼雪落鲙橙齑"②，则以"雪落"来形容鱼脍。此外，初盛唐诗人虽然偶有在诗歌中提及日常餐食的意象，但对于餐食的享用过程却基本不涉及，因为吃相无疑属于"俗"的范畴，由这一点也可看出初盛唐人对日常饮食的表现尺度。对比初盛唐文人，中唐文人在表现日常餐食题材时显得更加浅易，且趋于写实。首先，在提及日常饮食意象时，中唐诗人多用食物的本义，而非用其虚化的象征义或典故义。下面试以"羹"为例稍作分析。"羹"是一种用肉或菜调和五味做成的带汁的食物，与之有关的典故常见的有两个，其一是"和羹"，典出《尚书·说命下》："若作和羹，尔惟盐梅"，后人常用"和羹"来比喻大臣辅助君主综理国政，或喻宰辅之职；其二是"莼羹"，典出《晋书·张翰传》，西晋张翰在洛阳任职，"因见秋风起，乃思吴中菰菜、莼羹、鲈鱼脍，曰人生贵适志，何能羁官数千里以要名爵乎？"③于是辞官归乡，后常以"鲈莼之思"来表现思乡之情。此外关于莼菜味道之美，有另一个出自《世说新语·言语》的典故："陆机诣王武子，武子前置数斛羊酪，指以示陆曰：'卿江东何以敌此？'陆云：'有千里莼羹，但未下盐豉耳！'"④"羹"这个饮食意象，在初盛唐文人笔下，常常以上述两个典故义出现，例如孟浩然《和张丞相春朝对雪》："撒盐如可拟，便糁和羹梅"，又《岘山作》："因谢陆内史，莼羹何足传"⑤；岑参《送许子擢第归江宁拜亲，因寄王大昌龄》："六月槐花飞，忽思莼菜羹"，诗中皆用了"羹"的虚化的典故义，并非眼前真有"羹"这一实物。而在中唐诗人笔下，"羹"更多的

① 王维撰，赵殿成笺注：《王右丞集笺注》卷十二，上海古籍出版社1961年版，第228页。
② 王昌龄著，李云逸注：《王昌龄诗注》卷四，上海古籍出版社1984年版，第167页。
③ 房玄龄等撰：《晋书》卷六十二《张翰传》，中华书局1974年版，第2384页。
④ 刘义庆撰，刘孝标注，杨勇校笺：《世说新语·言语第二》，中华书局2006年版，第76页。
⑤ 孟浩然著，佟培基笺注：《孟浩然诗集笺注》卷上，上海古籍出版社2000年版，第29页。

是以本义出现,例如"杏粥犹堪食,榆羹已稍煎"①、"楚酪沃雕胡,湘羹
糁香饵"②、"独献菜羹怜应节"③、"图书唯药箓,饮食止藜羹"④等等皆
没有用典故义,诗人所写的乃是眼前可见可食的"羹",对这一饮食意象
的表现具有了写实色彩。没有了虚化意义,诗歌读起来也显得浅易。

其次,中唐诗人在日常饮食题材诗歌中不仅描写饮食物象,更不回避表
现"食相",例如韩愈在《赠刘师服》中描写牙齿脱落后的进食情态:"匙
抄烂饭稳送之,合口软嚼如牛呞"。柳宗元《游南亭夜还叙志七十韵》写
到了自己大快朵颐的食相:

> 留连俯栈槛,注我壶中醪。朵颐进芰实,擢手持
> 蟹螯。炊稻视釜鼎,脍鲜闻操刀。野蔬盈倾筐,颇杂
> 池沼毛。缅慕鼓枻翁,啸咏哺其糟。

又如白居易在多首诗中表现对事物的品尝:

> 贫厨何所有,炊稻烹秋葵。红粒香复软,绿英滑
> 且肥。
>
> (《烹葵》)
>
> 鱼香肥泼火,饭细滑流匙。
>
> (《残酌晚餐》)
>
> 嚼疑天上味,嗅异世间香。润胜莲生水,鲜逾橘
> 得霜。燕支掌中颗,甘露舌头浆。(《题郡中荔枝诗十
> 八韵,兼寄万州杨八使君》)

---

① 韦应物:《清明日忆诸弟》,《韦应物诗集系年校笺》卷六,中华书局2002年版,第303
页。

② 韩翃:《赠别崔司直赴江东兼简常州独孤使君》,《全唐诗》卷二四三,中华书局1960
年版,第2727页。

③ 戴叔伦:《和汴州李相公勉人日喜春》,《戴叔伦诗集校注》,上海古籍出版社1993年
版,第86页。

④ 皇甫冉:《闲居作》,《全唐诗》卷二五〇,中华书局1960年版,第2828页。

> 手擘才离核,匙抄半是津。甘为舌上露,暖作腹
> 中春。
>
> (《与沈、杨二舍人阁老同食敕赐樱桃玩物感恩因
> 成十四韵》)

白居易喜欢通过表现食物口感的展现其品味食品的过程,由"软"、"滑"等词,读者仿佛可以想见诗人咀嚼吞咽的动作;"嚼"、"嗅"、"手擘"等动词更是直接的吃相面描写。与初盛唐饮食题材诗相比,韩愈、柳宗元、白居易等人同题材的诗歌无疑更具有生活气息,他们大胆地将日常进食的过程带入诗歌中,具有鲜明的写实性,语言浅易,但表现的效果却十分生动。

第三,在审美情趣方面,与初盛唐饮食题材诗相比,中唐日常饮食题材诗篇逐渐呈现出俗化的趋势。这一点不仅体现在诗歌语言表达上,而且还表现在诗歌所体现出的诗人精神境界上。就总体而言,初盛唐涉及日常饮食题材的诗篇风格多清新自然,意境淡远闲适,而诗人也多在诗歌中追求一种清远拔俗的思想境界。以储光羲《吃茗粥作》为例:

> 当昼暑气盛,鸟雀静不飞。念君高梧阴,复解山
> 中衣。数片远云度,曾不蔽炎晖。淹留膳茶粥,共我
> 饭蕨薇。敝庐既不远,日暮徐徐归。

诗题虽较为俗白,然内容却清雅秀美。诗人并非单纯为写吃粥,他意在借吃茗粥这一事件来传达一种恬静、高远的心态和人生意趣,与此相比,如何吃粥、粥的味道如何皆非诗人所要关注的事情。储光羲此诗所体现出来这种意趣与追求在盛唐诗人,尤其是山水田园诗人那里最为普遍。例如王维《戏赠张五弟諲三首》之三有"吾生好清净,蔬食去情尘。"[1]之句,诗人吃蔬食只为祛除尘俗以保持清净的心态。到了杜甫中

---

[1] 王维撰,赵殿成笺:《王右丞集笺注》卷二,上海古籍出版社 1961 年版,第 25 页。

后期创作中,盛唐诗人所着意追求的纯粹理想境界开始被原生态的世俗情调所取代。杜甫的日常饮食题材诗中的餐饮意象走向实化,例如《江阁卧病走笔寄呈崔、卢两侍御》:"滑忆雕胡饭,香闻锦带羹。溜匙兼暖腹,谁欲致杯罂。"①又如《行官张望补稻畦水归》:"秋菰成黑米,精凿传白粲。玉粒足晨炊,红鲜任霞散。"②与储光羲、王维等人相比,杜甫的关注点明显落在了食物上,他表现的是自己的口腹之欲以及由此透露出来的安贫乐道的现实,至于淡泊、高远的境界则并非他所留意的,可以说,杜甫已经跳出了盛唐田园诗人试图构建的精神自足的世界,主动踏入现实的尘网中。杜甫饮食题材诗歌中体现出来的审美趣味,在中唐诗人白居易的闲适诗中更是有所发展。日常饮食是白居易闲适诗中常见的表现内容,例如他有《食笋》一诗:

> 此州乃竹乡,春笋满山谷。山夫折盈抱,抱来早
> 市鬻。物以多为贱,双钱易一束。置之炊甑中,与饭
> 同时熟。紫箨坼故锦,素肌擘新玉。每日遂加餐,经
> 时不思肉。久为京洛客,此味常不足。且食勿踟蹰,
> 南风吹作竹。

与储光羲《吃茗粥作》相比,两者的审美趣味追求之不同立见。白诗把笋的采摘、买卖、厨中的制作以及煮熟后的外形与味道皆一一呈现,透露出诗人在平凡的尘俗中自得其乐的情趣。此外,白居易也常在诗中提及"蔬食",如"蔬食足充饥,何必膏粱珍"③、"朝饥有蔬食,夜寒有布裘"④、"旦暮两蔬食,日中一闲眠"⑤等。被王维视为能带走俗气并保持

---

① 杜甫:《杜工部诗集》卷十八,中华书局1957年版,第733页。
② 杜甫:《杜工部诗集》卷六,中华书局1957年版,第248页。
③ 白居易:《赠内》,《白居易集》卷一,中华书局1999年,第15页。
④ 白居易:《永崇里观居》,《白居易集》卷五,中华书局1999年,第93页。
⑤ 白居易:《答崔侍郎、钱舍人书问,因继以诗》,《白居易集》卷七,中华书局1999年,第138页。

心境纯净的"蔬食",在白居易那里则成为充饥之物,在此两者之间,一为怡情养性的心理境界,一为满足口腹之欲的生理要求,其中审美情趣之差别,不言自明。

概而言之,中唐日常饮食题材诗较之盛唐同类题材的诗篇,在题材范围、表达以及审美趣味上都呈现出世俗化、日常化的新变特点,由此透露了中唐文人务实的心态。

三、柳宗元日常饮食与文章"奇味说"

饮食文化中的"味"被引入到文艺理论的历史相当长,在《论语·述而》之中就有这样的记载:"子在齐闻《韶》,三月不知肉味,曰:'不图为乐之至于斯也。'",①便是以"味"来确认音乐的审美价值。在文学领域中,"味"早在魏晋南北朝时期便成为了我国古代诗论一个审美范畴,例如陆机《文赋》有云:"阙大羹之遗味,同朱弦之清泛。虽一唱而三叹,固既雅而不艳。"②此乃从饮食比附的角度,对文学创作提出了要有"余味"的要求。刘勰也在《文心雕龙》中多处以"味"来评诗论文;钟嵘在《诗品》更明确提出了有名的"滋味"说:"五言居文词之要,是众作之有滋味者也,故云会于流俗。"③而到了中唐时期,在诗歌评论领域,皎然的《诗式》和作者署名为王昌龄的《诗格》更深入地对诗味的生成展开了富于理论意义的探讨。可以说,到中唐为止,以饮食中的"味"来品评诗歌的"诗味说"已经发展得比较充分,但源自于饮食的"味"也似乎多被用于诗歌理论中,而较少见用到古文理论中。然而,到了中唐元和年间,饮食之味却被运用到寓言文的评论上,而突破"味"多用于诗评局面的乃是柳宗元。

作为中唐古文运动倡导者之一的柳宗元以"味"设喻,表达了他对

---

① 杨伯峻译注:《论语译注》,中华书局1980年版,第70页。
② 陆机撰,张少康集释:《文赋集释》,上海古籍出版社1984年版,第183页。
③ 钟嵘著,陈延杰注:《诗品注》,人民文学出版社1981年版,第4页。

语带戏谑的文章看法。柳宗元这一观点的提出缘于韩愈《毛颖传》在当时的评价问题。韩愈身为古文运动的另一主要倡导者,他创作的《毛颖传》等文俳谐、怪奇,从而引起了当时文坛的争议,连与韩愈关系甚密的张籍也认为不应该以文为戏,他在《上韩昌黎第二书》中说:"君子发言举足,不远于理,未尝闻以驳杂无实之说为戏也,执事每见其说,亦拊抃呼笑,是挠气害性,不得其正矣。苟正之不得,曷所不至焉?或以为中不失正,将以苟悦于众,是戏人也,是玩人也,非示人以义之道也"①。在此情况下,柳宗元作《读韩愈所著毛颖传后题》为韩愈辩护,并且表达了自己对于戏谑文体的见解:

> 且世人笑之也,不以其俳乎?而俳又非圣人之所弃者。《诗》曰:"善戏谑兮,不为虐兮。"《太史公书》有《滑稽列传》,皆取乎有益于世者也。故学者终日讨说答问,呻吟习复,应对进退,掬溜播洒,则罢惫而废乱,故有"息焉游焉"之说。不学操缦,不能安弦。有所拘者,有所纵也。太羹玄酒,体节之荐,味之至者。而又设以奇异小虫、水草、楂梨、橘柚,苦咸酸辛,虽蜇吻裂鼻,缩舌涩齿,而咸有笃好之者。文王之昌蒲菹,屈到之芰,曾晳之羊枣,然后尽天下之味以足于口。独文异乎?韩子之为也,亦将弛焉而不为虐欤!息焉游焉而有所纵欤!尽六艺之奇味以足其口欤!而不若是,则韩子之辞,若壅大川焉,其必决而放诸陆,不可以不陈也。
>
> 且凡古今是非六艺百家,大细穿穴用而不遗者,毛颖之功也。韩子穷古书,好斯文,嘉颖之能尽其意,

---

① 张籍:《上韩昌黎第二书》,《全唐文》卷六百八十四,上海古籍出版社 1990 年版,第 3105 页。

> 故奋而为之传,以发其郁积,而学者得以励,其有益于
> 世欤!

在柳宗元看来,《毛颖传》并未违背《诗经》所提出的"谲而不虐"的文学传统与《史记》为滑稽人物立传的史学传统,指出的戏谑文体的写作与圣人教化之旨不存在矛盾。此外,他围绕饮食文化中的多元化,借题发挥,认为韩愈之文,是在"大羹玄酒,体节之荐,味之至者"外的另一美食的提供,就正如"奇异小虫,水草、渣梨、桔柚"等奇馔异食,尽管味道刺激、奇异,但亦"咸有笃好之者",应该说是在正统文体之外的一个良好的补充,不应予以否定。就这样,柳宗元将口腹之欲的饮食美学与戏谑文体的价值联系了起来,从而赋予了这类文章在德育、教化之外的审美特质。

柳宗元能以"异馔"、"奇味"来比喻近乎传奇的戏谑文体,溯其缘由,与其在南方的饮食情况不无关联。自从永贞革新失败之后,柳宗元被贬至南越之地。而南方日常生活与北方殊异,对此,柳宗元深有感触。虽然他在气候、自然环境等方面皆难以适应,但在日常饮食方面却适应得比较快,这一点从其诗歌中不难看出。例如在《同刘二十八院长述旧言怀感时书事奉寄澧张员外使君五十二韵之作因其韵增至八十通赠二君子》中,诗人在诗歌的前半部分以悲愁的心情描绘了永州蛮荒的自然环境与恶劣的气候,但当提到民风淳朴与饮食时,诗人明显比较开怀地写道:"俚儿供苦笋,伧父馈酸楂……香饭春菰米,珍蔬折五茄。方期饮甘露,更欲吸流霞。"当柳宗元再被贬往柳州时,他在描述对当地民众的印象时也留意到了当地人的饮食:"青箬裹盐归峒客,绿荷包饭趁虚人。"[1]在柳州他更"方同楚客怜皇树","手种黄柑二百株",并对黄柑的丰收充满了期待,声称"若教坐待成林日,滋味还堪养老夫"[2]。而在

---

[1] 《柳州峒氓》,《柳河东集》,中华书局1960年版,第702页。
[2] 《柳州城西北隅种柑树》,《柳河东集》,中华书局1960年版,第708页。

《游南亭夜还叙志七十韵》中,柳宗元也描绘了他日常饮食情况:"朵颐进芰实,擢手持蟹螯。炊稻视爨鼎,脍鲜闻操刀。野蔬盈倾筐,颇杂池沼茅。缅慕鼓枻翁,啸咏哺其糟……及骫足为温,满腹宁复饕。安将崭及菅,谁慕粱与膏。弋林驱雀鷃,渔泽从鳅鲌。"①在这里,诗人提到了芰实、蟹、稻饭、脍品、野蔬、鸟雀、泥鳅、小鱼等较具有南方特点的食物,此外,柳宗元在柳州还食用过北方人所不吃的蛤蟆,他曾向韩愈提及此事,韩愈有《答柳柳州食虾蟆》赠之,诗中有"而君复何为,甘食比豢豹"之句,言下之意,似乎柳宗元还颇以蛤蟆为美味。由此看来,柳宗元对南方饮食还是接受得比较快的。当然,柳宗元在永州和柳州所能接触的日常饮食种类肯定不止上面所提及的那些,和柳宗元一样有过南贬经历的韩愈在《初南食贻元十八协律》中提到了鲎鱼、蚝、蒲鱼、虾蟆、蛇等一系列奇形怪状的南越食物,这些食物柳宗元当也有机会接触。此外,关于唐代岭南饮食种类及其烹调方法、味道,晚唐刘恂在《岭表录异》有较为详细的记载,韩愈所提到的数种食物也皆有列入。那么,柳宗元在南方贬地所能接触到的食物与刘恂著作中记载的应该相差不远。在南方多以奇馔异食为餐的饮食文化背景之下,柳宗元以"奇异小虫、水草、楂梨、橘柚"这些较为典型的南方异馔来比喻韩愈的带有戏谑意味的杂文也是很自然的。

在《读韩愈所著毛颖传后题》中,柳宗元开篇解释了创作该文的缘由,他这样叙述道:"自吾居夷,不与中州人通书。有来南者,时言韩愈为《毛颖传》,不能举其辞,而独大笑以为怪,而吾久不克见。杨子诲之来,始持其书,索而读之。"由柳宗元的这段叙述可知,柳宗元身在贬地,早听说韩愈有《毛颖传》,后来杨诲之来探望他,他向杨借阅方能得知韩愈文原貌。杨诲之是柳宗元妻弟,即杨凭的之子。元和四年七月(809),杨凭自京兆尹以贪赃罪贬临贺尉(今广西贺县),诲之随行,道

---

① 《游南亭夜还叙志七十韵》,《柳河东集》,中华书局1960年版,第716页、718页。

经永州与宗元相见。则柳宗元得看《毛颖传》并提出"奇味"说很有可能是在元和四年。此外，柳宗元《寄许京兆孟容书》中有"伏蒙赐书诲谕，微悉重厚，欣踊恍惚，疑若梦寐，捧书叩头，悸不自定。伏念得罪来五年，未尝有故旧大臣肯以书见及者"等句，由此可得知，在柳宗元被贬的前几年，中州未尝有人肯与之通信，所以在被贬的第五年，当他接到了于元和四年为京兆尹的许孟容的来信时，才有"欣踊恍惚，疑若梦寐，捧书叩头，悸不自定"等惊喜之状。对照《读韩愈所著毛颖传后题》"自吾居夷，不与中州人通书"一句，则不难推测，柳宗元支持韩愈一文当作于许孟容来信之前。再结合杨诲之元和四年至永州之事，或可进一步确定柳宗元的文章"异味说"提出乃在元和四年或稍后。

韩愈所作《毛颖传》等语含戏谑的文章在元和初年引起过较大的争议。例如，由裴度《寄李翱书》可知，李翱曾在书信当中和裴度提起过韩愈文章被时人批评一事。裴度从自己对韩愈的了解出发，对时人之论不以为然，他说："昌黎韩愈，仆识之旧矣，中心爱之，不觉惊赏，然其人信美材也。近或闻诸侪类，云恃其绝足，往往奔放，不以文立制，而以文为戏。可矣乎？可矣乎？今之作者，不及则已，及之者，当大为防焉耳。"①而由远在南方贬地的柳宗元对韩愈文受人非议之事也有所耳闻来看，此事在当时文人群体中颇有影响。柳宗元参与了这一讨论，并以味设喻支持韩愈，尽管他的言论在当时起了怎样的影响现在不得而知，但到了晚唐，段成式《酉阳杂俎》以及温庭筠《干𦠿子》这两本笔记小说的命名显然也是以食喻或以食物命名小说专书。晁公武《郡斋读书志》在提及《干𦠿子》一书时云："序谓语怪以悦宾，无异味之适口，故以干𦠿命篇"，由此可见，温庭筠一书命名的依据与柳宗元的文章"奇味论"有着相同的思路，两者之间是否存在继承发扬关系虽没有资料证明，然而，柳宗元之前未有以"奇味"论文章者，而在柳宗元之后，段、温二人即

① ［清］董诰等编：《全唐文》卷五百三十八，上海古籍出版社1990年版，第2419页。

有类似之说,看来当非巧合。

第二节 中唐文人日常服饰与文学创作

　　服饰作为一种显在的社会文化形态,它根植于特定的时代,其演变不仅能体现历史的变迁和经济消长,而且更预示着社会文化审美意识的嬗变。不同时代的人们对服饰款式、纹路、色彩的不同追求,无不蕴含着人们的审美倾向和思想内涵。因而,通过考察一个时代的人对服饰审美追求的变化,可大体了解到他们的生活心态以及审美趣味。在中国服饰史上,唐代服饰堪称是一枝奇葩。从现存的唐代人物绘画以及壁画可以看出,对比前朝,唐人服饰在制作上更加精美,衣料种类繁多,而且色彩也更趋于富丽,白居易有《缭绫》一诗中有"缭绫缭绫何所似,不似罗绡与纨绮。应似天台山上月明前,四十五尺瀑布泉。中有文章又奇绝,地铺白烟花簇雪"等句,道出了唐代服饰的精妙奇绝。唐代服饰在总体上呈现出的丰美华丽与大气,反映了唐代国力的强盛和丝织业的发达,更透露出唐人所包含的热烈、奔放的时代精神。唐代的服饰文化繁盛,流风之下,唐代文人对服饰风尚也有所关注。今存唐代诗文中保存着相当数量的文人描绘服饰的作品,其中,以对歌妓、舞女以及年轻女子的服饰描绘为主。唐代以男性为主的文人阶层对自身的服饰描述并不多,在很多时候只是轻描淡写,一笔带过。即使如此,通过这些描写,再结合相关史料,也不难摸索出唐代文士的衣着风尚。

　　唐代文士的日常服饰糅合了汉族传统服饰和西域胡服的特点,大体来说,他们大多头戴幞头或席帽,身着圆领襕衫,间或外加半臂,系腰带,足着短靴或丝鞋。幞头即"用全幅皂而向后襆发,俗人谓之襆头"①,幞头后有两脚,就其长短而言,大致是尊贵者脚长、士庶脚短,《封氏闻见记》卷五"巾幞"条即有记载:"至尊、皇太子、诸王及仗内供奉以罗为之,其脚稍长。士庶多以绝缦而脚稍短。"②幞头下有起衬垫作用的"巾子",其样式根据风尚而多变。席帽多为举子所戴,元和年间,席帽在士人中逐渐流行,且附有装饰。唐代士人所穿的襕衫吸收了胡服的特点,领、袖、襟等处不加任何缘饰,在近膝盖的地方加一横襕,且窄衣小袖,为圆领。应试举子、秀才着麻衣,其色白。士人没有得到正式官品之前,也都穿着白衫;而有官衔的文人则按照朝廷服制依官品穿有色的袍服。半臂是隋唐五代一种特有的男子服饰,其形制有些类似今天的坎肩,但比坎肩多了个袖子,长度在半袖与无袖之间,袖口或平齐或带褶,襟多开在右边。据宋人高承《事物纪原》卷三"半臂"条记载,"隋大业中,内宫多服半臂,除即长袖也。唐高祖减其袖,谓之半臂,今背子也。江、淮之间或曰绰子,士人竞服,隋始制之也。"③可知隋唐士人喜穿半臂。腰带,唐代士人多用黑色。鞋子根据制作材料的不同,可分为麻鞋、丝鞋、皮鞋、藤鞋、草履等。唐代文士的服饰的定型既融合了前代士人服装的审美因素,同时受到了胡族服装的影响。在服饰的颜色选用以及款式方面,既遵循朝廷的相关规定,同时也体现了文人阶层的审美风尚。总的来说,唐代三百余年,文士服饰的基本样式变动不大。④ 然而,经历安史之乱后,盛唐人身上所具有的那种朝气蓬勃、奋发向上的精神,渐渐被老成持重,忧患重重的顾虑所取代,这种精神与心态的转变在敏感的文人身上尤为明显。服饰这一本不十分吸引盛唐文人目光的日常领域,到了内心变得更为纤细的中唐文人那里却也成为了关注

---

① 魏征等撰:《隋书》,《礼仪志》,中华书局1973年版,第272页。
② 封演撰、赵贞信校注:《封氏闻见记校注》卷五,中华书局2005年版,第45页。
③ 高承撰、李果订,金圆、许沛藻点校:《事物纪原》,中华书局1989年版,第148页。
④ 关于唐代文士的服饰,可参看李怡《唐代文官服饰文化研究》,知识产权出版社2008年版;黄正建《唐代衣食住行研究》,首都师范大学出版社1998年版。

的日常对象。中唐文人对服饰现象的留意与思考，以及对自身服饰的审美要求，正体现了文人心态的转变和审美趣味的发展动向，而这些也正是影响文人创作的因素。

一、"儒服"描写和中唐文人的自我价值意识

在初盛唐，文人对自身服饰的关注并不多，当然，也不乏部分穷困潦倒的文人，通过描写自身凋敝的服饰来抒发愁苦之情，例如杜甫便有"饥卧动即向一旬，敝裘何啻联百结"①、"霜严衣带断，指直不得结"②。然而，总的来看，多数文人以欣赏和描绘他人服饰为主，尤其是女子的服饰，而这类描述多出现在闺情诗、酬赠诗中，又或者在士大夫宴集观赏伎乐的场合中出现居多。例如孟浩然《春情》："坐时衣带萦纤草，行即裙裾扫落梅。"③上官仪《和太尉戏赠高阳公》："翠钗照耀衔云发，玉步逶迤动罗袜。石榴绞带轻花转，桃枝绿扇微风发。"④此外，传奇小说在塑造人物时也有相关的服饰描写，初唐张鷟在传奇《游仙窟》中对女主人公五嫂和十娘的服饰就进行了细致的描绘，其细腻程度远远胜于中唐传奇小说中的同类描写。而到了中唐时期，心态变得更为务实的文人贴近日常生活，对自身的着装也开始关注，由此一来，他们对别人服饰的注意力就有所分散，这从中唐传奇小说对人物服饰描写的简化或可看出端倪。

自"安史之乱"以来，大多数文人在流连失所中失去了他们原有的物质基础，在生存条件恶劣的情况下，衣食问题进入了他们所关注的领域。衣食条件的明显变化，让文人直接感受到战乱的祸害，因此缺衣少

---

① 杜甫：《投简成、华两县诸子》，《杜工部诗集》卷四，中华书局1957年版，第165页。

② 杜甫：《自京赴奉先县咏怀五百字》，《杜工部诗集》卷一，中华书局1957年版，第73页。

③ 孟浩然著，佟培基笺注：《孟浩然诗集笺注》，上海古籍出版社2000年，第411—412页。

④ 《全唐诗》卷四〇，中华书局1960年版，第507页。

食的问题很自然地成为了他们抒发感叹的缘由。在至德到大历年间，这种对服饰的凋敝的描述不少，例如：

> 平生所娇儿，颜色白胜雪。见耶背面啼，垢腻脚
> 不袜。床前两小女，补绽才过膝。海图坼波涛，旧绣
> 移曲折。天吴及紫凤，颠倒在裋褐。
>
> （杜甫《北征》）
>
> 麻鞋见天子，衣袖露两肘。
>
> （杜甫《述怀一首》）
>
> 弊裘羸马冻欲死，赖遇主人杯酒多。
>
> （韦应物《温泉行》）
>
> 自伤庭叶下，谁问客衣单。
>
> （戎昱《罗江客舍》）
>
> 双垂素丝泪，几弊皂貂裘。
>
> （钱起《新丰主人》）
>
> 衣马日羸弊，谁辨行与才。善道居贫贱，洁服蒙
> 尘埃。
>
> （刘长卿《北游酬孟云卿见寄》）
>
> 敝缊袍多补，飞蓬鬓少梳。
>
> （张南史《早春书事奉寄中书李舍人》）

凋敝的服饰意象在由盛唐走入中唐的诗人笔下出现，无疑揭示了当时文人物质生活的不容乐观，则他们在诗中流露出感伤的情绪也是很自然的。然而，在日常服饰领域中，勾起此时期文人内心失落与痛苦的其实还不是敝裘薄衣，而是他们身上所披的、带有文士身份标志的装扮。

"安史之乱"以及后来的吐蕃入侵、藩镇内乱，使唐帝国陷入多年的战争中，在战争纷纭的环境中，武将受朝廷重用，而文士则被冷落，元结

《游右溪劝学者》中"今谁不务武,儒雅道将废"①就反映的这种情况。而在民间,普通民众各自为在乱世中的生存而挣扎,也无暇顾及诗赋、艺术等领域,不创造物质财富的文士在他们眼中甚至比不上常人。因而,安史之乱爆发后,文士不仅经受了物质条件的恶化所带来的困窘,更要承受被轻视、冷落的精神折磨。他们曾经引以为傲的、标志着知识分子身份的服饰,在此阶段却成为引发他们痛苦的一种因素。从至德到贞元初的这段时间内,文士所穿着的"儒服"、"儒衣"成为了一种幽晦的服饰。而在初盛唐,文士作为社会文化精英,在盛唐受到各方的尊重,《开元天宝遗事》记载,"长安富民王元宝、杨崇义、郭万金……各以延纳四方多士,竞于供送,在朝名僚往往出于门下。每科场文士集于数家,时人目之为豪友"②,风气之下,"少年曾任侠,晚节更为儒"③的现象并不少见。当时,"儒服"作为文士的标志,曾经是那样的受到文士的珍视,"儒衣干时主,忠策献阙廷"④、"学筵尊授几,儒服宠乘轩"⑤、"儒服揖诸将,雄谋吞大荒"⑥等初盛唐诗句即道出了儒服在当时所能代表的荣耀。但进入了中唐,儒服所闪耀的那层光辉变得黯淡无光,这一点从当时文人的诗句可看出:

> 金甲相排荡,青衿一憔悴。呜呼已十年,儒服弊于地。
>
> (杜甫《题衡山县文宣王庙新学堂,呈陆宰》)
>
> 纨袴不饿死,儒冠多误身。
>
> (杜甫《奉赠韦左丞丈二十二韵》)

---

① 元结著,孙望校:《元次山集》卷三,中华书局1960年版,第42页。
② 王仁裕撰:《开元天宝遗事》卷上,中华书局2006年版,第17页。
③ 王维:《济上四贤咏·崔录事》,《王右丞集笺注》卷五,第70页。
④ 徐彦伯:《拟古三首》,《全唐诗》卷七六,中华书局1960年版,第820页。
⑤ 苏颋:《故右散骑常侍舒国公褚公挽词》,《全唐诗》卷七三,中华书局1960年版,第804页。
⑥ 陶翰:《赠郑员外》,《全唐诗》卷一四六,中华书局1960年版,第1474页。

多病休儒服，冥搜信客旌。

（杜甫《敬赠郑谏议十韵》）

俗轻儒服弊，家厌法官贫。

（刘长卿《题大理黄主簿湖上高斋》）

辕门拜首儒衣弊，貌似牢之岂不怜。

（刘长卿《送秦侍御外甥张篆之福州谒鲍大夫秦侍御与大夫有旧》）

君去若逢相识问，青袍今已误儒生。

（李嘉祐《送严员外》）

儒服山东士，衡门洛下居。……敝缊袍多补，飞蓬鬓少梳。

（张南史《早春书事奉寄中书李舍人》）

以上例子中，部分"儒服"、"儒衣"不一定是实指服饰，而是指代穿着儒服的文化精英。儒服被世俗轻视，更有甚者，"儒衣嬉戏冠沐猿"①，儒衣被当作了供人戏耍玩乐的"优孟衣冠"，这一切都意味着文士社会地位的降低。在弥漫着豪放、自信风气的盛唐社会中成长起来的一代文人，他们本来满怀求取功名、扬名天下的希望，然而，唐帝国繁盛的急剧消逝使得文士的希望落空，没等他们反应过来，他们就已被卷入到流离的战乱中。而更为可悲的是，满腹经纶和敏捷文思原是文人所倚仗的、立身扬名的技能，然而，到了乱世之中，除了文人群体内部的惺惺相惜外，已没有太多人理会这些才能。所以，以文立身的文士多悲叹"儒生未遇时，衣食不自如"②、"旧国仍连五将营，儒衣何处谒公卿"③、"鲁儒求一谒，无路独如何"④。

---

① 李益：《汉宫少年行》，《李益诗注》，上海古籍出版社 1984 年版，第 54 页。
② 张彪：《杂诗》，《全唐诗》卷二五九，中华书局 1960 年版，第 2892 页。
③ 卢纶：《送李绅》，《卢纶诗集校注》，上海古籍出版社 1989 年版，第 509 页。
④ 皇甫冉：《温泉即事》，《全唐诗》二五〇，中华书局 1960 年版，第 2813 页。

　　为了在战争的夹缝中谋求生存和发展,中唐初期文士不得不"儒衣事鼓鼙",①投身至军武之列。可是,军戎之事本非文人所擅长的方面,而军幕下附属性的文书工作也很难体现出他们的文学才能。文士在盛唐和中唐初期社会角色、地位的强烈反差,使得文人群体士气消沉,对自我的价值认识也陷入了迷茫状态。在这样一种失落和迷惘的状态中,中唐初的文人诗歌创作普遍存在着气格委顿的特点,其中一个重要原因恐怕就在于他们大多已失去了在盛唐所拥有的那份可贵的自信,因此他们也很难再有引吭高歌的魄力。而在诗歌创作的语言和技巧方面,与盛唐诗人追求自然情趣、厌弃齐梁的雕琢文风不同,至德到贞元初的诗人却重拾齐梁诗的雕饰,崇尚绮丽之风②。皎然在《诗式》卷一"诗有三废"中云:"虽欲废言尚意,而典丽不得遗。"在"诗有六至"中认为诗歌"至丽而自然"③,都体现了对丽藻的重视。此时期的诗歌似乎是对初盛唐诗歌宗旨的一种背离,陆时雍《诗镜总论》在评价中唐诗时就曾言:"中唐反盛之风……所谓绮绣非珍,冰纨是贵,其致迥然异矣。"④中唐文人在诗歌创作中之所以出现雕琢词句、追求丽藻,与他们社会地位的降低以及由此引发的自我价值意识的失落不无关系。因为在物质基础薄弱的时代,文人的文学才能在社会上缺乏用武之地,文学创作便更多地转向了私人领域,文人借诗歌这种自己擅长的文学形式抒写自己的生活境遇和情感体验,他们不必再理会诗歌能否在社会上流行,因为中唐初期缺乏盛唐时期"旗亭画壁"那样的社会条件与氛围。既然他们的文学才华已难博得统治者赏识,同时又被一般民众所忽视,他们无

---

　　①　皇甫冉:《和袁郎中破贼后经剡中山水》,《全唐诗》卷二五〇,中华书局 1960 年版,第 2829 页。

　　②　关于此时期的诗歌特点,罗宗强先生在《隋唐五代文学思想史》第五章第三节有详细的论述。

　　③　皎然著,李壮鹰校注:《诗式校注》卷一,齐鲁书社 1986 年版,第 21 页。

　　④　陆时雍:《诗镜总论》,见丁福保辑《历代诗话续编》,中华书局 1983 年版,第 1417—1418 页。

处放置的才华唯有在文学创作中才能够得以体现。而在诗歌可表现题材范围有限的情况下,表现才华的一个主要方式无疑在于雕琢文词。因此,从某种意义上来说,斟酌字句、奇思丽藻是此时期文人获取自我认同的一个主要方式。

到了贞元后期,唐朝国内渐趋安定。对唐朝构成外部威胁的吐蕃随着回纥、南诏等的背离而势力减弱,由此被唐朝韦皋屡次击败[①];唐德宗对藩镇的姑息也换来了短暂的安宁,在这种情况下,朝廷礼制的重修便被提上政治议程。贞元后期,权德舆、许孟容、张荐、仲子陵、韦渠牟、杨于陵等一批谙熟经典、由礼官出身的文士登上政治、文学舞台。[②] 可以说,这乃是文化精英地位得以恢复的标志,而此时"儒服"、"儒衣"又开始在文人笔下重放光彩,例如:

> 宁知肉食尊,自觉儒衣贵。
>
> (权德舆《郊居岁暮因书所怀》)
>
> 烟霞湿儒服,日月生寥天。
>
> (权德舆《酬李二十二兄主簿马迹山见寄》)
>
> 驷牡龙旂庆至今,一门儒服耀华簪。
>
> (权德舆《奉和韦谏议奉送水部家兄上后书情寄
> 诸兄弟仍通简南宫亲旧并呈两省阁老院长》)
>
> 诏书前日下丹霄,头戴儒冠脱皂貂。
>
> (武元衡《送张六谏议归朝》)
>
> 武骑增馀勇,儒冠贵所从。
>
> (姚合《和门下李相饯西蜀相公》)

---

① 由《新唐书》卷二一七《回鹘上》和《新唐书》卷二二二《南蛮》记载,回纥和南诏背离吐蕃,而与唐朝结盟都大约发生在贞元中。韦皋击破吐蕃发生在唐德宗贞元十七、十八年,见《资治通鉴》卷二三六。

② 关于这点,详见蒋寅《大历诗人研究》上编第四章,北京大学出版社 2007 年版,第374—377 页。

由上面的例子可以看出,"儒服"在文士心目中不再是勾起悲愁的服饰,而是值得荣耀的装束。儒服的复兴无疑预示着中唐文士对自我价值的再度确认。贞元后至元和年间,在社会经济渐趋恢复的情况下,文学、艺术领域受到了人们的重新关注。比如白居易《与元九书》就记载一名妓女向顾客夸耀:"我诵得白学士《长恨歌》,岂同他妓哉?"妓女不炫耀歌舞技能,而独言能吟诵名作,且"由是增价"①,从此事不难看出,时人对文学的推许程度。而活跃于贞元、元和年间的文人是在离乱中成长起来的一代人,他们一方面大都没有目睹过盛唐繁盛,心中不存在大历诗人那样的心理落差;另一方面残破、混乱的成长环境使得他们十分务实,由此他们也清晰地知晓以"儒服"为代表的知识分子装束所代表的社会地位,所以此时的文士不但很少流露迷惘的情绪,而且还敢于张扬,《唐诗纪事》卷五十八就曾云:"自贞元后,唐文甚振,以文学科第为一时之荣。及其弊也,士子豪气骂吻,游诸侯门,诸侯望而畏之。"②文士这种张扬的气焰与大历时期文人低靡的情绪形成了鲜明的对比。文人的这种张扬表现在文学创作方面,就是敢于表露自己的文学主张,无论是以险怪立异还是以浅白干时,又或者是宣扬复古、以文明道,再或者是以发扬文学美刺传统,以诗文讽喻时政,只要是自己认定的文学主张,此时的文人都能毫不犹豫地遵行。

总的来说,"儒服"作为一种文人服饰,它不止是一种装束,更是知识精英身份的一个标志,它的兴衰折射出文士社会地位的升降,也引发了文士对于自身价值的认识的变化,而文人对自我价值的认识无疑对文学创作构成影响。

二、中唐文人服饰及其文化内涵

有唐一代,文士正规服饰的主流样式,主要由幞头或席帽、圆领、窄

---

① 白居易著,顾学颉校点:《白居易集》卷四十五,中华书局 1979 年版,第 963 页。
② 计有功撰,王仲镛校笺:《唐诗纪事校笺》,中华书局 2007 年版,第 1985 页。

袖的襕衫、裤子、腰带、短靴或鞋组成。在此主流服饰之外,也有部分追求放任自适的文士不遵行此样式,例如初唐王勃在《感兴奉送王少府序》中便云:"仆一代丈夫,四海男子,衫襟缓带,拟贮鸣琴;衣袖阔裁,用安书卷。贫穷无有种,富贵不选人。"①"衫襟缓带"、"衣袖阔裁"具有魏晋文士服装风格,王勃在此文中乃是通过不同于常规的服饰来展现自己超脱的个性。当然,对于大部分遵从主流服饰的文士来说,他们若要凸显自我,往往是通过在主流样式的基础上稍作一些变动来实现的,例如改动幞头下面的巾子的样式便是一个方法,据《旧唐书·裴冕传》记载,肃宗、代宗朝要臣裴冕便"自创巾子,其状新奇,市肆因而效之,呼为'仆射样'。"②此外,文人们也常通过衣料的选择和辅助物品的点缀来展现自我的情趣与个性。这种情况在初盛唐文人身上相对较少出现,因为他们的性情大都偏于豪放、浪漫,对于日常服饰这些琐碎的方面也不十分留意。

进入中唐时期后,战乱和物质匮乏使得文人开始关注日常衣食。由此,可以看到,大多经历过困窘生活的中唐文人在诗中对日常服饰的描写开始增多。当然,这种对服饰的关注是由衣着的破落开始的,关于中唐诗人对敝裘、薄衣的感叹,上文已有相关论述,在此不再重复。综观中唐文人述及日常服饰的诗歌,不难发现,他们的服饰有趋于朴素、粗疏的势头,褐衣、葛衣、麻衣等由粗糙衣料制成的衣服成为文人主要的日常服饰。

就中唐初期的文人而言,穿着褐衣、葛衣的主要原因恐怕是物质条件不丰裕,或者是仕途不济。例如,由盛唐而入中唐的杜甫有"江湖漂短褐,霜雪满飞蓬"③、"今我一贱老,裋褐更无营"④等诗句,便是借褐衣

---

① 王勃著,蒋清翊注:《王子安集注》,上海古籍出版社 1995 年版,第 244—245 页。
② 刘昫等撰:《旧唐书》卷一百一十三《裴冕传》,中华书局 1975 年版,第 3354 页。
③ 《奉寄河南韦尹丈人》,《杜工部诗集》卷九,中华书局 1957 年版,第 362 页。
④ 杜甫:《太子张舍人遗织成褥段》,《杜工部诗集》卷五,中华书局 1957 年版,第 215 页。

来感叹自己的穷厄;韦应物《赠冯著》有"岁晏乃云至,微褐还未充,惨凄游子情,风雪自关东"①,亦倾诉贫寒之苦。又比如,钱起《新丰主人》诗云,"蛩悲衣褐夕,雨暗转蓬秋"②,一个"悲"字道出了身披褐衣的诗人的心中郁结;刘长卿《送金昌宗归钱塘》有"秋水照华发,凉风生褐衣。柴门嘶马少,藜杖拜人稀"③等句,"褐衣"和"柴门"点出诗人的清贫,"秋水"、"凉风"之语则烘托出诗人的凄清之感;柳中庸《春思赠人》中"谁知褐衣客,憔悴在书窗"④一句则刻画了诗人不得志的情状。此外,卢纶《同耿湋宿陆澧旅舍》中有"拥褐觉霜下,抱琴闻雁来。……双鬓共如此,此欢非易陪"⑤等句,虽无悲凄之语,然亦略显惆怅。综上,不难看出,历来被视为平民服饰的褐衣在中唐初期诗人那里,常会引发他们的自怜之感。不过,在大历诗人中也不乏个别不为粗疏服饰而感慨者,例如隐士诗人于鹄,他在《寻李逴》中写到"任性常多出,人来得见稀。……檐下悬秋叶,篱头晒褐衣"⑥,褐衣在这里非但不是贫贱的标志,反倒成为高士放任自适的生活中的一部分。又如,张志和《渔父歌》之二中"钓台渔父褐为裘,两两三三舴艋舟"⑦一句全无穷酸之气,并传达出一份闲淡和自在。而戴叔伦在《赠康老人洽》中称友人"百人会中一身在,被褐饮瓢终不改"⑧,表现出他对安贫乐道精神的赞赏。司空曙《题暕上人院》描绘上人"闭门不出自焚香,拥褐看山岁月长"⑨的生活,言语之间也流露出对高士清闲绝俗生活的向往。由此来看,大历诗人多因为穿着褐衣而感到凄然,但少数人却慢慢克服了这种失落与凄然,并

---

① 韦应物:《赠冯著》,《韦应物诗集系年校笺》,中华书局 2002 年版,第 98 页。
② 钱起著,王定璋校注:《钱起诗集校注》,浙江古籍出版社 1992 年版,第 238 页。
③ 刘长卿著,储仲军笺注:《刘长卿诗编年笺注》,中华书局 1996 年版,第 464 页。
④ 《全唐诗》卷二五七,中华书局 1960 年版,第 2875 页。
⑤ 卢纶,刘初棠校注:《卢纶诗集校注》,上海古籍出版社 1989 年版,第 376 页。
⑥ 《全唐诗》卷三一〇,中华书局 1960 年版,第 3505 页。
⑦ 张志和:《渔父歌》,《全唐诗》卷三〇八,中华书局 1960 年版,第 3491 页。
⑧ 戴叔伦著,蒋寅校注:《戴叔伦诗集校注》,上海古籍出版社 1993 年版,第 181 页。
⑨ 《全唐诗》卷二九二,中华书局 1960 年版,第 3318 页。

开始流露出一种追求淡泊的倾向。

到了贞元中以后,接替大历诗人而成为文坛主流的诗人,他们对粗疏的服饰的态度承继并发扬了于鹄、张志和等人追求淡泊的精神,在相关诗文中,他们不但不再视粗糙服饰为穷酸的表现,反而以赞许的眼光去看待粗布服饰,例如权德舆《送崔谕德致政东归》诗云,"懿此嘉遁士,蒲车赴丘中。褐衣入承明,朴略多古风"①,便称道着褐衣者朴素而有古风;在《送别同用阔字》中,权德舆又云,"缁尘素衣敝,风露秋江阔。想得读书窗,岩花对巾褐",破敝的"素衣"和"巾褐"成了闲淡生活的必要点缀。而到了张籍那里,他更是声称"若向云中伴,还应着褐衣"②。贾岛在《孟融逸人》中以"衣褐唯粗帛,筐箱只素书。树林幽鸟恋,世界此心疏"等句来描写孟融的隐逸生活,在诗人眼中,粗疏的服饰所透出的是隐士弃绝富贵、闲淡独立的精神境界。在中唐诗人中,白居易闲适诗中对日常服饰的描写不少,其中,"葛衣"出现的频率相当高,例如:

> 葛衣御时暑,蔬饭疗朝饥。
>
> (《官舍小亭闲望》)
>
> 清泠白石枕,疏凉黄葛衣。
>
> (《新构亭台,示诸弟侄》)
>
> 葛衣秋未换,书卷病仍看。
>
> (《秋暮郊居书怀》)
>
> 静连芦簟滑,凉拂葛衣单。
>
> (《题卢秘书夏日新栽竹二十韵》)
>
> 松雨飘藤帽,江风透葛衣。
>
> (《湖亭晚归》)

"葛衣"指的是葛布做成的夏衣,其布料粗糙,一般为贫贱人家所用。在

---

① 权德舆撰,郭广伟校点:《权德舆诗文集》,上海古籍出版社 2008 年版,第 70、90 页。
② 张籍:《送韦评事归华阴》,《张籍诗集》,中华书局 1959 年版,第 23 页。

中唐以前的诗歌中,"葛衣"这一服饰意象并没有出现,它是到了中唐才开始成为诗歌意象。"葛衣"最早的一个出处在《韩非子·五蠹》,其文曰:"尧之王天下也,茅茨不翦,采椽不斫,粝粢之食,藜藿之羹,冬日麑裘,夏日葛衣,虽监门之服养,不亏于此矣。"讲的是尧帝在物质生活方面的淡泊。中唐贞元之后的文人,对这种食藜藿、穿粗服的淡泊生活大都持以嘉许的眼光,因为这样的物质条件与他们弃绝名利、追求闲淡的精神境界以及人生理想无疑是彼此暗合的。

在文人服饰的几个构成部分中,进入中唐时期的文人,除了以粗布衣裳为表现题材外,也提到装束中的其余部分,比如帽子、屐履、角巾之类。帽子,在诗人笔下常与特定的修饰词出现,例如,杜甫笔下有"黄帽":

> 海隅微小吏,眼暗发垂素。黄帽映青袍,非供折
> 腰具。
>
> (《有怀台州郑十八司户(虔)》)
>
> 白头厌伴渔人宿,黄帽青鞋归去来。
>
> (《发刘郎浦》)
>
> 南瞻按百越,黄帽待君偏。
>
> (《奉酬寇十侍御锡见寄四韵,复寄寇》)

据《隋书》卷九《礼仪志四》中记载,自北齐起,朝廷即有"都下及外州人年七十已上,赐鸠杖黄帽"的礼制。杜甫年未及七十而用在诗中用"黄帽",当是为了凸显自己的衰老之态,事实上,杜甫常在诗中言己"老病",例如"幽栖地僻经过少,老病人扶再拜难"[1]、"牵缠加老病,琐细隙俗务"[2]、"名岂文章著,官因老病休"[3]等等。诗人频频言老,在服饰方

---

① 杜甫:《有客》,《杜工部诗集》,中华书局1957年版,第446页。
② 杜甫:《咏怀二首》之二,《杜工部诗集》,中华书局1957年版,第322页。
③ 杜甫:《旅夜书怀》,《杜工部诗集》,中华书局1957年版,第565页。

面也用"黄帽"一类的意象,此乃是诗人心态的一种象征。除了杜甫之外,中唐诗人也常感叹"老病",但借"黄帽"意象来表达者很少,他们更愿意直陈衰老之状。然而,由杜甫始用的"黄帽"意象,到了宋代诗人那里却大行其道,由此可见杜诗对宋人的影响。中唐诗人在写帽子时,除了表现它的颜色、形状外,更常通过表现帽子的佩戴情况来展现自己的风致。例如李贺《出城》云,"雪下桂花稀,啼乌被弹归。关水乘驴影,秦风帽带垂"①,诗人以帽带垂下来表现自己的闲放;又如元稹《酬乐天初冬早寒见寄》诗中有"乍起衣犹冷,微吟帽半欹"②,则是以帽子的半歪状态表现自己怡然自得。

展履,中唐文人也常将之纳入诗歌的表现题材中。展是一种较为笨重的木底鞋,在盛唐文人笔下,它常与"谢公屐"的典故相联系③,所以常在表现登山的诗歌中出现。豪情奔放的盛唐人很少将木屐视为日常服饰,因为木屐的笨重无疑与他们活跃的个性不符合,所以只有王维等极少数诗人在描绘日常生活时写到了木屐这一物象④。而到了中唐时期,木屐虽也有与登山相联系,但它更多的是作为日常服饰的一部分出现。例如:

> 雨后过畦润,花残步屐迟。
>
> (杜甫《答郑十七郎一绝》)
>
> 唤起搔头急,扶行几屐穿。
>
> (杜甫《秋日夔府咏怀奉寄郑监李宾客一百韵》)
>
> 十年木屐步苔痕,石上松间水自喧。

---

① 李贺著,王琦等注:《李贺诗歌集注》卷三,上海古籍出版社 1978 年版,第 176 页。
② 元稹著,冀勤校:《元稹集》卷二十六,中华书局 1982 年版,第 315 页。
③ "谢公屐"是一种前后齿可装卸的木屐。原为南朝宋诗人谢灵运游山时所穿,故称。事见《宋书·谢灵运传》:"寻山陟岭,必造幽峻,岩嶂十重,莫不备尽。登蹑常着木屐,上山则去其前齿,下山去其后齿。"
④ 王维:《谒璿上人》诗云,"床下阮家屐,窗前筇竹杖",又《春园即事》有"宿雨乘轻屐,春寒著弊袍"。

（秦系《山中枉皇甫温大夫见招书》）

回烛整头簪，漱泉立中庭。定步屐齿深，貌禅目
冥冥。

（孟郊《听琴》）

公事稀疏来客少，无妨着屐独闲行。

（张籍《寄陆浑赵明府》）

不难看出，穿着木屐的诗人都显现出一种悠闲、清静的精神状态。木屐
笨重，穿者通常徐行慢步，这恰好与中唐文人闲放的生活理想相符合，
所以中唐人乐于在诗中表现木屐这一意象。此外，中唐文人即使将木
屐与登山相联系，他们也好用"蜡屐"一词，例如"过山乘蜡屐，涉海附楼
船"①、"谢公秋思渺天涯，蜡屐登高为菊花"②、"登山雨中试蜡屐，入洞
夏里披貂裘"③等等。在这些诗中，诗人在谢灵运典故之上又叠加了阮
孚以蜡涂木屐的典故。据刘义庆《世说新语·雅量》记载："或有诣阮
（阮孚），见自吹火蜡屐，因叹曰：'未知一生当着几量屐！'神色闲畅。"
后人因以"蜡屐"指悠闲、无所作为的生活。中唐人喜用此典故，不难看
出他们的生活追求。除了木屐外，中唐文人对鞋、履等服饰意象也多有
表现，例如李贺《南园十三首》之十一云，"自履藤鞋收石蜜，手牵苔絮长
莼花"④、白居易《昼寝》云，"坐整白单衣，起穿黄草履"⑤，皆表现出一种
闲适的情调。诗人用具有山野气息的"藤"、"草"等自然植物来修饰鞋、
履，一方面固然道出了鞋、履的质材，另一方面更体现出他们喜爱闲适、

---

① 张登：《送王主簿游南海》，《全唐诗》卷三一三，中华书局 1960 年版，第 3525 页。

② 令狐楚：《奉和严司空重阳日同崔常侍崔郎及诸公登龙山落帽台佳宴》，《全唐诗》卷
三三四，中华书局 1960 年版，第 3746 页。

③ 刘禹锡：《送裴处士应制举》，《刘禹锡集笺证》，上海古籍出版社 1989 年版，第 912
页。

④ 李贺：《南园十三首》之十一，《李贺诗歌集注》卷一，上海古籍出版社 1978 年版，第 91
页。

⑤ 白居易：《昼寝》，《白居易集》，中华书局 1979 年版，第 189 页。

野逸的人生态度。

　　中唐文人在日常服饰各基本要素的描写之外,还描写到一些具有辅助性质的行头,例如手杖。关于唐人写"杖",沈金浩在《一枝藤杖平生事——宋代文人的杖及其文化蕴涵》①中曾指出,杜甫和白居易在唐代诗人中写"杖"写得最多,形成了两个小高潮:杜诗集中各类杖总共被提到约 70 次,其中"杖"字直接出现就有 64 次;而白居易,诗中"杖"字出现了 48 次。其实,自杜甫之后的中唐文人大都或多或少地言及手杖。中唐文人多言及手杖,这一文学现象透露出中唐文人微妙的文化、审美心理,我们不妨对之稍作分析。

　　中唐诗中的手杖意象,常见的有"筇杖"、"筇竹杖"、"竹杖"、"藜杖"、"藤杖"。这些意象,除了"筇竹杖"、"竹杖"和"藜杖"在初盛唐人笔下少量出现过以外,其余皆是自杜甫之后才开始被使用的。其中,"筇竹杖"、"藜杖"都只在王维诗中被用;"竹杖"被用得较多,在骆宾王、孟浩然、李颀等人诗中出现过。在初盛唐有名的诗人当中,王维诗歌提及"杖"的次数最多,有 9 次。单由其涉及杖的诗歌题目来看,像《谒璿上人》、《过感化寺昙兴上人山院》、《菩提寺禁口号又示裴迪》、《过卢四员外宅看饭僧共题七韵》等诗题皆显示了王维诗中的手杖多与僧人、佛教相联系。再来看其余在诗中提及"竹杖"的初盛唐诗人的作品,骆宾王有《代女道士王灵妃赠道士李荣》、李颀有《送王道士还山》、孟浩然有《送元公之鄂渚,寻观主张骖鸾》,则皆与道教相连。可以说,"筇竹杖"、"竹杖"和"藜杖"这些意象在初盛唐诗人那里是多与神仙道教、佛教有关的。但从杜甫开始,这些意象不但与神仙道佛联系,它们更成为诗人日常生活中的一部分,例如:

　　　　老思筇竹杖,冬要锦衾眠。

---

　　① 沈金浩:《一枝藤杖平生事——宋代文人的杖及其文化蕴涵》,《中国社会科学》2007年第 1 期。

　　（《送梓州李使君之任》）

　　衰颜更觅藜床坐,缓步仍须竹杖扶。

　　（《寒雨朝行视园树》）

　　圃畦新雨润,愧子废锄来。竹杖交头拄,柴扉隔
径开。

　　（《晚晴吴郎见过北舍》）

　　藜杖侵寒露,蓬门启曙烟。力稀经树歇,老困拔
书眠。

　　（《九月一日过孟十二仓曹、十四主簿兄弟》）

　　出门无所待,徒步觉自由。杖藜复恣意,免值公
与侯。

　　（《晦日寻崔戢、李封》）

　　诗人自言衰老,能辅助行走的手杖便成了常用的工具。拄杖的杜甫
俨然已忘却了因命运不济而产生的焦灼,而流露出宁静自得之态。竹
杖、藜杖在诗中起到了将诗人引入"恣意"境界的作用。对于远离官场、
平淡自由的生活,诗人倍感惬意。杜甫通过手杖来表达衰老、透露恬淡
的生活理想的做法,在中唐文人那里被发扬开来。在经历了沧桑迁变
后,中唐初期的文人普遍都有"白首相逢征战后,青春已过离乱中"的感
叹,衰老成为此时文人的集体心态①。而拄杖的形象与此时期文人衰老
的感觉无疑是对应的。此外,由于"杖"这一意象常与佛家、道教有关,
从而也染上了清静、玄远的色彩。这种色彩也恰与中唐文人淡泊、适意
的生活理想相符合。所以,在中唐文人眼中,"竹杖纱巾遂性情"②,平凡
的手杖可以传达他们的生活理想和人生态度。由中唐相关诗歌不难看
出,"杖"已成了文人身边一件不可少的行头,例如:

---

　　① 关于此点,蒋寅在《大历诗风》第四章中"衰老的感叹"一节有详细的论述。

　　② 崔峒:《书情寄上苏州韦使君兼呈吴县李明府》,《全唐诗》卷二九四,中华书局1960
年版,第3347页。

杖藜仍把菊,对卷也看山。

（钱起《山园秋晚寄杜黄裳少府》）

莫见良田晚,遭时亦杖藜。

（独孤及《江宁酬郑县刘少府兄赠别作》）

忘机卖药罢,无语杖藜还。

（刘长卿《送郑十二还庐山别业》）

时人多笑乐幽栖,晚起闲行独杖藜。

（秦系《耶溪书怀寄刘长卿员外》）

或掉轻舟或杖藜,寻常适意钓前溪。

（郎士元《赠强山人》）

手便筇杖冷,头喜葛巾轻。

（司空曙《病中寄郑十六兄》）

杖策入幽径,清风随此君。

（权德舆《竹径偶然作》）

临水手持筇竹杖,逢君不语指芭蕉。

（武元衡《寻三藏上人》）

独倚红藤杖,时时阶上行。

（张籍《和李仆射秋日病中作》）

仙翁遗竹杖,王母留桃核。

（刘禹锡《游桃源一百韵》）

杖藜下庭际,曳踵不及门。

（柳宗元《种仙灵毗》）

笑倚连枝花,恭扶瑞藤杖。

（元稹《春馀遣兴》）

秋庭不扫携藤杖,闲蹋梧桐黄叶行。

（白居易《晚秋闲居》）

从钱起、刘长卿等大历诗人到权德舆、武元衡这样的朝廷重臣,再到被贬南荒的柳宗元、刘禹锡,以及活跃在元和诗坛上的元、白,以竹、藤、藜等山野材料制成的手杖都成为了伴随他们左右的物品。此外,中唐人常通过赠人竹杖来联络情感,例如李嘉祐有《裴侍御见赠斑竹杖》,诗中有"愿持终白首,谁道贵黄金。他日归愚谷,偏宜绿绮琴"①等句,可谓总结了中唐文人在手杖上所比附的旨趣。又如卢纶《和徐法曹赠崔洛阳斑竹杖以诗见答》有"方辰将独步,岂与此君疏"②之句,诗人以"君"来称斑竹杖,赋予了竹杖以人性,同时也道出了时人喜执杖的风尚。再如刘禹锡《吴兴敬郎中见惠斑竹杖兼示一绝聊以谢之》、韩愈《和虞部卢四酬翰林钱七赤藤杖歌》、张籍《酬藤杖》等等,都表明,赠人竹杖在中唐时期是颇为流行的,而这种赠杖的行为,无疑对推动手杖在中唐文人中的流行起到很好的推动作用。

　　总的来说,中唐人喜以竹杖、藤杖、藜杖傍身,与"杖"这一物品所具有的一定文化内含有关。③ 同时,他们在用杖的过程中无疑又丰富了"杖"的文化内含,在他们笔下,竹杖、藤杖、藜杖的文化含义被进一步固定,由此成为玄远淡泊、恬然自得的生活方式和审美情趣的一种象征。而中唐文人在"杖"上寄予的人生态度和生活理想,又通过赠杖、酬和等文化行为在文人阶层内部传播,从而逐渐形成一种具有普遍意义的集体意识。晚唐乃至宋代文人写杖其实都是对这种意识的继承和发扬,沈金浩在论及宋代文人写杖时就曾指出,"宋人写杖的那些诗中所表达的人生态度、审美意识,基本上都是后期杜甫、白居易诗中的那些咏老嗟卑、出世懒散、希求自由、村居郊游之类的内容。"④不过,宋人写杖恐怕不只是对杜甫和白居易承继,而是对广大中唐文人的承继。

---

　　① ［清］彭定求等编:《全唐诗》卷二〇六,中华书局 1960 年版,第 2147 页。

　　② 卢纶著,刘初棠校注:《卢纶诗集校注》,上海古籍出版社 1989 年版,第 455 页。

　　③ 关于"杖"的历史文化含义,沈金浩在《一枝藤杖平生事——宋代文人的杖及其文化蕴涵》中有详细的论述,见《中国社会科学》2007 年第 1 期。

　　④ 沈金浩:《一枝藤杖平生事——宋代文人的杖及其文化蕴涵》,《中国社会科学》2007 年第 1 期,第 167 页。

概而言之,中唐文人乐于在诗文中表现服饰的粗疏,葛衣、草履、竹杖等等成为了他们的日常服饰和行头。由中唐文人"服饰"文学,我们可以看出,中唐文人归于本真的审美追求、安贫乐道的心态和淡泊自得的生活理想。

第三节 中唐文人居住环境与文学创作

居住建筑是人们日常生活的主要展开地点,是人类生存的必要物质基础之一。然而,它远非土木等物质材料的排列组合那么简单,它是居住者为经营其生活而设,所以其构造常常凝结了居住者的观念、情感和习惯。与饮食、服饰等较具客观性的日常生活方面相比,居室的格局以及陈设布置无疑更具有主观性。因此,通过考察住宅内部布局、房屋的各个组成部分在生活中的实际功能,以及住宅内部的装饰,大致可以更全面地了解居住者的生活习惯、审美意识以及文化心态。另一方面,在居住者可以掌控居室布置之外,居住的环境对居住者的视域、心理和审美情趣带来一定影响。基于此点,本节尝试从居住环境的角度,结合中唐文学作品分析中唐文人的日常生活心理和审美情趣,由此进一步考察在这种心理、情趣之下,中唐文学所呈现出来的新特点。

一、中唐文人居住环境的选择

唐代的居住建筑在吸收前代的建筑经验以及审美因素的基础上,又融入了唐人的文化观念、审美意识、建筑工艺以及西域异国因素,从而形成了独特的建筑风格。总的来说,唐代城市和宫殿的建筑风格规划严整,气魄宏伟。而日常住宅,则基本采用有明显中轴线和左右对称的平面布局,中轴线从南到北排列大门、中堂、后院、正寝,东西两厢有廊房。主院方阔,四周均以廊屋环绕,间或有马厩在院侧。其大致布局如右图。

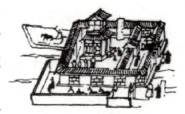

敦煌莫高窟第85窟壁画中的宅院

唐代宅院内外关系明确,主次空间分明,整体布局紧凑,功能分区合理。表现出较强的独立性,也显示了时人对个人活动空间的重视,彰显出较强的个体意识。可以说,宅院是唐人最为普遍住宅形式。当然,根据居住者的贫富以及身份等级,宅院的繁简会有所不同,不过,大致结构应该是相似的。

在唐代宅院建筑中,私人住宅中园林的兴起是当时建筑的一个特点,许多官僚、富户都在自家或别墅中营建。这类建筑摆脱多打破整饬对称的格局,具有追求自然情趣,既吸收了自然山水美的千姿百态,又凝聚了建筑艺术美的精华,各种楼、台、亭、阁、堂、轩旁边因地制宜,掘池造山,广植花木,营造近乎自然的生存空间。这样一种居住建筑模式的兴起,表现了唐代人在追求规划整饬、气魄宏伟的建筑风格的同时,也喜爱秀丽别致、清新自然的风格,由此也传递出了唐代人既讲求整齐和谐,又向往自然浑放的审美情趣。这样一种具有交融性的整体建筑风格,贯穿了有唐一代。从唐人在建筑风格上的这种追求,反观讲求齐整、对仗的近体诗在唐代的繁荣,以及唐诗总体呈现出的自然诗风,不难发现唐代建筑和唐诗创作理念乃是有着相通之处的。

就文人群体而言,山林野居和田园牧歌式的悠闲生活方式,从魏晋开始即日益成为他们心中向往的理想生活模式。在别业园林兴起的唐代,文人对此种贴近自然、具有山林野趣的园林别业情有独钟。① 在唐诗中,就有不少以别业题名的诗篇。但是,有经济能力建造大型园林别

---

① 可参见李浩《唐代园林别业考论》上编第五、六章中的相关论述,西北大学出版社1996年版。

唐李照道《湖亭游骑图》湖边别业

业的文人毕竟是少数，尤其对于普遍具有困窘经历的中唐文人来说，更是较难企及的。然而，物质条件的匮乏并未能阻挡中唐文人对田园、山林的喜爱和向往。和初盛唐人相比，大部分中唐文人生活条件相对低下，但正是在这种条件之下，文人对具有田园野趣的日常居住环境的追求更甚于初盛唐人。关于这一点，我们不妨对比一下初盛唐和中唐文人对园林别业生活的描写来说明。初盛唐时期，社会繁盛，文人笔下的山庄别业大都具有一定的规模，而对于此时的别业生活，文人多突出一种飘然物外、超尘脱俗的山林隐逸气息。例如宋之问《寒食还陆浑别业》云，"旦别河桥杨柳风，夕卧伊川桃李月"①，营造了一种飘逸的情境；张说《偶游龙门北溪忽怀骊山别业呈诸留守》有"石涧泉虚落，松崖路曲回"、"近念鼎湖别，遥思云嶂陪"②等句，石涧、山泉、山崖、青松，皆是远离人境的物象，由此表现出诗人别业生活的旨趣所在。在更多情况下，初盛唐人对别业生活的描写常在宴集的情境下展开，而且，在这些场合中，诗人为突显别业生活的绝尘弃俗，更时常将道教神仙等因素搬入诗中，例如李峤《侍宴长宁公主东庄应制》诗云，"别业临青甸，鸣銮降紫霄。长筵鹓鹭集，仙管

---

①　沈佺期、宋之问撰，陶敏、易淑琼校注：《沈佺期宋之问集校注》，中华书局 2001 年版，第 590 页。

②　张说撰：《张燕公集》，上海古籍出版社 1992 年版，第 45 页。

凤凰调"①；沈佺期《侍宴安乐公主新宅应制》有"皇家贵主好神仙,别业初开云汉边。山出尽如鸣凤岭,池成不让饮龙川"②等句；王维《和尹谏议史馆山池》亦云,"云馆接天居,霓裳侍玉除。春池百子外,芳树万年馀。洞有仙人箓,山藏太史书。"③可以说,初盛唐人在诗歌中竭力将别业营造成为一个远离尘俗纷扰的小天地,在这里,平庸、琐碎的日常生活没有容身之处。然而,事实上,这种受到初盛唐人大力渲染的、以超然、虚静为特征的别业生活,只不过是文士官场生活之外的一种偶然的调剂罢了,除了王维、孟浩然等山水田园诗人外,大多数具有积极进取之心的初盛唐诗人都不见得真心实意地向往山林野趣的生活。也正因为如此,大部分初盛唐诗人描摹的别业生活都缺乏真切的生活气息,因而尽管他们多以超然、隐逸为雅言,但大多数诗歌读起来却让人较难相信他们的隐逸之心。

到了中唐时期,文人也时常在诗歌创作中提及园林别业生活。然中唐文人所描绘的别业规模大多难以和初盛唐文人笔下的别业规模相比,这一方面是因为受物质条件所限,另一方面则与文人的居住观有关。在中唐文人眼中,别业不一定要依山傍水、开阔别致,只要能符合他们个人旨趣,即便只有草堂一座、花竹数丛也无妨。此外,和初盛唐人笔下远离人境的园林别业相比,中唐文人笔下的园林别业生活并不刻意杜绝尘嚣,例如,皇甫冉《送王公还剡中别业》云:"已闻成竹木,更道长儿童。篱落云常聚,村墟水自通。"④诗人提及的剡中别业坐落在村墟当中,竹木丰茂,篱落相间,透出一股宁静的生活气息。又如,卢纶《秋晚山中别业》中有"去闲知路静,归晚喜山明。兰茝通荒井,牛羊出

---

① ［清］彭定求等编:《全唐诗》卷五八,中华书局 1960 年版,第 691 页。
② 沈佺期、宋之问撰,陶敏、易淑琼校注:《沈佺期宋之问集校注》,中华书局 2001 年版,第 151 页。
③ 王维:《和尹谏议史馆山池》,《王右丞集笺注》卷七,上海古籍出版社 1961 年版,第 116 页。
④ ［清］彭定求等撰:《全唐诗》卷二四九,中华书局 1990 年版,第 2296 页。

古城"①等句,诗人的别业坐落在山中,清幽寂静,周边环境虽然显得有些衰败,但由"荒井"、"牛羊"、"古城"等物象来看,诗人的居所绝非和人境隔绝。相似的例子在中唐诗歌当中还有不少:

> 白首此为渔,青山对结庐。问人寻野笋,留客馈家蔬。古柳依沙发,春苗带雨锄。
>
> (刘长卿《过鹦鹉洲王处士别业》)
>
> 谢客开山后,郊扉积水通。江湖千里别,衰老一尊同。返照寒川满,平田暮雪空。沧洲自有趣,不便哭途穷。
>
> (皇甫曾《过刘员外长卿别墅》)
>
> 东皋占薄田,耕种过馀年。护药栽山刺,浇蔬引竹泉。晚雷期稔岁,重雾报晴天。若问幽人意,思齐沮溺贤。
>
> (耿湋《东郊别业》)
>
> 旧宅在山中,闲门与寺通。往来黄叶路,交结白头翁。晚笋难成竹,秋花不满丛。生涯只粗粝,吾岂讳言穷。
>
> (李端《题山中别业》)
>
> 寄家丹水边,归去种春田。白发无知己,空山又一年。鹿裘长酒气,茅屋有茶烟。
>
> (于鹄《送李明府归别业》)

由上述诗句可以看出,中唐文人笔下的园林别业没有人造胜景,只有茅屋、平田、篱落、菜畦、荒井、牛羊、野笋、秋花等原生态的日常景象。此外,由皇甫曾《过刘员外长卿别墅》中提到的"郊扉积水"的细节,不难看出,别墅的居住者对居住环境并没有太多的讲究。尽管如此,诗歌却充

---

① 卢纶著,刘初棠校注:《卢纶诗集校注》,上海古籍出版社 1989 年版,第 483 页。

盈着真切的生活气息，由此透露出诗人们对本真生活的回归，以及他们
对田园山林发自内心的向往与喜爱。

　　当然，中唐文士多穷厄，因此并非人人皆有园林别业，对部分贫士来
说，有个容身之所就已经不错了。尽管如此，由中唐文人描写居住环境
的诗歌来看，他们在日常居住环境中体现出来的旨趣与别业生活的旨
趣是相通的，同样不甚注重规模与修饰，而追求一种质朴、淡然、宁静而
又生活化的情调。这种情调在杜甫后期诗歌，尤其在成都草堂栖居时
期的诗歌创作中开始有较为集中的体现。例如，创作于草堂初建时期
的《卜居》、《堂成》、《为农》、《狂夫》、《田舍》、《江涨》、《梅雨》、《江村》
等诗，即描写了草堂明媚的田园风光，抒发幸得栖身之所的喜悦；再现
了身处其中怡然自得的恬淡、闲适的萧散风神。与王维、孟浩然等盛唐
诗人的山水田园诗相比，杜诗笔下的居住环境具有浓郁的生活气息，诗
人乃是以一种实在的、俗化的眼光去打量居所及周边环境，并且切身地
挖掘、感受实实在在的居住乐趣。例如在《泛溪》中，杜甫写到了居所周
边的景色以及人们的生活："落景下高堂，进舟泛回溪。谁谓筑居小，未
尽乔木西。远郊信荒僻，秋色有馀凄。练练峰上雪，纤纤云表霓。童戏
左右岸，罟弋毕提携。……吾村霭暝姿，异舍鸡亦栖。"①诗歌既有静态
写景又有动态的人物描述，从中，我们大致可以看出杜甫对居住环境的
定位：居室建筑不求大，旁有清流、乔木，远能望群峰，近能视村郊野，其
间可闻人声喧闹和鸡犬之声。诗人心目中较为理想的居住环境就是这
么一个质朴、悠远而恬美的田园小筑，这种简淡的居住环境追求透露出
诗人在寓居草堂时期恬淡自得、安贫乐道的生活心态以及浑融自然、寓
真趣于平淡的艺术追求。

　　杜甫在后期诗歌创作中体现出来的居住要求以及居住情趣，在不少
中唐文人那里也得到了体现。从他们的诗文创作，大致可以知晓他们

____

① 杜甫：《泛溪》，《杜工部诗集》，中华书局1957年版，第162页。

对居住条件、居住环境的要求。总的来说,中唐文人对居住的要求不高,基本上都是在他们经济状况允许的条件下建造住宅。不过,中唐文士理想的居住模式大体相似,在建筑规模上,文人们并不一定要求宽敞,只要能够容身即可,例如,白居易在《卜居》中即言:"且求容立锥头地,免似漂流木偶人。但道吾庐心便足,敢辞湫隘与嚣尘。"①刘禹锡也说:"莫言堆案无餘地,认得诗人在此间。"②在诗人看来,只要有一方属于自己的天地,就算狭小也无所谓。而居室的环境,一般有以植物装点为佳,这些植物可以是树木、修竹、佳卉,也可以是蔬菜、药草,甚至是杂草、绿苔,例如:

> 褰帏荫窗柳,汲井滋园蔬。
>
> (陆长源《酬孟十二新居见寄》)
>
> 疏种碧松通月朗,多栽红药待春还。
>
> (刘禹锡《秋日题窦员外崇德里新居》)
>
> 庭楸止五株,共生十步间。各有藤绕之,上各相
>
> 钩联。
>
> (韩愈《庭楸》)
>
> 苔衣生,花露滴,月入西林荡东壁。
>
> (顾况《幽居弄》)
>
> 上苑繁霜降,骚人起恨初。白云深陋巷,衰草遍
>
> 闲居。
>
> (武元衡《秋怀奉寄朱补阙》)
>
> 蛙声篱落下,草色户庭间。
>
> (张籍《过贾岛野居》)

---

① 白居易著,顾学颉校点:《白居易集》,中华书局1979年版,第407页。

② 刘禹锡:《秋日题窦员外崇德里新居》,《刘禹锡集笺证》,上海古籍出版社1989年版,第729页。

大部分中唐文人喜欢栽种和观察居住区域内的植物,可以说是文人自魏晋以来形成的山水自然意识的一个反映。由居所内的植物的变迁,大致可以发现,中唐文人对宅院中的自然点缀已不执着于具体的形式,即不要求植物是珍木名卉,哪怕住宅只有青苔、衰草的点染,都足以满足他们的幽居情愫,而且,这些普通的植物也更能体现他们淡泊的生活追求,并映衬出他们不追名逐利的高尚情操。

由居住规模以及居室点缀这两方面,可以看出,中唐文人普遍对居住环境的要求不高。对于他们简单甚至简陋的居住环境,中唐文人不但没有羞于启齿,而且还乐于在诗歌中表现,借以透露他们的情志。正如刘禹锡在《陋室铭》中所言,"斯是陋室,惟吾德馨",这样一种不为外物所牵绊,独求操守、修炼自我的精神,乃是唐代文人在经历"安史之乱"后,自我意识沉淀的结果。在"自一千年来,贤士屈厄,未见有如此者"①的外部条件下,中唐文人将对外部世界的探求精神转向了自身,并且通过自我内省来达到内心的调适,这是很自然的。因为在外部现实残酷的环境里,文人唯有从个人生活和自我内里世界获取前进的勇气。中唐文人转向自我世界后,文学创作也必然呈现出一种内敛的趋势,而作品风格自然也渐渐失去了盛唐人奔涌豪迈的风神,取而代之的是相对波澜不惊的情韵。然而,中唐作品气格相对沉静,并不意味着盛唐人曾经高扬、外露的自信精神在作品中消失,中唐文人只不过在文学创作中将之以更为绵长、低调的方式表达而已。这一点,从中唐文人不以简陋的居住环境为羞可以看出,因为,通常来说,人只有对自己拥有足够的信心,才不会在意世人的眼光。此外,中唐文人也常借居室的描写来委婉地宣扬自我,例如,顾况《闲居自述》云,"有山堪结屋,无地可容尘"②,诗人以屋中无尘,暗喻了自己的高洁;白居易在《题新昌所居》称

---

① 李翱:《答韩侍郎书》,《全唐文》卷六百三十五,上海古籍出版社1990年版,第2839页。

② 王启兴、张虹注:《顾况诗注》,上海古籍出版社1994年版,第155页。

居所"院窄难栽竹,墙高不见山",但他随即称"唯应方寸内,此地觅宽闲"①,表露了自己的乐观和豁达。而韩愈在《示儿》一诗中提及了自己的新居:"始我来京师,止携一束书。辛勤三十年,以有此屋庐。此屋岂为华,于我自有馀。"②随后诗人对自己的朴素无华的居室作了一番详细的描述,虽然没有什么豪言壮语,但字里行间却满是自豪。可以说,中唐文人不像盛唐文人那样将充盈的情感外放,而是将情感蕴蓄在具体事物的描写中。因而,中唐诗歌诗风也呈现出了与盛唐诗风不同的特点。

二、文人居住观念的整合与思想变迁

中唐文人命运多蹇厄,对他们来说,家宅不需要大,能容身即可;也不一定要园林山池,即便只有杂草、青苔的点缀,他们也并无多少怨言,反而将之视为能寄托幽情之物。在物欲与情致之间,他们以后者为重。文人在居住环境的营造和选择上所体现出的旨趣与心态在中下层文人身上得到了较为普遍的体现,然而就整个中唐文人群体而言,这种旨趣乃是经过一段时间的整合后方成为一种较具普遍性的集体意识的。而文人居住心态、旨趣的整合过程也揭示了中唐文人思想的一个变化过程。

在"安史之乱"中,生灵涂炭,连昔日王公贵族也饱受磨难。例如,《唐语林·补遗一》曾记载,广德年间,国用罄空,"王公戚属,相携而至者,蓝缕腻囊,褓负鳞次,……聚而泣之,悲感行路。"③正是由于经历了极端的物质匮乏,在时局稍定之后,权臣贵族们便开始敛物聚财、追求奢华享受,而追求享受的一个主要方面即营建住宅。据封演《封氏闻见记》卷五"第宅"条记载,"肃宗时,京都第宅,屡经残毁。代宗即位,宰

---

① 白居易著,顾学颉校注:《白居易集》,中华书局 1979 年版,第 408 页。
② 韩愈:《韩昌黎全集》卷七,中国书店 1991 年版,第 117 页。
③ 王谠撰,周勋初校证:《唐语林校证》卷五,中华书局 1987 年版,第 510 页。

辅及朝士当权者争修第舍,颇为烦弊,议者以为土木之妖。"①《旧唐书·马璘传》也言:"天宝中,贵戚勋家,已务奢靡,而垣屋犹存制度。……及安、史大乱之后,法度隳弛,内臣戎帅,竞务奢豪,亭馆第舍,力穷乃止,时谓'木妖'。"首先开始大兴土木的是在平定内乱时有功的将帅,例如马璘,他"久将边军,属西蕃寇扰,国家倚为屏翰。前后赐与无算,积聚家财,不知纪极。在京师治第舍,尤为宏侈……经始中堂,费钱二十万贯,他室降等无几。"②马璘死后,为了一睹其家中豪华,竟有好事民众假称故吏,前往吊唁,可见其家宅豪奢程度早已名声在外。而另一名功臣郭子仪,其家宅规模更是令人咋舌。据《旧唐书·郭子仪传》记载,"其宅在亲仁里,居其里四分之一,中通永巷,家人三千,相出入者不知其居。前后赐良田美器,名园甲馆,声色珍玩,堆积羡溢,不可胜纪。"③在这样一种大兴土木的风气下,部分在时势安定后掌握国家枢机的文臣也开始仿效,大建豪宅。其中,元载、杜鸿渐等便是最为明显的例子。

元载乃贫寒文士出身,《旧唐书·元载传》称元载"自幼嗜学,好属文,性敏惠,博览子史,尤学道书"。天宝初,元载举明《庄》、《老》、《列》、《文》四子学高第,《新唐书·艺文志》著录《元载集》十卷,集注《周易》一百卷,《南华通微》十卷,监修《玄宗实录》和《肃宗实录》,并佚。今《全唐诗》存诗一首,《全唐文》存文六篇,无疑,元载也是一名文人。此外,大历诗人如郎士元、刘长卿、李嘉祐等皆有诗呈元载,由此来看,元载在当时的长安文人圈子中当有一定的影响。然而,就是这么一名熟读老庄、精通周易的文士,不但不淡泊外物,且日益贪污无度,穷奢极侈。元载的奢侈尤在住宅的建造与装饰方面,据《旧唐书》记载,元载于"城中开南北二甲第,室宇宏丽,冠绝当时。又于近郊起亭榭,所至之处,帷帐什器,皆于宿设,储不改供。城南膏腴别墅,连疆接畛,凡数十

---

① 封演撰、赵贞信校注:《封氏闻见记校注》,中华书局2005年版,第45页。
② 刘昫等撰:《旧唐书》卷一百五十二《马璘传》,中华书局1975年版,第4067页。
③ 刘昫等撰:《旧唐书》卷一百二十《郭子仪传》,中华书局1975年版,第3467页。

所,婢仆曳罗绮一百余人,恣为不法,侈僭无度。"①此外,苏鹗《杜阳杂编》记载元载执政末年,造芸辉堂于私第。"芸"是一种香料,在物质匮乏的中唐初期,用珍贵的香料来建造房屋,真乃挥霍之极。元载的奢侈,在中唐文人中可谓极端,像他这样的例子在中唐初期的文士群体当中只是少数。尽管如此,元载在居住条件上面所表现出来的物欲追求,其实在某种程度上也代表当时部分文士的内心欲望。像盛唐诗人王维的弟弟王缙,以及与颜真卿同于开元二十二年登进士第的杜鸿渐,均为京城显达的文人,他们也和元载沆瀣一气②。此三人在当时文士阶层中地位最为煊赫,文士多有攀附。《旧唐书·元载传》即言当时"轻浮之士,奔其门者,如恐不及",而当时著名的京城文人,如大历十才子亦多攀附元载和杜鸿渐。元载从唐代宗宝应元年(762)开始为相,直至大历十二年(764)年才伏罪被诛,前后执掌权柄十二年,他给部分急功近利的中唐文人带来的影响不容小觑。

其实,元载在发迹后通过建造住宅来炫耀财富与权力,虽属极端,却着实代表着部分寒士的心理与欲望。安史乱起之后,武将建功立业,而文士却难有无用武之地,其社会价值与地位亦因此被轻视与贬低。对于那些原本出身寒门,希望通过学文来改变自己命运的下层文士来说,他们出人头地的机会就更小了。在极度物质条件匮乏以及精神压抑的情况下,儒家传统中的安贫守道思想已不足以使这部分文士获取自我安慰。因而,他们一旦得志,被压抑的物欲与情感便开始膨胀,唯有通过物质的享受以及财富的炫耀,他们才能给曾经受压抑的心灵以补偿。在这方面,元载和其妻子王韫秀乃是一个很好的例子。元载原本出身贫寒,史料称其冒姓元氏,曾因门第低微而被望族出身者轻视。例如被唐肃宗称赞为"门地、人物、文学皆当世第一"的李揆,他出身陇西冠族,对出身寒微的元载便十分轻视。据《新唐书·李揆传》记载,"初,苗晋

---

① 刘昫等撰:《旧唐书》卷一百一十八《元载传》,中华书局1975年版,第3411页。
② 《旧唐书·元载传》记载,"缙方务聚财,遂睦于载,二人相得甚欢。"

卿数荐元载,揆轻载地寒,谓晋卿曰:'龙章凤姿士不见用,獐头鼠目子乃求官邪?'载闻,衔之。"①李揆此等贬损之语,最后能传到元载本人耳中,可知李揆对元载的评价在当时士林当有一定的流传,这对于元载本人来说,不可不谓是一种精神上的莫大屈辱。此外,元载娶太原王氏女为妻,却因家贫而被姻亲厌薄,《云溪友议·窥衣帏》曾记载此事:"初,王相公镇北京,以韫秀嫁元载,岁久而见轻怠。……亲族以载夫妻皆乞儿,厌薄之甚。"②元载夫妇被亲族视为乞丐,可谓饱受世态炎凉。在《别妻王韫秀》一诗中,元载就抒发了因被轻视而生的苦闷以及怀才不遇的感伤,诗云:"年来谁不厌龙钟,虽在侯门似不容。看取海山寒翠树,苦遭霜霰到秦封。"③元载未发迹前的遭遇,可以说是贫寒士子现实遭遇的一个缩影。而元载妻子王韫秀是一位颇有识量的女诗人,她虽出身名门,但亲族的贬侮也让之深感压抑和屈辱。她鼓励丈夫力求显达,其《偕夫游秦》诗中有"路扫饥寒迹,天哀志气人"④一句,透露出了她的志气与识量,对此,明代钟惺在《唐诗归》曾评点云:"'天哀志气人'五字是千古作丈夫本领。"正是因为经历过被人轻辱与贫寒交迫,元载夫妇在得志显达后,便通过极端的挥霍来补偿曾经受过的苦难,并且向以前轻视过他们的人进行炫示和报复。例如元载在掌权后便排挤李揆,使之流落江淮乞食取给十六年;而王韫秀则作《夫人相寄姨妹》向亲族炫耀,诗云:"相国已随麟阁贵,家风第一右丞诗。笄年解笑明机妇,耻见苏秦富贵时。"王氏不但在诗中语带讥讽,而且据《云溪友议·窥衣帏》所记,她带太原亲族游览自家府邸,适逢婢女曝晒罗纨绮绣于庭院,王韫秀指着满院的绫罗服饰,对亲族说:"岂料乞索儿妇,还有两事。"亲族羞赧而退。后来,"韫秀每分衣饰于他人,而不及于太原之骨肉,且曰:

---

① 欧阳修、宋祁撰:《新唐书》卷一百五十《李揆传》,中华书局1975年版,第4808页。

② 《云溪友议·窥衣帏》,《唐五代笔记小说大观》,上海古籍出版社2000年版,第1319页。

③ [清]彭定求等编:《全唐诗》卷一二一,中华书局1960年版,第1213页。

④ [清]彭定求等编:《全唐诗》卷七九九,中华书局1960年版,第8985页。

'非儿不礼于姑娣,其耐当时见辱乎!'"①可见,她在发迹之后对当年所受屈辱依然耿耿于怀。当然,元载夫妇得志报复不值称道,但这种在发迹后的扬眉吐气却无疑是大部分平日受轻侮、忍饥寒的下层文士的愿望。

关于代宗朝宰辅及朝士当权者争修第舍的行为,当时即有"土木之妖"②一说,则表明当时有人从儒家观念出发,对此种大兴土木的行为持批判态度。然而,这种批判的声音在当时恐怕是微弱的。从今存的唐诗来看,大历文人对元载、杜鸿渐等人建造豪邸更多的是持一种附和的态度。例如,刘长卿、李嘉祐、钱起、韩翃等当时著名诗人皆有奉和元、杜宅园之作:

> 间世生贤宰,同心奉至尊。功高开北第,机静灌
> 中园。入并蝉冠影,归分骑士喧。窗闻汉宫漏,家识
> 杜陵源。献替常焚藁,优闲独对萱。花香逐荀令,草
> 色对王孙。有地先开阁,何人不扫门。江湖难自退,
> 明主托元元。
>
> （刘长卿《奉和杜相公新移长兴宅,呈元相公》）
> 意有空门乐,居无甲第奢。经过容法侣,雕饰让
> 侯家。隐树重檐肃,开园一径斜。据梧听好鸟,行药
> 寄名花。梦蝶留清簟,垂貂坐绛纱。当山不掩户,映
> 日自倾茶。雅望归安石,深知在叔牙。还成吉甫颂,
> 赠答比瑶华。
>
> （李嘉祐《奉和杜相公长兴新宅即事呈元相公》）
> 守贵常思俭,平津此意深。能卑丞相宅,何谢故
> 人心。种蕙初抽带,移篁不改阴。院梅朝助鼎,池凤

---

① 《云溪友议·窥衣帏》,《唐五代笔记小说大观》,上海古籍出版社 2000 年版,第 1320 页。

② 见《旧唐书·马璘传》和《封氏闻见记》卷五"第宅"条。

夕归林。……兴来文雅振,清韵掷双金。

　　(钱起《奉和杜相公移长兴宅,奉呈元相公》)

　　共列中台贵,能齐物外心。回车青阁晚,解带碧
茸深。寒水分畦入,晴花度竹寻。

　　(韩翃《奉和元相公家园即事寄王相公》)

杜鸿渐晚年在长兴里建造私第,与朝士唱和甚众,《旧唐书·杜鸿渐传》记"鸿渐晚年乐于退静,私第在长兴里,馆宇华靡,宾僚宴集"。上引刘长卿等人的诗歌也应是当时唱和之作。杜宅馆宇华靡,然从上引诗歌内容来看,几位诗人笔下的宅院却甚清雅。为了突出住宅主人的雅望,诗人专取宅院中的自然景物来进行描绘,丝毫未提及豪邸的奢华,更有"居无甲第奢"、"守贵常思俭"等与事实不符的句子。当然,此类官场宴集唱和之作,其中多迎合之辞,其内容及情感的真实性值得怀疑。但从这些诗歌,起码可以发现一个事实,就是诗人用淡泊外物、心近自然来奉承贪赃、奢侈的元载、杜鸿渐等人,元、杜等人还是很受用的。由此,可以看出,尽管经历安史乱后部分文人(尤其是上层文人)安贫守道之心丧失,在住宅营建观念上也以极尽奢华为能事,但在意识上,他们依旧保持着一种追求自然的宅居审美观念。因此,钱起、刘长卿等人不但未言豪邸的金碧辉煌、雕栏画栋,反而力图营造山野气息以迎合权贵心理。由这点也可见,追求住宅的自然、野趣盎然是当时一种流行的文士居住心态。

　　元载等人大肆营建豪宅以满足物欲,一方面固然是因为在发迹之前受到压抑,另一方面与世乱之后文士的思想、信仰危机不无关系。其实,早在安史之乱以前,唐代士人的儒学思想已出现松动,正如葛兆光所指出的,在进士科举日盛的情况下,原已狭窄的仕途上竞争愈加激烈,对于那些一心想通过考试进入上层的士子来说,要取得竞争胜利,"他们常常不得不一面对社会现实采取实际的态度,一面对官方意识形态采取协调的姿态,他们已无暇思考,即使思想,也常常是本着实用的

态度,在这样的背景下,思想就只能越来越平庸了。"①为了应付考试,士子多本着实用的态度对儒家经典死记硬背,对这一弊端,有识之士已有察觉。例如被元载排挤的李揆,在唐肃宗乾元初年兼任礼部侍郎,便认为"主司取士,多不考实,徒峻其堤防,索其书策,殊未知艺不至者,文史之囿亦不能摛词,深昧求贤之意也。"②于是他向肃宗提出在试进士文章时,在考场庭中摆设《五经》、诸史及《切韵》本,供参加进士科考者任意翻阅,"由是数月之间,美声上闻。"然而,仅凭一两个人,也不足以扭转文士思想平庸的局面。此外,儒学在安史乱中受到了相当大的破坏,《新唐书·儒学传》记载:"禄山之祸,两京所藏,一为尘埃。"除了经籍被毁,学儒者在战乱不休的政治局面下,地位也被贬低,因此,到时局稍见平定时,儒学思想在士人心中的影响力已大大减弱。而且,到了唐代宗时期,代表着国家学术和思想的国学更变得荒唐,如《旧唐书·鱼朝恩传》记代宗朝当权宦官鱼朝恩,"时引腐儒及轻薄文士于门下,讲授经籍,作为文章,粗能把笔释义,乃大言于朝士之中,自谓有文武才干,以邀恩宠。上优遇之,加判国子监事,光禄、鸿胪、礼宾、内飞龙、闲厩等使。赴国子监视事,特诏宰臣、百僚、六军将军送上,京兆府造食,教坊赐乐。大臣群官二百余人,皆以本官备章服充附学生,列于监之廊下,侍诏给钱万贯充食本,以供学生厨料。"③连宦官皆可在国子监讲授经籍,则可知当时学术、思想的沉沦。因此,在唐代宗朝出现了像元载、杜鸿渐之类以物欲为念、大兴土木的文士。当然,元载等人尽管穷奢极侈,但对自己这种背离士人操行与原则的行为,他们同样心存顾虑。据李肇《唐国史补》卷上记载,元载擅权累年,有人作《都卢缘橦歌》,"讽其至危之势,载览而泣下。"在《唐国史补》卷上,有另一则关于元载的材

---

① 葛兆光:《中国思想史》第二卷,复旦大学出版社 2004 年版,第 39 页。
② 刘昫等撰:《旧唐书》一百二十六《李揆传》,中华书局 1975 年版,第 3559 页。
③ 刘昫等撰:《旧唐书》卷一百三十四《鱼朝恩传》,中华书局 1975 年版,第 4763—4764 页。

料：“鱼朝恩于国子监高座讲《易》，尽言《鼎卦》，以挫元、王。是日，百官皆在，缙不堪其辱，载独怡然。朝恩退曰：‘怒者常情，笑者不可测也。’”①由以上两则材料可见，元载平素为人深藏不露，因此，面对宦官鱼朝恩的当众讥辱，王缙难掩怒容，而元载却依旧怡然自得。但一首稍讽刺的歌谣竟然能使他“览而泣下”，此事颇有意味，无疑这首歌谣当是触及了他内心的痛处。此外，元载那位颇有识量的妻子，对于己家房宇豪奢，也不无焦虑，其《喻夫阻客》一诗即云：“楚竹燕歌动画梁，春兰重换舞衣裳。公孙开阁招嘉客，知道浮荣不久长。”②至于王缙、杜鸿渐等人，则是一边贪财聚敛，一边又投身佛门。他们事佛与其说是一种纯粹的信仰，还不如说是一种保己安宁的精神寄托以及因背离士人操守而生的焦虑的释放。而历史也证明，元载等人的忧虑不是没理由的，在唐代宗朝僭越无度、大肆兴建府邸的朝臣，大都悲剧收场，而他们建造的宅第或破落，或被充公。例如马璘宅第，后被德宗诏令拆毁，其家园则进属官司，后来成了朝廷公卿赐宴的一个主要场所；元载于大历末年倒台，“大宁里、安仁里二宅，充修百司廨宇”③。元载等人在大建豪宅、满足私欲的同时，仍心有顾虑，这或许表明，即使是在对物欲追求近乎疯狂的士人身上依旧残存着最后一丝传统的士人精神。

其实，即使在儒家思想沦落、士大夫多侈于宅第的唐代宗朝，也有坚持士人操守者，例如杨绾即是最具代表性的一位。当时，“天下清议益归于绾”，可以说，杨绾乃当时士人精神象征性领袖。《旧唐书》载“绾素以德行著闻，质性贞廉，车服俭朴，居庙堂未数月，人心自化”。御史中丞崔宽，是剑南西川节度使崔宁之弟，原本“家富于财，有别墅在皇城之南，池馆台榭，当时第一”，然听闻杨绾为相，“宽即日潜遣毁拆……其余

---

① 李肇、赵璘撰：《唐国史补因话录》，上海古籍出版社1979年版，第23页。
② ［清］彭定求等编：《全唐诗》卷七九九，中华书局1960年版，第8985页。
③ 刘昫等撰：《旧唐书》卷一百一十八《元载传》，中华书局1975年版，第3414页。

望风变奢从俭者,不可胜数,其镇俗移风若此。"①就连元载也因杨绾雅望素高,而不得不外示尊重。由杨绾在士人心目中的地位和影响力可以看出,在部分士人物欲膨胀、思想堕落的时代,仍旧有不少士人坚守操行。这部分文士在居住心态上与元载等人又有不同。例如,大历二年,时任左拾遗的柳识作《草堂记》述同僚所建草堂,其文曰:"永泰初,检校左司郎中兰陵萧公置草堂于陂上,偶然疏凿,从其易也。虚楹东向,清旷十里,傍有古树密竹,一如篱落。澄漪风筼,终日不厌,非出非处,优游中道,于兹三年矣。柴条为门,蔬圃取给,怡愉色充,止足于斯。士君子皆仰其清达也,清而多爱,达而弥约。"②由柳识叙述可知,草堂依林傍水,门由柴造,主人于堂前种蔬圃以自足,整个建筑不事雕饰,却显得自然、清达。柳识对草堂主人萧氏"非出非处,优游中道"、"清而多爱、达而弥约"的放旷、淡泊的行为与品行大加赞赏,同时也点出,萧氏的清达受到了"士君子"们的仰慕。萧氏草堂无疑是重情致、轻物欲的居住心态下的产物,与豪奢的府邸、人造园林相比,它的构造以简约为美,同时又与天然水、竹相结合,透出一种天然的清韵,无疑更符合经济条件一般的文士的实际需要。又如,唐代宗朝补阙翰林学士李翰于大历四年也曾为友人草堂作记,是为《尉迟长史草堂记》。文章这样描述尉迟绪所建造的草堂:"材不斫,全其朴;墙不雕,分其素。然而规制宏敞,清泠含风,可以却暑而生白矣。后有小山曲池,窈窕幽径,枕倚于高墉。前有芳树珍卉,婵娟修竹,隔阂于中屏。由外而入,宛若壶中;由内而出,始若人间:其幽邃有如此者。夫子又有雄辞奥学,润色其事。阶上何有?有群书万卷;阶下何有?有空林一瓢。……非素琴香茗,不入兹室。"③草堂主人尉迟绪,建造草堂时任晋陵郡丞,官职不大,对于他以俸钱建造的草堂,李翰甚是赞赏,认为它的建造正体现了友人的清静、

① 刘昫等撰:《旧唐书》卷一百一十九《杨绾传》,中华书局 1975 年版,第 3435 页。
② 〔清〕董诰等编:《全唐文》卷三百七十七,上海古籍出版社 1990 年版,第 1693 页。
③ 〔清〕董诰等编:《全唐文》卷四百三十,上海古籍出版社 1990 年版,第 1939 页。

贤达之趣。和萧氏草堂相似,尉迟绪的草堂在构造风格上同样以简朴为宗旨,不事雕饰,但在规模和园林构造上稍为讲究,堂内庭院置有花卉树木、修竹山池。草堂内书卷盈阶,兼有素琴香茗,透露出居住者的文雅、绝俗的气质。草堂,在初盛唐文人观念中,通常是指处士、隐居者所住的简陋茅房。翻检初唐、盛唐诗,不难发现,诗中的"草堂"每每与僧、道或隐士、出世者相联系。例如,开元诗人杨浚《题武陵草堂》云:"草堂列仙楼,上在青山顶。……云能去尘服,兼欲事金鼎。"①"列仙"、"金鼎"带有明显的道家情调。又如卢象《家叔征君东溪草堂二首》、常建《张天师草堂》等诗中言及的草堂皆是出世者的活动空间。总体来看,"草堂"在初盛唐诗人笔下出现得并不多。而自中唐以来,草堂在文人笔下出现的频率大大增加,并且它已与僧、道、隐士等没有必然联系,一般在生活中追求清静、淡泊的文士屡屡将草堂引为居所。由文人对草堂日益青睐这点,不难看出中唐文人心态以及生活追求的改变。总的来说,在中唐初期,部分士人追逐物欲,侈建豪宅的同时;也有部分士人坚持文士简朴的精神,在清约的居住环境中体现节行与韵致。元载、杜鸿渐等人的豪宅与萧氏草堂、尉迟绪草堂便可视为是此两种不同居住追求的代表。而这两种追求在贞元末至元和年间渐渐开始变化、整合,从而在中唐后期形成了较为一致的文士居住心态。

唐德宗始承帝位,曾试图对唐代宗时代遗留的部分问题进行整顿,京都权臣的豪宅也成为他整顿的对象之一。他早年为太子时,就目睹权臣在建宅方面大肆僭越,于是,"及践祚,条举格令,第舍不得逾制"②,并将越制的建筑或拆除或充公。在唐德宗整顿下,朝臣建造华靡馆宇的风气有所消顿。同时更出现部分以俭德立身的官员,例如,德宗朝宰相韩滉便"性持节俭,志在奉公,衣裳茵衽,十年一易,居处陋薄,才蔽风雨",其弟韩洄曾在旧宅增修廊宇,韩滉发现后即命拆除,并告诫道:"先

---

① [清]彭定求等编:《全唐诗》卷一二〇,中华书局1960年版,第1206页。
② 刘昫等撰:《旧唐书》卷一百五十二《马璘传》,中华书局1975年版,第4067页。

公容焉,吾辈奉之,常恐失坠,所有摧圮,葺之则已,岂敢改作,以伤俭德。"①韩滉身居高位而能严格遵行节俭,这对当时诸朝臣的生活当起着一定的影响。此外,值得注意的是,"亭"这一建筑形式在德宗朝的兴起。欧阳詹在《二公亭记》中曾叙述的"亭"兴起的原因:"降及中古,乃有楼观台榭,异于平居,所以便春夏而陶湮郁也。楼则重构,功用倍也;观亦再成,勤劳厚也。台烦版筑,榭加栏槛,畅耳目,达神气。就则就矣,量其材力,实犹有蠹。近代袭古增妙者,更作为亭。亭也者,藉之于人,则与楼、观、台、榭同;制之于人,则与楼、观、台、榭殊:无重构再成之糜费,加版筑槛栏之可处。事约而用博,贤人君子多建之。"②由欧阳詹的叙述可知,亭和楼、观、台、榭等建筑同样有着"畅耳目"的作用,但在建造花费上却大为节省,所以受到了"贤人君子"的青睐。据欧阳詹在文中自述"小子艺忝于文,曾观光上国,去之日,历越游吴,归之辰,逾荆泛汉,会稽之兰亭,姑苏之华亭,襄阳岘首,豫章湖中,皆古今称为佳境"来推测,此文大概作于贞元八年登进士第之后,而欧阳詹在贞元末即去世,则《二公亭记》作于唐德宗朝无疑,由此可见,据文中所言,"事约而用博"的亭在贞元年间已经比较流行。此外,值得一提的是,"亭记"这一记体文的形式,是在中唐以来才逐渐兴起的。唐代颜真卿作有《梁吴兴太守柳恽西亭记》,可以说是现存较早的一篇亭记作品。在他以前,初盛唐文人罕有涉及亭记的创作。实际上,除了颜真卿的亭记外,唐代

① 刘昫等撰:《旧唐书》卷一百二十九《韩滉传》,中华书局1975年版,第3603页。
② 欧阳詹:《二公亭记》,《全唐文》卷五百九十七,上海古籍出版社1990年版,第2674页。

现存的 38 首亭记作品①,基本上皆作于中、晚唐时期,亭记创作的增多,无疑也从一方面展现了"亭"这一建筑形式的流行。由韩滉的节俭以及亭的流行可见,到了贞元中后期,文士在营造建筑方面,已多以简约、实用为原则,靡费的建筑如楼台者已被贤人君子们旁置,由此也显示出文人在居住心态已偏向清约。

到了贞元、元和之间,文人奢侈的现象仍偶有存在,例如柳宗元的岳父杨凭便为一例。《旧唐书》记载杨凭"工文辞,少负气节","与穆质、许孟容、李鄘、王仲舒为友,故时人称杨、穆、许、李之友。"其交结的皆为一时名士,但他在地方任职时却"尤事奢侈",元和初入京为京兆尹,"修第于永宁里,功作并兴"。但在宪宗以法制临下的政治环境下,杨凭很快即被李夷简揭发,并几乎以僭奢之罪被杀,后来虽免一死,却亦被流放南方。对于杨凭被揭发一事,"时议以为宜"②。由此也可看出,到了贞元、元和之际,已很少有人能够像元载等人那样独掌朝纲,若大兴土木无疑容易沦为政治把柄而被政敌攻击,所以士大夫若要在官场长久立足,对待建豪宅这种明目张胆的挥霍行为尤需慎重。而且,如上文所述,自贞元以来,文人士大夫在住宅建筑方面渐以简约为主,在此背景下,若还一味追求奢华也容易为士林所不齿。所以,从史料记载来看,进入宪宗朝后,违制大兴土木的朝臣比较少见,而以屋舍无华闻名的权

---

① 这 38 篇亭记,分别是颜真卿《梁吴兴太守柳恽西亭记》、游方《任城县桥亭记》、贾至《沔州秋兴亭记》、元结《殊亭记》、《寒亭记》、《广宴亭记》、独孤及《抚州南城县客馆新亭记》、《卢郎中浔阳竹亭记》、权德舆《许氏吴兴溪亭记》、梁肃《李晋陵茅亭记》、张友正《歙州披云亭记》、韩愈《喜燕亭记》、柳宗元《桂州裴中丞作訾家洲亭记》、《邕州柳中丞作马退山茅亭记》、《永州崔中丞万石亭记》、《零陵三亭记》、《永州法华寺新作西亭记》、《柳州东亭记》、欧阳詹《二公亭记》、刘禹锡《汴州郑门新亭记》、《武陵北亭记》、《洗心亭记》、符载《钟陵东湖亭记》、冯宿《兰溪县灵隐寺东峰新亭记》、白居易《冷泉亭记》、《白蘋洲五亭记》、皇甫湜《枝江县南亭记》、李绅《四望亭记》、李觊《连山燕喜亭后记》李渍《荇溪新亭记》、穆员《新修漕河石斗门亭记》、陈宽《颖亭记》、皮日休《通元子栖宾亭记》、《郢州孟亭记》、司空图《休休亭记》、沈颜《化洽亭记》、徐铉《重修徐孺亭记》、《乔公亭记》。

② 刘昫等撰:《旧唐书》卷一百四十六《杨凭传》,中华书局 1975 年版,第 3967—3968 页。

臣却不少。例如，宪宗朝宰相李吉甫，虽然"服物食味，必极珍美"，但是他"不殖财产，京师一宅之外，无他第墅。公论以此重之"①；韦贯之也官居宰相，然"自布衣至贵位，居室无改易"，其弟兄也重名教节律，因此"韦氏兄弟令称，推于一时"②。可见，到了宪宗朝，朝臣建筑豪宅的风气已渐歇。在这一阶段，朝臣即使是讲究享受也显得比较隐秘，例如追求珍美的饮食，如李吉甫；或者是购求名人书画等等。关于此点，李肇《唐国史补》就有记载："长安风俗，自贞元侈于游宴，其后或侈于书法、图画……各有所蔽也。"③比起建造华宇豪宅，朝臣追求饮食、书画无疑安全得多。此外，此时一些中下层文士也敢于讽刺和揭露达官贵人侈建府邸的行为，例如白居易便作有《凶宅》、《秦中吟十首·伤宅》等，由此可知，到了元和年间，无论是上层文士还是中下层文士对建造宅院的行为都有所警惕，而且从士林推重李吉甫、韦贯之，以及白居易敢于公然批判达官显贵建造豪宅等事来看，当时士人在住宅营建观念上已颇为一致，即反对奢华，崇尚清简。

综上，元和以来，来自不同层级的文士在居室建筑观念上基本上达成较为一致的看法，对华丽奢侈的住所持一种批判的态度，转而提倡一种寓情致于清简的居住观念。而崇尚清简，历来是中国传统士人的一个基本理念，元和文士在住宅构筑观念上的整合，在一定程度上折射出元和年间士人精神的回归。与此同时，在思想的领域，可以看到，复兴儒学的思潮也在韩愈、柳宗元等人的倡导、推动下出现了一个小高潮，由此来看，士人的居住观念在元和年间达到整合，与此时期文士思想发展当存在一定的联系。

① 刘昫等撰：《旧唐书》卷一百四十八《李吉甫传》，中华书局1975年版，第3997页。
② 刘昫等撰：《旧唐书》卷一百五十八《韦贯之传》，中华书局1975年版，第4175页。
③ 李肇：《唐国史补》卷下，上海古籍出版社1979年版，第60—61页。

第四章 中唐文人日常文化生活与文学

　　一般来说,中国古代文人区别于常人的一个最大特点在于他们进行文学创作,除此之外,文化涵养也是文人身份的一项重要的标志。为了达到修身养性的目的,文人在读书创作的同时,常借助琴、棋、书、画等文化生活来调节生活并提高自我的素养。因此,不被广大民众视为常规日常生活内容的琴棋书画活动,在文人雅士的日常生活中却占有着相当的分量,抚琴吟诗、清谈对弈、酒后狂书等活动在文人生活中屡见不鲜。例如,中、盛唐之间著名文士萧颖士在《赠韦司业书》中即言及自己的生活状况:"仆有识以来,寡于嗜好,经术之外,略不婴心。……顷来志若转不耐烦,观围棋,读八分书,亦愤闷。除经史、《老》、《庄》之玩,所未忘者,有碧天秋霁,风琴夜弹,良朋合坐,茶茗间进,评古贤,论释典。"①由作者的自述,可知他平日在读书之外,以观棋、弹琴、品茗等活动为娱乐方式。由此也可看出,琴棋书画等文化活动乃是古代文人雅士日常生活中不可或缺的一部分。

　　中唐以来,文人日益贴近生活,同时也将更多平凡的日常生活内容带入到创作中,他们的作品从而呈现出较浓郁的世俗情调。这多少冲淡了文人的文雅气息,但从另一方面来看,日常生活内容融入文学创作

---

① ［清］董诰等编:《全唐文》卷三百二十三,上海古籍出版社 1990 年版,第 1449 页。

中的趋向也逐渐带动了文人对日常生活的改造,因为能进入文学领域的日常生活内容必然要符合和体现文人的审美需求,为了达到此目标,文人在创作中对日常生活内容进行裁剪的同时,更有意建立一个能够展现文人独特气质的日常生活范式。正是在追求日常生活的文人化、精雅化的过程中,中唐文人逐渐远离了盛唐人那种探求外在领域的热忱,更多地转向审视自我的内里世界,并强调个人自我修养的意义。于是,文雅化的、能够怡养性情的、以琴棋书画为主的文化便生活越来越受到中唐文人的重视,若不懂得一点琴棋书画,在文士群体中还会遭到耻笑。例如,白居易在《与元九书》中提到一名关东男子,"除读书属文外,其他懵然无知,乃至书、画、棋、博,可以接群居之欢者,一无通晓"①,在白居易看来,这位只懂读书,而不通书、画、棋、博的关东男子十分"愚拙",因为这些书本外的技艺无疑是有助于文士融入士人群体的。

而在客观的历史背景下,中唐政治混乱,元和以后更是危机四伏,出现了"中宫用事,衣冠道丧……王纲版荡"②的局面。文人尤难在仕途有所作为,兼济天下已难实现,于是,他们陆续开始注重在生活中强化文化的品味,以求独善其身。这一时期,他们对现实人生的情感体验除了主要借助文学作品创作来表现外,他们还将情感投射到日常生活中的各种方面,由此努力建构一个能尽量体现自我意志的、诗意的个人空间。这个空间在一定程度上可以成为文人抵挡人生得失、权力功名等外物干扰的屏障。在现实中,物质条件较为充裕的文人可以将个人空间实物化,也即建构一个闲逸的家园。例如,裴度在东都立第,创绿野堂,"筑山穿池,竹木丛萃,有风亭水树",而又与白居易、刘禹锡等当时名士"酣宴终日,高歌放言,以诗酒琴书自乐","不复以出处为意"。而物质条件匮乏者虽不能寄身于亭台楼榭,但亦可建构心理上的个人空间,以读书吟咏为乐。然而,毕竟吟诗作文这样费神劳心的活动不可能

---

① 白居易著,顾学颉校点:《白居易集》,中华书局 1979 年版,第 963 页。
② 刘昫等撰:《旧唐书》卷一百七十四《裴度传》,中华书局 1975 年版,第 4432 页。

充斥一个人的全部生活,如此一来,弹琴、书法、下棋、藏书等文化生活就成了文人调节生活的需要,如上述裴度即以诗酒琴书自乐。可以说,寄情琴书、发展个人的文化生活成为中唐以来文人独善其身的主观需要。此外,由于宦海变幻、世路艰难,中唐文人常与亲朋聚少离多;而人心在讲求现实利益的中唐社会中变得很难预测,人与人之间信任的缺乏使文人陷入了一种交往的困境,与陌生人建立真诚的友谊变得困难起来。例如刘长卿就曾在《送元八游汝南》中有"世情薄恩义,俗态轻穷厄"①的感叹,孟郊也作有《审交》、《结交》等诗抒发人情凉薄此等客观因素的存在,使得文人的生活在总体上渐趋呈现出孤清、冷寂的状态,盛唐时期那种结交四海、热闹乐观的生活渐渐远去。在这样的情况下,借弹琴、下棋、书法、绘画等文化活动来调节单调、孤寂的日常生活实际上也是中唐文人的一种客观的选择。

在弹琴、下棋、书法、绘画等文化活动中,绘画在文人士大夫日常生活中的流行程度不及前三项。在唐代以前,绘画常被视为一种技艺,文人士大夫虽有涉及,但在观念上,并不以绘画为重。到了唐代,人们对待绘画的态度有所改善,初唐著名画家阎立本更官居宰相,而唐代著名诗人王维也以绘画而闻名。但在众多文人士大夫的传统观念中,绘画的文化地位依旧较低。例如,《旧唐书》就记载了阎立本以当众作画为辱一事:"太宗尝与侍臣学士泛舟于春苑,池中有异鸟,随波容与。太宗击赏,数诏座者为咏,召立本令写焉。时阁外传呼云:'画师阎立本。'时已为主爵郎中,奔走流汗,俯伏池侧,手挥丹粉,瞻望座宾,不胜愧赧。退诫其子曰:'吾少好读书,幸免面墙,缘情染翰,颇及侪流。唯以丹青见知,躬厮役之务,辱莫大焉!汝宜深诫,勿习此末技。'"②在此事件中,众文人学士歌咏吟诗,而阎立本身为主爵郎中,却被目为画师,奔走作画,狼狈不堪。他对儿子的告诫,更表现了他对绘画的态度。阎立本此

---

① 刘长卿著,储仲军笺注:《刘长卿诗编年笺注》,中华书局1996年版,上册,第69页。
② 刘昫等撰:《旧唐书》卷七十七《阎立德附传》,中华书局1975年版,第2680页。

事,在《大唐新语》、《新唐书》、《宣和画谱》等书中皆有记载,该事件传达出的轻视绘画的看法在唐宋时期当有一定的影响。到了中唐,擅长丹青的文人学士,对于自身的这种艺术才能也多采取低调的态度,例如,唐德宗朝宰相韩滉,他"尤工书,兼善丹青,以绘画非急务,自晦其能,未尝传之。"①又如,《图画见闻录》卷三"杨炎条"记载,贞元年间,曾身居宰相的杨炎被贬崖州,当地处士庐黄门待之甚厚,"久而知其丹青之能,意欲求之,未敢发言",直至庐黄门不远千里派人"将百千(钱)至洛(阳)"供养"衣食乏少"的杨炎家人,感动了杨炎,才趁机表白心迹,得到手迹。由此事可知,文士轻易不显露自己的绘画才能,而向文士索画更需要谨慎。韩滉和杨炎对绘画采取低调态度,这种行为背后所透露出的相关心态和观念,在中唐时期文士当中具有相当的代表性。总的来说,中唐文人对绘画多表现出一种保守的态度,尽管后世以常将琴、棋、书、画并称,但实际上,绘画在中唐文人日常文化生活中所占有的分量并不多。有鉴于此,本章以探讨文人弹琴、棋弈、书法等文化活动为主,绘画活动则暂不探讨。

第一节 琴与中唐文人审美趣味的演变

古琴,是中国最古老的乐器之一,它本身所具有的清、和、淡、雅的音乐品格与中国文人士大夫的精神追求有着不少相通地方,因此,古有"士无故不彻琴瑟"②之说,而古琴也和棋术、书法、绘画一起,被古代文人视为修身养性的主要途径。关于琴,《礼记·乐记》即有"舜作五弦之

---

① 刘昫等撰:《旧唐书》卷一百二十九《韩滉传》,中华书局 1975 年版,第 3603 页。
② 《礼记·曲礼下》。

琴,以歌南风"的记载,而《论语·阳货》中记载孔子学生子游在掌管武城的时候,以弹琴唱诗的方式来教化当地民众;而孔子弟子宓子贱也有相似的传说,《吕氏春秋·察贤》云:"宓子贱治单父,弹鸣琴,身不下堂,而单父治。"此外,《荀子·乐记》中也称:"君子以钟鼓道志,以琴瑟乐心。……故乐行而志清,礼修而行成,耳目聪明,血气和平,移风易俗,天下皆宁,美善相乐。"由此,这些典故和言论奠定了琴的化育人心、雅正教化的文化内涵。① 在文士阶层中,他们更是以琴所代表的正心、端雅自期,琴瑟由此成为了他们常备的乐器。② 比如,在魏晋时代的著名文人,如阮籍、嵇康、嵇绍、孙登、张翰、王子猷、陶渊明、戴安道等也是当时著名的、有影响的琴家。其中嵇康在《琴赋》中对琴的赞誉,可以说,代表着士人对琴的普遍看法。嵇康认为琴"可以导养神气,宣和情志,处穷独而不闷者,莫近于音声也"、又强调"众器之中,琴德最优。故缀叙所怀,以为之赋……若论其体势,详其风声;器和故响逸,张急故声清;闲辽故音库,弦长故徽鸣。性洁静以端理,含至德之和平。诚可以感荡心志,而发幽情矣。"③正是因为琴具有雅正的文化韵味,所以它受了历代文人的重视,并被视为雅乐的代表乐器。

然而,琴也正因为其音雅正而与世俗化的音乐拉开了距离,走向了孤高的境界。事实上,随着社会的发展,它在现实中并不能满足社会大众对音乐的要求,尤其到了唐代,由于统治者的提倡,胡乐、俗乐日渐繁荣,据欧纯纯《唐代琴诗之风貌》对唐代十部伎所使用的乐器的统计,十部伎中乐器使用最多的是笙、笛等俗乐器以及琵琶、箜篌、觱篥等胡乐器;而使用得最少的是琴、瑟、埙等雅乐器④,由此可见琴这种乐器的衰

---

① 王先谦撰,沈啸寰、王星贤点校:《荀子集解》,中华书局1988年版,下册,第381－382页。

② 关于中国士人与琴的关系,详细可参见苗建华《琴与士同在——对古琴命运的历史考察》,《音乐研究》2003年第2期。

③ 武秀成译注:《嵇康诗文选译》,巴蜀书社1991年版,第42—43页。

④ 欧纯纯:《唐代琴诗之风貌》,文津出版社有限公司2000年版,第36－38页。

落。胡乐的兴起无疑削弱了人们对琴的喜爱,也冲击了琴的地位。然而,琴虽在燕乐俗曲的年代里受到冷落,但它所具有的文化内涵以及它清、和、雅、淡的音乐品质却始终能够触动古代士人的心弦,使他们即使在享受丝竹俗曲悦耳的同时,也同样未能割舍对琴所拥有的特殊文化情感。本节拟通过考察唐代文人,尤其是中唐文人在胡乐、俗曲繁荣的背景下对琴这种雅乐乐器的接受态度的演变情况来探讨他们的大致的音乐审美情趣迁变,从而进一步探讨这种审美情趣迁变背后的文化蕴涵以及给文学创作带来的影响。

一、琴在中唐文人生活中的复兴

入唐以来,唐朝君主多喜爱燕乐胡曲,例如,唐太宗便十分喜爱琵琶曲,据《唐会要》卷三三"燕乐"条记载,"贞观末,有装神符者,妙解琵琶,作《胜蛮奴》、《火凤》、《倾怀乐》三曲,声度清美,太宗深爱之。"又,张鷟《朝野佥载》卷五记载唐太宗当政,西域进贡一名善弹琵琶的胡人,能弹奏一首高难度的曲子。唐太宗不甘示弱,于是置酒高会,使胡人当众演奏此曲,又密令乐师罗黑黑隔帷听记之,随即令之复弹胡人之曲并谎称是宫女所为,"胡人惊叹辞去。西国闻之,降者数十国。"一首琵琶曲而能使西域数十国不战而降,其中或有不实,但却也表现了唐朝开国君主对琵琶的重视与喜爱。而琵琶本是来自西域的乐器,在胡乐中运用颇多。在唐代,琵琶乃是燕乐的主要乐器之一①。从唐太宗对琵琶的喜好,可知他对胡乐的推许。所谓上有所好,下必效之,所以,可以想象,节奏轻快热烈的胡乐在贞观年间当有较大的发展。

至于以清缓典雅为特点的清乐,在初唐也还占有一席之地,承继太宗皇位的唐高宗就十分推崇雅乐。他不仅令乐工重新修习《白雪》等旧有雅曲、搜集朝外能明习礼乐的人,还在宫中大量增设演奏雅乐所需的

---

① 《通典·坐部伎》记载:"坐部伎燕乐,以琵琶为主,故谓之琵琶曲。"

乐器,据《旧唐书·音乐志》记载,唐高宗在蓬莱宫中设有七十二架宫悬,数量是太宗朝的一倍①。其排场之大足以表现高宗对雅乐的重视。与此同时,当时士大夫也普遍喜爱"从容雅缓,犹有古士君子之遗风"②的清乐,琴作为清乐的主要乐器之一也广受士大夫们的喜爱。检视初唐诗,"琴"这一意象在多出现在文士宴饮或与人交游、赠答赋诗之时,例如"端拱肃岩廊,思贤听琴瑟"③、"清论畅玄言,雅琴飞白雪"④、"名士竹林隈,鸣琴宝匣开"⑤等等,由此现象来看,琴当是当时士大夫宴集、游乐时不可缺少的乐器。同时,从以上例子中不难看出,文人士大夫们笔下的"琴"常与"雅"、"贤"、"名士"相联系,足见在他们心目中,"琴"是与他们的追求的情趣相暗合的。又如,初唐赫赫有名的文士元希声就十分善于弹琴,据崔湜《故吏部侍郎元公碑》所记,元氏"七岁属文","十四通五经大旨,百家之言,先儒未谕,一览冰释,四方儒墨之士,由是响风矣",又"妙于鼓琴,尤工《幽居》、《绿水》之操"⑥。此外,唐代名相姚崇也对琴十分推许,并作有《弹琴诫(并序)》,其文云:

> 琴者,乐之和也;君子抚之,以和人心。夫其调五
> 音,谐六律,则移风易俗,感舞禽兽,而况于人乎? 故身
> 不下堂,不言而理者,盖鸣琴故也。……琴音能调,天下
> 以治。异而相应,以和为美,和而不同,如彼君子。

姚崇强调的是琴中和性情、教化人心的作用。元希声和姚崇,一为名士,一为名臣,他们对琴的强调,当能给士林带来一定的影响。在文

---

① 据《旧唐书·音乐志》载:"梁武始用二十六架。贞观初增三十六架。……高宗成蓬莱宫,充庭七十二架。",中华书局1975年版,第1080—1081页。
② 刘昫等撰:《旧唐书》卷二九《音乐志二》,中华书局1975年版,第1067页。
③ 袁朗:《和洗掾登城南坂望京邑》,《全唐诗》卷三〇,中华书局1960年版,第432页。
④ 杜正伦:《冬日宴于庶子宅各赋一字得节》,《全唐诗》卷三三,中华书局1960年版,第449页。
⑤ 李峤:《琴》,《全唐诗》卷五九,中华书局1960年版,第709页。
⑥ [清]董诰等编:《全唐文》卷二百八十,上海古籍出版社1990年版,第1255页。

士推崇琴这一乐器的同时,唐太宗所喜爱的琵琶,在士大夫诗歌中其实比较少出现,在他们眼中,琵琶"本是胡中乐"①,他们在诗中提到的琵琶多与边陇、战地的歌舞相联系,而基本与文人的文雅生活无关。

然而,进入盛唐,随着以燕乐为代表的俗乐的不断发展,雅乐日益低迷。关于此情况,《梦溪笔谈》卷五《乐律》曰:"外国之声,前世自别为四夷乐。自天宝十三载,始诏法曲与胡部合奏,自此乐奏全失古法。以先王之乐为雅乐,前世新声为清乐,合胡部者为宴乐。"②胡震亨《唐音癸签》则认为:"开元末,甚而升胡部于堂上,使之坐奏,非惟不能厘正,更扬其波。于是昧禁之音,益流传乐府,浸渍人心,不可复浣涤矣。"③胡乐的发展和唐玄宗音乐偏好有着很大的关系。唐玄宗洞晓音律,"又好羯鼓……尝称:羯鼓,八音之领袖,诸乐不可方也。"④羯鼓,据南卓《羯鼓录》所言,"羯鼓出外夷,以戎羯之鼓,故曰羯鼓",该书又记唐朝名臣宋璟善奏羯鼓:"虽耿介不群,亦深好声乐,尤善羯鼓,始成恩顾,与上论鼓事。"⑤段成式《酉阳杂俎》前集卷十二记宁王李宪,甚好羯鼓,"常夏中挥汗鞚鼓,所读书乃龟兹乐谱也"。由此可见,从帝王到权臣、贵族,对出自外夷的乐器皆甚为喜爱。

和胡乐兴盛相比,以清乐为代表的雅乐在朝廷愈加不受重视,琴由此也受到了冷落。《羯鼓录》记载唐玄宗"性俊迈,酷不好琴,曾听弹琴,正弄未及毕,叱琴者出曰:'待诏出去!'谓内官曰:'速诏花奴,将羯鼓来,为我解秽!'"⑥由此可见,悠扬清雅的琴,与唐玄宗的音乐喜好相差深远,因而他在琴曲正弄未奏完之前即已不耐烦,就将弹琴者呵斥出去,转听羯鼓。琴这一乐器并非在宫廷遭遇尴尬,在盛唐的文士群体

---

① 李峤:《琵琶》,《全唐诗》卷五九,中华书局 1960 年版,第 709 页。
② 沈括撰,胡道静校注:《梦溪笔谈》卷五,上海出版公司 1956 年,第 232 页。
③ 胡震亨:《唐音癸签》卷一四,上海古籍出版社 1981 年版,第 163 页。
④ 《新唐书》卷二一《礼乐志》,中华书局 1975 年版,第 471 页。
⑤ 南卓:《羯鼓录》,丛书集成初编本,商务印书馆 1936 年版,第 10 页。
⑥ 南卓:《羯鼓录》,丛书集成初编本,商务印书馆 1936 年版,第 8 页。

中,琴同样受到冷落。关于盛唐时期的士风,李肇《唐国史补》曾指出开
元以后,"物态浇漓,稔于世禄,以京兆为荣美,同华为利市,莫不去实务
华,弃本逐末"。相当部分的士人在盛唐声色犬马的生活中,渐渐远离
了传统尊崇的淡泊和庄重,变得浮华起来,在这种风气下,文士开始对
典雅素淡的琴渐渐疏远。对于琴的失落,士人其实也有所认识,例如司
马逸客作有《雅琴篇》感叹雅琴在,诗云:

> 亭亭峄阳树,落落千万寻。……匠者果留盼,雕
> 斫为雅琴。文以楚山玉,错以昆吾金。虬凤吐奇状,
> 商徵含清音。清音雅调感君子,一抚一弄怀知己。不
> 知钟期百年馀,还忆朝朝几千里。马卿台上应芜没,
> 阮籍帷前空已矣。山情水意君不知,拂匣调弦为谁
> 理。调弦拂匣倍含情,况复空山秋月明。陇水悲风已
> 呜咽,离鹍别鹤更凄清。将军塞外多奇操,中散林间
> 有正声。正声谐风雅,欲竟此曲谁知者。自言幽隐乏
> 先容,不道人物知音寡。谁能一奏和天地,谁能再抚
> 欢朝野。朝野欢娱乐未央,车马骈阗盛彩章。岁岁汾
> 川事箫鼓,朝朝伊水听笙簧。窈窕楼台临上路,妖娆
> 歌舞出平阳。弹弦本自称仁祖,吹管由来许季长。犹
> 怜雅歌淡无味,渌水白云谁相贵。还将逸词赏幽心,
> 不觉繁声论远意。传闻帝乐奏钧天,傥冀微躬备五
> 弦。愿持东武宫商韵,长奉南熏亿万年。

由诗歌内容可见,在朝野上下皆图欢娱的社会风气下,婉转多变的箫
鼓、笙簧无疑要比韵味清淡、讲求远意的琴更受欢迎,像《渌水》、《白
云》这样的经典琴曲都已不受人们看重。刘长卿在诗歌中也多处表达
了对琴曲的衰落的感叹,例如《听弹琴》有"泠泠七丝上,静听松风寒。

古调虽自爱,今人多不弹"①;又如《客舍赠别韦九建赴任河南韦十七造赴任郑县就便觐省》云,"清琴有古调,更向何人操"。由诗人的感叹不难看出,琴在盛唐随着雅乐的衰落以及人们音乐趣味的改变而渐被冷落。一部分在盛唐的繁华中变得浮躁起来的文士,他们对讲求静心凝神的琴也失去了好感。因此,唐代文士在琴的演奏上的技艺也随之下降,北宋朱长文在《琴史》卷四中如此评论唐代文士琴艺:"晋宋之间,缙绅尤多解音律,盖承汉魏嵇蔡之余,风流未远,故能度曲变声,可施后世。自唐以来,学琴者徒傲其节奏,写其按抑,而未见有如三戴者,况嵇蔡乎?"关于唐代文人琴的衰落,刘承华在《文人琴与艺人琴关系的历史考察》中有所指出:"隋唐时的文人琴家虽然不乏其人,有一些还是十分著名的人士,但是,如果把他们与同一时期的艺人琴家作一比较,我们就不能不强烈地感受到文人琴的声音是多么微弱,色彩是多么暗淡。"②

中唐时期,社会在安史之乱后凋敝衰败,昔日的繁华烟消云散。从代宗朝到德宗朝,社会大体由动荡走向苟安。德宗登基初期颇有作为,让天下士人看到了中兴的曙光。然而德宗疑心甚重,听信谗言诛杀刘晏等有能力的大臣,随后,建中初年朱泚、李怀光、李希烈等人叛乱,兵戈持续到建中末,加上连年饥馑,灾害频繁,因此朝野内外衣冠窘乏,萎靡不振。也就是说,从天宝十五(756)年到唐德宗建中末年(784),在这将近三十年的时间里,唐代的社会经济远不及盛唐的繁荣。物质基础薄弱决定了此时娱乐之风的消退,温饱尚且不济,人们自然也无暇顾及乐舞之类。因此,即使是著名的乐工舞伎也流落民间,杜甫《江南逢李龟年》一诗即表达了相关的感叹:音乐家李龟年在盛唐时期出入贵族公侯府邸,但兵乱一起也流落江南,营生艰难。关于中唐文人的穷厄,前文已有论述,在生活困窘以及社会歌舞风气消歇的情况下,文人唯有通过琴来自我消遣。此外,在兵戈纷纭的时代,文人因难寻用武之地而

---

① 刘长卿著,储仲军笺注:《刘长卿诗编年笺注》,中华书局1996年版,上册,第111页。
② 刘承华:《文人琴与艺人琴关系的历史考察》,《中国音乐》2005年第2期。

起的烦恼以及因亲友离散而生的孤寂,刚好可以借助清雅静心的琴来排遣。因此,综观中唐初期的文人的文学创作,可以发现,琴成为了他们生活上的一个伴侣,例如:

> 客居暂封殖,日夜偶瑶琴。
>
> (杜甫《阻雨不得归瀼西甘林》)
>
> 虚牖闲生白,鸣琴静对言。
>
> (刘长卿《留题李明府霅溪水堂》)
>
> 对琴无一事,新兴复何如。
>
> (韦应物《赠萧河南》)
>
> 提携唯子弟,萧散在琴言。
>
> (韦应物《林园晚霁》)
>
> 白露下庭梧,孤琴始悲辛。
>
> (姚系《秋夕会友》)
>
> 荒凉鸟兽同三径,撩乱琴书共一床。
>
> (秦系《鲍防员外见寻因书情呈赠》)
>
> 宿君湖上宅,琴韵静参差。
>
> (耿湋《雪后宿王纯池州草堂》)
>
> 茶烹松火红,酒吸荷杯绿。解佩临清池,抚琴看修竹。
>
> (戴叔伦《南野》)
>
> 长裾珠履飒轻尘,闲以琴书列上宾。
>
> (卢纶《浑赞善东斋戏赠陈归》)

在文人单身一人而又闲暇无事时,抚琴无疑是高雅而又适意的消遣。此时期的文人为了在衰世中谋生,不得不和广大民众一样走向现实生活,与此同时,他们还得承受社会地位下降带来的痛苦。这时,文人只能通过雕琢诗文以及使清贫的生活保持清雅格调的方式来获得自我认同,并由此将自己与平凡民众的生活区别开来。而要保持清雅的生活格调，琴无疑是一个十分合适的工具，所以，可以看到，此时，琴在文人士大夫的笔下和生活中开始复兴。

贞元中期以后，中唐社会渐趋安定，此时的奢靡、娱乐之风开始流行，文学艺术受到追捧，文士的社会价值也得以重新受到社会的认可和重视。此时的文士，他们比中唐早期的文人更加以实际的眼光看待生活与人生，同时又继承了他们父辈在生活格调上的自我要求。虽然他们多经历贫寒和困窘，但自身所属群体的社会地位的渐趋回升使他们更加意识到文人的这一身份的珍贵，所谓"才饱身自贵，巷荒门岂贫"①，文人为了保持这份优越感，他们除了进行文学创作，还需提高自身的修养，以树立其不同于凡夫俗子的一面。贞元、元和之际，以权德舆、杨于陵、许孟容等为代表的一批礼官出身的文士成为当时政要，且成为此时文坛的领军人物，他们多以节操、才干、文词自立，对于自身修养相当看重。从他们的诗文可看出，历来被视为具有化育人心、雅正教化作用的琴也受到他们的重视。例如权德舆《奉酬从兄南仲见示十九韵》云："诗成三百篇，儒有一亩宫。琴书满座右，芝尤生墙东。"②又如，《月夜江行》有"幽兴惜瑶草，素怀寄鸣琴"之句③。这些诗句并非是诗人为了表现自己高雅才提及琴的，权德舆又有《新月与儿女夜坐听琴举酒》一诗，由诗题可知，琴确实存在于其实际生活中。此外权德舆作有《奉和张舍人阁中直夜思闻雅琴因书事通简僚友》，这是一首因张舍人夜值思琴为主题的诗歌，吕温、张籍等人也有同题奉和诗篇④，由此可知，当时文人士大夫颇以琴为雅尚。其中，吕氏诗云："忆尔山水韵，起予仁智心。凝

---

① 孟郊：《题韦承总吴王故城下幽居》，《孟东野诗集》，人民文学出版社1984年版，第84页。

② 权德舆撰，郭广伟校点：《权德舆诗文集》，上海古籍出版社2008年版，第36页。

③ 权德舆撰，郭广伟校点：《权德舆诗文集》，上海古籍出版社2008年版，第109页。

④ 吕温：《奉和张舍人阁中直夜思闻雅琴因书事通简僚友》、张籍《奉和舍人叔直省时思琴》

情在正始,超想疏烦襟。"①诗人认为,琴能启仁智之心,可以疏导烦闷,实为雅物,当是道出了时人对琴的看法。

活跃在元和年间的文士对古琴也相当看重,例如韩愈《上巳日燕太学听弹琴诗序》记武少仪总太学儒官三十六人"列燕于祭酒之堂","歌风雅之古辞,斥夷狄之新声",又一儒生于宴席上弹奏古琴,"鼓有虞氏之《南风》,赓之以文王宣父之操,优游夷愉,广厚高明,追三代之遗音,想舞雩之咏叹,及暮而退",众人"皆充然若有得也",而事后武氏更"作歌诗以美之,命属官咸作之"②。当时韩愈正任四门博士,亦参与其中。又如刘禹锡在《陋室铭》勾勒自我淡泊生活时写道,"可以弹素琴、阅金经。无丝竹之乱耳,无案牍之劳形"。"素琴"和"丝竹"对比着出现,刘禹锡对此二者的孰好孰恶一目了然,由此也展现了文士对清雅古琴的推许。再如白居易也十分喜爱琴,他曾自称:"本性好丝桐,尘机闻即空。一声来耳里,万事离心中。清畅堪销疾,恬和好养蒙。尤宜听三乐,安慰白头翁。",③又其《春日闲居》之一有"屋中有琴书,聊以慰幽独"④,琴和书成了他生活中必备之物。此外,他还作有《对琴待月》、《和顺之琴者》、《雨中听琴者弹别鹤操》、《松下琴赠客》、《船夜援琴》、《清夜琴兴》等琴诗,其喜琴之心十分明显。

总的来说,琴在中唐文人生活中得到一定的强调,并且成为文人雅士自我修炼心性、提升生活格调的重要物品。当然,琴曲的高雅决定了它不可能迎合大众之需。爱琴的白居易在《废琴》中就有着深沉的感叹,诗云:"丝桐合为琴,中有太古声。古声澹无味,不称今人情。玉徽光彩灭,朱弦尘土生。废弃来已久,遗音尚泠泠。不辞为君弹,纵弹人不听。何物使之然,羌笛与秦筝。"可见,与羌笛、秦筝等婉转多变的乐

---

① ［清］彭定求等编:《全唐诗》卷三七〇,中华书局 1960 年版,第 4158 页。
② 韩愈:《韩昌黎全集》,中国书店 1991 年版,第 279—280 页。
③ 白居易:《好听琴》,《白居易集》,中华书局 1979 年版,第 517 页。
④ 白居易:《春日闲居》之一,《白居易集》,中华书局 1979 年版,第 813 页。

器相比,琴难以获得大众的好感。而在《秦中吟·五弦》中,白居易直露地批评"嗟嗟俗人耳,好今不好古。所以绿窗琴,日日生尘土",在此,他所持的是一个喜琴雅士的口吻,他讥讽那些不识琴声清韵的"俗人",实际上也透露出他内心的一丝优越感。在白居易眼中,古琴成为了区分雅、俗人群的一个标志,由此也从这方面反映了中唐文人对琴的重视。

二、琴的复兴与中唐文学审美倾向

古琴在文人士大夫阶层世代相传,从某种程度上讲,它已超越纯粹乐器的范畴,并且成为了文士的情操一种象征。琴曲的含蓄、远淡和清雅对中国文人的审美情趣以及文学创作风格都具有不可忽视的影响,它在盛唐文人生活中的消退以及在中唐文人生活中的复归其实恰反映了这两个时期文人不尽相同的生活追求和精神风貌。

盛唐文人对素雅古琴的兴趣消退,而更为喜爱具有较强烈的感召力、能撩动听者悲喜情思的胡乐乐器,例如,琵琶、箜篌、觱篥、羯鼓等。据《旧唐书·音乐志》所记,它们皆是西凉乐和龟兹乐等外族音乐的主要演奏乐器,《乐府杂录》也认为它们均属胡部乐器。关于这些乐器易感发、牵引听众情感的特色,从文献资料中不难获知。例如琵琶,刘长卿《王昭君歌》直云:"琵琶弦中苦调多,萧萧羌笛声相和。谁怜一曲传乐府,能使千秋伤绮罗。"[1]此乐器破能勾起听众的哀伤情怀。至于箜篌,《洛阳伽蓝记》卷三曾记"美人徐月华善弹箜篌,能为《明妃出塞》之曲歌,闻者莫不动容。永安中,与卫将军原士康为侧室。宅近青阳门,徐鼓箜篌而歌,哀声入云,行路听者,俄而成市。"箜篌曲调动人固然与弹奏者的技艺分不开,然而也不能否认与箜篌独特的音色有关。关于唐代的笛子,胡震亨《唐音癸签》卷一四称"笛有雅笛、羌笛。唐所尚,殆羌笛也。"[2]羌笛无疑也是一种表现力甚强、撩人心绪的乐器。王维《陇

---

① 刘长卿:《王昭君歌》,《刘长卿诗编年笺注》,中华书局1996年版,第78页。
② 胡震亨:《唐音癸签》卷一四,上海古籍出版社1981年版,第154页。

头吟》诗云:"陇头明月迥临关,陇上行人夜吹笛。关西老将不胜愁,驻马听之双泪流。"李颀《古意》亦有"今为羌笛出塞声,使我三军泪如雨"之句。能使历经战阵的硬汉闻之落泪,笛子的感召力不可小觑。此外,觱篥,形似喇叭,以芦苇作嘴,以竹做管,吹出的声音十分悲凄,亦能触人肺腑。而羯鼓,据南卓《羯鼓录》所言,"其音主太簇一均,龟兹部、高昌部、疏勒部、天竺部皆用之……击用两杖,其声焦杀鸣烈,尤宜促曲急破,作战杖连碎之声,又宜高楼晚景明月清风,破空透远,特异众乐。"①由此可知该外来乐器适宜快节奏乐曲的演奏,且其音色焦杀鸣烈,用之演奏的乐曲声震动荡,则此乐器较为适用于隆重、热烈的场合。

　　由盛唐人喜爱的这些乐器的特色,大致可知,盛唐人较为倾向于喜爱节奏感强、具有丰富表现力、能挑动心弦的音乐。而且不难看出,琵琶、筚篥、觱篥和笛子有一个共同点,就是用它们来演奏的曲调多具悲凄感,容易使听众黯然落泪。一般认为,盛唐国运昌隆,人们也普遍呈现出乐观向上的精神,与此种精神相对应的当是欢快而具有动感、震撼力的音乐,但由当时人喜爱的乐器来看,盛唐人对撩人悲思的音乐也同样钟情。由盛唐人对音乐的选择可见,他们比较注重由音乐激发起来的大起大落的情感所带来的感官刺激与快感。听欢歌而畅怀、闻悲调而落泪,盛唐人纵情、感性的特征表露无遗。与这种音乐偏好相对应,盛唐文人的多呈现出开放、自信、乐观的精神面貌,盛唐文学则以昂扬进取为基调,主要展现出雄宏壮大的气魄。关于盛唐诗歌的风貌,严羽《沧浪诗话》曾指出:"盛唐诸公之诗,如颜鲁公书,既笔力雄壮,又气象浑厚。"确是。

　　进入中唐以来,琴在文人生活中复归,当然,这里说琴的复归,并不是说中唐文人在琴之外就没有其他喜欢的乐器,而是指琴在文人心目中地位的再次确认和提升。琴具有清、和、淡、雅的音乐品格,它追求悠

---

① 南卓:《羯鼓录》,丛书集成初编本,商务印书馆1936年版,第3页。

扬的韵味,并突出弹奏者的从容与优雅。就弹奏这一方面来说,弹琴需要讲究的有很多方面:如环境、时间、心态、仪表、姿态等方面都十分重要,例如弹奏的地点多在林木幽深、鸣泉流水之间,至于弹琴的仪表和姿态,唐代著名琴艺家、官居翰林待诏的薛易简在《琴诀》中提出七项弹琴时须忌讳的姿态:

> 弹琴之时,目睹于他,瞻顾左右,一也。摇身动首,二也。变色惭怍,开口努目,三也。眼色疾遽,喘息粗悍,进退无度,形神支离,四也。不解用指,音韵杂乱,五也。调弦不切,听之无真声,六也。调弄节奏,或慢或急,任己去古,七也。此皆所甚病,病去则可以为能矣。

由薛易简的论述可知,弹琴需要静心凝神,正襟危坐方能弹奏出好的曲子。关于弹琴须讲"心",清代祝凤喈在《与古斋琴谱》中指出:"鼓琴曲而至神化者,要在于养心,盖心为一身之主,语言举动,悉由所发而应之。……凡鼓琴者,必养此心。先除其浮暴粗厉之气,得其和平淡静之性,渐化其恶陋,开其愚蒙,发其智睿,始能领会其声之所发为喜乐悲愤等情,而得其趣味耳。舍养此心,虚务鼓琴,虽穷年皓首,终身由之,不可得亦。"①可以说,心境的和平、淡静是弹琴的根本要求。

琴在中唐文人生活中的复归,意味着唐代文人在经历过盛唐的热烈后,开始朝平和、淡静方面发展,而他们的文学风貌也随之发生了微妙的改变。例如,在琴开始复归的大历时代,此时的诗风"在审美趣味上,由崇尚汉魏风骨转向追慕以谢朓为代表的清丽纤秀之风,由阳刚之美转为阴柔之美,由健朗的气骨转向悠远的韵致,由豪迈的气势转向幽隽的情调,由雄浑凝重的格调转向清空闲雅的意趣"。② 大历诗风中的悠

---

① 祝凤喈编,浦城祝氏清咸丰五年(1855)刻本。
② 蒋寅:《大历诗风》,上海古籍出版社 1992 年版,第 237 页。

远、幽隽与琴所注重的韵致可谓不谋而合。此外,中唐文人在诗歌中对琴这一意象的表现也表现出了他们的审美偏向。琴的意象在初盛唐诗歌中也有不少表现,并且在琴的典故运用,以及琴的文化内涵的表达方面,初盛唐诗和中唐诗也多有相通之处。然而,细分之下,却可以发现中唐琴诗的一些特殊趋向。欧纯纯《唐代琴诗之风貌》一书曾对整个唐代涉及琴意象的诗歌做了古琴演奏美学上的分类,以唐诗为材料探讨唐代古琴的淡、古、幽、悲、雅、静、急、缓、清、和等十个美学特色,并以附表的形式将表现不同美学特色的琴诗列出。其材料整理工作细致,惜过于专注于对琴本身美学特色的分析,而未对唐代不同时期的琴诗做有意识的分析。而我们现在不妨根据她所列的附表,来对比分析一下初盛唐和中唐诗歌对琴的美学特色追求的不同。

表一①　唐代古琴演奏情感美学:淡

诗题	作者	所属时期
嵩山十志十首·幂翠庭	卢鸿一	初、盛唐
听郑五愔弹琴	孟浩然	
司空主薄琴席	韦应物	中唐
奉和舍人叔直省时思琴	张籍	
废琴	白居易	
寄唐生	白居易	
题郑秘书征君石沟溪隐居	白居易	
清夜琴兴	白居易	
和顺之琴音	白居易	

由表一可较为直观地看出,中唐文人要比初盛唐文人强调古琴的"淡"。所谓淡,指的是恬淡、淡泊、朴素、闲适。中唐人强调淡,恰展现了他们相对沉静、含蓄和淡泊自适的生活面貌,以及较显内敛、清隽的

---

①　本书所列表格主要根据欧纯纯书中相关表格,但只取其中"诗题"、"作者"两栏,且以初盛唐和中唐两段时期的诗歌和作者为主,同时增加"所属时期"一栏,以便于对比不同时期文人对古琴美学特色的强调的不同之处。表一所据原表,见《唐代琴诗之风貌》文津出版社有限公司 2000 年版,第 60 页。

文学审美倾向。

表二①　唐代古琴演奏情感美学：古

诗题	作者	所属时期
蜀城怀古	刘希夷	初、盛唐
琴	王昌龄	
听弹琴	刘长卿	中唐
秋怀	孟郊	
夫子鼓琴得其人	白行简	
听岳州徐员外弹琴	张祜	

　　所谓古，就琴的音律而言指的是古声、古调，就情感而言是指幽古的心情和对古道的向往。关于"古"，中唐文学一个较为引人注目的文学变革便是韩愈等人倡导的"古文运动"，他们以复古为旗帜对时文进行改革。而中唐人对琴的"古"意的强调与之不无暗合。

表三②　唐代古琴演奏情感美学：悲

诗题	作者	所属时期
拟古三首之三	徐彦伯	初、盛唐
哭祖六自虚	王维	
月夜听卢子顺弹琴	李白	
昭国里第听元老师弹琴	韦应物	中唐
河口逢江州朱道士因弹琴	卢纶	
酬李端长安寓居偶咏见寄	卢纶	
杂歌	李端	
乐天见示伤微之敦诗晦叔三君子皆有深分因成是诗以寄	刘禹锡	
听萧君姬人弹琴	卢仝	
雨中听琴者弹别鹤操	白居易	
房公旧竹亭闻琴缅慕风流神期如在音重题此作	李德裕	

---

① 本表所据原表，见《唐代琴诗之风貌》，文津出版社有限公司2000年版，第64页。
② 本表所据原表，见《唐代琴诗之风貌》，文津出版社有限公司2000年版，第76—77页。

悲,顾名思义也即悲凄之感。关于琴给人带来的情感上的共鸣,薛易简在《琴诀》中指出:"常人但见用指轻利,取声温润,音韵不绝,句度流美。但赏为能,殊不知志士弹之,声韵皆有所主也。夫正直勇毅者听之,则壮气益增。孝行节操者听之,则中情感伤。贫乏孤苦者听之,则流涕纵横。"可见,不同心态的人听琴就会有不同的情感反映。中唐文人听琴而悲的现象远比初盛唐文人普遍,这正透露出中唐文人持有较为低沉的心态,而在这种较为低沉的状态下,文学的审美格调也显得内敛、幽深。

表四①　唐代古琴演奏节奏美学:急

诗题	作者	所属时期
咏琴	刘允济	初、盛唐
咏怀	骆宾王	
听董大弹胡笳声兼寄语弄房给事	李颀	
和振上人秋夜怀士会	王昌龄	
听秋夜赠寇尊师	常建	
月夜听卢子顺弹琴	李白	
送苗七求职	项斯	晚唐
听琴	张乔	

急,节奏快速的意思,快速的节奏使人容易产生急促、激荡的心理效应。由表四来看,初盛唐文人对急促的琴感受较强。而中唐文人则似乎对琴的急促之音并不十分感兴趣,他们更趋向于"缓",关于唐代古琴演奏节奏中的"缓",欧纯纯同样也有相关作品列表②。表中列出的琴诗以中唐时期作品为最,其中,白居易的琴诗对"缓"的追求尤为明显。这一急一缓的对比,体现出中唐文人趋于平和的心境,与这种心境相对的

---

① 本表所据原表,见《唐代琴诗之风貌》,文津出版社有限公司2000年版,第97页。
② 表见《唐代琴诗之风貌》,文津出版社有限公司2000年版,第100页。

文学创作大抵消弭了急切阳刚的气息,而呈现出疏淡、恬静和闲适的风格。

由以上分析可知,和初盛唐文人相比,中唐文人对琴的"淡"、"古"、"悲"、"缓"的美学品质尤为注重,而这些音乐审美取向其实也正是中唐文人在文学创作中的体现出来的主要审美倾向。

第二节 棋弈与中唐文学

棋弈和琴艺、书法、绘画历来被中国文人士大夫视为雅事。弈,也即围棋,关于它的起源,东晋张华《博物志》曾云:"尧造围棋,以教子丹朱。或曰:舜以子商均愚,故作围棋以教之。"当然,今人对此说法或有质疑,但古代文人士大夫却普遍接受尧舜造棋的说法。由尧舜造棋的动机来推断,在古人心目中,围棋具有教育、益智的作用。又《论语·阳货》中有云:"饱食终日,无所用心,难矣哉!不有博弈者乎,为之犹贤乎已。"即是说,在闲暇时,下棋总比无所事事要好,可见,棋弈在先秦时代就已被视为一种打发闲暇时光的活动。到了汉代以后,围棋进一步受到了文士的重视,例如班固在《弈旨》中云:"北方之人,谓棋为弈。局必方正,象地则也;道必正直,神明德也;棋有白黑,阴阳分也;骈罗列布,效天文也。四象既陈,行之在人,盖王政也。……上有天地之象,次有帝王之治,中有五霸之权,下有战国之事,览其得失,古今略备。"①班固将围棋和天道神明、王政权霸相联系,无疑提升了围棋的文化内涵。此外,后汉马融作有《围棋赋》,言围棋和用兵之道的相通。

---

① 班固著,张溥注:《班兰台集校注》,中州古籍出版社1991年版,第113页。

在文学作品中,真正开始将文人与围棋相联系的是东汉李尤的《围棋铭》,此铭文言诗人空闲之余的对弈,其文曰:"诗人幽忆,感物则思。志之空闲,玩弄游竟。局为宪矩,棋法阴阳。道为经纬,方错列张。"①又东汉末王粲作《围棋赋》,称"清灵体道,稽谟玄神,围棋是也",②将围棋的文化功能提高到了清心、体道的程度。此外,王粲还作有《弹棋赋》,认为弹棋"因行骋志,通权达理,六博是也。"③由此可知,汉代文人所喜爱的棋类活动,除了围棋对弈,还有弹棋。依王粲的叙述,弹棋与能使人静心、体会玄远之道的围棋有着明显的不同,它主要是使人心志驰骋,通晓现实权宜与事理。东汉名士蔡邕也作有《弹棋赋》,其文云:"夫张局陈棋,取法武备。因嬉戏以肄业,托欢娱以讲事。"④可见,弹棋的娱乐性比较强,而且较之围棋的静默比心,弹棋更能引人欢欣。到了魏晋时期,围棋日益为名士所尚,刘义庆《世说新语·巧艺第二十一》载"王中郎以围棋为坐隐,支公以围棋为手谈"⑤,从此,"坐隐"和"手谈"这两个带有较浓郁名士文化气息的词成为了围棋的雅称。入唐以后,棋类活动成为文士阶层日常消遣的一个重要内容。然而,结合唐代诗人的相关诗歌创作来看,初盛唐和中唐文人对棋类活动的偏好存在着一定的差别,而这种差别的出现反映了唐代文人精神气质的一种变化,这种气质的变化对文学创作风格的改变不无影响。

一、弹棋、围棋的兴衰交替与唐代文人气质的转化

棋类活动在唐代颇为流行,其中弹棋和围棋在文士阶层中影响较大。弹棋和围棋的不同,在上文已稍有论及,即下围棋的双方一般都沉静思索,因此围棋被认为具有使人静心、体会玄意的作用。而弹棋则更

---

① [清]严可均辑:《全后汉文》卷五十,商务印书馆1999年版,第518页。
② 王粲著,俞绍初校点:《王粲集》,中华书局1980年版,第686页。
③ 王粲著,俞绍初校点:《王粲集》,中华书局1980年版,第684页。
④ 费振刚等辑校:《全汉赋》,北京大学出版社1993年版,第587页。
⑤ 刘义庆撰:《世说新语》,上海古籍出版社1982年版,第376页。

具趣味性和游戏性。它的其起源比围棋要晚,相传汉武帝好蹴鞠,群臣谏劝,东方朔以弹棋进之,武帝便舍蹴鞠而尚弹棋;另一说西汉成帝时刘向仿蹴鞠形制而作。初用十二枚棋,每方六枚。两人对局时轮流以石箭弹对方棋子。魏时改用十六枚棋,唐代又增为二十四枚棋。由弹棋的游戏规则来看,此项活动更多的是讲求手上技巧,例如李颀《弹棋歌》中称赞善于弹棋的崔侯"回飙转指速飞电,拂四取五旋风花。坐中齐声称绝艺,仙人六博何能继"①,可知弹棋和以动脑为主的围棋有较大的不同,它主要依靠运指技巧的纯熟来定输赢。

弹棋和围棋这两种棋类活动在唐代文人士大夫阶层中的流行情况有较大的不同。总的来说,初盛唐文人较为喜爱弹棋,而对围棋的兴趣较少;中唐以后,文人普遍倾向于下围棋,而弹棋则渐趋衰落。弹棋和围棋在唐代文人生活中的兴衰交替,从唐代文人的相关诗文创作大体可以看出。入唐以后,围棋,作为文人传统的休闲活动,在文士群体中也有一定的影响。例如爱好文艺的唐太宗李世民便并作有两首《五言咏棋》:

> 手谈标昔美,坐隐逸前良。参差分两势,玄素引
> 双行。舍生非假命,带死不关伤。方知仙岭侧,烂斧
> 几寒芳。
> （其一）
> 治兵期制胜,裂地不要勋。半死围中断,全生节
> 外分。雁行非假冀.阵气本无云。玩此孙吴意,怡神
> 静俗氛。
> （其二）

李世民此二诗一方面强调围棋"手谈"、"坐隐"的文士意蕴,另一方面也将围棋与用兵联系,诗歌所表达的意思大体参照了前代文人对围棋的

---

① 李颀著,隋秀玲校注:《李颀集校注》,河南人民出版社 2007 年版,第 114 页。

表述,并无多少新意。除了李世民,初盛唐文人在诗文中言及围棋的并不多,对初盛唐诗略作统计,只有崔泰之、张说、王维、李颀等人各存一、两篇旁及围棋的诗歌。若仔细分析这些为数不多的诗歌,可知初盛唐诗人笔下的围棋多与隐逸玄远、名士高情等方面相关。例如:

> 闻琴幽谷里,看弈古岩前。
>
> (崔泰之《奉酬韦嗣立祭酒偶游龙门北溪忽怀骊山别业…大像之作》)
>
> 宁知洞庭上,独得平生时。精意微绝简,从权讨妙棋。
>
> (张说《赠赵公》)
>
> 草际成棋局,林端举桔槔。还持鹿皮几,日暮隐蓬蒿。
>
> (王维《春园即事》)
>
> 上章人世隔,看弈桐阴斜。
>
> (李颀《题卢道士房》)
>
> 鹖冠葛屦无名位,博弈赋诗聊遣意。
>
> (李颀《同张员外諲酬答之作》)

在初盛唐,尤其是在人们普遍呈现豪迈、开放、自信和入世心态的盛唐,围棋所包含的玄远、静默的文化意蕴多少和初盛唐文人气质有点格格不入,所以文人在诗文中旁及对弈的情况较少,即使提及,也是用于表现追求淡泊、出世情怀的人。

与围棋在初盛唐的受冷落相比,以比试技巧为主的、活动气氛较为活跃的弹棋却受到盛唐人的喜爱,文人以弹棋为主题创作的作品明显要比围棋多。例如李颀作有《弹棋歌》:

> 崔侯善弹棋,巧妙尽于此。蓝田美玉清如砥,白黑相分十二子。联翩百中皆造微,魏文手巾不足比。

缘边度陇未可嘉,鸟跂星悬危复斜。回飙转指速飞
电,拂四取五旋风花。坐中齐声称绝艺,仙人六博何
能继。一别常山道路遥,为余更作三五势。

诗人对崔侯弹棋的精彩表现甚为叹服,而由"坐中齐声称绝艺"来看,弹棋虽是两人活动,观者却可以较多,而且不必凝神屏气,可以大声喝彩助兴,和"相对终无语,争先各有心"①的围棋相比,弹棋所体现出来的集体性娱乐的特点十分明显。除了李颀,年少时任侠使气,曾任唐玄宗侍卫的韦应物也作有《弹棋歌》一首,以"中央转斗破欲阑,零落势背谁能弹。此中举一得六七,旋风忽散霹雳疾。履机乘变安可当,置之死地翻取强"、"神安志惬动十全,满堂惊视谁得然"等句描述了弹棋活动的激烈和精彩。盛唐诗人言及弹棋的诗作并不少见,例如:

花落弹棋处,香来荐枕前。使君停五马,行乐此
中偏。

（孙逖《和常州崔使君咏后庭梅二首》）

不逐城东游侠儿,隐囊纱帽坐弹棋。

（王维《故人张諲工诗善易卜兼能丹青草隶顷以
诗见赠聊获酬之》）

吾徒在舟中,纵酒兼弹棋。

（岑参《敬酬杜华淇上见赠,兼呈熊曜》）

中酒朝眠日色高,弹棋夜半灯花落。

（岑参《与独孤渐道别长句兼呈严八侍御》）

弹棋自多暇,饮酒更何如。

（高适《苦雨寄房四昆季》）

弹棋击筑白日晚,纵酒高歌杨柳春。

（高适《别韦参军》）

---

① 李从谦:《观棋》,《全唐诗》卷八,中华书局1960年版,第76页。

由上举例子可以看出,盛唐文人多将弹棋和热烈的享乐气氛相联系。可以说,更适合于娱乐场合的弹棋在盛唐广受欢迎,这与盛唐社会热烈开放的时代风气以及盛唐人豪放、乐观的气质有着密切的关联。

盛唐文人除了将弹棋引入诗中,还以弹棋为题作赋,例如开元初少府监张廷珪有《弹棋赋》,在开元年间任官户部金部员外郎的卢谕也有同题作品;天宝中曾为吏部郎中的阎伯玙作有《弹棋局赋》。其中,张廷珪在《弹棋赋》中描绘了参加弹棋活动的两类人:

> 至若狂生侠少,使气为主,顾怀将客,动越规矩,竞缘局而斜衡,争隔矢而曲取。既向角而散乱,复当中而赞聚苟万一之偶中,何轻狡之云数?曷若恬和之士,神清意远,岂棋布而兴来,亦手运而情遣。先和容而取则,兼中敌而为善,务专一于道求,宁苟贪于席卷,或聊假以喻大,或有迷而知返。夫局势将毕,观者逾乐,两敌相持,三顾而作。划去者箭飞,分索者星落,眄四隅之豁然,若万里之清廓。
>
> (《全唐文》卷二六九)

在作者的描绘下,使气的"狂生侠少"和神清意远的"恬和之士"在弹棋活动中各有特色,然作者无疑对性格恬和的士人的弹棋风格较为推崇。由此可知,在盛唐时期,无论是狂妄侠士还是性格恬和的文士皆投入到弹棋活动中。

进入中唐以后,曾经盛行一时的弹棋却日见衰落,而围棋却又开始盛行。这从中唐时期文人的相关题材创作可以看出。和盛唐诗相比,以围棋为题材的中唐诗数量明显要多,而且涉及该题材的文人数量也呈增长的趋势。从进入中唐开始,较为有名的文人皆有在诗歌创作中言及围棋题材,例如大历诗人的创作:

> 微官何事劳趋走,服药闲眠养不才。花里棋盘憎

鸟污,枕边书卷讶风开。

（韦应物《假中枉卢二十二书亦称卧疾兼讶李二久不访问…戏李二》）

漱玉临丹井,围棋访白云。

（刘长卿《过包尊师山院》）

浇药泉流细,围棋日影低。

（秦系《春日闲居》）

五老正相寻,围棋到煮金。

（卢纶《过终南柳处士》）

上章尘世隔,看弈桐阴斜。

（顾况《题卢道士房》）

谏草文难似,围棋智不如。

（李端《哭张南史因寄南史侄叔宗》）

洞泉分溜浅,岩笋出丛长。败屦安松砌,馀棋在石床。

（司空曙《过终南柳处士》）

由例子可知,大部分大历诗人对在盛唐并不流行的围棋兴趣急增,例如韦应物,对比其《弹棋歌》和上举例子,两诗风格截然不同,一边是激荡豪纵,一边则闲静恬然,各自代表了青壮年时期和中老年时期诗人的不同精神气质。再看其他大历诗人,也大都呈现出了一种闲静、沉稳的气质。大历以后的文人对围棋的钟爱也愈见明显,他们言及对弈的诗作数量甚为可观,例如:

自以棋销日,宁资药驻年。

（权德舆《送王炼师赴王屋洞》

赐书宽属郡,战马隔邻疆。纵猎雷霆迅,观棋玉石忙。

（韩愈《送李尚书赴襄阳八韵得长字》）

山人无事秋日长，白昼懵懵眠匡床。因君临局看斗智，不觉迟景沉西墙。

（刘禹锡《观棋歌送偃师西游》）

采茶寻远涧，斗鸭向春池。送客沙头宿，招僧竹里棋。

（张籍《寄友人》

亲烹园内葵……酿酒并毓蔬，人来有棋局。

（元稹《解秋十首》之六）

还醇凭酎酒，运智托围棋。

（元稹《酬翰林白学士代书一百韵》）

晚酒一两杯，夜棋三数局。

（白居易《郭虚舟相访》

由"以棋销日"、"棋槊以相娱"等表述可知，对弈、观棋已成为中唐文人生活中一项日常娱乐活动，不管是朋友来访，还是酒后无事，下棋斗智成为中唐中后期文人的保留娱乐节目。

与围棋在文人日常生活中兴盛的情况相比，弹棋则显得比较黯淡，综观中唐诗，可以发现，言及弹棋的作品甚少，只有王建、王涯、白居易等少数诗人涉及：

弹棋玉指两参差，背局临虚斗著危。

（王建《宫词》）

向晚移镫上银篝，丛丛绿鬓坐弹棋。

（王涯《宫词》）

何处春深好，春深博弈家。一先争破眼，六聚斗成花。鼓应投壶马，兵冲象戏车。弹棋局上事，最妙是长斜。

（白居易《和春深二十首》第十七）

王建、王涯二人提到的弹棋,都是在女子之间进行的游戏,而非文士的弹棋活动。此时弹棋似乎已更多地成为了女子的活动。白居易诗中提及了数种文士活动,有围棋、投壶、弹棋等,由"兵冲象戏车"一句来看,象棋当时也已经成为了一种流行的棋类活动。由此来看,弹棋已不复盛唐时期的兴盛。

关于围棋在中唐的兴盛,李肇《唐国史补》中曾有所指出:"长安风俗,自贞元侈于游宴,其后或侈于书法、图画,或侈于博弈……。"而元稹有《酬段丞与诸棋流会宿弊居见赠二十四韵》,该诗题中"诸棋流"三字值得注意,既能称之为"棋流",可知当时喜欢对弈的文士不在少数。元稹在该诗歌中写道:"异日玄黄队,今宵黑白棋。斫营看迥点,对垒重相持","异日"、"今宵"表现了众人相聚下棋的次数颇为频繁。而每次下棋,众人皆全神贯注,以至于"眠床都浪置,通夕共忘疲",可见众人的投入程度。在棋会散去时,诸棋友又"殷勤卜后期"。对于这种通宵达旦的棋会,元稹在诗歌之末道:"分作终身癖,兼从是事蠲。此中无限兴,唯怕俗人知。"[1]由此来看,在诗人眼中,文士之间的这种棋会,也是一种雅集的形式,其中的兴致和趣味是一般俗人无法知晓的。又比如韩愈在《河东节度观察使荥阳郑公神道碑文》中称郑儋"与宾客朋游,饮酒必极醉,投壶博弈,穷日夜,若乐而不厌者。平居帘阁据几,终日不知有人,别自号'白云翁'。名人魁士,鲜不与善。好乐后进,及门接引,皆有恩意"。[2]由韩愈的叙述可知,郑儋当也属于元稹所言的"棋流",博弈能穷日夜,其投入程度可想而知。而韩愈将郑儋的这种对博弈近乎痴迷的行为写入碑文,可推测当时不仅不以这种行为为过,而且还可能持一种认可的态度。然而,更值得我们注意的是,韩愈在提及郑儋纵酒、

---

① 《元稹集》,中华书局1982年版,第127页。

② 《韩昌黎全集》,中国书店1991年版,第355—356页。

日夜博弈的行为之后,紧接着的那句话。由该话可知,郑儋平素清静修为,而且"白云翁"这个自称也传达出郑儋玄远、淡泊的意趣。尽情纵乐和追求虚静这两种行为,在现实中无疑是一对矛盾,然这对矛盾却在郑儋身上得到了统一。且由"名人魁士,鲜不与善"一句可知,郑儋在当时名人、文士群体中广受认可,那么,他的这种生活方式和精神状态当具有一定普遍性。纵乐和追求虚静在郑儋身上的集合,其实正透露出相当部分的中唐文士的真实生活状态和精神气质。偶尔的博弈纵乐,可视为是盛唐精神的余留,同时也是中唐文士游戏心态以及平时被压抑情绪的一种外露方式;而平时的闲淡、虚静则是中唐文人的生活常态,由此显现了他们偏于沉静、内敛的性格和气质。

总的来说,弹棋和围棋在唐代文人日常生活中地位的转化并非偶然。这一转化和中唐文人群体气质的转变有着密切的关系。较之盛唐,中唐文人的总体气质偏于沉静、远淡,个性也由外拓转为内敛。这种气质和个性使他们更倾向于选择具有使人静心、体会玄意的作用的围棋,而疏远了活动气氛较为热烈的弹棋。中唐中后期,围棋更发展成为文人日常主要娱乐活动,由此出现了文士棋会,其中甚好围棋者能通宵对弈,废寝忘食,从这个方面来说,围棋又成了较为内敛的中唐文人释放自我的一种方式。

二、韩愈的棋弈偏好与文学风格

棋类活动,是文人雅士在闲暇之余的消遣方式,具有游戏的性质。不同的棋类活动常给参与者带来不同的情感体验,比如上文所提及的弹棋和围棋,弹棋更多地比试身体的技巧,带来的是一种直观、快速的感观享受;而围棋讲求沉静,更多的是比试智力,只要棋局没有结束,都可能存在变数,它给参与者带来的是一种较为偏向理性而又绵长的心理感受。不同个性和气质的人对于日常消遣方式的选择会有所偏重,就像盛唐文人普遍喜爱弹棋,中唐文人普遍喜欢围棋一样。因此,通过考察某文人的日常消遣方式,也能分析出他的个性特点。

上文曾论及,中唐时期,在文人士大夫群体中普遍流行的娱乐活动是围棋,而弹棋则有所衰退,然而,弹棋在中唐也不乏爱好者,韩愈便是一例。他在《画记》记自己偶得一画,得画的缘由是,"贞元甲戌年,余在京师,甚无事,同居有独孤生申叔者,始得此画,而与余弹棋,余幸胜而获焉。"①韩愈说得很明白,他的画是通过弹棋的方式从独孤申叔手中赢来的。韩愈和独孤申叔两人以弹棋的方式来赌一幅"集众工人之所长"、"虽百金不愿易"的好画,可见他们应该都比较擅长弹棋,因为弹棋比试的主要是技巧,若两人不具备相当的技巧是不会轻易与对方开赌的。韩愈能赢画,证明他弹棋技巧比较纯熟,此外,弹棋作为一项盛唐时代普通的棋类活动,到韩愈手中却成了一种赌博方式。

关于韩愈好赌,张籍在《上韩昌黎书》中曾批评道:"先王存六艺,自有常矣,有德者不为,犹以为损,况为博塞之戏,与人竞财乎?君子固不为也。今执事为之,以废弃时日,窃实不识其然。且执事言论文章,不谬于古人,今所为或有不出于世之守常者,窃未为得也。愿执事绝博塞之……"②对于张籍的批评,韩愈有所回复,然其喜赌之性终究难移。在《示儿》一诗中,他写到其日常的生活:"问客之所为,峨冠讲唐虞。酒食罢无为,棋槊以相娱。"③由此可知,"棋槊"是韩愈日常主要消遣方式。"棋槊",即握槊,是古代一种博戏,后演变为双陆,也是一种棋类游戏,此游戏在唐代开始流行,例如《旧唐书·后妃传》记载唐中宗"引武三思入宫中,升御床,与后双陆,帝为点筹,以为欢笑"④,可知双陆在初唐时已进入宫廷内。关于双陆的具体玩法,日本今存《双陆锦囊钞》一书,书中言及双陆的玩法是:一套双陆主要包括棋盘,黑白棋子各15

① 韩愈:《韩昌黎全集》,中国书店1991年版,第206页。
② 张籍:《上韩昌黎书》,《全唐文》卷六百八十四,上海古籍出版社1990年版,第3105页。
③ 韩愈:《示儿》,《韩昌黎全集》,中国书店1991年版,第118页。
④ 刘昫等撰:《旧唐书》卷五十五《后妃传》,中华书局1975年版,第2172页。

枚,骰子2枚。其中棋盘上面刻有对等的12竖线;骰子呈六面体,分别刻有从一到六的数值。玩时,首先掷出二骰,骰子顶面所显示的值是几,便行进几步。先将全部己方15枚棋子走进最后的6条刻线以内者,即获全胜。日本的双陆由唐朝传入,其玩法、规则应该与唐式大致相通。双陆这种棋戏的胜负的决定具有较大的偶然性,所以参与者会感觉比较刺激。此外,双陆规则简单,按线进棋即可,无须像围棋那样潜心思索。

韩愈在中唐文士多数以围棋为乐的背景下,喜欢弹棋和带有博戏性质的棋槊,可谓与众不同。由张籍对韩愈的批评口吻来看,韩愈这种有别于一般文士的棋类喜好,在当时恐是遭人诟病的。至于那位和韩愈以弹棋的方式来赌博的独孤申叔,在中唐文人群体中恐怕也不受称道。据《旧唐书·王士平传》记载,王士平于贞元年间,到了元和中,"公主纵恣不法,士平与之争忿;宪宗怒,幽公主于禁中,士平幽于私第,不令出入。……时轻薄文士蔡南、独孤申叔为义阳主歌词,曰《团雪》、《散雪》等曲,言其游处离异之状,往往歌于酒席。宪宗闻而恶之,欲废进士科,令所司网捉搦,得南、申叔贬之,由是稍止。"①独孤申叔敢于以宫闱丑事为材创作歌辞并广为传播,应该也是一位颇为大胆且具有游戏心态的文士。歌辞最终激怒唐宪宗,险使得天下士人所仰望的进士科被废,累及士林,那么,他在士林中的名声也好不到哪里去,《旧唐书》称其为轻薄文士,当非一家之词。由此看来,似乎在弹棋衰微的中唐,仍以之为消遣的两位文人,在生活作风上名声都不大好。韩愈在中唐文人偏爱围棋的大环境下选择别的棋类活动,显示了他特立独行的一面。

由韩愈喜爱弹棋和棋槊来看,韩愈对带有技巧性、随机性的事物比较感兴趣,这也反映出他富于挑战性和冒险性的性格特点。同时,好赌的特点也从侧面反映了韩愈的胆识。在这种性格特点的影响下,韩愈

---

① 刘昫等撰:《旧唐书》卷一百四十六《王士平传》,中华书局1975年版,第3877—3878页。

的文学创作也呈现出独特的艺术个性。在诗歌创作方面,韩诗在取材上敢于突破中唐文人所局限的个人狭小的生活、情感空间,语言则务求发他人所不敢发,想象瑰丽、奇险,气势雄浑。晚唐司空图在评论韩诗时即称其"驱驾气势,若掀雷挟电,奋腾于天地之间"①。叶燮《原诗》也称:"韩愈为唐诗之一大变,其力大,其思雄,崛起特为鼻祖。"②都突出了韩诗的独特之处。而在散文创作方面,韩愈的论说文主要针对社会现实,不平则鸣,其议论文字往往惊世骇俗,具有震慑人心的气势;其杂文则或长或短,亦庄亦谐,构思精巧,内容和形式皆显得新颖奇妙,带有一定的游戏意味。

对比需要深思熟虑、步步为营的围棋,弹棋和双陆更为直观而且无须太多的思考,其游戏的性质无疑更加突出。由此可知,喜欢弹棋和双陆的韩愈当比一般的中唐文人更具有游戏的意识和心态。综观韩愈的诗文创作,可发现他的作品除了具有奇险、张扬气势的特点,在某些创作中更呈现出一种独特的游戏心态。例如,在诗歌创作方面,韩愈曾在《石鼎联句诗序》中借道士弥明之口,在一向以文雅为创作标准的文人宴集联句中道出"龙头缩囷蠢;豕腹胀膨脝"这样带有粗俗意象的诗句,并且以"仍于蚯蚓窍,更作苍蝇声"讥笑他人苦思沉吟的情状。韩愈这几句诗的意象奇特甚至显得俚俗,但表达效果却十分生动,不过像这样的诗句在中唐诗坛上恐怕会被视为异端。韩愈敢于向一贯以文雅为主流的文人诗歌发起挑战,恰彰显了他的游戏心态。至于在散文创作方面,韩愈"以文为戏"的创作风格则更为有名,关于他这种文风,张籍在《上韩昌黎书》中就曾批评道:"比见执事多尚驳杂无实之说,使人陈之于前以为欢,此有以累于令德。"③对于张籍的指责,韩愈在《重答张籍

---

① 司空图:《题柳柳州集后》,《全唐文》卷八百〇七,上海古籍出版社1990年版,第3762页。

② 叶燮:《原诗·风编》,人民文学出版社1979年版,第8页。

③ [清]董诰等编:《全唐文》卷六百八十四,上海古籍出版社1990年版,第3105页。

书》中回应道："驳杂之讥，前书尽之，吾子其复之。昔者夫子犹有所戏，《诗》不云乎：'善戏谑兮，不为虐兮。'《记》曰'张而不弛，文武不能也'，恶害于道哉？吾子其未之思乎！"由韩愈自陈可知，他认为以文为戏其实无伤大雅，反而可以成为一种有益的文学补充形式。

　　总的来说，韩愈在棋类活动上的偏好和特立独行，透露出他富于挑战和冒险的心性，也彰显出他的游戏心态。而这种个性和心态无疑是韩愈文学创作风格有别于其他中唐文人的一个重要原因。

第三节　书法与中唐诗歌审美倾向

　　书法在唐代极其繁荣，名家辈出，楷书大家欧阳询、颜真卿、柳公权，草书大家张旭、怀素，除欧阳询处于隋唐之际外，其余四人都出现在唐代；有名的书法作品也甚多，相关的书学理论也颇为繁荣。唐代书法的繁荣与初唐统治者的倡导有着密切的关系，唐太宗李世民雅好书法，早在贞观元年，他就敕令"京官文武职事五品以上子有性爱学书及有书性者，听于馆内学书，其法书内出。其年，有廿四人入馆，敕虞世南、欧阳询教示楷法。"[1]此外，他更作《笔法论》阐述创作书法时心神、志气以及笔法等方面的要求。除了帝王的提倡之外，唐代的教育、选官等制度中对书法皆有所要求，例如，在教育制度方面，要求弘文、崇文两馆学生须"楷书字体，皆得正样"，否则罢之[2]；在选官制度上，唐代以"身、言、书、判"为选官标准，其中，"书"的标准是"楷法遒美"，即要求书法端正、工整、大方、笔健、苍劲秀丽，如果文士要通过铨选得官，书写字体必

---

① 韩愈：《韩昌黎全集》，中国书店 1991 年版，第 230 页。
② 王溥撰：《唐会要》卷七十七，中华书局 1955 年版，第 1402 页。

须得合乎此要求。关于唐代人善书这一点，宋人朱翌在《猗觉寮杂记》就曾指出："唐《百官志》有书学，故唐人无不善书，远至边裔书吏、里儒，莫不书字有法，至今碑刻可见也。往往胜于今之士大夫，亦上之所好，有以劝诱之。"

欧阳询《九成宫醴泉碑》

唐代既有尚书法的时代风气，不少有名的诗人就能写得一手好字。像初盛唐虞世南、贺知章、王维、李白、杜甫，中唐颜真卿、柳宗元、刘禹锡、白居易，晚唐杜牧、温庭筠等无不擅长书法。书法和诗歌，一属艺术，一属文学，但它们皆能反映创作者的心灵，

传达和展现出创作主体的审美取向和价值追求。早在汉代，扬雄《法言·问神》就曾指出："言，心声也；书，心画也。"[1]按照扬雄所言，书法是人的心理的描绘，是一种以线条来表达和抒发情感的方式，这实际上是在强调书法抒情、表意的性质。清代刘熙载在《艺概·书概》中也指出，"写字者，写志也"，[2]突出的是书法能表达作者情志的作用。而在中国古代诗歌领域中，早有"诗言志"、"诗缘情"的理论。因此，可以说，在表现创作者的情感方面，书法和诗歌创作无疑是相通的，所以，唐代著名书论家张怀瓘在《书艺》中说，"夫翰墨及文章至妙者，皆有深意以见其志，览之即了然"，[3]是有一定见地的。此外，中国历来有"字如其人"一说，例如刘熙载曾指出，"贤哲之书温醇，骏雄之书沉毅，畸士之书历落，才子之书秀颖"[4]，就具体地指出了具有不同品性、才行的人的书写

---

① 汪荣宝撰，陈仲夫点校：《法言义疏》，中华书局1987年版，上册，第160页。
② 刘熙载：《艺概·书概》，上海古籍出版社1978年版，第169页。
③ 潘运告编著：《张怀瓘书论》，湖南美术出版社1997年版，第17页。
④ 刘熙载：《艺概·书概》，上海古籍出版社1978年版，第170页。

特点。既然书法和诗歌在表现创作者情志方面有相通之处,而唐代文人能兼书法、诗歌之长者又不在少数,所以,结合某一时期文人的书法创作情况来考察他们的诗歌创作,当不无意义。

一、中唐文人书法概况

唐代书法,尤其是楷书,大体呈现出一种端庄、谨严之态,也即其书写的笔画结构多方整、平正。唐代弘文、崇文两馆学生也被规定"楷书字体,皆得正样"否则罢之(《唐会要》卷七十七),大概"平正"的乃是当时书写的最重要准则之一。然而,在长达三百多年的唐代书法发展历程中,不同时期的书法形态和风格其实也有着一定的差异。

大体来看,初唐书法大致追求一种遒劲、俊逸的笔力和儁拔、瘦硬的风神,而不讲求丰浓肥腴。关于此点,杜甫在《李潮八分小篆歌》曾有总结:"峄山之碑野火焚,枣木传刻肥失真。苦县光和尚骨立,书贵瘦硬方通神。"在初盛唐书法名家中,欧阳询的书法最能体现这一风格趋向。欧阳询有《传授诀》称:"每秉笔必在圆正,……当审字势,四面停匀,八边具备,短长合度,精细折中,最不可忙,次不可缓,又不可瘦,复不可肥。"唐代书论家张怀瓘在《书断》中称欧阳询"八体尽能",其书法"笔力险劲";《宣和书谱》卷八则言询书"险劲瘦硬,自成一家"。到了宋代,董逌在《广川书跋》中评价欧阳询之子欧阳通书法时仍强调父子之间的承传关系:"通书笔力劲险,尽得家风"。但同时,他也指出欧阳通书"微失丰浓,故有愧其父",也就是说欧阳通未能尽得其父的瘦硬风神。而唐初书法名家虞世南、褚遂良等人的书法各具特色,例如虞世南之书清朗冲和、风韵卓绝,然亦"下笔如神"、"不落疏慢"①。褚遂良书法先学虞世南,后从史陵学习笔法,专学王羲之,自称一家。其书法温

---

① 窦臮:《述书赋下》,潘运告编:《中晚唐五代书论》,湖南美术出版社 1997 年版,第 91 页。

雅多方、清媚绰约,但亦"下笔遒劲,甚得王逸少之体"。① 由此可见,在方整、平正的基础上追求笔致峻拔、骨力精劲乃当时书法风格的一个大致的趋势。而又由于虞世南、欧阳询等人在初唐书坛上的影响力,后辈多学其体。

到了盛唐,在开放、热烈的时代风气下,张旭那样的书法名家应运而生,张旭书法以草书成就最高,他所作的狂草,潇洒磊落,变幻莫测,充分代表了盛唐的书法成就。然而,在草书达到高峰的同时,在楷书和隶书方面却出现了一些不良的倾向。这主要的表现在,欧阳询等初唐书法家崇尚的瘦硬风格在以丰腴为美的盛唐富庶社会中开始有所松动。关于其中原因,宋代米芾《海岳名言》中说:"开元以来,缘明皇字体肥俗,始有徐浩以合时君所好。经书字亦自此肥,开元以前古法无复有矣。"②唐玄宗书法字体肥腴,以他帝王的影响力,其书法特点给当时的书法界带来了不小的影响,首先就是徐浩迎合其喜好,以丰肥为美。清代金石家叶昌炽也在他的《语石》(卷一)中指责这种风气说:"长安语云:'城中好高髻,四方高一尺。'书虽六艺之一,亦随风气为转移。唐玄宗好八分,自书《石台孝经》、泰华两铭,郇国、凉国两公主碑,于是天下翕然从之。"③这种自盛唐形成的肥弱书风,直到唐末也仍有影响。据米芾《书史》记,"唐末学欧尤多。四明僧无作学真字八九分,行笔肥弱,用笔宽。又有七八家不逮此僧。"④可见到了唐末,虽有不少人能重新师法初唐欧阳询那种险峻瘦硬的书法,但受到中唐书法肥弱影响已深,所以依旧难脱臃肥气弱的缺点。

中唐以来,书法焕发出夺目的光彩。在继承初唐风范的基础上,中唐书法名家辈出,如徐浩、颜真卿、柳公权等人的楷书、行书,怀素的草

① 《唐朝叙书录》载魏征评褚遂良之语,见张彦远,洪丕谟点校:《法书要录》,第131页。
② 米芾:《米芾集》,湖北教育出版社2002年版,第203—204页。
③ 叶昌炽:《语石》,上海书店1986年版,第12页。
④ 米芾:《书史》,《米芾集》,湖北教育出版社2002年版,第127页。

书皆是古今闻名,至今还有不少作品留传。
总的来看,中唐书法特点大体一变过去的瘦
健、险劲而渐渐趋向丰满、圆熟。其中,颜
真卿、柳公权既是中唐时期的代表性书法
家,也是当时的有名文士。颜真卿主要活动
于天宝末、中唐前期,他的书法初学褚遂
良,后师从张旭,又汲取初唐四家特点,兼
收篆隶和北魏笔意,自成一格。其书法一变
初唐楷书之宗法六朝含有隶意的书风,而改
用篆法表现出一种浑厚雄伟、博大刚劲的气

颜真卿《多宝塔碑》

韵,既与欧阳询的整齐峻拔、褚遂良的遒美
雅秀在风格上迥乎不同,更丝毫没有徐浩字
体那种丰肥柔弱的俗态,而是化瘦硬为丰腴雄浑,结体宽博气势恢宏,
骨力遒劲而气概凛然,人称"颜体"。应该说,颜真卿的书法更多的是体
现一种盛唐气度,而其书法美与人格美是相互辉映的,他虽然是一介文
士,在安史之乱中却能联系各路唐军反抗安禄山;唐德宗兴元年间,淮
西节度使李希烈叛变,颜真卿前往劝谕不成,从容就义。他的忠贞果敢
以及浩然坦荡的人格特点皆在其书法作品中有所流露,那铁画银钩一
样苍劲的笔力和刚劲坚实的字无不与他倔强的性格与正直作风相连。
《宣和书谱》(卷三)中曾称赞他说:"惟其忠贯白日,识高天下,故精神
见于翰墨之表者,特立而兼括,自篆、籀、分、隶而下同为一律,号书之大
雅,岂不宜哉?论者谓其书'点如坠石,画如夏云,钩如屈金,戈如发
弩',此其大概也。"①颜真卿除却书法家的身份,他还是中唐初期的著名
文人。大历八年后,他在浙西湖州任职,公务之余,招集文士纂修《韵海
镜源》,期间与其往来的文人多达百余人,像皎然、张志和、耿湋、杨凭、

---

① 顾逸点校:《宣和书谱》卷三,上海书画出版社 1984 年版,第 24 - 25 页。

袁高、李观、吕渭等有名的中唐文人皆有参与。他们或互相酬赠唱和，或以各种形式联句，由此产生了大量的作品，实乃大历年间的一大文学盛事。

柳公权是中唐中后期的代表书法家，他在博采欧阳询书法的筋骨显露风格特点和褚遂良蹲锋纤劲、流利秀美书的用笔的同时，也从颜真卿书法的笔法和结体中吸取经验，从而形成了用笔骨力深注、爽利快健，字风雄秀兼备的主要特点。柳书字体以方为主，线条瘦硬劲挺，往往纵长取势，中密外疏，一反盛唐书法始兴的痴肥颓风，以骨力清劲取胜。

柳公权《玄秘塔碑》

中唐时期的书法家除了颜真卿和柳公权此二位巨擘外，擅长书法的文人还有柳宗元、刘禹锡、白居易、元稹等。他们都是中唐时期的著名文人，但书法作品极少流传下来，因而书名往往被文名所掩盖。例如柳宗元，据赵璘的《因话录》记载，"元和中，柳柳州书，后生多师效，就中尤长于章草，为时所宝。湖湘以南，童稚悉学其书，颇有能者。"①柳宗元擅长"章草"，章草，是草书的一种，笔画有隶书波磔，每字独立，不连写。柳宗元的章草书法在元和年间的南方湖湘一带很受推崇，由童稚能学这一点来看，柳宗元的字当有一定法度可依照，字形也不难模仿。又如白居易，《宣和书谱》评他的书法作品说："观其《丰年》、《洛下》两帖与夫《杂诗》笔致翩翩，大抵唐人作字，未有不工者。如居易以文章名世，至于字画，不失书家法度。作行书，与时流相后先。盖胸中渊著，流出笔下，便过人数等。观

---

① 李肇、赵璘:《唐国史补因话录》,上海古籍出版社 1979 年版,第 84 页。

之者亦想见其概。"宋黄伯思《东观余论》也评论白居易书法道:"书不名世,然投笔皆契绳矩,时有佳趣。"二者皆指出白居易书法依照法度,中规中矩的书法特点。

然而,尽管中唐书法名家甚多,但在文士阶层中,自初唐以来形成的崇尚书学的风气,到了中唐时却出现了衰颓的倾向。针对以书法为铨选官员标准之一,就有人提出异议,如中唐初期著名的经学家、洋州刺史赵匡认为:"书者,非理人之具,但字体不至乖越,即为知书……彼身,言及书,岂可同为铨选序哉?"①就明确提出字体只要端正,不超越字体法度即可,在铨选中大可不必如此重视书法。赵匡所言并非一家言论,在文士阶层内部甚至出现了书写但记名字、事务,不必写得工整美观的观念。例如李华在《字诀》中提到一位名为鸿文先生的儒者,他在教示诸生为文时展现出他"不善书"的缺点。面对学生"先生通儒也,而弗能字学"的质疑时,鸿文先生并不以为然,他认为,儒者以学识立身,字写得如何并不重要,最后他更直言:"尔徒学书,记姓名而已"②。该先生号称通儒,身为诸生之师,担负着传承文化责任,然而即使是这样一位文化传播者,他对书学也公然持一种轻视的态度,则不难想见,当时之士林对书学态度如何。到了中唐中后期,与鸿文先生相类似的观点在文士阶层中的影响已逐渐扩大。这一点在刘禹锡《论书》一文中可见端倪。该文开篇写到了他人对刘禹锡的问难,其问曰:"书足以记姓名而已,工与拙何损益于数哉?"③一向自视清高的刘禹锡自诩过着"谈笑有鸿儒,往来无白丁"(《陋室铭》)的生活,则向刘禹锡问难之人当非目不识丁的平民,而是有相当文化修养的文士,由此可见,能写字即可,不言好坏的观念已在士人群体中广为散播。刘禹锡接着在文中指出了当时的一种社会现实:"适有面诋之曰:'子书居下品矣。'其人必逌尔而笑,

---

① 　[唐]杜佑撰,王文锦等点校:《通典》,中华书局 1988 年版,第 427 页。
② 　[清]董诰等编:《全唐文》卷三一八,上海古籍出版社 1990 年版,第 1425 页。
③ 　刘禹锡:《论书》,《刘禹锡集笺证》,上海古籍出版社 1989 年版,第 537 页。

或謷然不屑。有诋之曰：'子握槊弈棋居下品矣。'其人必赧然而愧，或 弗艴然而色。是故感以六艺斥人，不敢以奕博斥人"。①曾经被孔子视 为"饱食终日，无所用心"时方可进行博弈游戏，在中唐中后期竟比书艺 更为人所重，以至当时人不以书写难看为羞，而以不善博弈为耻。由此 可见，把书法等同于文字，无视书法的艺术价值的观念在士林中相当普 遍，无怪乎刘禹锡在《论书》文末发出"庶乎六书之学，不堙坠而已"②的 感叹。书法作为一个艺术门类，要达到一定的境界需要付出极大的努 力，例如怀素，为练习书法，就曾数十年如一日地在芭蕉叶上挥毫练笔， 如此大的精力投入以及对书法的热情无疑是怀素成为一代书法名家的 重要原因。这种全情投入到无功利领域的气魄在思想趋于现实的中唐 文士群体中普遍缺失。因此，中唐中后期，文士轻视书学的现象，可以 说是中唐以后文士重实用、讲求实际思想的一种表现，同时也透露出中 唐文士艺术热情的衰减和进取精神的旁落。而这种热情和进取精神的 衰减同样对文学创作有着一定的影响，其最直接的表现莫过于中唐诗 歌气度的消弭。

二、文人书法与文学

书法与文学，正如上文所言，此二者在表现创作者的情志和审美理 想方面有相通的地方。一般情况下，书法风格和文学风格存在一致性， 例如李白诗歌挥洒飘逸，而他的书法，据唐代孟棨《本事诗》载，"玄宗命 白为宫中行乐诗，二人张朱丝栏于前，白取笔抒思，十篇立就，笔迹遒 利，凤跱龙挐"。而《宣和书谱》）也称李白"尝作行书有'乘兴踏月，西 入酒家，不觉人物两忘，身在世外'一帖，字画尤飘逸。"③由二书所言，可 知李白的书法风格和他的诗歌风格是一致的，皆显示出遒劲飘逸的特

---

① 刘禹锡：《论书》，《刘禹锡集笺证》，上海古籍出版社 1989 年版，第 538 页。

② 刘禹锡：《论书》，《刘禹锡集笺证》，上海古籍出版社 1989 年版，第 538 页。

③ 顾逸点校：《宣和书谱》卷三，上海书画出版社 1984 年版，第 72 页。

点。又如元稹,《宣和书谱》言其书法"楷字盖自有风流酝藉,挟才子之气而动人眉睫。要之诗中有笔,笔中有诗,而心画使之然耳。"①可知元稹书法风格当风流灵动,这与他偏于轻浮的诗歌也颇为一致。

书法与文学除了在展现创作者的心志、情感和审美意趣上有共通点外,两者之间还有一个最为直接、明显的联系,即文学作品以书法为表现题材。文人有感于书法家创作的挥洒自如以及优秀书法作品的精妙,于是常将这两方面的内容纳入到文学表现的领域。在唐代诗歌中,表现书法家创作情态以及书法特点的作品不少,总的来看,唐代文人对草书艺术描绘很多,而对其他书体则相对表现较少,像杜甫《李潮八分小篆歌》、贾𫗧《赋虞书歌》、《李阳冰黄帝祠字》、舒元舆《题李阳冰玉箸篆词》、齐己《谢西川昙域大师玉箸篆书》等即是唐代以草书以外的书体为表现对象的主要诗歌作品。唐代文人对草书艺术的展现,从盛唐李颀《赠张旭》、李白《草书歌行》、杜甫《殿中杨监见示张旭草书图》到中唐鲁收、朱逵、王邕、任华、苏涣、戴叔伦等人的《怀素上人草书歌》,再到顾况《萧郸草书歌》、权德舆《马秀才草书歌》,无不将张旭、怀素等人的草书视为书中神品或逸品,而由不同时期作品数量来看,中唐文人对草书的表现尤多,而且诗人通常持着一种赞赏和倾慕的态度去描绘书法家挥洒的创作情态和草书的龙飞凤舞,例如:

> 身上艺能无不通,就中草圣最天纵。有时兴酣发神机,抽毫点墨纵横挥。风声吼烈随手起,龙蛇迸落空壁飞。
>
> (鲁收《怀素上人草书歌》)
>
> 狂僧挥翰狂且逸,独任天机摧格律。龙虎惭因点画生,雷霆却避锋芒疾。鱼笺绢素岂不贵,只嫌局促儿童戏。

---

① 顾逸点校:《宣和书谱》卷三,上海书画出版社1984年版,第27页。

（窦冀《怀素上人草书歌》）

形容脱略真如助，心思周游在何处。笔下惟看激
电流，字成只畏盘龙去。怪状崩腾若转蓬，飞丝历乱
如回风。长松老死倚云壁，瘛浪相翻惊海鸿。

（朱遥《怀素上人草书歌》）

兴来走笔如旋风，醉后耳热心更凶。忽如裴旻舞
双剑，七星错落缠蛟龙。又如吴生画鬼神，魑魅魍魉
惊本身。钩锁相连势不绝，佝强毒蛇争屈铁。西河舞
剑气凌云，孤蓬自振唯有君。

（苏涣《赠零陵僧（一名怀素上人草书歌）》）

忽为壮丽就枯涩，龙蛇腾盘兽屹立。驰毫骤墨剧
奔驷，满坐失声看不及。心手相师势转奇，诡形怪状
翻合宜。

（戴叔伦《怀素上人草书歌》）

有时当暑如清秋，满堂风雨寒飕飕。乍疑崩崖瀑
水落，又见古木饥鼯愁。变化纵横出新意，眼看一字
千金贵。

（权德舆《马秀才草书歌》）

狂僧不为酒，狂笔自通天。将书云霞片，直至清
明巅。手中飞黑电，象外泻玄泉。万物随指顾，三光
为回旋。

（孟郊《送草书献上人归庐山》）

上列中唐诗人咏草书的例子，大体呈现出较为开阔、硬朗而有骨力的特
点，而中唐诗歌历来即被视为风骨衰顿，尤其是大历时期的诗篇，柔弱、
疏旷、淡然乃此时期诗歌主调。然而，上列吟咏草书的诗篇却丝毫未显
得委顿、柔弱，这大概与其表现对象有关。诗人受怀素上人等书法家豪
纵、放狂特点的感染，沉静日久的心灵也被带动起来，于是创作诗篇时

也一扫平日的淡然、纤弱。由此来看,书法的风格对相关的文学创作是具有一定影响力的。

中唐文人喜欢表现气势狂放的草书,这一事实颇为令人回味。张旭和怀素同样以狂放的草书闻名于世,但张旭受盛唐文人的关注程度明显不及怀素受中唐文人的关注程度。而怀素草书中表现出来的那种豪纵、狂放的精神与气质正是大部分中唐文人所欠缺的,或许也正是因为这个原因,在中唐初期文人普遍低调敛气的大环境下,怀素热情狂逸的气度和难以模仿的草书风格才格外地引人注目,由此起了文人雅士的纷纷吟咏。然而,虽然中唐文人受怀素草书的激发,相关诗歌呈现出难得的硬朗与雄奇,但这种影响也只限于一时,诗歌和书法毕竟在很较大程度上受创作者的气质和性情的制约。像怀素这样对草书具有独特的感悟力的人属于少数,而且怀素灵动挥洒的草书作品也是在他醉酒忘我的非常态下方能展现得淋漓尽致的,所以,中唐文人对此种乘兴运笔如神的书法境界大都只能持一种可望而不可及的仰望的心态。既然不是每个人都能像怀素这样具有天才式的书法感悟能力和豪纵的气度,于是务实的中唐文人在仰望怀素天分的同时,更强调后天的笔法训练在书法修为中的重要性,这一点由中唐时期的主要书论著作中可以看出。中唐的主要书论,如颜真卿的《述张长史笔法十二意》、徐浩的《论书》、蔡希综的《法书论》、韩方明的《授笔要说》、林蕴的《拔镫序》、卢携的《临池妙诀》、李阳冰的《笔法》、张敬玄的《书论》、李华的《二字诀》等大都从技法入手。以颜真卿《述张长史笔法十二意》为例,作者在该文中自述了他向张旭学习笔法的过程。文章开篇言及外人向张旭求作书要领,但张旭从来不回答。其中原因他后来对颜真卿透露道:"书法玄微,难妄传授。非志士高人,讵可言其要妙? 书之求能,且攻真草,今以授予,可须思妙。"即是说,书法的妙领非常人所能体悟,因此妄传也无用。可见,张旭同样强调学书者对书法的感知力。在《述张长史笔法十二意》文末,颜真卿向张旭请教如何才能写出神妙的书法作品,张旭回答道：

> 妙在执笔，令其圆畅，勿使拘挛。其次识法，谓口
> 传手授之诀，勿使无度，所谓笔法也。其次在于布置，
> 不慢不越，巧使合宜。其次纸笔精佳。其次变化适
> 怀，纵舍挈夺，咸有规矩。五者备矣，然后能齐于古
> 人。

张旭将执笔的手法和笔法视为创作"能齐古人"的书法妙品的两大要领，而执笔手法和笔法无疑偏属于可模仿性较强的技巧层面。又如李华的《二字诀》主旨讲用笔，提出"截、拽"二字诀，说"予有二字之诀，至神之方，所谓'截、拽'也。"①总的来看，中唐书法以讲求技法为主。而在中唐文学创作的领域中，中唐的诗歌虽然在体势、气格上不及盛唐，然在表达技法的讲求上却有过于前人。中唐初期，大历诗人在创作中追求工于形似，讲究雕琢炼饰，这其实就是属于技巧层面的东西。而到了贞元、元和年间，韩愈、白居易等人在表达技巧上也各有主张。韩愈强调去除陈言，以新奇的语言去吸引读者，此外，他"以文为诗"，将古文的语言、章法、技巧引入诗歌领域，扩充了文学的表达功能，也可以说是一种技法上的创新。白居易的诗歌以俗白、浅易的面目示人，看似简易而近俚俗，其实浅易乃是诗人有意而为之的，在浅白的背后也凝聚着化繁为简、化深为浅的技巧。概而言之，中唐书论中流露来的对技法的重视，而同样地，中唐诗歌实际上也十分讲求技法，在这一点上，书法和文学是有着相似之处的。

---

① 潘运告编：《中晚唐五代书论》，湖南美术出版社 1997 年版，第 218 页。

第五章 文人日常公共生活
与中唐文学创作

　　在人类社会中,人们出于特殊的需要和利益联合在一起,只有在与他人相联系的情况下,个人的孤独感才得以在这种群体联系中消除。也就是说,个体不可能脱离群体而存在,尤其在中国文化中,人伦关系甚受重视,中国日常生活世界处处都充盈着人情和人情交往,因此,个体在私人生活之外,还生活在公共生活的领域中。就唐代文人而言,在从初盛唐以来形成的开放的社会风气下,他们较能以一种敞开的心态投入到公共生活中,从而形成了一种良好的公共意识。其主要的表现就在于,文人能够广结天下友人,互为学习、勉励,通过交流而达到提升自我的目的;此外,他们之中不少人心怀天下,并以积极入世的姿态投身仕途,以求报效国家,造福黎民。这种开放的生活气度和公共意识在盛唐文人身上表现得最为明显。然而,自中唐以来,文人的公共生活以及公共心态却发生了一些微妙的变化。文人在公共生活中的热情呈现出一种衰减的趋势,这主要表现在他们在主观上缩小了公共生活的范围,也即将公共交往圈子缩小到至亲、好友的范围内,对其他不熟悉的人际圈子,他们则倾向于保持一种审慎、甚至提防的态度。此外,文人入世的情怀也开始松动,特别是中唐中后期之后,文人渐趋选择走向独善其身,仕宦者对公务的投入程度也渐渐减弱。与中唐文人在日常公共生活领域中的这种倾向相对应,中唐文学领域也出现了一些新的文学景观,例如父子兄弟同以文学著称的现象的增加、文人派别意识加强后引发的文学创作风格明显分化等等。而在文学表现领域,文学创作更多地以个人为文学表现中心,因而文学气格也趋于内聚、收敛。

第一节　中唐文人日常交往与中唐文学景观

一般来说,日常交往是指"人们主要在血缘家庭、天然共同体范围内围绕衣食住行、饮食男女、婚丧嫁娶、礼尚往来等事项遵照传统习俗、凭借天然情感进行和展开的互相作用、相互接触、相互沟通以及互相之间产生的矛盾和冲突。"①在这一领域中,唐代文人颇表现出一种开放、自信的姿态,尤其是盛唐文人,他们或仗剑去国、或负笈漫游,结交四方友人,他们敢于突破地缘阻隔,主动地去与外界接触、交往。唐代文人的这种开放、平等的交往的风气贯穿有唐一代,然而,自经历安史之乱后,外部环境的变化引起了生活主体主观情感、思想的改变。人们逐渐变得讲求实际,文人雅士也不例外。因此,和盛唐相比,中唐文人日常交往心态和气度开始有所变化。大体来说,中唐文人在日常交往上的主动性有所降低,在与人交往时变得更加审慎,交往的圈子大体定在至亲与好友之间。随着这种交往心态的普及,文人之间的交往难免会出现一些困境,从而给文学创作带来了一定的影响。

一、文人的日常交往困境与文学的别样发展

中唐初期,社会处在战乱和动荡之中,此时人人为生存而挣扎,极度

---

① 王晓东:《日常交往与非日常交往》,人民出版社 2005 年版,第 46 页。

的物质匮乏以及由此而产生的生存恐慌在一定程度上扭曲了人们的心灵，为了生存，中唐人思想趋于务实。随着这种务实风气的流行，人与人之间的信任危机也开始出现。因为在讲求实利、人人为己的社会中，人们对亲人、朋友的那份真诚感情往往已经逐渐变得不那么纯粹，功利色彩也变得浓厚起来，人们常常很难猜透他人与自己的情感联系是出自真心还是别有用心的假意。与此同时，嫌贫爱富、薄穷厚贵情况也明显抬头。在这样一种社会风气下，财货、官禄皆不具备的中下层文士陷入了一种交往的困境中，因此，嗟叹世风日下、人情浇薄的文学作品开始增多。例如：

> 俗薄交游尽，时危出处难。
>
> （张继《赠章八元》）
>
> 岂无同门友，贵贱易中肠。
>
> （孟云卿《伤怀赠故人》）
>
> 世人结交须黄金，黄金不多交不深。纵令然诺暂
> 相许，终是悠悠行路心。
>
> （张谓《题长安壁主人》）
>
> 一生肝胆向人尽，相识不如不相识。
>
> （顾况《行路难》）
>
> 世情薄恩义，俗态轻穷厄。四海金虽多，其如向
> 人惜。
>
> （刘长卿《送元八游汝南》）
>
> 世义随波久，人生知己稀。
>
> （钱起《客舍赠郑贲》）
>
> 爱义能下士，时人无此心。
>
> （薛据《冬夜寓居寄储太祝》）
>
> 富贵难义合，困穷易感恩……本以势利交，势尽
> 交情已。如何失情后，始叹门易轨。

（崔膺《感兴》）

中唐以来,世人结交重利轻义,能够做到"纵横济时意,跌宕过人迹。破产供酒钱,盈门皆食客"(刘长卿《送元八游汝南》)的人是少之又少,而且,即使有这样的豪士,在散尽财物之后他们也不见得会获得什么回报,这从刘长卿《送元八游汝南》一诗的内容即可看出。由上举例子可见,中唐文人对世态炎凉有着深刻的感受,同时也反映出,在世人势利心态日重的情况下,唯有一身文才而没有丰富物质基础的文人若要寻觅知己、与人交心显然比较艰难。此时人与人之间的日常交往,出现了部分异化的倾向,即在一定程度上背离了天然情感这一交结基础,转而以利益关系为交结前提,正如王建在《求友》中感叹的那样,天下众人"遂作名利交,四海争奔驰"。在此种流风之下,身享富贵者被争相交结,而身陷穷困者则备受冷落,连昔日所谓的友人纷纷远离。如此一来,自古以来人们坚信的"请益先求友,将行必择师"①的观念也受到挑战。初盛唐人在交友时所呈现出来那种"莫愁前路无知己"(高适《别董大》)的乐观态度以及对友情怀有"人生结交在终始,莫为升沉中路分"②的执着均在中唐日益消退。

　　贞元中期以后,中唐社会虽然渐趋稳定,文士的社会地位较中唐初有所提升。此时的中下层文士在经历了清贫困苦的磨难以及见惯人情冷暖之后,心灵开始回复平静,在日常交往方面也形成了一种淡然而审慎的态度,原来出于情感需要而进行的求友行为也成了需要谨慎对待、经过理性分析方可定夺的事情,唯恐一时意气所交结的朋友会带来意想不到的麻烦。例如孟郊《审交》、《结交》如此写到:

　　　种树须择地,恶土变木根。结交若失人,中道生
　　谤言。君子芳桂性,春荣冬更繁。小人槿花心,朝在

---

① 朱湾:《咏玉》,《全唐诗》卷三〇六,中华书局 1960 年版,第 3476 页。
② 贺兰进明:《行路难五首》之四,《全唐诗》卷一五八,中华书局 1960 年版,第 1612 页。

夕不存。莫蹑冬冰坚，中有潜浪翻。唯当金石交，可
以贤达论。

（《审交》）

铸镜须青铜，青铜易磨拭。结交远小人，小人难
姑息。铸镜图鉴微，结交图相依。凡铜不可照，小人
多是非。

（《结交》）

除了《审交》、《结交》，孟郊还有《劝友》、《择友》等诗，皆表达结交需谨
慎的意思。孟郊在诗歌中表达的看法在中唐绝非一己之见，而当是代
表了相当部分文人的观点的。以孟郊为代表的中唐文士，出于一种自
卫意识而对日常的交往持谨慎态度，这种防范意识的存在固然可以在
最大程度上避免被他人愚弄欺骗，但过于防范的意识，也使得中唐文士
失去了广结良朋的机会，他们交往的圈子也由此缩小。交往圈子的缩
小，这意味着文人创作之间的切磋交流一般也只能局限在小圈子内进
行。而这种小范围的切磋一方面有助于文学风格的统一，形成鲜明的
特色，例如中唐"韩孟诗派"、"元白诗派"，皆体现出独特的文学特点。
另一方面，小范围的交流毕竟不利于文学创作的发展，一般的文人，由
于才力有限，同时又处身于单一的小圈子里，他们的创作风格很容易流
于单一，较难获得更高的艺术成就。

除了世情淡薄、人心叵测的原因外，中唐中后期政治上的黑暗、帝王
的猜忌以及朝廷同僚间的明争暗斗、党同伐异的局势，也是文士在日常
交往方面趋于谨慎的重要原因。因为若在官场中交结不善，极容易累
及自身。例如，《新唐书·李吉甫传》曾记载元和年间，李吉甫与窦群由
相善到交恶的事情，"吉甫本善窦群、羊士谔、吕温，荐群为御史中丞。
群即奏士谔侍御史，温知杂事。吉甫恨不先白，持之，久不决，群等衔
之。俄而吉甫病，医者夜宿其第，群捕医者，劾吉甫交通术士。帝大骇，

讯之无状,群等皆贬。而吉甫亦固乞免,因荐裴垍自代。"①李吉甫和窦群都是中唐时期有名的文士。李吉甫起初对窦群的才学甚为爱重,甚至推举他为御史中丞。但二人的交谊却因李吉甫赌气不决羊士谔、吕温的升迁而决裂,窦群等人竟然还设计陷害李吉甫,虽然事败不成,却震动朝野,李吉甫终得自保,但也因颜面受损和深感朝中险恶,所以自求免职。这一事件牵扯的人物,皆为中唐较为有名的文人,例如吕温,《旧唐书》称他"天才俊拔,文彩赡逸,为时流柳宗元、刘禹锡所称"。②整个事件发生的根本缘由恐怕在李吉甫的遇人不淑,错看了窦群的人品,以至在提携了他之后不但没有回报,反而遭其陷害。此事件可以说较为充分地展现了中唐政治与人心的黑暗和险恶,也从反面警醒着中唐文士交结须谨慎。在如此的大环境下,身在官场的文士若求自保,只能时时提防,这就越加使得文士陷入一种日常交往的萎靡状态。

此外,在京城范围内,帝王的猜忌也是中唐官员之间的日常交往困境出现的原因。例如唐德宗便是猜忌心甚重的一位帝王。《旧唐书》卷一百七十四《裴度传》载:"德宗朝政多僻,朝官或相过从,多令金吾伺察密奏,宰相不敢于私第见宾客。"③在德宗严密的监管下,宰相尚且不敢在私第见客,其他官员就更不用说了。在这种情况下,靠近国家政治中心地带、朝臣间正常的交往已经被异化,也就是这种一般以个人情感为出发点的人际交往,很容易被敏感的政治派别视为一种投靠或拉拢的行为;同时,在性多疑虑、猜忌的帝王眼中,朝臣、士人之间的交往很可能是一种勾结。无疑,身兼朝臣和文人两种角色于一身的文士,他们若要避嫌·就不能再像盛唐诗人那样自由宴乐游赏,吟咏唱和。他们的正常交往圈子无疑要比以往要缩小许多,他们可以在具有血缘关系的亲

---

① 欧阳修、宋祁撰:《新唐书》卷一百四十六《李栖筠附李吉甫传》,中华书局1975年版,第4740页。

② 刘昫等撰:《旧唐书》卷一百三十七《吕温传》,中华书局1975年版。

③ 刘昫等撰:《旧唐书》,中华书局1975年版,第4417页。

人圈子中活动,毕竟亲戚之间往来是人之常情,无可厚非。除此以外,他们与其他人的交往需小心翼翼方能避嫌。参与政治的中唐文人之间无形中形成了一种交往规范,在帝王与党派的眼皮底下,每个人最好循规蹈矩,要不就很容易陷入政治泥潭。于是,盛唐人之间那种开放式的交往,到了中唐人那里便变得低调起来。此时,朝臣在朝外面对面的交往减少,而若要互通问候或信息来往,诗歌酬赠这一披着文采风流外表的方式在任何人看来皆不像是结党之举。况且德宗也是喜好文学之人,这从其喜与群臣唱和可以看出,例如:

> (贞元四年三月甲寅)宴群臣于麟德殿,设九部乐,内出舞马,上赋诗一章,群臣属和。
>
> (《旧唐书》卷十二,德宗纪)
>
> (贞元四年九月癸丑)赐百僚宴于曲江亭,仍作《重阳赐宴诗》,六韵赐之群臣毕和,上品其优劣,以刘太真、李纾为上等,鲍防、于邵为次等,张濛、殷亮等二十人又次之,唯李晟、马燧、李泌三宰相之诗不加优劣。
>
> (《旧唐书》卷十二,德宗纪)
>
> 贞元五年,初置中和节。御制诗,朝臣奉和,诏写本赐戴叔伦于容州。
>
> (《唐国史补》卷下)
>
> 贞元六年三月庚子,百僚宴于曲江亭,上赋《上巳》诗一篇赐之。
>
> (《旧唐书》卷十二,德宗纪)
>
> 贞元七年七月癸酉,上幸章敬寺,赋诗九韵,皇太子与群臣毕和,题之寺壁。
>
> (《旧唐书》卷十二,德宗纪)
>
> 贞元十年九月戊子,赐百僚九日宴,上赋诗赐之。

（《旧唐书》卷十二,德宗纪）

> 贞元十一年九月癸卯赐中书门下及两省供奉官宴
> 于曲江,帝作诗赐百僚,百僚毕和,辛亥退朝,诏百僚
> 诣廷奏,令中使宣谕曰"昨九日聊示所怀,文非工也。
> 卿等属和雅丽,深所加之。"

（《册府元龟》卷四十《帝王部·文学》）

德宗的猜忌给众臣的交往带来的障碍,但他对文学的爱好又无疑给擅长文学的文臣指明了一条交往的道路。由此,唐德宗贞元时期酬赠唱和诗十分兴盛,据《唐五代文学编年史》考订确定为贞元时期的作品也大都是往来酬赠之作。这时,诗歌实际上成为文臣雅士一种文雅的交际工具,也成为了他们日常交往的一种重要手段。因此,从某种意义上来说,给交往造成障碍的客观因素反而能够促使交往文学的繁盛。当然,贞元年间酬赠唱和诗歌的增多有着多方面的原因,不过帝王猜忌、地缘阻隔等客观阻碍文士交往的因素也许恰是刺激交往诗歌繁荣原因之一。

除却上述诸因素,中唐文人常常陷入交往困境的还有一个原因,即在中唐政治背景下,奸臣当政、朋党之争、宦官作祟等都导致了官员外贬、外放的频繁发生。那些被贬谪至南荒的官员,如柳宗元、刘禹锡、韩愈等,到了贬所,他们也就脱离了原来熟悉的环境,在口语方面也因不通南方语言而与周围的人失去了交流的基础,此时,日常交往便成了一种甚难有效进行的行为,这时,被贬文人更是陷入一种前所未有的交往困境当中。以柳宗元为例,他被贬到南方,因对南方的语言不熟,他与本地人难以交流。关于此点,他在《与萧翰林俛书》中就曾提到他在楚越之地因语言不通而陷入了现实生活的交往困境:

> "楚、越间声音特异,鴃舌啅噪,今听之怡然不怪,
> 已与为类矣。家生小童,皆自然哓哓,昼夜满耳。闻

> 北人言,则啼呼走匿,虽病夫亦怛然骇之。出门见适
> 州闾市井者,其十有八九,杖而后兴。自料居此尚复
> 几何,岂可更不知止,言说长短,重为一世非笑哉? 读
> 《周易·困卦》至'有言不信,尚口乃穷'也,往复益喜
> 曰:'嗟乎! 余虽家置一喙以自称道,诟益甚耳。'用是
> 更乐喑默,思与木石为徒,不复致意。"

由柳宗元的自述可知,在南方,如鸟语般的南方方言日夜盈耳不绝,能
言北方语言者甚少。在这种情况下,他与别人的交流只能依靠书面的
形式,因此,此时柳宗元与亲友间最为主要的一种交往方式就是书信。
然而,即使是这种惟一有效的交往方式,在获罪之初也未能很好地实
现,因为旧日的同僚和友人因柳宗元所犯重罪而不敢和他继续交往,书
信往来稀少。由此可以想见,柳宗元被贬至南方之初所要承受的痛苦
不仅仅是政治失意、去国离乡、身陷南荒所带来的痛苦,而且还有因不
能与人进行有效的日常交往,陷入孤苦的境地所引发的苦痛。此时,处
于交往困境的柳宗元只能通过与自然世界中无生命物质的交流来排解
心中的愁闷、苦痛。因此,在永州时期,柳宗元创作了大量的山水游记,
其中"永州八记"尤为有名。这些游记作品生动表达了人对自然美的感
受,丰富了古典散文反映生活的新领域,从而也确立了山水游记作为独
立的文学体裁在文学史上的地位。从这一点来看,日常交往困境虽然
限制了文人与外界的交流,但在某种程度上,困境也能激发出文人的自
我排遣潜能,从而带动文学创作的繁荣。

二、亲族交往与中唐"父子兄弟同以文名"的文学景观

魏晋以降,父子、兄弟、叔侄,甚至祖孙同以擅长文学而闻名的例子
并不少见,如"三曹"(曹操、曹丕、曹植);阮瑀、阮籍、阮咸;"三张"(张
载、张协、张亢);二陆(陆机、陆云);谢氏诸子(谢安、谢灵运、谢惠连、
谢朓等);萧衍、萧纲、萧绎;徐摛、徐陵;虞肩吾、庚信等等。学术界一般

认为，魏晋南北朝时期"文学家族的大量出现与门阀制度有直接的关系，文学乃至文化集中在少数世家大族手中，与政治的权力一起时代相传。文学家族在魏晋两代尤盛，南朝以后逐渐减少，这与南朝门阀势力的逐渐衰微的趋势是一致的。"①然而，在门阀势力趋于瓦解的唐代，文学家族不但没有随之湮没于历史，反而又呈现出勃勃生机，且一门之中出现多个以文学著称的人物的现象的普遍程度远胜于魏晋南北朝以及唐后各朝。隋唐时期，特别是中唐以后文学家族的再度复兴，其与门阀制度的联系已远不如魏晋时期，曾经掌握在少数世家大族手中的文化权柄无疑已旁落，因此唐代才出现了"唐诗人上自天子，下逮庶人，百司庶府，三教九流，靡所不备"②的文学兴盛局面。

关于唐代文学家族的复兴，古人早已有所关注。例如元代辛文房就曾在《唐才子传·包融》条下感叹："夫人之于学，苦心难；既苦心，成业难；成业者获名不朽，兼父子、兄弟间尤难。历观唐人，父子如三包，六窦、张碧、张瀛、顾况、非熊、章孝标、章碣，温庭筠、温宪；公孙如杜审言、杜甫，钱起、钱翊；兄弟如皇甫冉、皇甫曾，李宣古、李宣远，姚系、姚伦等；皆联玉无瑕，清尘远播。芝兰继芳，重难改于父道；骚雅接响，庶不愧于祖风。"③其实，辛文房在此所举诸例只是同类事例中的少部分而已，且李宣古、李宣远未必是兄弟。④ 关于这则材料，值得注意的是，辛文房随机所举的例子中，除了"三包"中的包融和杜审言、杜甫三人是初盛唐时人，其余诸人皆是中晚唐文人。由此或可推测，父子、兄弟皆以文学并称的现象在中晚唐中尤为明显。值得注意的是，辛文房在此所举父子兄弟皆为文人的众多例子其实只是同类事例中的少部分而已，

---

① 袁行霈主编：《中国文学史》（第二卷），高等教育出版社1999年版，第12页。
② 胡应麟：《诗薮》，上海古籍出版社1979年版，第170页。
③ 傅璇琮主编：《唐才子传校笺》（一），中华书局1987年版，第227—228页。
④ 辛文房在《唐才子传·李宣古》中称李宣远为李宣古之弟，然据《唐才子传校笺》考，辛氏此说恐误，参见《唐才子传校笺》（三），中华书局1990年版，第323页。

明胡应麟《诗薮》外篇卷三《唐上》①中较详细地罗列了同类的例子。他分父子两代、兄弟、祖孙隔代、父子兄弟、父子祖孙三代同以文名几类，本书据其所列的文人例子，做简表如下：

	父子	兄弟（二人/三人/四至八人）			祖孙	父子兄弟	父子祖孙
例子数量	49	32	9	11	17	8	9
合计人数	98	159			36	36	33

（注：胡应麟将擅长文学的姐弟、姐妹等事例另列，制表时亦一并分类列入表中对应项目之下。）

由统计列表来看，唐代"父子兄弟皆以文名"的例子数量着实不少。只要对辛文房和胡应麟的罗列的例子稍作分类，不难发现，中唐以来父子兄弟等皆以文名的事例占绝大多数，对比以个人独放异彩为主的初盛唐文坛，中晚唐文坛中的亲族化特点十分突出。而由韩愈《师说》一文，可知中唐求师的风气不盛，在此风气下，亲族之间，尤其是至亲之间的交往和相互影响，对于中唐文人的成才有着极为重要的作用。

为了进一步说明中唐亲族间的交往对文人成长的影响，下文选取扶风窦氏、范阳卢氏、弘农杨氏，等中唐时期较具代表性的"父子兄弟同以文名的"事例进行说明。此三门诸子皆以文学闻名，多以进士出身。

第一，扶风窦氏。其成员包括父亲窦叔向及他的五个儿子窦常、窦牟、窦群、窦庠、窦巩。窦叔于大历年间登进士第，他的五个儿子，除了窦群以处士入仕途外，其余诸子皆在大历末、贞元初以及元和年间通过进士科进入仕途。关于窦叔向的文学才华，《唐才子传》卷四称他"远振嘉名，为文物冠冕。诗法谨严，又非常格"，乃"一流才子，多仰飙尘"，他

---

① 胡应麟：《诗薮》，上海古籍出版社 1979 年版，第 167—170 页。

的五个儿子也"俱能诗,咄咄有跨灶之誉"①。其中,窦巩擅长五言诗,《唐音癸签·评汇三》载:"友封巩尤长绝句,为元、白所称"。他和元稹唱和甚多,《旧唐书·元稹传》记载,"副使窦巩,海内诗名,与稹酬唱最多,至今称兰亭绝唱。"由此可知窦巩而在诸兄弟之中,和窦牟的诗歌皆为时所赏重;窦庠则平生工文甚苦,著述亦多。在窦叔向众子中,窦群较为特殊,他以节操闻名,学《春秋》于啖助之门人卢庇,著书三十四卷,号《史记名臣疏》,后并未像其他弟兄那样通过进士科入仕,而以处士身份参政,其身后家无余财,惟图书万轴;在仕历方面,常、牟、庠、巩四人的皆曾任职国子监,前二人为国子祭酒;后二人为国子主簿。关于窦叔向的五个儿子,《唐才子传》卷四称窦常五兄弟,"联芳比藻,词价蔼然,法度风流,相距不远。且俱陈力王事,膺宠清流,岂怀玉迷津,区区之比哉。后人集所著诗通一百首为五卷,名《窦氏联珠集》,谓若五星然。"②总的来看,窦叔向和其五子在科途出身、仕宦以及诗文创作上皆有较高的相似性。其中,窦常等四人在科途应举上与父亲经历相似;窦群虽以处士出身,但应该也有受父亲的影响,皇甫冉《送窦叔向》一诗中以"弃官守贫病,作赋推文律。樵径未经霜,茅檐初负日"③等句来形容窦叔向,由此可知,窦叔向也曾有过弃官归山的经历。《全唐诗》卷二七一录窦叔向以及窦常兄弟诗一卷。今观窦氏一门诗歌,在诗体的选择上,除了窦巩创作一定数量的七律之外,他们大体皆以五、七言律诗为主。

第二,范阳卢氏。其成员包括卢纶、卢简辞、卢简能、卢弘正、卢简求、卢知猷、卢玄禧、卢虔灌、卢嗣业、卢汝弼、卢文纪。卢纶乃大历时期著名的诗人,为大历十才子之翘楚,擅长五言诗创作,《唐音癸签·评汇三》称其诗"辞情捷丽,所作尤工",中晚唐时期,唐文宗十分喜爱卢纶的诗歌,并曾向李德裕打听卢纶后裔。自卢纶之后,卢氏一门颇为兴盛。

---

① 傅璇琮主编:《唐才子传校笺》(二),中华书局1989年版,第84、86页。
② 傅璇琮主编:《唐才子传校笺》(二),中华书局1989年版,第217页。
③ [清]彭定求等编:《全唐诗》卷二五〇,中华书局1960年版,第2821页。

《旧唐书》卷一百六十七称"以端、纶之才,任不逾元士,而卢简辞之昆仲,云抟水击,郁为鼎门,非德积庆钟,安能及此?"①可见该门在中晚唐时期甚为鼎盛,与李端李氏一门在晚唐被传为一时佳话。卢纶四子,卢简辞、卢简能、卢弘正、卢简求皆于元和、长庆年间登进士第,在仕途上多曾任监察御史职。四人当中,卢简求"辞翰纵横,长于应变",晚年"制以太子太师致仕,还于东都。都城有园林别墅,岁时行乐,子弟侍侧,公卿在席,诗酒赏咏,竟日忘归,如是者累年。"②而卢简辞四兄弟的儿子,卢知猷、卢玄禧、卢虔灌、卢嗣业、卢汝弼等人也多为进士出身,例如,卢简能子知猷"登进士第……器度长厚,文辞美丽。尤工书,落简措翰,人争模仿"③;卢弘正子虔灌,"有俊才,进士登第,所著文笔为时所称。"④总的来看,卢纶祖孙三代大都以进士出身,虽卢纶子孙诗文甚少流传至今,然就卢简求等人诗酒赏咏行为来看,卢纶子孙也当颇以诗文为重。

第三,弘农杨氏。成员包括杨凭、杨凌、杨凝三兄弟,及杨凭子杨敬之。杨凭三兄弟皆于大历中后期登进士第。据柳宗元《唐故兵部郎中杨君墓碣》以及《新唐书·杨凭传》记载,杨凭兄弟三人少孤,由母亲抚育教导成人。三人中,杨凭为兄长,他与三弟杨凝关系较好,二人于大历年间曾在湖州参与颜真卿等人酬唱活动。杨凭,乃大历九年进士科状元,善文辞,与穆质、许孟容等人相友善,一时歆慕,号"杨穆许李";柳宗元《与杨京兆凭书》称其"以文律通流当世,叔仲鼎列,天下号为文章家"⑤。杨凭与弟杨凌、杨凝时号"三杨"。杨凝大历十三年登进士第,与兄长一样同为进士科状元,权德舆《兵部郎中杨君集序》称他"疏通而不流,博富而有节,洁静夷易,得其英华者所著文一百四十馀篇,歌诗倍

---

① 刘昫等撰:《旧唐书》,中华书局1975年版,第4274页。
② 刘昫等撰:《旧唐书》卷一百六十三《卢简辞附传》,中华书局1975年版,第4272页。
③ 刘昫等撰:《旧唐书》卷一百六十三《卢简辞附传》,中华书局1975年版,第4273页。
④ 刘昫等撰:《旧唐书》卷一百六十三《卢简辞附传》,中华书局1975年版,第4273页。
⑤ 柳宗元:《柳河东集》,中华书局1960年版,第484页。

之,皆天球大圭,奇采逸响"①。杨凌则是大历十一年进士,柳宗元《大理
评事杨君文集后序》称他"少以篇什著声于时,其炳耀尤异之词,讽诵于
文人,盈满于江湖,达于京师。晚节遍悟文体,尤邃叙述。学富识远,才
涌未已,其雄杰老成之风,与时增加";关于杨凭三兄弟令名,柳宗元在
《唐故兵部郎中杨君墓碣》中赞誉甚高:"东薄海、岱,南极衡、巫,文学者
皆知诵其词,而以为模准;进修者率用歌其行,而有所矜式。"②此外,杨
敬之是杨凭儿子,工翰墨,行草尤著名,《新唐书》卷一六〇《杨凭附传》
记载,杨敬之曾作《华山赋》以示韩愈,韩愈称之,"士林一时传布,李德
裕尤咨赏",又"敬之爱士类,得其文章,孜孜玩讽,人以为癖。雅爱项斯
为诗,所至称之,遂是擢上第",杨敬之推重项斯,逢人便称赞,遂有了
"逢人说项"的典故。由其对文章"孜孜玩讽"的表现来看,他也深受父、
叔辈的影响。《全唐诗》卷二八九、二九〇、二九一分别录杨凭三兄弟
诗,由三人诗歌来看,杨凭与杨凝的诗歌较为相似,例如杨凭《送别》前
两句诗写道:"江岸梅花雪不如,看君驿驭向南徐";杨凝也有同题诗作,
前两句为"樽酒邮亭暮,云帆驿使归"。对比之下,可见两人诗歌的第二
句句意颇为一致,反映了二杨在创作思维方面是比较相似的,由此也体
现出兄弟间的交往常常能带动文学创作风格的趋同。

由以上三例,可知中唐时期,在人与人交往谨慎,而社会又以师为耻
的背景下,亲族间,尤其是至亲之间的交往对于文人的成长影响相当
大。中唐"父子兄弟皆以文名"的文学现象的突出也反映了文士交往圈
子的缩小问题。

三、文人结群意识的加强与中唐文学

中唐以来,文人在日常交往的基础上,结群意识得到了不断的加强,
最明显的例证莫过于中唐诗人自发组群现象的普遍出现。贾晋华《唐

---

① [清]董诰等编:《全唐文》卷四百八十九,上海古籍出版社1990年版,第2213页。
② 柳宗元:《柳河东集》,中华书局1960年版,第134页。

代集会总集与诗人群研究》中所列举的诗人群,除了隋唐之际河汾作家群、唐太宗朝宫廷诗人群、中宗朝文馆学士群以及高宗武后朝三大修书学士群外,其余所列的诗人群皆分属中晚唐时期。而且,由初唐文人学士群体的构成,可知太宗、中宗和高宗朝的宫廷诗人群、学士群的形成或以帝王为中心、或是因修书的客观机缘而聚集,这些文人群体无疑是松散的,而群体成员之间的群体意识也普遍不强。到了盛唐,文人普遍结交广泛,但却没有结群的意识。和初盛唐诗人结群意识欠缺相比,中唐文人明显具备相当的结群意识,尤其到了中唐中后期,随着文士对交往的谨慎态度的发展以及由各种客观因素引起的日常交往困境,使得文士更是倾向于结成一定的小群体。中唐文士主动结成的群体,其成员不仅在思想、创作等方面相互切磋、激励,而且他们更有意识地维护所在的群体,并注重保持本群体区别于其他人或群体的特征。例如萧颖士、元德秀等人标榜的是高尚的人格与节操;韩愈、孟郊等人结成的"韩孟诗派"突出自身"奇险"的文学追求;元稹、白居易等人则大力奉行俗白、浅易的文风。

可以说,中唐文人的结群意识乃是中唐文日常交往走向自觉的必然结果,而这种日常交往的自觉则是在文人谨慎对待日常交往对象的选定上形成的,具体来说就算是,中唐文人与他人交往,不再如盛唐人那样广结天下友人,而是有选择地、带着理性的眼光去结交他人,这种不以自然情感为首要交往原因的结交,就是一种自觉的交往。关于中唐文人交往的特点,中唐著名文人柳宗元的《先君石表阴先友记》的撰写可以说充分地展现文人的自觉交往心理。这篇文章中汇集了相当多的人物信息:

> 袁高,河南人。以给事中敢谏争。贞直忠塞,举无与比。能使所居官大,再赠至礼部尚书。姜公辅,为内学士,以奇策取相位。好谏诤,免。后以罪贬为复州刺史,卒。齐映,南阳人。为相。以文敏显用。

……元全柔,河南人。气象甚伟,好以德报怨,恢然者也。为大官,有土地,入为太子宾客。杜黄裳,京兆人,宏大人也,善言体要,为相,有墙仞,不佞,以谋克蜀,加司空,出为河中节度。……杨氏兄弟者,宏农人。皆孝友,有文章。凭,由江南西道入为散骑常侍。凝以兵部郎中卒。凌以大理评事卒,最善文。穆氏兄弟者,河南人。皆强毅仁孝。赞,为御史中丞。提佞幸得贬。后至宣池歙处置使,卒。质,为尚书郎。以侍御史内供奉卒。最善文。……梁肃,安定人。最能为文,以补阙修史。侍皇太子。卒,赠礼部郎中。陈京,泗上人。始为谏官,数谏诤。有内行,文多诂训。为给事中。上方以为相,会惑疾,自刃,废痼卒。……许孟容,吴人。读书为文口辩。为给事中,尝论事。由太常少卿为刑部侍郎。……崔损。清河人。畏慎,为相,无所发明。然不害物。天子独爱幸,以损为长者。郑余庆,荥阳人。再为相。始天下皆以为长者,及为大官,名益少。今为尚书、河南尹,无恙。郑利用,余庆从父兄也。真长者。由大理少卿为御史中丞,复由中丞为大理少卿。……王纾,其弟绍,太原人。绍得幸德宗,为尚书,在宰相之右。今为徐泗节度。纾有学术,鲁直,为尚书郎。……杨于陵,宏农人。善吏,敏秀者也。为中书舍人、京兆尹。崔镇,清河人。至检校郎官。子群,为右补阙,赠给事中。……

孤宗元曰:先君之所与友,凡天下善士举集焉。信让而大显,道博而无杂。今之世言交者以为端。敢悉书所尤厚者,附兹石以铭于背如右。

柳宗元该记篇幅甚长,仅由上列内容来看,柳宗元提及的人物信息,主要包括人物的籍贯、品行为人、官职、在文坛、政坛影响力以及相关子嗣亲族情况。记中言许孟容"由太常少卿为刑部侍郎",而据《旧唐书》卷一百五十四《许孟容传》所记,许孟容"以讽谕太切,改太常少卿。元和初,迁刑部侍郎、尚书右丞。四年,拜京兆尹,赐紫"①,由此可知《先君石表阴先友记》作于元和初年。此时的柳宗元经历革新失败后,被贬南方。初陷政治泥潭的柳宗元悉心搜集曾经与父亲交往过的人物名单,在文末,他称这些乃"今之世言交者以为端"的人物,那么,柳宗元是否是想借助父亲故旧人际关系,通过与这些人物的主动交往来使自己早日脱离南荒,当然这并不能确定。但有一个事实却不能忽视,即元和四年,许孟容为京兆尹后,寄给身在永州的柳宗元一封信,此时处于近乎绝望的境地的柳宗元见信后如获至宝,马上作《寄许京兆孟容书》,以父亲坟墓无人照管、后无子嗣等情况为理由,在书信中乞求许孟容代为向朝廷求情,让他北归。由此点来看,他对父亲的故交资料的搜集,应该不只是单纯为了记录那么简单的。

可以说,柳宗元《先君石表阴先友记》的撰写较为集中地展现了中唐文士在日常交往上的自觉性。其实,中唐文士这份在日常交往方面的自觉性,从安史之乱以来即已慢慢积累。在中唐初期战乱的环境中,武将得意,而文人学士在社会上却缺乏用武之地;而在日常生活中,只有文才而没有多少独立生存能力的文士在生存条件艰难的现实生活中也不被一般民众所看重。因此,由盛唐到中唐,文人的社会角色和社会地位存在着强烈落差,自身价值的旁落使得文人群体士气消沉,对自我的价值认识也陷入了迷茫状态,他们大多已失去了在盛唐所拥有的那份可贵的自信,所以也很难再有引吭高歌的魄力。在物质基础薄弱的年代,空有一身文学才华的文人,既难博得统治者赏识,同时又被一般

---

① 刘昫等撰:《旧唐书》,中华书局 1975 年版,第 4102 页。

民众所忽视。他们要获得认同,惟一的来源恐怕就只有在文人群体内部,因为大家同为时代的沦落者,对于彼此所受的相近的苦难更加能感同身受。所以,自战乱以后,文人之间的交往赠答明显增多。综看中唐初期的诗歌,具有应酬交际功能的寄赠诗、送别诗,成为此时文人之间日常交往的重要纽带。通过它们,文人可以突破地理上的隔绝,因长期生活落魄而郁积的苦闷可以得到一定程度的倾泻,飘零异乡的孤独感也可得以缓解,生活中短暂的怡然之乐也得以与他人分享。也正是在这种交往酬赠中,中唐文人的结群心态意识兴起。到了大历年间,以鲍防为首的浙东联唱和以颜真卿为首的浙西诗会成为了此时期最为引人注目的两大文学盛事。当时的文人纷纷参与其中,在秀丽山川中歌咏联唱,斗智逞才。两大诗会的形成自然有着各方面的原因,但从一定程度上来说,文人因在乱世中深感失落而逐渐兴起的结群意识也是诗会得到纷纷响应的重要原因。因为唯有在这样的文人内部结交活动中,文人自丧乱以来被压抑的才华才能充分释放,并且可以获得一种惺惺相惜的认同感。

中唐社会在贞元中期以后开始回复安定并重现生机,此时,朝廷以及民间社会对文人学士的社会价值重新肯定,文人社会地位得以提升,也获取了更多的社会认可。所以,文人不必通过大规模的聚集来获取认同感,并且,正如上文所论述的,此时的人心叵测、政治黑暗等因素使得文士之间的日常交往变得小心谨慎,因此,此阶段的文士更趋于选择在小团体、小范围内活,于是,像"韩孟诗派"、"元白诗派"等小团体便应运而生。关于贞元末、元和年间的诗人群体交往,尚永亮在《开天、元和两大诗人群交往诗创作及其变化的定量分析》中指出元和诗人群内部交往呈现出一种耐人寻味的现象,即"活跃作者在人际交往中往往范围不大,主要是与自己关系亲近的几位友朋往来甚密","社交面不广而交往诗创作量较大的作者,更注重固定友人间关系的深化和发展,更具有一种基于相同审美追求的派系意识,也更注重生活情趣的投合与诗美类型的互补。如白居易与元稹、刘禹锡即属此类情况。"①

　　总的来说,元和年间,随着文人日常交往自觉性的提高,他们有选择地选择交往对象,从而强化了结群意识,小群体也由此兴起。他们在群体内部既注重生活情趣的投合,又通过文学类型风格的统一与强化而形成一定的文学派别意识。这一方面有利于群体流派风格的突出,例如"韩孟诗派"、"元白诗派"两派的风格特点就十分分明;另一方面,这种对文学风格的强化也容易使得具有不同风格的派别之间产生排斥性。例如,与"韩孟诗派"交善的皇甫湜听闻裴度将请白居易撰写福先寺碑文,便十分不悦,称:"某之文,方白之作,自谓瑶琴宝瑟,而比之桑间濮上之音也。"②由此可见不同文学流派之间的互斥。而这种互斥对于文学文学的发展无疑有着不利的影响。小群体内部创作很容易因为排斥其他风格而流于单一,从而使得文学发展道路越加狭窄,当到了一定程度,小派别内部创作就会走向僵化,小群体也逃脱不了瓦解的命运。因此,可以看到,韩孟诗派,在韩愈、孟郊等具有才力的代表人物之后,就没有多少人能够继续支撑局面,由此,以奇险自立的诗派最终淹没于中晚唐诗坛。

第二节　从勤于公事到不乐曹务:
中唐文人的"独善"之路

　　和广大普通民众一样,文人学士要在社会中生存,就必须通过劳动获取生存资料。而对于擅长舞文弄墨的文士来说,文学才能是他们的

---

① 《江海学刊》2005 年第 2 期。
② 高彦休:《唐阙史》卷上,《知不足斋丛书》本。

最大长处。他们可以凭借这个优势投身科举,并且进入仕途。在唐代,大多数有名的文人皆有过或长或短的仕宦经历。在经历安史之乱后,绝大多数的士人失去了隐逸高蹈的物质基础,于是,仕宦成为了文士的一条主要的谋生途径。例如,韦应物在安史之乱以后,大部分实际在为官任上,一旦不做官,生活水平立即下降。"出入与民伍,作事靡不同"(《答畅校书当》),"政拙忻罢守,闲居初理生。家贫何由往,梦想在京城。"(《寓居永定精舍》)等诗句中皆流露出些许因贫困而生的凄然。而投身仕宦,也就意味着为进入了政治公共领域。仕宦不像其他谋生的途径那样简单,中唐以来政治黑暗,文士进入政治领域不单单要为公事操劳,而且还要应付官场中的险恶。中唐初期,文人学士在安史战乱中经历了流离失所和才学被贬低的痛苦,当社会稍显安定时,他们或是为了生存需要,或是持着传统士人兼济天下的信念,又或是为了满足自己对权力的欲望,都纷纷投身官场这一公共领域。此时,部分身为地方官的文士勤于公务,在"兼济天下"和"独善其身"两者之间,他们多选择前者,由此显示出一种坚忍;贞元中至元和年间,随着时局的安定,经济的恢复,大批文士怀着为国除敌、振兴国家的理想投身政治,勤勉为政,但由元和中后期开始,政治的日益混乱使文人逐渐放弃兼济天下的初衷,走上了独善的道路。政府公职在很大程度上成为了文人的一项单纯的谋生手段,关于这一点,白居易在他表现"中隐"思想的诗歌《中隐》中表达得很是明白,该诗云:"大隐住朝市,小隐入丘樊。丘樊太冷落,朝市太嚣喧。不如作中隐,隐在留司官。似出复似处,非忙亦非闲。不劳心与力,又免饥与寒。终岁无公事,随月有俸钱。"由诗歌句意来看,清闲的公职所提供的俸禄成为了"中隐"生活的必要保障,诗人已不再劳费心神去关注政务。中唐文人这种由勤于公事到不乐曹务的转变,折射出中唐文人的心态变化,而他们心态的变化也对文学创作产生了一定的影响。

一、实干风气与中唐文人心态

中唐初期,正值天下多事之秋,一批从盛唐时期成长起来的、较有实干精神的文人目睹了山河破碎、民不聊生的社会衰况,于是他们怀着为国敝、为民营生的目的进入到政治领域,在勤于公事中奉献自己微薄的力量。例如元结便是这样一位文人。他于唐代宗广德年间出任道州刺史,到任之初,看到"井邑邱墟,生人几尽",他试着向当地民众打听道州衰敝的原因,得知原因后"不觉涕下",原来道州"前辈刺史,或有贪猥昏弱,不分是非,但以衣服饮食为事。数年之间,苍生蒙以私欲,侵夺兼之,公家驱迫,非奸恶强富,殆无存者"①,道州近百年间,唯有徐、李两位刺史能能恤养贫弱,专守法令。元结感于此事,作《道州刺史厅壁记》,文章开篇即表达了他对刺史一职的看法:"天下太平,方千里之内,生植齿类,刺史能存亡休戚之。天下兵兴,方千里之内,能保黎庶,能攘患难,在刺史耳。凡刺史若无文武才略,若不清廉肃下,若不明惠公直,则一州生类,皆受其害。"②在元结看来,一位合格的刺史需要文武才略兼备,为官清廉,办公禀法,由此可见元结是一位心系苍生、以民为重的实干官员。

元结到任的道州,虽然是一小地方,然可以说是天下州县的一个缩影。大乱之后,到地方任官的人,大都不能为地方百姓造福,反而为满足一己私欲而侵夺兼并,腐败无能。官场的混乱如此,但此时仍不乏部分正直的文士愿意为民造福,除了元结之外,韦应物也是一位有责任心的文人,这从他的相关诗歌创作可以看出,例如《赠李判官》诗云:"佐幕方巡郡,奏命布恩威。食蔬程独守,饮冰节靡违。……政拙劳详省,淹留未得归。虽惭且忻愿,日夕睹光辉。"诗人在诗中叙述自己的为官生活。他在地方任职,即使平日以蔬为食,以冰水为饮也时刻谨记自己的

---

① 元结:《刺史厅记》,《元次山集》,中华书局1960年版,第147页。
② 元结:《刺史厅记》,《元次山集》,中华书局1960年版,第147页。

使命,保持自我的节操。他以一方的安治为不可推卸的使命,面对地方的凋敝,百废待兴的局面,身为地方官,他有着一种责无旁贷的信念,并且常为自己并不出色的吏干感到惭愧,但他并不因此而放弃努力,仍祈求能够给地方带来一丝发展的曙光。韦应物表达为官感想的同类诗歌创作不少,例如:

风物殊京国,邑里但荒榛。赋繁属军兴,政拙愧

斯人。

(《答王郎中》)

是时粳稻熟,西望尽田畴。仰恩惭政拙,念劳喜

岁收。

(《襄武馆游眺》)

凤驾祗府命,冒吏不遑息。……仁贤忧斯民,贱

予甘所役。

(《使云阳寄曹府亦云》)

韦应物诗歌中常出现的"政拙"二字,其实恰反映了诗人的为政的热心。若是那些得过且的官员,是不可能为自己的平庸拙劣而感叹的。

在大历诗人当中,刘长卿、戴叔伦也是以天下为己任、以实干闻名的文人。例如刘长卿于建中元年赴任随州刺史,他在途中作《登迁仁楼酬子婿李穆》,中有"岁俭安三户,余年寄六条"一句,此时诗人已年近六十,但由诗歌仍然可见他为民出力的决心。至于戴叔伦更是有名的循吏,他一生历任多职,时时勤勉,例如建中元年为东阳令,便政绩斐然。当然,上面说提到的一些勤于公事的文人,他们在任职期间并非没有过退缩、厌倦之心。例如,韦应物在《高陵书情寄三原卢少府》中即表现出思退的情绪:"直方难为进,守此微贱班。开卷不及顾,沉埋案牍间。兵凶久相践,徭赋岂得闲。促戚下可哀,宽政身致患。日夕思自退,出门望故山。君心倘如此,携手相与还。"在中唐黑暗的官场中,诗人为政公

正、端方却始终不得赏识升迁，日夜埋头操劳公务，一心想通过宽政来恢复地方经济，但朝廷用兵赋税征收不断。诗人就在这样的矛盾中深感生于夹缝之中，面对民生的悲惨，诗人的良心使之不能袖手旁观，但无论如何投入、操劳，于黎民的生活却改变不多。更让为官地方的诗人感到失望的是，无论自己为朝廷付出多少，为官如何尽忠恪守，但始终得不到肯定，而且自己的心灵自由也被吏事所困扰，不能驰骋高远之情怀，所以诗人对官场心生倦意也是很自然的。可是，尽管诗人心生倦意，但只要在任期间，他仍坚持"沉埋案牍间"，勤勉工作。这一点和盛唐时期的诗人就有着较大的不同，盛唐诗人较不屑于做县尉一类的琐事，例如杜甫在华州司功参军任上自动离职，高适也曾放弃了封丘县尉。相比之下，中唐文人无疑显得更加务实和具有坚忍的一面。

一直以来，人们普遍认为，中唐初期的文人在面对残破现实时选择了回避的态度，表现出一种不敢正式现实的软弱，及见些许局势好转之兆便欢欣鼓舞，大唱赞歌。其实，中唐人也有着坚忍的一面。战乱使他们失去了盛唐时期给文人提供的张扬自我和积极的机会。战乱带走了盛世中的种种物质繁华，更带走了人们对于一个朝代的自信。处于转折期的诗人和身处盛唐以及在贞元中之后始登上文坛的诗人最大的不同就在于他们经历了一次历史的蘦变，富庶、安定的盛唐宛如仍在昨日，但转眼之间，一切的繁华如梦般幻灭，留下的是残垣断瓦、流离失所。以安史之乱为界的两种社会情状可谓有着天渊之别，这样的变故给任何人都会带来强烈的心理落差，因而他们选择逃避现实的举动也是可以谅解的。同时，这一代诗人中为官地方的一批人，他们接触到底层人民的贫困与悲哀，看到的是令人揪心的凋敝现实。然而他们没有即刻逃避，而是坚强的担负起改善民生的重任。在心理上，他们确实尚未走出盛世情怀的笼罩，仍旧不断回忆盛唐那段已成旧梦的历史，但也许正是这种绵绵不绝的缅怀使他们愿意付出一己微薄之力去改造现实，因为昔日的繁华虽然逝去，但经过努力，唐王朝也许尚有重新振兴的可能。也正是出于这样一种希冀,中唐文人在看到些许中兴迹象即流露出难以掩饰的喜悦。例如上文所提到的心怀民生的元结,他就作有《大唐中兴颂(并序)》,其序文中写道:"前代帝王有盛德大业者,必见于歌颂。若今歌颂大业,刻之金石,非老于文学,其谁宜为?"①事实上,"中兴"一词常在文人作品中出现,例如高仲武《中兴间气集》中的"中兴",王绰《代路冀公贺改元赦表》有"当文武之际,恢中兴之功"②,诸如此类,皆传达出此时期文人内心对重振国威的希冀。中唐初期文人这样满怀憧憬地想望中兴未来,这种希冀的心态对在中唐中期迈入政坛的新一代文人不无积极的影响。

中唐初期以来,除去部分选择逃避现实的文人,相当部分投身仕宦的文士,尤其是在地方任职、能够深切感受人民的水深火热的地方官文人,他们本着造福苍生的观念,暂且放下了他们对心灵自由渴求,而选择以勤于公务的方式去为国、为民尽一己微薄之力。而就是在这种实干的风气之下,中唐文人渐渐消去了盛唐时期那种不近凡俗的驰骋高怀,变得务实而低调。中唐文人的这种心态的转变对文的审美观念、创作思维由高华到沉实的转化无疑产生了潜移默化的影响。

二、中唐文人独善之路及处世心态

中唐贞元中期以后,在安史之乱后成长起来的文士开始迈入文坛和政坛。他们在成长的过程中普遍受到中唐初期文士的实干之风以及渴望国家中心思想的影响,他们走入仕宦的初期,大多数人能够发扬前人的实干风气。据《唐语林》卷三记载,裴度举荐人才的标准就是心怀"机术",敢于决断,具有实干之才。裴度乃元和年间的宰相,是个颇有政治影响力的文人,他的这种人才观念在当时应该很有代表性。

事实上,在贞元末至元和初年登上政治舞台的文人也颇能以公务自

---

① 元结著,孙望校:《元次山集》,中华书局1960年版,第106页。
② [清]董诰等编:《全唐文》卷四百四十,上海古籍出版社1990年版,第1986页。

任,如沈既济之子沈传师有治才;王播"出自单门,以文辞自立;践升华显,郁有能名……天性勤于吏事,使务填委,胥吏盈廷取决,簿书堆案盈几,他人苦不堪胜,而播用此为适"①。《容斋随笔》卷一"唐藩镇幕府"条记韩愈不胜幕府中公务繁忙,但他在被贬潮州时亦能为地方出力办事。元稹成为监察御史,入东川访察官吏的不法行为,使"东川八十家,怨愤一言伸"②。白居易一生当中,无论是在朝廷中央任职,还是在杭州、苏州等地作官,皆能恪尽职守,且政绩颇丰。他在朝中任谏官时,屡屡上书切论时弊,如请降系囚,减租税,放宫人,绝进奉,禁掠卖良人等等,由此也得罪了不少豪强权贵。在元和十年(815)七月,盗杀宰相武元衡,白居易"首上疏论其冤,急请捕贼,以雪国耻",③这直接导致了他的被贬江州司马。白居易在杭州时,修筑湖堤,蓄水灌田,疏城中六井,以供百姓饮用。当他任期结束,离杭赴洛时,杭州百姓都拦路相送,"耆老遮归路,壶浆满别筵"(白居易《别州民》)他卸苏州刺史任离去时,"苏州十万户,尽做婴儿啼"(刘禹锡《白太守行》),"青紫行将吏,斑白列黎甿。一时临水拜,十里随舟行"(白居易《别苏州》)。由此可见,贞元中至元和年间的文士颇能发扬前人实干的风气。

然而,就在中唐中期文人继承和发扬前人在处理政务上的实干风气的同时,他们也将这种务实的态度带入到了私人日常生活中。务实心态被带入生活的一个直接后果就是,文人一方面在公务上处理上基本勤恳实干,另一方面,他们也不放弃自己的生活享乐和在精神上的追求。他们力图在公务和自我之间达到一个平衡点。例如白居易在《与元九书》中就自言"志在兼济,行在独善",白居易此言表面上虽"兼济"、"独善"两不废,但实际上,"行在独善"就已强调了"独善"行为在现实生活中主导地位。自贞元以来,部分文人明显偏重独善,由此厌恶

---

① 刘昫等撰:《旧唐书》卷一百六十四《王播传》,中华书局1975年版,第4278页。
② 白居易:《赠樊著作》,《白居易集》,中华书局1979年版,第11页。
③ 刘昫等撰:《旧唐书》卷一百六十六《白居易传》,中华书局1975年版,第4344页。

了公务。例如,孟郊便是一个典型的例子,据《新唐书》卷一百七十六《孟郊传》记载,孟郊"年五十,得进士第,调溧阳尉。县有投金濑、平陵城,林薄蒙翳,下有积水。郊闲往坐水旁,裴回赋诗,而曹务多废。令白府,以假尉代之,分其半奉。"①孟郊好不容易中进士得官,但他却并不乐曹务,只顾自己骑驴到郊外徘徊赋诗,是明显是为了追求"独善",而放弃对公务的应有的责任。此外,《云溪友议·吴门秀》记载,善以诗戏谑的陆畅,长庆初任江西观察使王仲舒判官,"终日长吟,不亲公牍,府公微言,拂衣而去,辞曰:'不可偶为大夫参佐而妨志业也。'"陆畅同样因为自顾吟诗而废公务,他人稍稍责备,他即罢官而去,临行前更直言不可以因为公务而妨碍吟诗的志业,此乃更直白的"独善"表白。此外,白居易在苏、杭刺史任上边对繁重的事务不胜抱怨。此时,仕宦中的文士虽然仍在一定程度上保持着中唐初期所流传下来的实干风气,但由他们相关的文学创作可以发现,独善的思想其实已经蔓延开来了。例如王建《村居即事》云,"时过无心求富贵,身闲不梦见公卿",对诗人而言,追名逐利的岁月已过,他最终回归到但求身心闲逸的淡泊境界。又如白居易在《闲坐看书,贻诸少年》中则是以一个过来人的身份对后来者进行劝告:"劝君少干名,名为锢身锁。劝君少求利,利是焚身火。"表现了诗人已看破名利,回归到闲淡自适境界的心理状态。

中唐后期,文人更是纷纷放弃从政初衷,例如,元和年间的名相裴度晚年在东都立第,创绿野堂,"筑山穿池,竹木丛萃,有风亭水榭",而又与白居易、刘禹锡等当时名士"酣宴终日,高歌放言,以诗酒琴书自乐","不复以出处为意"。这无疑就是走向了完全的独善之路。文人在中唐后期偏向独善其身有多方面的原因,第一,中唐后期,随着宦官专权、朋党之争等问题的尖锐化,朝廷日益变得黑暗,处身朝廷的官员无不人人自危,与其在担惊受怕中无所作为,还不如干脆完全独善其身,那样,他

---

① 欧阳修、宋祁撰:《新唐书》,中华书局1975年版,第5265页。

们就既能自保，又能获得心灵上的自由。第二，中晚唐时期，官、吏界限开始模糊，与唐代前期"职事官司掌判案、胥吏分领庶务"的局面不同，中晚唐职事官章职出现了胥吏倾向，"唐后期仍保有职权或新机构中的职事官、使职无一不是掌繁剧，司众务，而原有的司判之官如尚书省六部郎中员外郎、九寺五监卿监等则因为职权被剥夺儿逐渐虚衔化"，"原清要之司形同虚设"①，在中晚唐这种官行吏事的情况下，文人多不能胜任繁重的公务，若是勉强为之必然会大大影响到他们的私人生活。因此对于越来越繁重的曹务，文士大多采取躲避的态度。例如，中晚唐国家财政困难，户部长官要躬亲庶务，成为最为繁剧使司之一，《资治通鉴》卷二四九大中十一年正月条记载："正月，丙午，以御史中丞兼尚书右丞夏侯孜为户部侍郎、判户部事。先是，判户部有缺，京兆尹韦澳奏事，上欲以澳补之。辞曰：'臣比年心力衰耗，难以处繁剧，屡就陛下乞小镇，圣恩未许。'上不悦。"韦澳推辞户部侍郎职务这一件事虽发生在晚唐，然而也能在一定程度反映中唐后期的相关情况。在事务繁剧的情况下，步入仕途的文人若不具备一定的实际处理事务的能力和充沛的精力，是很难应付的，因此，即使此时的文士有满怀兼济天下的理想，但面对繁重的曹务恐怕也无能为力。所以，中唐后期文人日益不乐曹务，走向独善也是很自然的。

中唐文人逐渐放弃了兼济天下的壮志，转而独善其身，这个转变，在客观上保证了文人有充裕的时间和精力进行文学创作和文学交流，因此在一定程度上有利于文学的发展。例如白居易在长庆之后，积极的心态已大部分消退，尤其是在唐文宗大和三年之后，白居易身居东都，在其自家园林中过着适意、任心的生活，创作的诗歌数量相当可观。此时，刘禹锡、李绅、王起、裴度、牛僧孺等人也退避官场，过着与白居易相似的闲适生活。这批文人在日常生活中或过往相从，或寄赠酬和，创作

---

① 见黄正建主编：《中晚唐社会与政治研究》，中国社会科学出版社2006年版，第82页。

了一批诗歌。同时,通过文学创作的切磋、交流,他们的文学创作倾向和风格上也出现趋同的现象。中唐末期,独善其身的文人的处世心态走向平和,舒适的、波澜不惊的生活状态虽然保证了文人的创作时间和精力,但同样也容易侵蚀文人的意志和创造性。特别是当文人沉溺于舒适的日常生活时,他们的文学创作就可能会陷入思想内容平庸、创作模式雷同甚至僵化的状态,这对文学发展又是不利的。此外,随着雄心壮志的远去,中唐后期的文人创作醉心于日常生活的表现,作家心力与思想的平庸使得作品愈显得缺乏骨力和气度,可以说,这是中唐文人心态中的独善倾向给文学带来的一些消极影响。

余 论

一

盛唐人和中唐人相比,最明显的是他们身上所体现出来的一种向上的活力,正是由于具有这样一股活力,盛唐文人常常选择对现实生活进行突破,所以他们敢于主动走出原有熟悉的生活圈子,迈向更广阔的陌生天地。由此,他们身上常表现出一种超越现实限制的浪漫主义倾向。而到了中唐,战乱后国家政局不稳、物质的匮乏与心理创伤都大大损耗了盛唐延续下来的活力。古今中外,在残破的现实和动荡的局势中,人们通常能做的只是尽最大的努力维持自己的生存并使自己的生活尽量变得好过些,中唐人也不例外。在中唐文人经营自己的日常生活的同时,他们的创作视域也随之贴近生活,从而发现了向往理想的盛唐人所未能关注的日常生活题材。他们从周遭的日常生活中挖掘可供描摹与深味人、事、物,日常生活世界于是成为了中唐文人文学创作表现题材一个资源库。

中唐文人注目于日常生活并将日常生活中的平常的、甚至琐碎的事物纳入文学创作的题材范围,原本看似平淡无奇的日常生活经文人的挖掘与提炼,在文学作品中却焕发出一种美感。与此同时,中唐文人将日常生活内容融入文学创作中趋向也逐渐带动了文人对日常生活的改造,因为能进入文学领域的日常生活内容必然要符合和体现文人的审美需求,为了达到此目标,文人在创作中对日常生活内容进行裁剪的同时,更有意建立一个能够展现文人独特气质的日常生活范式。正是在追求日常生活的文人化、精雅化的过程中,中唐文人逐渐远离了盛唐人那种探求外在领域的热忱,转而开始审视自我的内里世界,并强调个人自我修养的意义。而这种强调到了宋代更是发展成为文人群体的一种常规要求。通过建构能够体现自我心境的日常生活范式与提升自我修养,中唐文人的日常生活中在文化气息方面渐渐与世俗大众的日常生活拉开距离,这样一段距离使得文人在将自我与非文人群体相比较时容易产生一种自我认同感和优越感。借着这种认自我同感和优越感的积聚,中唐文人曾经在战乱时代因深感无用武之地而旁落的信心也得以逐步重新建立起来。而随着文学作品的传播,文人"诗意地栖居"的日常生活方式对其他民众的日常生活产生影响。

围绕本书两方面的研究对象以及它们之间的关系,本书分五章进行论述。第一章综论中唐文人日常生活和创作之间的关系。第二章从总体着眼,根据社会历史、文学演变的进程,分中唐前期、中唐中、后期两个阶段对中唐的主要文人的诗歌创作进行分析,由此考察日常的生活因素在中唐诗歌中的生长、演进情况,认为随着时间的推移,中唐诗歌在题材与风格方面越来越呈现出日常化和世俗化倾向。第三章以中唐文人的日常饮食、服饰、居住环境等日常物质生活层面为切入点,通过考察中唐文人在衣、食、住方面的习惯以及相关审美趣味的转变,进而探讨这种转变给中唐文人的文学创作风格和文学思维带来的影响。中唐文人在日常物质生活方面日益表现出清简、疏淡、素雅的审美趣味，这种审美趣味对中唐文学风格的形成不无影响。第四章围绕中唐文人的日常文化生活层面，从雅琴、棋弈、书法等三方面观察中唐文人的文化喜好和由文化偏好透露出来的文艺审美趋向。认为，古琴在中唐文人群体中的复兴以及文人对琴的"淡"、"古"、"悲"、"缓"等美学品质的注重、讲求沉思默想的围棋在中唐的盛行和中唐书学中对笔法的强调，皆体现了中唐文人的精神和气质特点，也预示着中唐文学的审美走向。

第五章以中唐文人的日常公共生活为中心，从亲友日常交往的角度分析中唐"父子兄弟同以文名"现象以及中唐文人的结群现象；中唐文士在仕宦生活中，从早期的关心时务渐渐变得不乐曹务，他们日益疏离公共领域生活并走入私人小天地，精神偏于收敛、低调，而文学视域也变得狭窄，这对中唐文学的风貌不无影响。

二

就一般情况来说，日常生活世界是文人作为生命个体生存的基础，是他们自在的、感性活动的家园，它为文人提供了生存所必须的熟悉感、稳定感和安全感。然而，在中唐的具体社会环境下，文人的日常生活相对来说，并不稳定。

一方面，安史之乱将四海升平的唐帝国急剧地卷入了飘摇崩析的险境，加上西北党项、吐蕃的入侵，唐朝国境内战乱流离、哀鸿遍野。为躲避战火，中原衣冠士族多举家南迁，此也即郎士元《盖少府新除江南尉问风俗》①所云"避地衣冠尽向南"之况。天宝十四年后的近十年间，文人大多经历了"十年多难不还乡"②的沧桑。安史之乱带来的社会动荡以及战争对盛唐物质文明的摧毁，战争中满目疮痍、民生凋敝的社会现

---

① ［清］彭定求等编：《全唐诗》卷二四八，中华书局 1960 年版，第 2787 页。
② 戎昱：《江城秋霁》，《戎昱诗注》，上海古籍出版社，第 42 页。

实使曾经生活在盛唐繁荣社会下的诗人们在颠沛流离中意识到,昔日许多触目可见、触手可及的人和物猛地灰飞烟灭,他们甚至还没有来得及从超越现实的理想和美梦中走出并好好地回味曾经在这些人和物包围下的旧有的、熟悉的生活,昔日理所当然的东西就已经远离了战火频仍,有家难归和所有的物是人非,这无疑彻底打破了文人旧有的日常生活模式。另一方面,中唐政治黑暗,文士在朝廷中任职的不安定因素因为宦官专、朋党之争等问题的突出而增加,若是在官场上一不小心,就有可能遭贬。例如王叔文、柳宗元、刘禹锡等人在永贞革新失败后的悲剧收场就是典型的例子。又如韩愈因谏迎佛骨而发生的"一封朝奏九重天,夕贬潮州路八千"①的变故,也让人不寒而栗。所以,尽管中唐文人渐趋走向现实,贴近日常生活世界,但因为日常生活中不确定因素的增多,中唐文人的日常生活并不稳固,而且经常会被突发的事件所打破。

中唐文人日常生活的打破在大多都是在被动的情况下出现的。一旦熟悉的日常生活模式被打破,文人往往会显得措手不及。例如,柳宗元被贬至永州,永州的环境,从地貌、水土到语言、风俗都和柳宗元原来所熟悉的北方地域的日常生活大不相同,所以,在《与杨京兆凭书》中,他朝岳丈倾诉道:"凡为文以神志为主。自遭责逐,继以大故,荒乱耗竭,又常积忧,恐神志少矣,所读书随又遗忘。一二年来,痞气尤甚,加以众疾,动作不常。……虽有意穷文章,而病夺其志矣。每闻人大言,则蹶气震怖,抚心案胆,不能自止。又永州多火灾,五年之间,四为天火所迫。徒跣走出,坏墙穴牖,仅免燔灼。书籍散乱毁裂,不知所往。"由柳宗元的自述,可知日常生活的突变使得他一下子陷入了十分艰难的境地。作者强调"凡为文以神志为主",但他身在永州,身染瘴疠,动作不便,气短心悸,神志皆颓萎,又焉能为文? 再加上所带的书籍或遗失

---

① 韩愈:《左迁至蓝关示侄孙湘》,《韩昌黎全集》,中国书店1991年版,第163页。

或焚于火中,柳宗元想通过以书作伴来消愁解闷的愿望都无法实现,这对身为文人的柳宗元的打击不可谓不大。

文化哲学研究者王国有在《日常生活批判——中国文化转型的崭新视野》这篇文章中曾指出,"对土地的过分依赖导致人对人之外的自然力或神秘力量的敬畏和臣服;对血缘关系的依赖,表现为过去本位的思维定势和重生殖、重伦理实践的倾向。"①结合柳宗元的例子,我们可以看到,也正是因为这样一种强行的痛苦割离,中断了柳宗元对于故土以及旧有的生活模式的过分依赖。于是,柳宗元曾经因对故土、旧的生活模式的过分依赖而产生的对外界自然力或神秘力量的敬畏和臣服也随之减弱和消失了,他必须开始新的生活探索、也不得不正面对未知的现实世界以求得更好的生存。因此,尽管日常生活惯性的打破给柳宗元带来了无尽的苦难,折磨着他的肉体与心灵,但我们可以欣喜地看到,正是在这种磨难中,柳宗元的思辨能力却因此而闪亮起来。他开始以更理性的、更具有哲学思辨意味的方式去思考人间与自然界中的一些问题,创作出《天对》这样的富有哲理的文章。同时,柳宗元也投入到对古籍的甄别和思辨中,创作了一批具有疑古思想的文章。在《答吴武陵论非国语书》中,他言及自己的这个转变:"故在长安时,不以是取名誉,意欲施之事实,以辅时及物为道。自为罪人,舍恐惧则闲无事,故聊复为之。然而辅时及物之道,不可陈于今,则直垂于后。"②由此可见,旧有生活模式的改变同时也引发了柳宗元行为、思想的改变。被贬永州的阶段,却是柳宗元疑古、辨伪思想的成熟期,他绝大部分蕴涵有疑古思想的作品都作于此期。柳宗元的这批文章,对后人的辨伪精神起到了积极的影响。关于这一点,梁启超就曾指出,"到了宋朝,辨伪学便很发达了。……他们能够自出心裁去看古书。不肯墨守训诂,不肯专取守一先生之言的态度。他们的胆子很大,汉唐人所不敢说的话,前人已经

---

① 王国有:《日常生活批判——中国文化转型的崭新视野》,《求是学刊》1996 年第 3 期。
② 柳宗元:《柳河东集》,中华书局 1960 年版,第 508 页。

论定的名言,他们必求一个可信不可信。在这种风气之下产生了不少的新见解,实在是宋人的特别处。我们考究它的渊源,却不能不认他们受了啖助、赵匡、柳宗元的影响。"①此外,与柳宗元经历相近的刘禹锡的诗歌中也不乏"沉舟侧畔千帆过,病树前头万木春"(《酬乐天扬州初逢席上见赠》)这样富有哲理的诗句。因此,可以说,旧有的日常生活模式的打破,虽然使得文人的生活陷入混乱,但经历混乱后,在新的日常生活模式的建立中,具有敏感神经的文人又往往能从中获取一些新的思考,文学创作也因此得到新的发展。

---

① 梁启超:《饮冰室合集》第 12 册,中华书局 1936 年版,第 33 页。

主要参考文献

1. 刘昫等撰:《旧唐书》,中华书局 1975 年版。

2. 欧阳修、宋祁撰:《新唐书》,中华书局 1975 年版。

3. 司马光撰:《资治通鉴》,中华书局 1956 年点校本。

4. 李林甫等撰:陈仲夫点校,《唐六典》,中华书局 1992 年版。

5. 杜佑撰:《通典》,中华书局 1984 年版。

6. 马端临撰:《文献通考》,中华书局 1986 年版。

7. 王溥撰:《唐会要》,中华书局 1955 年版。

8. 温大雅撰,李季平、李锡厚点校:《大唐创业起居注》,上海古籍出版社
   1983 年版。

9. 张鷟撰,赵守俨点校本:《朝野佥载》,中华书局 1979 年版。

10. 吴兢编著:《贞观政要》,上海古籍出版社 1978 年版。

11. 刘肃撰,许德楠、李鼎霞点校:《大唐新语》,中华书局 1984 年版。

12. 刘悚撰,程毅中点校:《隋唐嘉话》,中华书局 1979 年版。

13. 李肇、赵璘撰:《唐国史补因话录》,上海古籍出版社 1979 年版。

14. 王定保撰:《唐摭言》,古典文学出版社 1957 年版。

15. 封演撰,赵贞信校注:《封氏闻见记校注》,中华书局 1958 年版。

16. 王谠撰,周勋初校正:《唐语林校正》,中华书局 1987 年版。

17. 钱易撰,黄寿成点校:《南部新书》,中华书局 2002 年版。

18. 郑处诲撰,田廷柱点校:《明皇杂录》,中华书局 1994 年版。

19. 赵彦卫撰,傅根清点校:《云麓漫钞》,中华书局1998年版。

20. 徐松撰,赵守俨点校:《登科记考》,中华书局1984年版。

21. .孟二冬补正:《登科记考补正》,北京燕山出版社2003年版。

22. [日]圆仁撰:《入唐求法巡礼行记》,上海古籍出版社1986年版。

23. 傅璇琮主编:《唐才子传校笺》(1-4册),中华书局1987年版。

24. 傅璇琮主编:《唐才子传校笺·补正》(第五册),中华书局1995年版。

25. 董诰等编:《全唐文》,上海古籍出版社1990年版。

26. 陈鸿墀撰:《全唐文纪事》,中华书局1959年版。

27. 陆心源编:《唐文拾遗》,上海古籍出版社1990年版。

28. 陆心源编:《唐文续拾》,上海古籍出版社1990年版。

29. 逯钦立辑校:《先秦汉魏晋南北朝诗》,中华书局1983年版。

30. 彭定求等编:《全唐诗》,中华书局1960年版。

31. 陈尚君编:《全唐诗补编》,中华书局1992年版。

32. 计有功撰:《唐诗纪事》,中华书局1965年版。

33. 陈贻焮等增订注释:《增订注释全唐诗》,文化艺术出版社2001年版。

34. 汪辟疆校录:《唐人小说》,上海古籍出版社1978年版。

35. 鲁迅辑:《唐宋传奇集》,文学古籍刊行社1955年版。

36. 李昉等编:《太平广记》,中华书局1961年版。

37. 王钦若等编:《册府元龟》,中华书局1960年影印明本。

38. 周绍良、赵超主编:《唐代墓志汇编》,上海古籍出版社1992年版。

39. 周绍良、赵超主编:《唐代墓志汇编续集》,上海古籍出版社2001年版。

40. 白居易著,顾学颉校点:《白居易集》,中华书局1979年版。

41. 戴叔伦著，蒋寅校注：《戴叔伦诗集校注》，上海古籍出版社1993年版。

42. 杜甫：《杜工部诗集》，中华书局1957年版。

43. 韩愈：《韩昌黎全集》，中国书店1991年版。

44. 李白著，王琦注：《李太白全集》，中华书局1977年版。

45. 李益著，范之麟注：《李益诗注》，上海古籍出版社1984年版。

46. 卢纶著，刘初棠校注：《卢纶诗集校注》，上海古籍出版社1989年版。

47. 刘禹锡著，瞿蜕园笺证：《刘禹锡集笺证》，上海古籍出版社1989年版。

48. 刘长卿著，储仲军笺注：《刘长卿诗编年笺注》，中华书局1996年版。

49. 柳宗元著：《柳河东集》，中华书局1960年版。

50. 孟郊：《孟东野诗集》，人民文学出版社1984年版。

51. 王建：《王建诗集》，中华书局1959年版。

52. 韦应物著，孙望校：《韦应物诗集系年校笺》，中华书局2002年版。

53. 元稹著，冀勤校：《元稹集》，中华书局1982年版。

54. 元结著，孙望校：《元次山集》，中华书局1960年版。

55. 高棅撰：《唐诗品汇》，上海古籍出版社1982年版。

56. 胡应麟撰：《少室山房笔丛》，上海书店出版社2001年版。

57. 胡应麟：《诗薮》，上海古籍出版社1979年版。

58. 刘熙载撰：《艺概》，上海古籍出版社1978年版。

59. 刘克庄撰，王秀梅点校：《后村诗话》，中华书局1983年版。

60. 孟棨等编：《本事诗·本事词》，古典文学出版社1957年版。

61. 赵翼：《瓯北诗话》，人民文学出版社1963年版。

62. 刘勰著，周振甫译：《文心雕龙今译》，中华书局1986年版。

63. 卞孝萱：《唐传奇新探》，江苏教育出版社2001年版。

64. 程国赋:《唐五代小说的文化阐释》,人民文学出版社 2002 年版。

65. 程国赋:《唐代小说与中古文化》,文津出版社 2000 年版。

66. 陈尚君:《唐代文学丛考》,中国社会科学出版社 1997 年版。

67. 戴伟华师:《唐代使府与文学研究》(修订本),广西师范大学出版社 2007 年版。

68. 戴伟华师:《地域文化与唐代诗歌》,中华书局 2006 年版。

69. 邓小军:《唐代文学的文化精神》,文津出版社 1993 年版。

70. 傅璇琮:《唐翰林学士传论》,辽海出版社 2005 年版。

71. 傅璇琮:《唐代诗人丛考》,中华书局 2003 年版。

72. 傅绍良:《唐代谏议制度与文人》,中国社会科学出版社 2003 年版。

73. 傅道彬,陈宏:《歌者的悲欢——唐代诗人的心路历程》,河北大学出版 2001 年版。

74. 葛景春:《诗酒风流赋华章——唐诗与酒》,河北人民出版社 2002 年版。

75. 何立智等:《唐代民俗和民俗诗》,语文出版社 1993 年版。

76. 胡可先:《中唐政治与文学》,安徽大学出版社 2000 年版。

77. 贾晋华:《唐代集会总集与诗人群研究》,北京大学出版社 2001 年版。

78. 蒋寅:《大历诗风》,上海古籍出版社 1992 年版。

79. 蒋寅:《大历诗人研究》,北京大学出版社 2007 年版。

80. 景遐东:《江南文化与唐代文学研究》,人民出版社 2005 年版。

81. 李浩:《唐代三大地域文学士族研究》,中华书局 2002 年版。

82. 李浩:《唐代关中士族与文学》,中国社会科学出版社 2003 年版。

83. 李浩:《诗史之际——唐代文学发微》,商务印书馆 2000 年版。

84. 李德辉:《唐代交通与文学》,湖南人民出版社 2003 年版。

85. 李志慧:《唐代文苑风尚》,文津出版社 1998 年版。

86. 林继中:《文化建构文学史纲(魏晋——北宋)》,北京大学出版社

2005 年版。

87. 刘宁：《唐宋之际诗歌演变研究》，北京师范大学出版社 2002 年版。

88. 刘航：《中唐诗歌嬗变的民俗关照》，学苑出版社 2004 年版。

89. 马自力：《中唐文人之社会角色与文学活动》，中国社会科学出版社 2005 年版。

90. 孟二冬：《中唐诗歌之开拓与新变》，北京大学出版社 1998 年版。

91. 尚永亮：《科举之路与宦海浮沉》，文津出版社 2000 年版。

92. 尚永亮：《唐代诗歌的多元观照》，湖北人民出版社 2005 年版。

93. 尚永亮：《唐五代逐臣与贬谪文学研究》，武汉大学出版社 2007 年版。

94. 沈松勤：《唐宋词社会文化学研究》，浙江大学出版社 2000 年版。

95. 童庆炳：《中国古代诗学心理透视》，百花文艺出版社 1993 年版。

96. 王勋成：《唐代铨选与文学》，中华书局 2001 年版。

97. 吴相洲：《中唐诗文新变》，学苑出版社 2007 年版。

98. 吴在庆：《唐代文士的生活心态与文学》，黄山书社 2006 年版。

99. 许总：《唐诗体派论》，文津出版社 1994 年版。

100. 查屏球：《唐学与唐诗——中晚唐诗风的一种文化考察》，商务印书馆 2000 年版。

101. 赵树功：《闲意悠长——中国文人闲情审美观念演生史稿》，河北人民出版社 2005 年版。

102. 周祖譔：《中国文学家大辞典（唐五代卷）》，中华书局 1992 年版。

103. 陈寅恪：《隋唐制度渊源略论稿 唐代政治史论述稿》，三联书店 2001 年版。

104. 陈寅恪：《元白诗笺证稿》，三联书店 2001 年版。

105. 程蔷、董乃斌：《唐帝国的精神文明》，中国社会科学出版社 1996 年版。

106. 范子烨:《中古文人生活研究》,山东教育出版社 2001 年版。

107. 葛兆光:《中国思想史》,复旦大学出版社 2001 年版。

108. 关剑平:《茶与中国文化》,人民出版社 2001 年版。

109. 黄正建主编:《中晚唐社会与政治研究》,中国社会科学出版社 2006 年版。

110. 黄新亚:《消逝的太阳——唐代城市生活长卷》,湖南人民出版社 2006 年版。

111. 韩香:《隋唐长安与中亚文明》,中国社会科学出版社 2006 年版。

112. 黄正建:《唐代衣食住行研究》,首都师范大学出版社 1998 年版。

113. 黄宽重、刘增贵:《家族与社会》,中国大百科全书出版社 2005 年版。

114. 黄云鹤:《唐宋下层士人研究》,湖北人民出版社 2006 年版。

115. 胡戟等:《二十世纪唐研究》,中国社会科学出版社 2002 年版。

116. 贾二强:《唐宋民间信仰》,福建人民出版社 2002 年版。

117. 赖瑞和:《唐代基层文官》,联经出版事业股份有限公司 2004 年版。

118. 黎虎:《汉唐饮食文化史》,北京师范大学出版社 1998 年版。

119. 李斌城、李锦绣等:《隋唐五代社会生活史》,中国社会科学出版社 1998 年版。

120. 唐君毅:《中国文化之精神价值》,江苏教育出版社 2006 年版。

121. 孙立群:《中国古代的士人生活》,商务印书馆 2003 年版。

122. 尚秉和:《历代社会风俗事物考》,江苏古籍出版社 2002 年版。

123. 陶敏、李一飞:《隋唐五代文学史料学》,中华书局 2001 年版。

124. 蒲慕州:《生活与文化》,中国大百科全书出版社 2005 年版。

125. 王明德、王子辉:《中国古代饮食》,陕西人民出版社 1988 年版。

126. 萧默:《敦煌建筑研究》,文物出版社 1989 年版。

127. 周锡保:《中国古代服饰史》,中国戏剧出版社 1984 年版。

128. 周峰:《中国古代服装参考资料》(隋唐五代部分),北京燕山出版社 1987 年版。

129. 曹卫东:《交往理论与诗学话语》,天津社会科学出版社 2001 年版。

130. 王国有:《日常思维与非日常思维》,人民出版社 2005 年版。

131. 杨威:《中国传统日常生活世界的文化透视》,人民出版社 2005 年版。

132. [美]包弼德著,刘宁译:《斯文:唐宋思想的转型》,江苏人民出版社 2001 年版。

133. 韦齐发:《试论唐代教育对文学艺术繁荣的作用》,《福建师大学报》1987 年第 2 期。

134. 陈伯海:《唐代文人生活道路与诗歌创作》,《学术月刊》1987 年第 9 期。

135. 孙菊园:《唐代文人和妓女的交往及其与诗歌的关系》,《文学遗产》1989 年第 3 期。

136. 傅玫:《唐代物质文化综观》,《南开学报》1989 年第 4 期。

137. 衣俊卿:《日常生活批判刍议》,《哲学动态》1989 年第 4 期。

138. 陈文华:《论中晚唐咏史诗的三大体式》,《文学遗产》1989 年第 5 期。

139. 林继中:《由雅入俗:中晚唐文坛大势》,《人文杂志》1990 年第 3 期。

140. 张明非:《论中唐艳情诗的勃兴》,《辽宁大学学报》1990 年第 1 期。

141. 武复兴:《唐诗与绘画》,《西北大学学报》1990 年第 1 期。

142. 尹占华:《唐代文人社会地位的变迁与文学的发展》,《青海社会科学》1990 年第 1 期。

143. 孙昌武:《唐诗与文化的积淀》,《天津社会科学》1991 年第 1 期。

144. 傅绍良:《论中唐诗人的精神风貌》,《唐都学刊》1991 年第 2 期。

145. 贾晋华:《隋唐五代类书与诗歌》,《厦门大学学报》1991 年第 3 期。

146. 余恕诚:《论唐代的叙情长篇》,《文史哲》1991 年第 4 期。

147. 孟二冬:《论中唐诗人审美心态与诗歌意境的变化》,《文史哲》1991 年第 5 期。

148. 肖占鹏:《审美时尚与韩孟诗派的审美取向》,《文学遗产》1992 年第 1 期。

149. 郭杰:《从元稹"茶"诗看唐人茶俗》,《文史杂志》1992 年第 4 期。

150. 王轻鸿:《回归与超越——试析唐诗的原始思维方式》,《荆门大学学报》1993 年第 2 期。

151. 林继中:《变迁感:中唐士大夫的心理压力——中唐田园诗的透视》,《暨南学报》1993 年第 3 期。

152. 张明非:《唐代咏琴诗探微》,《文艺研究》1993 年第 4 期。

153. 董乃斌、程蔷:《唐代的士风演变与时代迁易》,《中国社科院研究生院学报》1994 年第 1 期。

154. 拜根兴:《饮食与唐代官场》,《人文杂志》1994 年第 1 期。

155. 程蔷:《唐人巫术观的文学表现》,《中国文学研究》1995 年第 1 期。

156. 谢思炜:《唐代通俗诗研究》,《中国社会科学》1995 年第 2 期。

157. 许总:《论贞元士风与诗风》,《广西师大学报》1995 年第 4 期。

158. 李浩:《论唐代园林别业与文学的关系》,《陕西师大学报》1996 年第 2 期。

159. 戴伟华师:《唐代使幕文人心态试析》,《扬州师院学报》1996 年第 3 期。

160. 舒燕:《茶和中国人的生活》,《中国文化研究》1996 年第 3 期。

161. 吴承学:《唐诗中的"留别"与"赠别"》,《文学遗产》1996 年第 4 期。

162. 孟二冬:《意境与禅宗－－中唐诗歌意境论之诞生》,《北京大学学报》1996 年第 4 期。

163.许总:《论唐末社会心理与诗风走向》,《社会科学战线》1997 年第
　　1 期。

164.吴相洲:《论盛中唐诗人构思方式转变对诗风新变影响》,《首都师
　　大学报》1997 年第 3 期。

165.戴伟华师:《唐代方镇使府与文人送别诗》,《扬州大学报》1998 年
　　第 2 期。

166.傅晓静:《唐代的胡风饮食》,《民俗研究》1998 年第 2 期。

167.查屏球:《元、王集团与大历京城诗风》,《文学遗产》1998 年第 3
　　期。

168.李肖:《论唐朝饮食文化的基本特征》,《中国文化研究》1999 年第
　　1 期。

169.张利群:《诗味与中国饮食文化》,《民族艺术》1999 年第 2 期。

170.王赛时:《唐朝人的饮食结构》,《人文杂志》1999 年第 2 期。

171.李湜:《隋唐间天下文人的客游之风》,《学术月刊》1999 年第 4 期。

172.黄正建:《唐代的"胡食"》,《文史知识》1999 年第 6 期。

173.陈伟:《中唐社会思潮对诗歌形象的审美影响》,《上海师大学报》
　　2000 年第 1 期。

174.孙鸿亮:《论唐代服饰及夷夏观的演变》,《唐都学刊》2001 年第 3
　　期。

175.祖倚丹:《论唐代服饰文化的政治特征》,《河北科技大学学报(社
　　会科学版)》2003 年第 1 期。

176.王安安:《古代服饰制度中服色的文化内涵》,《文博》2003 年第 3
　　期。

177.赵睿才、张忠纲:《中晚唐茶、诗关系发微》,《文史哲》2003 年第 4
　　期。

178.李晓敏:《隋唐时期的出家人与家庭》,《河南社会科学》2005 年第

2 期。

179. 闫莉:《从饮食文化看大唐世风流变》,《淮南师范学院学报》2005
年第 4 期。

180. 马冬:《唐代官僚服饰赏赐制度渊源及其流变》,《中国文化研究》
2006 年第 3 期。

181. 陈磊:《论隋唐五代江淮地区的饮食》,上海社会科学院《传统中国
研究集刊》编辑委员会,《传统中国研究集刊》第二辑,上海人民出
版社 2006 年版。

182. 李怡:《唐人袴褶服演变的文化美学解析》,《北京科技大学学报
(社会科学版)》2007 年第 1 期。

183. 孙军辉:《唐人饮茶习俗的兴盛与唐代上层消费群体》,《求索》
2007 年第 2 期。

184. 张国刚:《"立家之道,闺室为重"——论唐代家庭生活中的夫妻关
系》,《清华大学学报(哲学社会科学版)》2008 年第 1 期。

185. 郭海文:《试论唐代母亲在家庭教育中所起的作用》,《武汉大学学
报(哲学社会科学版)》2007 年第 5 期。

186. 侯乃慧:《唐代文人的园林生活——以全唐诗文的呈现为主》,政大
中研所博士论文 1991 年版。

187. 戴军:《唐代寺院教育与文学》,中国社会科学院研究生院博士学位
论文 2003 年版。

188. 顾乃武:《唐代门阀士族文化追求的转变及影响——从侧面解读科
举与门阀士族政治地位衰落的关系》,河北师范大学硕士论文,
2004 年。

189. 杨嘉:《唐代饮食题材研究——兼论唐诗诗风的俗化》,暨南大学硕
士学位论文 2004 年版。

190. 张永帅:《唐长安住宅研究》,陕西师范大学硕士学位论文 2005 年
版。

191. 赵敏:《魏晋至唐宋道教饮食养生思想探析》,山东大学硕士学位论文 2006 年版。

192. 杨芬霞:《中唐诗僧研究》,陕西师范大学博士学位论文 2006 年版。

193. 毛妍君:《白居易闲适诗研究》,陕西师范大学博士学位论文 2006 年版。

194. 张华滨:《唐代文化名门家庭生活研究》,曲阜师范大学硕士学位论文 2006 年版。

195. 王建涛:《唐代官僚士大夫家庭管理研究》,曲阜师范大学硕士学位论文 2006 年版。

196. 焦恩科:《唐代进士家庭生活探析》,曲阜师范大学硕士学位论文 2006 年版。

197. 曲洋:《唐代山东士族家庭文化研究》,曲阜师范大学硕士学位论文 2006 年版。

198. 袁婧:《关于唐代住宅的几个问题》,首都师范大学硕士学位论文 2007 年版。

199. 韩梅:《唐宋词与唐宋文人日常生活》,浙江大学博士论文 2007 年版。

原后记

以前,我总以为,写下"后记"两字时,我会感到如释重负,但此时此刻,我却丝毫没有这样感觉。后记的撰写本应是自由而轻松的,然而,我却不知道何从下手。思绪在心中纠结着,成长路上所有的快乐与忧伤、憧憬和失落在脑海中此起彼伏。许多原以为早已忘却的记忆,却在此刻复苏。在杂乱无章的记忆片段中,我看到一个守着行李箱的女孩,她站在十字路口,既兴奋又忐忑地打量着周围陌生的环境,初秋午后依旧灼热的阳光透过玉兰树叶间的缝隙投射在她身上,留下了点点斑驳的光影。是的,这就是我九年的华师之路的始点。直至今日,我似乎仍能感受到当时洒落在我身上的阳光的温度,但那竟然已是将近九年前的事了。

在九年的成长路途中,虽然偶尔也有风雨,但那从一开始即投射到我身上的一缕缕阳光却始终常伴在我的左右。这一缕缕由父母、师长、同学和朋友最无私的关爱交织而成的阳光,不仅照亮了我的心灵,更点燃了我对生活的热爱。如今,我的学生时代即将过去,站在这一阶段的终点,我怀着感恩的心,回味多年来所获得的关怀与爱护,我想,是时候向所有关心过我的人们表示感谢了。

首先,我最要感谢的是我的父亲和母亲,一直以来,他们都默默地支持着我,哪怕是在我犯错的时候,他们也始终持着最包容的心去原谅我;在我遇到挫折时,他们则一如既往地鼓励我、开导我。我的父母生活在并不发达的农村,让兄长和我接受高等教育是他们多年来的心愿。父亲曾在上世纪七十年代末参加过高考,也被录取了,但因为种种阴差阳错而未能进入大学。为了抚养尚且年幼的儿女,他最终放弃了自己的梦想,转而将希望寄托在我和兄长的身上。母亲是一位体弱但坚强的农村妇女,为了积攒供我和兄长上大学的钱,她在橡胶厂里做了近十年高劳动强度的工作,经常累得连吃饭都吃不下,从此落下了周身病痛;工厂常年日、夜班的轮换扰乱了她的生物钟,使她经常失眠。离开工厂后,她又曾做过寄人篱下的保姆。为了儿女的幸福,父母付出了他们最大的努力。如今,父母日益年迈,我却因为在校求学而不能经常陪伴在他们的身边,在此,我只能以这篇初步成型的博士论文向我平凡但伟大的父母亲致以最诚挚的谢意!

其次,我要感谢华师的诸位老师,尤其要感谢我的导师戴伟华先生。能够认识戴老师并成为他的学生,是我大学时代,甚至是一生中最为幸运的事。戴老师治学严谨,以做学问为最大的乐趣,除了在春节假期休息二、三天以外,他每天都投入到学术研究当中,其孜孜不倦的工作精神令人折服。在生活中,身为国内知名的唐代文史专家的戴老师平易近人,和蔼可亲。还记得大三那年,我初次在课堂上认识戴老师,后来在校园的紫荆路上,我和同学偶尔会碰到他骑着自行车赶去上课。当时性格内向、羞涩的我虽然鼓着勇气向老师打招呼,但打招呼的声音无疑是微弱的,然而,戴老师却一如既往地报以灿烂的笑容,并点头致意,让人倍感温暖、亲切。后来,我有幸成为戴老师的研究生,就更真切地发现,老师有着一颗温暖的心,他一直真诚地关怀着身边的所有人。多年来,我已不止一次听到别的同学带着羡慕的口气说,"戴老师人真好,能跟着他学习真幸福!"的确,我们无不以身为戴门弟子而深感幸福和自豪。在我们学生身上,老师花费了大量的心血。平日,老师既对我们的学习要求严格,又鼓励我们自由发展,培养独立发现问题和解决问题的能力。他对学生都寄予了厚望,一直不遗余力地为我们的发展创造一切可能的机会。可是由于我资质的愚钝，经常未能把该做好的事情做好，所以常常感到愧对恩师。不过，尽管我在很多方面都未尽人意，但我依旧觉得，在戴老师门下学习的五年是我人生中当中最美好的五年。在老师和师母的努力下，我们同门之间团结得犹如一家人。白云山、白水寨、沙面、二沙岛都曾留下我们游览的笑声和足迹，在老师家中一次次其乐融融、别开生面的聚会让人终生难忘。这些快乐的往事皆成为了我脑海中最珍贵、美丽的记忆，不管以后我身在何方，我都会时常带着微笑和感恩的心来回忆起这段难忘的时光。对于戴老师在我的成长路上给予我的悉心指导和无私的帮助，我想在这里再次衷心地向老师说声"谢谢您"！在感谢导师之余，我还要一并感谢师母陈秋琴女士，师母有着江南女子独有的温婉气质，同时又十分能干。多年来，她一直视我们为自家的孩子，在应付繁重的日常工作的同时，总不忘对我们嘘寒问暖，还不时地给身在大学城的我们捎来好吃的食物。在生活中，她热心地指导我们如何为人处世、待人接物，教给我们诸多实用的社交礼仪，并且经常鼓励我们突破自我，积极、勇敢地去面对生活。在她身上，我获益良多。

除了导师和师母，在华师近九年的岁月当中，我还有幸认识很多优秀的老师并且得到他们的热心指导。在此，我特别要感谢陈建森、左鹏军、马茂军、闵定庆、陈少华、柯汉琳等诸位教授和领导。陈建森老师为人豪爽，在上课时总是充满激情，至今我仍然清晰记得他在本科课堂上忘情地吟诵李白《将进酒》的情景。在论文开题和预答辩中，陈老师就我的论文提出许多中肯的意见。左鹏军老师曾指导我的本科毕业论文写作，他一丝不苟的学术精神和认真负责的工作态度令我钦佩不已，他对学术规范的强调至今仍一直深深地影响着我。马茂军、闵定庆两位老师学术思路开阔，他们以幽默、生动的授课方式而广受学生欢迎。在我的论文开题中，马老师同样给我提出相当多的宝贵意见。柯汉琳、陈少华院长多年来兢兢业业地经营文学院，密切关注着全院的学生的成

长,并努力给学生营造最好的发展条件。在成长路上,我为能遇上如此
多的好老师而深感幸运!他们的教导、关怀和帮助,是我能够顺利地走
到今天的重要原因。

最后,我要感谢九年来与我风雨同路的同学和朋友们。其中,赖琼
璇是曾与我朝夕相处四年的同窗好友,是开朗活泼的她打开了我的心
扉。连泽纯、郑丹丹、杨育联、张晓勋、黎聪、缪定中、潘润娇、彭天发生、
王晓通等也是我的好友,正是有他们的陪伴,我的生活才充满了精彩。
另外,我要感谢我的所有同门师兄、师姐和师弟、师妹,和他们在一起的
时光是如此的温馨。在此,我特别要感谢和我异地相恋五年的朋友田
爱峰,五年来,我和他每年只能匆匆见上两、三次面,但他的淳朴、乐观、
坦诚和包容却深深地感染着我,是他在我写作论文时一直督促、鼓励、
安慰我,正因为有他,我的生活才变得如此绚丽的色彩。

如今,我走到了人生的另一个十字路口,但我心中并不忐忑,因为我
坚信,一直伴随我的那一缕缕阳光今后也将照耀着我,伴我走向美好的
未来!

2009 年 5 月 5 日于华南师大

后 记

　　自上次写后记至今，已快两年了。在这两年的光阴里，我经历了人生当中的两大重要转变。首先，我从学生转变为教师。忘不了初上讲台时，台下学生的骚动，在他们眼里，我怎么看都似乎只是一个学生的样子。对此，我曾耿耿于怀。不过时至今日我已释怀了，于年岁，我比他们年长几岁；于学历，我与他们只是"闻道有先后"罢了。因此课堂内外皆与他们亦师亦友，被他们称为"姐姐"也颇感惬意。其次，我告别了女孩时代，嫁为人妇。男友为了我们那段被相当多人称为"不现实的爱情"而放弃了为人艳羡的上海户口和较具优厚待遇的工作，跑到了广州与我成婚，并另谋了一个与原来工作薪酬相差甚远的职位。从此，他每天早上必须六点多披星出门，晚上七点才戴月而归。看着他因奔波劳碌而消瘦近十斤的样子，我总觉得亏欠他的太多了。尽管面临着种种现实困难，我们依旧很满足了，还有什么比两个人在一起更幸福呢？

　　虽然我已踏上职业的道路，但在内心深处我依旧感觉自己还是学生。因为我知道还有太多的知识、经验等着我去学习和掌握。在个人的发展道路上我也曾经历彷徨，但幸运的是，身边的师长、同事、朋友经常无私地指点和帮助我，对此，我无不心存感激！当然，面对逝去的光阴，我也有着不少遗憾。因为自己的散漫，学术上并无长进，与勤奋为学者相比，实在无比汗颜！今唯有自勉：往者不可谏，来者犹可追。自此以后当奋力追赶，不为其他，但求无憾。

2011 年新春于山东济宁